Hillary Rodham Clinton

Eine Welt für Kinder

Aus dem Amerikanischen
von Klaus Pemsel

Hoffmann und Campe

Die Originalausgabe erschien unter dem Titel
It Takes a Village bei Simon & Schuster, New York.

Die Deutsche Bibliothek – CIP-Einheitsaufnahme
Clinton, Hillary Rodham:
Eine Welt für Kinder / Hillary Rodham Clinton.
Aus dem Amerikan. von Klaus Pemsel.
– 1. Aufl. – Hamburg: Hoffmann und Campe, 1996
Einheitssacht.: It takes a village <dt.>
ISBN 3-455-11162-9

Schutzumschlaggestaltung: Werner Rebhuhn unter Verwendung
der Originalillustration von Jenny Dossin;

Satz: Fotosatz Amann, Aichstetten
Druck und Bindung: Graphischer Großbetrieb Pößneck

Für die Familie, in der ich groß geworden bin,
die Familie, der ich mich anschloß,
und die Familie, die wir bildeten.

Selbstverständlich brauchen wir Kinder! Erwachsene brauchen Kinder in ihrem Leben, um ihnen zu lauschen und für sie zu sorgen, um ihre Phantasie frisch und ihre Herzen jung zu halten und um eine Zukunft wahr werden zu lassen, für die sie sich mit aller Kraft einsetzen.

Margaret Mead

Inhalt

Man braucht ein ganzes Dorf

Wir können nicht für uns allein leben. Unsere Leben sind durch tausend unsichtbare Fäden verbunden, und über diese Fasern des Mitgefühls werden unsere Handlungen bestimmt und kehren als Ergebnisse zu uns zurück.
Herman Melville

Kinder sind keine ausgeprägten Individuen. Sie sind angewiesen auf die Erwachsenen um sich herum und auf die tausend anderen, die täglich Entscheidungen fällen, die auch ihr Wohlergehen betreffen. Wir alle – ob wir es uns eingestehen oder nicht – sind für die Entscheidung verantwortlich, ob unsere Kinder in einer Gesellschaft aufwachsen, die nicht nur die Familie wertschätzt, sondern Familien und Kinder als Schätze wertet.

Ich habe einen Großteil der vergangenen fünfundzwanzig Jahre dafür gearbeitet, daß Kinder ein besseres Leben haben. Meine Arbeit hat mich gelehrt, daß wir ihnen mehr Zeit, Energie und Aufmerksamkeit widmen müssen. Doch keine Erfahrung hat mir diese Lektion lebhafter erteilt, als selbst Mutter zu werden.

Als Chelsea Victoria Clinton zum erstenmal in meinen Armen lag, war ich überwältigt davon, wieviel Liebe und Verantwortung ich für sie empfand. Trotz der vielen Bücher, die ich gelesen, der Kinder, die ich betreut und für die ich mich eingesetzt hatte, war ich nicht auf das schiere Wunder ihres Daseins vorbereitet. Zum erstenmal verstand ich die Worte der Schriftstellerin Elizabeth Stone: »Die Entscheidung, ein Kind zu bekommen, ist etwas Wunderbares. Sie bedeutet, auf immer zu entscheiden, daß Ihr Herz außerhalb Ihres Körpers umherwandelt.«

Bill und ich hatten schon unmittelbar nach unserer Hochzeit 1975 eine Familie gründen wollen, aber wir hatten kein Glück. 1979 vereinbarten wir einen Termin gleich nach einem langerwarteten Urlaub in einer gynäkologischen Klinik. Und siehe da, während dieser Ferien wurde ich schwanger. (Ich habe meinem Mann oft gesagt, daß wir wohl mehr Kinder bekommen hätten, wenn wir uns mehr Urlaub gegönnt hätten.)

Bill war damals Gouverneur von Arkansas, und meine Schwangerschaft wurde in der Öffentlichkeit so ausgiebig diskutiert, daß ich dachte, der ganze Staat würde sich zu meiner Entbindung einstellen. Es kamen eine Menge Leute, aber niemand hat Fotos gemacht, soweit ich weiß, sonst hätten Sie diese garantiert schon zu sehen bekommen. Freunde gaben uns hilfreiche Hinweise, wie sie mit Schwangerschaft und Elternschaft umgegangen waren. Zu meinen liebsten gehörte der Rat eines stämmigen ehemaligen Footballspielers: »Stell dir dein Baby wie einen Football vor und halt es ganz fest.« Wir lasen Ratgeber und stellten Ärzten, Hebammen und Schwestern eine Unzahl von Fragen.

Ich überredete Bill, einen Geburtsvorbereitungskurs zu besuchen. Er und die anderen Väter in spe saßen stumm da, die Arme abwehrend vor der Brust verschränkt, und taten so, als wären sie woanders. Die Dozentin fragte, wer schon Babysitting gemacht, ein Kleinkind in den Armen gehalten oder – Gott bewahre! – es gebadet oder gewickelt hatte. Ein paar nuschelten, aber kaum einer meldete sich. Dann fragte die Lehrerin, wer eine Heidenangst vor der Verantwortung für ein Baby hatte. Nervöses Lachen brach aus, und viele Arme gingen hoch. Danach war der Bann gebrochen.

Trotz all unserer Vorbereitungen war ich, als die Wehen drei Wochen zu früh einsetzten, doch ziemlich nervös. Gouverneur Bill Clinton eilte mit einer Checkliste in der Hand herum, um mir beim Packen zu helfen. Eines der Dinge auf der Liste war ein kleiner mit Eis gefüllter Plastikbeutel, an dem ich während der Wehen lutschen sollte. Als ich zum Wagen stolperte, sah ich, wie jemand einen Riesensack Eis in den Kofferraum wuchtete, und ich mußte an den Satz der Frau denken, als ihr in ein Rettungsboot der *Titanic* geholfen wurde: »Ich habe nach Eis geklingelt, aber das ist lachhaft!«

Chelseas Geburt veränderte unser Leben und erfüllte uns mit der größten Freude – und Demut –, die sich Eltern nur erhoffen können. Wie jedes Kind war Chelsea von Anfang an eine Persönlichkeit. Als sie zur Welt kam, hatte ihr kleines Gesicht einen Ausdruck von Entschlossenheit, die durch den klaren Blick und die Intensität entstand, mit der sie uns ansah. Ich betete darum, ihr eine gute Mutter sein zu können.

Meine Unsicherheiten und Zweifel waren mit Verwunderung und Erstaunen gemischt. Ich entdeckte für mich eine zeitlose Wahrheit: Elternschaft hat die Macht, jeden Lebensaspekt neu zu definieren – Ehe, Arbeit, Beziehungen zur Familie und zu Freunden. Diese hilflosen Bündel künftiger Kraft, die in unsere Welt treten, zeigen uns unser wahres Selbst – wer wir sind, wer wir nicht sind, wer wir sein möchten.

Schon seit meiner eigenen Kindheit war ich gern mit Kindern zusammen, ich sah ihnen zu oder lauschte ihren Geschichten. Wie viele erstgeborene Kinder lernte ich den Umgang mit Kindern durch das Babysitten meiner zwei jüngeren Brüder. Als Teenager betreute ich auch andere Kinder, und mit dreizehn bekam ich meinen ersten »richtigen« Job, als ich an Sommervormittagen Kinder in einem Park beaufsichtigen mußte. In der Kirchengemeinde half ich bei der Betreuung der Kinder von Wanderarbeitern, während ihre Eltern in den Obstplantagen und Gemüsefeldern unserer Stadt arbeiteten.

Im College gab ich Kindern Nachhilfeunterricht, und später, während des Jurastudiums, erhielt ich die Erlaubnis, ein weiteres Jahr zusätzlich zum regulären Studienplan anzuhängen, um Kinderentwicklung zu studieren. Ich dachte über die Kinder nach, denen ich täglich begegnete, und machte mir Sorgen um ihre Reise ins Erwachsensein. Als Juradozentin und Rechtsanwältin für den Children's Defense Fund (vergleichbar mit dem Kinderschutzbund, A. d. Ü.) sowie auch in meiner Privatpraxis wurde ich immer wieder mit den Folgen unseres Versagens konfrontiert, unsere Kinder durch ihre kritischen Lebensphasen zu begleiten. Viel zu selten schien das Wohlergehen von Kindern bei persönlichen oder nationalen Vorhaben Vorrang zu haben. Die Konsequenzen zeigen sich überall: Die Entfaltungskräfte von Kindern zerbrechen an geisttötender Armut, ihre Gesundheit zerbricht an unerschwinglichen Pflegekosten, ihre Herzen zerbrechen an Scheidungen und Sorgerechtstreitigkeiten, ihre Zukunft zerbricht an einem überlasteten sozialen Fürsorgesystem, ihr Leben zerbricht an Mißhandlung und Gewalt, und unsere Gesellschaft geht zugrunde, wenn wir bei unseren Kindern versagen.

Auf einmal hatte ich nun selbst ein Kind, dem meine Liebe, meine Bewunderung und meine Sorgen galten. Wie die meisten Mütter bin ich in unserer Familie dazu prädestiniert, mir Sorgen zu machen. Als Chelsea auf die Welt kam, machte ich mir nicht nur an fünf Tagen der Woche Sorgen, sondern auch noch an den Wochenenden. Die größte Herausforderung für mich war die, das Verlangen zu unterdrücken, meine Tochter vor allem und allen zu beschützen, was sie verletzen oder enttäuschen könnte. Wie alle Eltern wissen, ist dies unmöglich. Das Leben ist unvorhersehbar – und letztendlich ist auch der kindliche Drang nach Unabhängigkeit zu mächtig.

Als sie vier war, weigerte sich meine Tochter, an einem ungewöhnlich kühlen Sommertag einen Pullover anzuziehen. »Mir ist nicht kalt, Mami«, sagte sie. »Dir vielleicht, aber mein Thermometer geht anders.« Chelsea sagt es frei heraus, wenn sie meint, ich hätte den akzeptablen mütterlichen Sorgequotienten überschritten. Aber wie viele Eltern fühle ich, daß wir uns heutzutage über die Kindererziehung in Amerika große Sorgen machen müssen.

Wo ich hinsehe, droht Kindern Gefahr: von Gewalt und Vernachlässigung, von auseinanderbrechenden Familien, von den

Versuchungen durch Alkohol, Tabak, Sex und Drogenmißbrauch, von Habsucht, Materialismus und geistiger Leere. Diese Probleme sind nicht neu, aber sie sind uns über den Kopf gewachsen. Vor diesem trostlosen Hintergrund kostet es wesentlich mehr Mühe, Kinder und Familien emotional und praktisch zu unterstützen. Dieses Bemühen füllt mein Herz, mein Denken und mein Leben aus.

Eltern stehen an erster und vorderster Stelle in der Verantwortung für ihre Söhne und Töchter. Sie müssen sie ernähren, sie in den Schlaf singen, ihnen das Radfahren beibringen, ihre Talente fördern, ihr geistiges Leben zur Entfaltung bringen und täglich zahllose Entscheidungen treffen, die bestimmen, was aus ihnen einmal werden wird. Ich hatte das Glück, einen schwer arbeitenden Vater zu haben, dem seine Familie über alles ging, und eine Mutter, die an mir und meinen beiden jüngeren Brüdern hing. Aber ich hatte auch das Glück, fürsorgende Nachbarn, aufmerksame Ärzte, anspruchsvolle Schulen, sichere Straßen zu haben und in einem Wirtschaftssystem zu leben, das meinem Vater seinen Beruf erhielt. Das Schicksal meiner Familie lag zum großen Teil außerhalb ihrer direkten Kontrolle, aber nicht außerhalb der Kontrolle anderer Erwachsener, deren Handlungen mein Leben beeinflußten.

Kinder existieren nicht nur in der Familie, sondern auch in der Welt. Vom Augenblick ihrer Geburt gehören sie zum sozialen Netz einer großen Anzahl anderer Erwachsener – Großeltern, Nachbarn, Lehrer, Geistliche, Arbeitgeber, Politiker und ungenannte andere, die direkt und indirekt in ihr Leben eingreifen. Erwachsene sorgen für die Sicherheit auf den Straßen, überwachen die Qualität der Nahrung, der Luft und des Wassers, produzieren die Sendungen, die im Fernsehen ausgestrahlt werden, leiten die Firmen, die ihren Eltern Arbeit geben und verfassen die Gesetze, die sie schützen. Jeder von uns spielt eine Rolle im Leben eines jeden Kindes: Ein Kind wird von einer ganzen Dorfgemeinschaft großgezogen.

Ich erwähne dieses alte, aber zeitlos gültige afrikanische

Sprichwort, weil es daran erinnert, daß Kinder nur gedeihen, wenn es ihren Familien gutgeht und wenn die gesamte Gesellschaft sie ausreichend umsorgt. Als ich dieses Buch in Angriff genommen hatte, sandte mir eine Freundin den Comic, den Sie auf dieser Seite sehen. Ich muß immer an ihn denken, wenn ich jemand sagen höre, daß Kinder nicht unter die Verantwortung von jemand außerhalb ihrer Familie fallen.

Der Weise, der dieses Sprichwort prägte, wäre zweifellos erstaunt darüber, was die moderne Dorfgemeinschaft ausmacht. Früher – und bis vor kurzem auch in unserer Kultur – bedeutete das »Dorf« einen bestimmten geographischen Ort, wo einzelne und Familien zusammen lebten und arbeiteten. Das Wort beschwört bei vielen Menschen noch ein Ortsschild herauf, auf dem steht: »Heimatgemeinde USA, 5.340 Einwohner.« Darunter sind dann die Schilder der örtlichen Kirchen und Clubs angebracht.

Abgedruckt mit freundlicher Genehmigung
von King Features Syndicate.

Für die meisten von uns aber sieht das Dorf nicht mehr so aus. Tatsächlich fällt es schwer, ein Bild der modernen Dorfgemeinschaft zu malen, so wenig faßbar und so fragmentiert ist ein Großteil unserer Kultur geworden. Großfamilien leben kaum mehr in derselben Stadt, geschweige denn im selben Haus. In vielen Gemeinden halten uns die Angst vor Verbrechen hinter verschlossenen Türen. Während wir früher auf Treppen und Veranden mit Nachbarn ein Schwätzchen hielten, sehen wir uns nun in abgedunkelten Wohnzimmern Videos an. Anstatt über die Hauptstraße zu bummeln, verbringen wir Stunden in Autos und anonymen Einkaufszentren. Bürgerverbänden, Kirchengemeinden, Vereinen, Parteien oder auch nur Bowlingclubs treten wir nicht mehr in dem Maße wie früher bei.

Die moderne Dorfgemeinschaft erstreckt sich über einen Horizont, der weit über die Stadtgrenze hinausreicht. Vom Augenblick unserer Geburt an sind wir einer ungeheuren Zahl von Menschen und Einflüssen durch Radio, Fernsehen, Zeitungen, Bücher, Filme, Computer, CDs, Telefone und Faxgeräte ausgesetzt, über die Technologie sind wir mit dem unpersönlichen globalen Dorf verbunden, das sie geschaffen hat.

Vielen erscheint diese »schöne neue Welt« als unmenschlich und unwirtlich. Es überrascht daher nicht, daß sich viele nach der »guten alten Zeit« als Zuflucht vor den gegenwärtigen Problemen sehnen. Aber wenn wir uns der Vergangenheit zuwenden, werden wir blind für die sich weiterentwickelnde Gegenwart des Dorfes und seiner maßgeblichen Bedeutung für unser Zusammenleben. Das Dorf läßt sich nicht mehr als ein Ort auf der Landkarte oder als eine Liste von Personen oder Organisationen bezeichnen, aber sein Wesen bleibt das gleiche: Es ist das Netzwerk aus Werten und Beziehungen, das unser Leben stützt und hält.

Eine der Vergünstigungen einer First Lady ist die Möglichkeit, in die Welt hinauszugehen und zu sehen, was einzelne und Gemeinschaften tun, um sich und ihren Kindern zu helfen. Ich hatte das Vorrecht, mit Müttern, Vätern, Großeltern, Bürgervereinigungen, Pfadfinderorganisationen, Lehrer- und Elternverbänden und kirchlichen Gruppen zu reden. Aus diesen vielen Gesprächen weiß ich, daß überall in Amerika Leute nach neuen Wegen suchen – und sie oft finden –, um einander unter die Arme zu greifen.

Im ganzen Land tun sich beispielsweise die Bewohner eines Viertels zusammen, um Crack-Häuser zu schließen und Kindern einen sicheren Schulweg zu bieten. Firmen verfolgen eine familienfreundliche Politik, machen Kindertagesstätten auf, bieten Elternweiterbildung und Eheberatung an. Kirchen, Synagogen und andere religiöse Einrichtungen erweitern ihre traditionellen Aktivitäten in alle möglichen Richtungen – von Aerobicunterricht über Wiedereingliederungsgruppen bis zu generationenübergreifenden Begegnungsstätten. Eltern- und Lehrerverbände, die früher wenig Zulauf hatten, blühen in manchen Schulbezirken auf, weil die Generation aus dem Babyboom wieder zu Elternabenden strömt und freiwillig Zeit in den Klassenzimmern opfert. Selbst unsere Technologie offeriert uns neue Wege des Miteinanders über Radio-Talkshows, E-Mail und das Internet.

Die Netzwerke der Beziehungen, die wir schaffen und auf die wir uns verlassen, sind unsere modernen Dorfgemeinschaften, die weit über die Stadtgrenzen hinausreichen. Viele schließen notwendigerweise die ganze Nation mit ein. Sie sind die Grundlage unserer »zivilen Gesellschaft«, wie Soziologen unsere Art der Zusammenarbeit für gemeinsame Zwecke beschreiben. Ob wir ihr Potential für das größere Gemeinwohl einspannen oder zusehen, wie wir in Entfremdung und Zersplitterung abdriften, hängt von unseren heute getroffenen Entscheidungen ab.

Wir werden nicht vorankommen, wenn wir in der Vergangenheit nach einfachen Lösungen suchen. Selbst wenn einmal ein Goldenes Zeitalter existiert hat, könnten wir es nicht einfach unserer heutigen geschäftigeren, unpersönlicheren und komplizierteren Welt aufpfropfen. Wir stehen statt dessen vor der Herausforderung, einen Wertekonsens und eine gemeinsame Vision herzustellen, was wir heute als einzelne und gemeinsam tun können, um starke Familien und Gemeinschaften aufzubauen. Die Schaffung dieses Konsenses in einer Demokratie hängt von der ernsthaften Erwägung unterschiedlicher Gesichtspunkte ab, und wir müssen dabei der Verlockung extremistischer Rhetorik widerstehen und individuelle Rechte und Freiheiten mit persönlicher Verantwortung und gegenseitigen Verpflichtungen in Einklang bringen.

Die Nagelprobe für diesen zu schaffenden Konsens ist die Frage, wie wir uns um unsere Kinder kümmern. Für ein Kind muß die Dorfgemeinschaft ein Gesicht haben. Während des Windelwechselns mit einem Baby zu sprechen, Flugzeug zu spielen, um einem Kleinkind ein Löffelchen Essen schmackhaft zu machen, oder Ballspielen mit einem Teenager, das sind Aufgaben, die sich im Cyberspace nicht durchführen lassen. Dazu ist die Anwesenheit fürsorglicher Erwachsener notwendig, die sich um Wachstum, Ernährung und Wohlergehen der Kinder kümmern. Das, was wir tun, um an diesem Netzwerk teilzuhaben und es zu unterstützen – von der Art der Kinderbetreuung, dem Beruf, den wir ausüben, den Interessengruppen, denen wir uns anschließen, bis zu unserer Haltung gegenüber verschiedenen Gesetzen –, spiegelt sich tagtäglich in den Erfahrungen unserer Kinder. Wir können aus dem Ergebnis überaus deutlich den Charakter unserer Nation herauslesen.

Die Qualität der Fürsorge für unsere eigenen und fremden Kinder ist nicht nur eine Frage der Moral, auch unser eigenes Interesse steht auf dem Spiel. Keine Familie ist gegen die Einflüsse der Gesamtgesellschaft immun. Es kommt nicht allein darauf an, was mein Mann und ich tun, um Chelsea zu beschützen und zu bestärken, denn ihre Zukunft ist auch dadurch bestimmt, wie andere Kinder erzogen werden. Ich möchte nicht, daß sie in einem Amerika aufwächst, das durch Einkommen, Rasse oder Religion scharf getrennt ist. Ich würde gern die Risiken möglichst gering halten, daß sie unter jemand leidet, der als Kind nicht genügend Liebe oder Aufmerksamkeit, Wahlmöglichkeiten oder Verantwortung bekommen hat. Ich will, daß sie wie ihr Vater und ich glaubt, daß der amerikanische Traum jedem offensteht, der bereit ist, hart zu arbeiten und Verantwortung zu übernehmen. Mein Wunsch ist, daß sie in einem Land lebt, das für seine Bürger noch mächtig und voller Verheißungen ist und das seinem Ansehen in der ganzen Welt als Land der tausend Möglichkeiten gerecht wird.

Ich maße mir nicht an, zu wissen, wie jedes Kind in Amerika aufzuziehen und zu beschützen ist, so daß jedes seine gottgegebenen Gaben voll entfalten kann. Aber ich weiß, daß wir noch nicht einmal das Machbare in Angriff nehmen. Während ich dies schreibe, lebt eines von fünf Kindern in Amerika in Armut, haben zehn Millionen Kinder keinen privaten oder öffentlichen Krankenversicherungsschutz, sterben jedes Jahr beinahe siebentausend Kinder durch eigene oder fremde Hand, wird eines von vier Kindern von einer unverheirateten Frau geboren, von denen viele wiederum selbst noch Kinder sind, bringen 135.000 Kinder tagtäglich Schußwaffen in die Schule mit. Kinder aus allen sozialen Schichten leiden unter Mißhandlung, Vernachlässigung und vermeidbaren psychischen Problemen.

Obwohl in öffentlichen Reden immer wieder verkündet wird, daß Kinder unsere wichtigste Ressource sind, vergeuden wir diese kostbaren Leben, als würden sie nicht zählen. Kinderbezogene Themen werden oft als »weich« angesehen, die in den Verantwortungsbereich weichherziger Leute (üblicherweise Frauen) abseits der umfassenderen ökonomischen und sozialen Probleme in unserem Land fallen. Diese Themen sind nicht weich. Sie sind hart – die härtesten Fragen, die sich uns stellen. Sie sind innig mit dem Wesen dessen verbunden, wer wir sind und wer wir werden. Ob Sie selbst Eltern sind oder nicht, was mit unseren Kindern geschieht, betrifft Ihre Gegenwart und Zukunft.

Ich schreibe dies im Weißen Haus und schaue durch die Fenster über Washington in all seiner Schönheit und Verkommenheit,

Hoffnung und Verzweiflung. Im Schatten der Macht fühlen sich viele machtlos. An diese Widersprüche werde ich erinnert, wenn ich an mein Kind und alle unsere Kinder denke. Meine Sorge um diese Kinder ist gewachsen, aber bemerkenswerterweise ist auch meine Hoffnung auf die Zukunft gestiegen.

Wir wissen heute mehr als noch vor ein paar Jahren über die Entwicklung des menschlichen Gehirns und das, was Kinder von ihrer Umwelt brauchen, um Charakter, Mitgefühl und Intelligenz zu entwickeln. Die Umsetzung dieses Wissens kann zu erstaunlichen Ergebnissen führen. Auch wenn ich lese, reise und mit Leuten in der ganzen Welt spreche, wird mir immer mehr klar, daß beinahe jedes unsere Kinder betreffende Problem irgendwo von irgend jemand schon gelöst worden ist. Und schließlich spüre ich bei vielen Eltern und Bürgern auch eine neue Bereitschaft, die Lautstärke in den politischen Auseinandersetzungen herunterzudrehen und uns auf das zu konzentrieren, was machbar ist.

Es gibt einen alten Spruch, den ich sehr schätze: Du kannst nicht die Ärmel aufkrempeln und zu arbeiten anfangen, wenn du noch die Hände ringst. Wenn Sie sich also wie ich Sorgen um unsere Kinder machen, wenn Sie sich auch schon gefragt haben, wie wir unseren Worten Taten folgen lassen können, möchte ich Ihnen einige der Einsichten nahebringen, die ich im Laufe meines Lebens gewonnen habe – nicht nur als Anwältin und Staatsbürgerin, sondern als Mutter, Tochter, Schwester und Ehefrau. Sie kreisen darum, was unsere Kinder von uns benötigen und was wir ihnen schulden.

Was Sie hier lesen, sind nicht meine Memoiren, die werden glücklicherweise noch etwas warten müssen. Ich wollte auch kein Fachbuch oder Nachschlagewerk schreiben. Ich habe einfach meine persönlichen Ansichten und meine durch die Jahre gewonnenen Überzeugungen über unsere Kinder niedergeschrieben. Ob Sie mit mir übereinstimmen oder nicht, ich hoffe, es wird ein aufrichtiges Gespräch zwischen uns herbeiführen.

Dies ist also die Einladung zu einer Reise, die wir gemeinsam unternehmen wollen als Eltern und Bürger, vereint im Glauben, daß vor allem die Kinder zählen – mehr als die Höhe unseres Bankkontos oder unser Wagentyp. Jackie Kennedy Onassis sagte einmal: »Wenn bei der Kindererziehung geschludert wird, dann weiß ich nicht, ob alle unsere sonstigen Anstrengungen noch besonders viel zählen.« Das gilt für jeden von uns, ob wir Eltern sind oder nicht – und für uns alle als Nation.

Auf den folgenden Seiten werden wir uns anschauen, welche Schlüsse wir aus dem heute bekannten Wissen über die emotionale und kognitive Entwicklung von Kindern ziehen müssen. Wir werden große und kleine Ideen aufgreifen, die wir daheim, in der Schule, im Krankenhaus, in der Firma, in den Medien, in der Kirche und in der Regierung umsetzen können, um die Erziehung unserer Kinder besser zu gestalten, auch wenn uns der Wind ins Gesicht bläst. Vor allem werden wir Möglichkeiten kennenlernen, eine Dorfgemeinschaft zu bilden, um die Familienbande zu unterstützen und zu kräftigen. Die meisten Lektionen sind einfach, und einige mögen selbstverständlich erscheinen. Aber offenbar müssen viele von uns sie dennoch erlernen oder in unseren Familien und Gemeinden anwenden.

Diese Lektionen stammen von Mitgliedern meiner Familie, von Freunden und Nachbarn, von engagierten Freiwilligen und Profis – und von den vielen Männern und Frauen, die mit Leidenschaft darauf hinarbeiten, daß das in unseren Kindern steckende Versprechen sich erfüllt. Ich wünschte, ich hätte den Platz, mehr als nur ein paar der vielen Menschen vorzustellen, deren entschiedenes Eintreten für Kinder mir imponiert hat, und mehr als einen Bruchteil der innovativen Wege zu beschreiben, wie unsere Gemeinschaft gerade jetzt daran arbeitet, das Leben und die Zukunft meines und aller unserer Kinder zu verbessern.

Vieles habe ich in Ländern gelernt, die ich besuchen durfte. Der Anblick von unbewacht vor Geschäften stehenden Kinderwagen auf den Straßen Kopenhagens sagte mir mehr über die Sicherheit dänischer Babys als jede wissenschaftliche Erhebung, und ich war sehr begierig darauf, zu erfahren, was die dänische und andere Kulturen uns lehren könnten. Wie schon Eleanor Roosevelt sagte: »Es gibt keine Kultur, von der ältesten bis zur neusten, von der wir nicht noch etwas lernen könnten.«

Die wichtigsten Lektionen habe ich von meiner Tochter, ihren Freundinnen und von Kindern aus der ganzen Welt gelernt. Kinder haben uns auch etwas mitzuteilen – über das, was sie brauchen, was sie glücklich macht, wie sie die Welt sehen. Wenn wir ein offenes Ohr haben, werden wir sie hören können. Dieses Buch behandelt die erste und beste Lektion, die sie mir beigebracht haben: »Ein Kind wird von einer ganzen Dorfgemeinschaft großgezogen.«

Keine Familie ist eine Insel

Schneeflocken gehören zu den zartesten Naturerscheinungen, aber seht nur, was sie vermögen, wenn sie zusammenhalten.

Verna M. Kelly

Ich möchte Ihnen ein wenig von meiner Familie erzählen, weil meine Erfahrungen – wie bei allen – meine Ansichten geformt haben. Ob wir nun Eltern sind oder nicht, wir alle waren einmal Kinder, und dies allein prägt unsere Auffassung von Erziehung.

Ich bin in einer Familie aufgewachsen, die direkt aus der Fernsehserie *Father Knows Best* (Vater kann's am besten. A. d. Ü.) aus den fünfziger Jahren hätte stammen können. Hugh Ellsworth Rodham, mein Vater, war ein genügsamer, willensstarker kleiner Geschäftsmann, der in seinem Betrieb Vorhangstoffe bedruckte und verkaufte. Er war sein einziger Angestellter, außer wenn er meine Mutter oder uns Kinder einspannte oder einen Tagelöhner anheuerte. Er arbeitete hart und mußte niemals einen ernsthaften finanziellen Rückschlag hinnehmen, aber wie viele, die während der großen Depression erwachsen wurden, machte er sich beständig Sorgen darum. »Willst du, daß wir im Armenhaus enden?« war ein vertrauter Satz in unserer Familie.

Mein Vater wuchs in Scranton/Pennsylvania als mittlerer von drei Jungen und inmitten einer Vielzahl von Verwandten aus beiden Familienzweigen auf. Er ging auf das Penn State College, wo er Mitglied der Studentenverbindung Delta Upsilon war. 1935 machte er die Lehramtsprüfung. Sein erster Job nach dem College war zu Hause in Scranton, wo er Spitzenstores verkaufte, aber dann zog er nach Chicago, als er eine bessere Anstellung als Textilhändler im Mittleren Westen geboten bekam.

Wir Kinder hörten ihn liebend gern Geschichten aus seinem Leben, »bevor ihr geboren wurdet«, erzählen. Als Junge ist er in die Kohlenzechen abgestiegen, um Mulis zu suchen, die vom Leben in den Stollen blind geworden waren und die er dann hinaus an die Sonne führte. Er schwang sich auch auf Güterzüge und sprang dann wieder ab, wenn sie langsam durch die Landschaft rollten. Einmal jedoch brauste ein Zug so schnell los, daß er die ganze Fahrt bis Binghampton/New York mitmachen mußte. Ein Junge, der heute noch so etwas anstellt, wird als »Delinquent« abgestempelt.

Ein andermal ließ er sich von einem Eistransporter mitziehen und wurde von hinten gerammt, wobei er sich schwere Brüche an Füßen und Beinen zuzog. Im Krankenhaus wollten die Ärzte beide Füße amputieren. Seine Mutter, eine resolute Frau, verschanzte sich in seinem Zimmer und ließ niemanden herein, bis ihr Schwager, ein Landarzt, eingetroffen war. Dann wies sie ihn an, »die Beine meines Sohnemanns zu retten«. Das tat er auch, und mein Vater konnte weiter aktiv seine Kindheit genießen und sowohl an der High School wie am College Ehrenabzeichen in Football einheimsen. Manchmal kann's eben auch Mutter am besten!

Nach Pearl Harbor trat mein Vater in die Marine ein, brachte es zum Rang eines Fähnrichs und bildete nördlich von Chicago Rekruten aus. Meine Mutter, Dorothy Howell, heiratete er 1942. Sie zogen in eine Mietwohnung in Chicago, wo ich 1947 geboren wurde. Sobald sie genügend Geld gespart hatten, kauften sie ein Haus in Park Ridge. Mein Vater verließ sich weder damals noch später auf Hypotheken oder Kredite.

Der Erziehung und Überzeugung nach war mein Vater ein gläubiger Methodist, der jeden Abend neben dem Bett kniend betete. Er war auch ein altmodischer Republikaner, der, bis er Bill Clinton kennenlernte, immer eifrig für die Republikaner gestimmt hatte.

Für mich war mein Vater der Gesandte unseres Heims in der Welt draußen, und die war in seinen Augen sehr wettbewerbsorientiert. Er arbeitete, um mir und meinen beiden jüngeren Brüdern Hugh und Tony die Ausrüstung fürs Leben zu geben, mit der wir überleben und gedeihen konnten. Das hieß unter anderem, höhere Vermögenssteuer zu zahlen, um in einer Vorstadt zu leben, in der die Schulen seiner Kinder subventioniert wurden. Das bedeutete periodischen Anschauungsunterricht wie etwa eine Fahrt ins Elendsviertel, damit wir sahen, was aus den Leuten wurde, die seiner Ansicht nach nicht die Selbstdisziplin und die Motivation besaßen, um ihr Leben in geordneten Bahnen zu halten. Es hieß auch, hohe Erwartungen zu haben und uns anzutreiben, sie zu erfüllen.

Als ich von der Junior High School nur Bestnoten nach Hause brachte, war der einzige Kommentar meines Vaters: »Hillary, das muß ja eine leichte Schule sein, in die du da gehst.« So schob er die Meßlatte höher und ermutigte mich, noch fester zu lernen, und tatsächlich spornten mich solche Kommentare auch an. Ich erkannte erst später, daß dieser wohlgemeinte Motivationsdruck bei einer Tochter mit anderem Temperament als meinem die gegenteilige Wirkung hätte haben können. Sie wäre vielleicht zu dem Schluß gekommen, sie könne die in sie gesetzten Erwartungen nie erfüllen.

Bei meinen Brüdern setzte mein Vater härtere Erziehungsmethoden ein als bei mir, was sicher daran lag, daß sie Jungen waren. Sie hatten großen Respekt vor ihm, und er sah sie als geeignete Ziele für die Ausbildungsmethoden, die er bei der Marine angewendet hatte, um junge Männer kampftüchtig zu machen. Er war sich nicht ganz so sicher, wie er mit seiner Tochter umgehen sollte, und kam über die tüchtige Ermunterung, bei allem, was ich tat, mein Bestes zu geben, nicht hinaus. Er sagte uns oft: »Wenn ihr arbeitet, arbeitet hart. Wenn ihr spielt, dann spielt richtig. Aber bringt nicht beides durcheinander.«

Mein Vater war seiner eigenen Familie sehr zugetan, und jeden August besuchten wir sie am Lake Winola in der Nähe von

Scranton. Wir wohnten im Häuschen meines Großvaters, wo es weder heißes Wasser noch Dusche oder Badewanne gab. Uns Kindern machte das nichts aus. Wir streiften gern durch die Hügel hinter dem Häuschen, fischten im Susquehanna River und schwammen jeden Tag, um »sauber zu bleiben«.

Der ganze Clan, mit Freunden und Nachbarn, die regelmäßig vorbeischauten, saß stundenlang auf der Veranda vor dem Häuschen, plauschte und spielte Binokel. Diese Ferien mochte ich vor allem, weil ich Zeit bei meinem Großvater verbringen konnte, der als kleiner Junge aus dem englischen County Durham nach Amerika gekommen war und schon mit elf Jahren in den Webereien gearbeitet hatte. Er war stolz auf das Hochschuldiplom, das er sich in einem Fernkurs erworben hatte, und auf die goldene Uhr, die er nach fünfzig Jahren Betriebszugehörigkeit geschenkt bekommen hatte. Meine Großmutter starb, als ich noch ganz klein war, aber mein Großvater erzählte uns zusammen mit Großtanten und Großonkeln ausgiebigst vom Leben der Familie in England und Wales. Diese Ferien waren ein wichtiger Bestandteil meiner Kindheit, nicht zuletzt, weil sie mir auch mit die schönsten Stunden bescherten, die ich je mit meinem Vater verlebte.

Mein Vater erinnerte mich ständig, wieviel besser es uns im Vergleich zu seiner Generation und den meisten Menschen auf der Welt ging. »Ihr werdet nie wissen, was für ein Glück ihr habt«, war ein Satz, den ich unzählige Male gehört habe. Er und die Väter der meisten Freundinnen waren Männer, die ihre vaterländische Pflicht erfüllt hatten und dann ihre ganze Energie der finanziellen Absicherung ihrer Familien widmeten, die sie nie gehabt hatten. Wenn meine Freundinnen und ich so vorlaut waren, ein extra Taschengeld oder einen Vorschuß darauf zu erbitten, wurde uns die klassische Lektion erteilt, daß Geld nicht auf Bäumen wuchs oder daß sie früher meilenweit durch den Schnee zur Schule gestiefelt waren. Alle unsere Väter dachten, wir hätten im Vergleich zu ihnen ein leichtes Leben.

Wenn die Väter aus der Nachbarschaft uns zum Schlittschuhlaufen mitnahmen, standen sie um ein Feuer, tranken heißen Grog, erzählten sich Geschichten vom Viehmarkt und, ja, schimpften auf Politiker. Wir mögen verständnislos die Köpfe geschüttelt haben, aber wir lernten dennoch eine Menge vom bloßen Zuschauen und Zuhören, selbst wenn die Erwachsenen sich nicht direkt mit uns beschäftigten. Keiner von ihnen hätte uns erklären können, was »qualitative Zeit« war. Sie waren einfach für uns da – beim Abendessen, am Wochenende, während des Urlaubs –, waren ein Teil unseres täglichen Lebens. Sie erfüllten die traditionelle Vaterrolle, unterhielten die Familie finanziell, geleiteten uns in das noch unerschlossene Gebiet des Erwachsenseins, indem sie uns abhärteten, uns vor Gefahren warnten und uns den Weg bereiteten.

Meine Mutter nahm eine gleichermaßen traditionelle Rolle ein. Sie schenkte uns ihre unbegrenzte Liebe und Ermunterung. Damit ebnete sie uns den Weg und glich den Druck aus, den mein Vater ausübte. Sie organisierte unser Alltagsleben und fütterte uns mit ihrer Zuneigung, Phantasie und geistigen Größe. Sie war bei jedem schulischen und sportlichen Ereignis dabei und feuerte uns an, ob wir nun Punkte machten oder ausschieden. Sie lehrte in der Sonntagsschule, half bei unserer Volksschule aus und war da, wenn wir zum Essen heimkamen. Sie bewirtete unsere Freunde, ging mit uns zur Bibliothek und achtete darauf, daß wir unsere Hausarbeiten machten.

Meine Mutter liebte das Lernen und verbrachte Stunden damit, über unsere Schulprojekte zu diskutieren und unsere Arbeiten abzutippen. Sie hatte nicht das Geld fürs College gehabt, obwohl sie später einige Kurse dort besuchte. Aber während der Zeit mit ihr lernte ich einige der wichtigsten Lektionen meines Lebens – vor allem, was es heißt, bedingungslose Liebe und Unterstützung zu erfahren.

Meine Familie war wie jede andere, die ich kenne, bei weitem nicht perfekt. Doch wie unvollkommen wir auch waren als Individuen oder als Einheit, wir waren durch ein Gefühl der gegenseitigen Verpflichtung und Sicherheit verbunden. Meine Mutter und mein Vater taten, was Eltern am besten können: Sie widmeten ihren Kindern Zeit, Energie und Geld und brachten Opfer, um uns ein besseres Leben zu bieten.

1994 veröffentlichte die Carnegie Corporation eine Übersicht, *Starting Points*, die ausführlich die Bedingungen beschreibt, welche die Entwicklung der jüngsten Bürger Amerikas, der Kleinkinder, untergraben. In dem Bericht schildert der Präsident der Carnegie Corporation, Dr. David Hamburg, die ideale Umgebung für das Aufwachsen eines Kindes: eine »intakte, unter Streß verläßliche und zusammenhaltende Kernfamilie«. Diese Beschreibung ruft mir die Familie in Erinnerung, in der ich aufwuchs.

Meine Eltern erhielten bei der Erziehung auch sehr viel Hilfe vom Dorf. Unsere Gemeinde war eine natürliche Erweiterung der Familie. Wir bewegten uns beständig zwischen den Vorgärten und Häusern unserer Freunde hin und her. Wir spielten Ball und Fangen und führten auch ausführliche Mannschaftswettkämpfe nach dem Modell der Olympischen Spiele durch, alles unter den wachsamen Augen von Eltern.

An den Sommerabenden saßen unsere Eltern in den Vorgärten oder auf den Veranden plaudernd beisammen, während wir Kinder spielten. Manchmal zogen sich ein paar Väter Laken über und erzählten uns Gruselgeschichten. Wir wanderten mit unseren Pfadfinder- oder Schülergruppen oder fuhren bei Feiertagsumzügen mit den Rädern durch unser kleines Stadtzentrum zu einem Park, wo alle Kinder Eis am Stiel geschenkt bekamen.

Unsere Verwandten waren ebenfalls ein sichtbarer, täglicher Teil der Dorfgemeinschaft. Großeltern, Tanten, Onkel und Cousinen, alle sprangen ein, wenn die Familie wegen Krankheit oder eines anderen Unglücksfalls unter Druck stand. Als mein Bruder Tony mit neun rheumatisches Fieber bekam, mußte er monatelang das Bett hüten, bis er wieder gesund war. Unser Großvater kam aus Scranton und saß stundenlang an Tonys Bett, spielte Karten und las laut vor, bis ihm die Stimme versagte.

Es gab auch noch viele andere treusorgende, verantwortungsbewußte Erwachsene, die ihr Bestes taten, damit alle Kinder in der Gemeinde die notwendige Zuwendung erhielten. Von Bibliothekarinnen oder Schülerlotsen bis zu den Leitern von Pfadfindergruppen sahen Erwachsene nach uns und stellten sicher, daß wir beschäftigt waren und auch den Platz dafür hatten.

Unter den Erwachsenen herrschte die übereinstimmende Meinung, daß sie eine gemeinsame Front bilden mußten, wenn sie mit Kindern umgingen. Erwachsenenautorität gab uns sowohl eine Struktur im Leben als auch ein Ziel, gegen das wir rebellierten. Wir kannten uns in den Regeln aus, auch wenn wir manchmal dagegen verstießen.

Die Gemeindeflächen wurden zum Wohl der Kinder genutzt. Das Gelände um jede Schule diente ganzjährig als Park und Spielplatz für Kinder. Und die Schulen waren im Sommer vormittags geöffnet, damit wir unter der Leitung von Jugendlichen Sport treiben oder basteln konnten.

Die Kirche war ein weiterer wichtiger Bestandteil unseres Lebens. Mein Bruder und ich gingen brav in die Sonntagsschule und waren unter der Woche gewöhnlich mindestens noch einmal in der Kirchengemeinde zu Jugendgruppentreffen, Sportwettkämpfen, Wohltätigkeitsessen oder Theaterproben.

Unsere Kirche brachte uns die Welt jenseits unserer weißen Mittelklassevorstadt näher. Die Lehrer in der Sonntagsschule brachten uns bei, daß Vorurteile im Angesicht Gottes falsch seien, und erklärten, daß Gott deshalb so viele verschiedene Arten von Menschen erschaffen hat, weil er ihre unterschiedlichen Schönheiten und Gaben genießen wollte, ganz so wie die unterschiedlichen Früchte und Blumen in einem Garten. Diese einfachen, aber eindringlichen Lektionen wurden durch unseren Jugendpfarrer bekräftigt, der für uns Begegnungen mit schwarzen und hispanischen Jugendlichen organisierte. Er ermöglichte es auch einer Gruppe von uns, Dr. Martin Luther King zu treffen, als dieser nach Chicago kam, um eine Rede zu halten. Weil meine Dorfgemeinschaft so sicher war, fiel es mir sehr schwer, mir vorzustellen, wie das Leben für diejenigen in weniger glücklichen Umständen aussah. Die Kirche bot mir konkrete Erfahrungen, die mich mit der Realität der Ungleichheit und Ungerechtigkeit konfrontierten. Ohne daß es mir damals bewußt wurde, vergrößerte sich meine Dorfgemeinschaft. Das stabile Familienleben, in dem ich aufwuchs, war nicht auf meinen privilegierten kleinen Bereich der Welt beschränkt.

Ich habe mit meiner Freundin Marian Wright Edelman, der Präsidentin des Children's Defense Fund, über ihre Kindheit im rassisch getrennten Bennettsville/South California in den vierziger und fünfziger Jahren gesprochen. In ihren Büchern *The Measure of Our Success* und *Guide My Feet* beschreibt sie das Beziehungsnetz, das ihre Familie zusammenhielt. Ihre Eltern zogen nicht nur fünf Kinder groß und leiteten eine Kirche, sie nahmen auch Pflegekinder auf, kümmerten sich um die Kranken und Alten und hatten Führungspositionen in der schwarzen Gemeinde inne. Marian und ihre Eltern waren einem beispiellos brutalen Rassismus ausgesetzt, aber sie konnten sich auf etwas viel Stärkeres stützen: ihren Glauben und ihren gegenseitigen Zusammenhalt. Sie waren eine starke Familie, verankert in der Dorfgemeinschaft, die ihnen vor dem Übel und der Ungerechtigkeit der übrigen Gesellschaft Schutz bot.

Im Guten wie im Bösen bilden unsere Familien und unser Lebensumfeld den Hintergrund, vor dem sich unser gesamtes Leben abspielt. Familien formen unsere Zukunft; unsere frühkindlichen Erfahrungen in der Familie beeinflussen in hohem und bestimmen in einem gewissen Maße unser ganzes weiteres Denken und Verhalten. Gleichzeitig werden unsere Familien von den in der übrigen Gesellschaft vorherrschenden Kräften geformt – und von ihrer Dorfgemeinschaft, sei es nun eine idyllische Vorstadt oder ein Ghetto. Deshalb ist es so wichtig, daß wir verstehen, wie unsere persönlichen und gesellschaftlichen Kräfte unsere Familien geformt haben und wie diese wiederum unserem Leben und der Dorfgemeinschaft Gestalt gegeben haben und geben.

Diejenigen, die eine Rückkehr zu den Werten der fünfziger Jahre anmahnen, sehnen sich nach der Art von Familie und Nachbarschaft, in der ich aufgewachsen bin, und nach den Gefühlen des Zusammenhalts, die sie erzeugten. Die Vertreter der Nostalgie wollen uns ein Bild vom amerikanischen Leben vor einem halben Jahrhundert verkaufen, wo jeder Haushalt eine stabile Einheit aus den Eltern, zwei Kindern, einem Hund und einer Katze bildete, die alle in einem Haus mit einem gemähten Rasen und einem Kombiwagen in der Auffahrt lebten. Das Leben erschien damals einfacher und unsere gemeinsamen Werte klarer.

Ich habe für diese Nostalgie Verständnis. Ich empfinde sie selbst, wenn die heutige Welt mir über den Kopf zu wachsen droht. Unsere damalige Lebensweise hatte viele gute Seiten. Aber in Wirklichkeit war unsere Vergangenheit nicht so idyllisch. Fragen Sie Afroamerikaner, die als Kinder unter der Rassentrennung aufwuchsen, oder Einwanderer, die in Ausbeuterbetrieben und Mietskasernen um ihr Überleben kämpften, oder Frauen, deren Entscheidungsmöglichkeiten im Leben eng umrissen waren und deren Arbeit unterbezahlt war. Fragen Sie diejenigen, die in den idyllischen Häusern aufwuchsen, nach den Geheimnissen und der Verzweiflung, die sie manchmal verbargen.

Wenn wir uns nach dem sehnen, »wie es früher war«, verschließen wir nicht nur die Augen vor der Realität dieser früheren Jahre, sondern auch vor den größeren Zusammenhängen, in denen sich die Familie heute wiederfindet: die Auswirkungen zerrütteter häuslicher Verhältnisse, Diskriminierung, ökonomischer Abstieg, Verstädterung, Konsumzwang und Technologie. Immer wenn jemand den Verlust von »Familienwerten« beklagt, muß ich an die Veränderungen denken, die einsetzten, als ich in den fünfziger Jahren noch ein Kind war, und die unsere Lebensweise dramatisch verändert haben – so wie das Auto das Leben einer Generation vorher neu geprägt hat.

Niemand konnte den Umfang der Veränderungen – ob gut oder böse – im Gefolge der technologischen Revolution absehen. Am wichtigsten war das Auftauchen des Fernsehens. Wir erhielten unser erstes Gerät 1951. Es war eine faszinierende Neuigkeit, und mein Vater klagte, daß wir, wenn er es zuließe, den ganzen Tag fernsehen würden, das um 6 Uhr mit der Morgenmesse für die Bettlägerigen anfing. Trotzdem hatte das Fernsehen nicht annähernd den Stellenwert im Familienleben oder den Einfluß auf ihre Werte, den es jetzt hat.

Eine weitere große Neuerung waren Schnellrestaurants. Wir hatten den ersten McDonald's Amerikas im Nachbarort Des Plaines/Illinois. Ich erinnere mich noch, wie das Schild mit der Zahl der verkauften Hamburger wöchentlich ausgewechselt wurde. Aber wie fast alle aßen wir daheim noch jeweils zur gleichen Zeit zu Abend, saßen uns am Tisch gegenüber und »blieben unter uns«. Zum Essen ausgehen – und sei es nur für einen Hamburger – war ein besonderer, denkwürdiger Anlaß. Heute kenne ich Erwachsene, die beruflich so eingespannt sind, daß sie einem nicht sagen können, wann sie das letztemal daheim gegessen haben – mit den Kindern und ohne Fernsehprogramm.

Zu Anfang der fünfziger Jahre wurden wir auch mobiler. Als Präsident Eisenhower sich für den großzügigen Ausbau des Straßennetzes und der Flughäfen einsetzte, konnten sich wenige Leute vorstellen, wie diese Straßen und Flughäfen bald das Familienleben beeinflussen würden. Ich flog zum erstenmal, als ich in der High School war, meine Neffen flogen schon als Kleinkinder kreuz und quer durchs Land.

Neue Straßen gestatteten es mehr Menschen, aus Vorstädten wie der meinen zur Arbeit in die Stadt zu pendeln und sich sogar noch weiter entfernt anzusiedeln. Der Bau von Highways zerschnitt bestehende Viertel und legte das wirtschaftliche Leben anderer lahm. Tägliche Besuche bei Cousins oder Großeltern wurden seltener, als Arbeiter berufsbedingt im ganzen Land verschoben wurden. Wir gehörten zu den Glücklichen, die sich dafür entscheiden konnten, Wurzeln zu schlagen und am selben Ort zu bleiben.

Damals fing auch die Telekommunikation gerade an, sich auszubreiten. Das typische Haus in meinem Viertel hatte ein Telefon oben und eines unten, aber nur einen Anschluß. Wir Kinder mußten unsere Zeit am Fernsprecher begrenzen und durften nur »öffentlich« telefonieren. Wir waren noch keine Sklaven unserer Telefone; wenn jemand anrief und wir nicht zu Hause waren, würde er es wieder probieren, wenn es wichtig war. Noch niemand hatte einen Anrufbeantworter. Und es gab auch noch keine Handys, die uns in unseren Beschäftigungen störten oder uns von unseren Mitmenschen ablenkten.

Meine Familie besaß in vieler Hinsicht das Beste aus beiden Welten – den durch die neue Technologie und die Massenproduktion erzeugten Wohlstand ohne die Konflikte und Ängste, die diese Entwicklungen Haushalten und Individuen innerhalb weniger Jahrzehnte auferlegten. Wir brachten es zu einem komfortablen Lebensstandard mit nur einem Einkommen, grundsätzlich dem des Vaters. Selbst Menschen mit keiner abgeschlossenen Ausbildung konnten Arbeit finden und erwarten, sie bis zur Pensionierung zu behalten. Sie mußten sich keine Sorgen machen, durch Automatisierung oder Informationstechnologie überflüssig gemacht zu werden. Ein Drittel der Arbeiterschaft war gewerkschaftlich organisiert, und die Lücke zwischen dem Einkommen von Arbeitern und dem ihrer Vorgesetzten war nicht unüberbrückbar.

Aber vor allem empfanden wir uns als Teil desselben Unternehmens. Mag sein, daß der Kalte Krieg uns enger zusammenschweißte, aber jedenfalls fühlten wir uns zusammengehörig. Als Präsident Eisenhower uns ans Herz legte, mehr Mathematik und Naturwissenschaften zu studieren, nachdem der erste sowjetische Sputnik gestartet worden war, glaubten wir, daß unser Präsident und unser Land uns dafür brauchten. Präsident Kennedys Aufruf zu mehr Dienst an der Allgemeinheit inspirierte ebenfalls viele von uns. Wir waren noch nicht der täglichen Dosis zynischer Kritik an den Motiven und Handlungsweisen jeder führenden Persönlichkeit und Institution ausgesetzt.

Denjenigen von uns, die in einer Zeit aufwuchsen, die anscheinend so viele Ideale verkörperte, nach denen sich die Menschen heute zurücksehnen, fällt das Eingeständnis schwer, daß damals unwillkürlich genau die Kräfte in Gang kamen, die uns heute manchmal ein Gefühl der Isolation in unseren Familien und Gemeinden geben. Wir fühlen uns zeitweilig so entfremdet von der übrigen Gesellschaft, daß wir uns die Existenz der Dorfgemeinschaft gar nicht mehr vorstellen können. Doch jedes Zeitalter bringt die Dorfgemeinschaft der nächsten Generation auf die Welt.

Wie die Familie ist auch die Kultur, die wir erben, größtenteils ein Produkt aus Ereignissen und Entscheidungen, auf die wir kaum Einfluß haben. Nicht daß die Kultur unser Schicksal ist, genausowenig wie das Elternhaus: Familien gediehen unter den härtesten Bedingungen, und einzelne haben unter den härtesten Familienumständen überlebt. Aber die Gesellschaft ist unser Umfeld – wir existieren nicht in einem Vakuum. Auch jetzt nimmt die Dorfgemeinschaft, in der unsere Kinder ihre Kinder aufziehen werden, auf unmerkliche Weise Gestalt an. Es liegt an uns, sorgfältig darüber nachzudenken, welche Erbschaft wir ihnen hinterlassen wollen.

Jedes Kind benötigt ein Vorbild

Wenn ich Eltern nur eines mit auf den Weg geben könnte, wäre es schlicht, daß ein Kind jemand braucht, der an es glaubt, egal, was es tut.
Alice Keliher

Die meisten Leute, die ich während meiner Jugend kannte, stammten aus Familien, die meiner bemerkenswert ähnlich waren. Ich hatte keine einzige enge Freundin – vom Kindergarten bis zur High School –, deren Eltern geschieden waren. Aber ein Kind aus einer geschiedenen Familie kannte ich so gut wie niemand sonst: meine Mutter.

Meine Mutter wurde 1919 in Chicago geboren, als ihre Mutter erst fünfzehn und ihr Vater gerade siebzehn war. Fünf Jahre später folgte eine Schwester, aber beide Eltern waren zu jung für die Bürde der Kindererziehung und beschlossen, sich scheiden zu lassen. Als meine Mutter erst acht Jahre alt war und ihre Schwester kaum drei, schickte ihr Vater die beiden mit dem Zug allein nach Los Angeles, wo sie bei seinen Eltern, englischen Einwanderern, leben sollten.

Als meine Mutter mir zum erstenmal erzählte, wie sie sich auf der dreitägigen Reise um ihre Schwester kümmern mußte, konnte ich es kaum glauben. Als ich selbst Mutter war, regte sich Zorn in mir, daß ein Kind – selbst in den sicheren zwanziger Jahren – so behandelt werden konnte.

Auch heute noch schildert meine Mutter ihren Aufenthalt in Südkalifornien vor siebzig Jahren in lebhaften Farben. Sie beschreibt, wie die Orangenhaine rochen, durch die ihr Schulweg führte, und was für eine Aufregung es war, mit der Straßenbahn an den Strand zu fahren. Doch diese sorglosen Erinnerungen stecken in einer rauhen Schale. Ihre Großmutter war eine strenge und unbeherrschte Zuchtmeisterin, die sie beständig ausschimpfte, und ihr Großvater beachtete sie so gut wie gar nicht. Ihr Vater kam unregelmäßig zu Besuch, und ihre Mutter verschwand für zehn Jahre aus ihrem Leben.

Doch meine Mutter war nicht ohne Verbündete und eine »Dorfgemeinschaft«, die ihr Unterstützung ab. Einer freundlichen Lehrerin fiel auf, daß meine Mutter oft nicht das Geld für die Milch hatte, und sie kaufte jeden Tag eine extra Tüte Milch, die sie ihr unter dem Vorwand schenkte, sie selbst könne sie nicht mehr trinken. Eine Großtante, Belle, steckte meiner Mutter immer wieder etwas zu und intervenierte des öfteren, um sie davor zu bewahren, von der Großmutter lächerlich gemacht oder zu hart angefaßt zu werden.

Mit vierzehn zog meine Mutter bei ihren Großeltern aus und ging als Kindermädchen für Kost und Logis arbeiten. Dadurch war ihr der Besuch der High School möglich, aber nicht die Teilnahme an Spiel und Sport nach der Schule. Jeden Morgen stand sie sehr früh auf, um den Kindern das Frühstück herzurichten, und jeden Abend blieb sie, lange nachdem die Kinder zu Bett gegangen waren, noch auf, um ihre Hausaufgaben zu erledigen. Die Familie schätzte, wie sie mit den Kindern umging, erkannte ihren wahren Wert und ermutigte sie, die High School abzuschließen. Die Mutter, die selbst auf dem College gewesen war, gab ihr Lesestoff, spornte ihren Geist an und betonte, wie wichtig eine gute Schulbildung war. Sie lebte ihr auch eine vorbildhafte Rolle als Ehegattin, Mutter und Hausfrau vor.

Wie ich mir wünschte, Tante Belle und die Frau, die meiner Mutter Arbeit gab, kennengelernt zu haben. Ich würde ihnen meinen Dank abstatten für die Erziehung und Ermutigung, die meiner Mutter halfen, das Mißtrauen und die Mißgunst zu überwinden, die ihr in ihrer eigenen Familie begegneten. Sie bewahrten sie vielleicht vor lebenslangen Wunden. Trotz alledem bildete sich bei meiner Mutter ein Charakter heraus, der überwiegend durch die in ihren frühen Jahren erfahrenen Bedrängnisse geformt wurde. Diesen Herausforderungen entstammen ihr starker Sinn für soziale Gerechtigkeit und ihre Achtung vor allen Menschen, ungeachtet ihres Rangs oder ihrer Bildung. Auch ihre Leidenschaft für das Lernen und die Freude am Wissen kommen daher.

Nach der High School zog meine Mutter wieder nach Chicago und arbeitete in mehreren Büros als Sekretärin. In einem lernte sie meinen Vater kennen und traf sich regelmäßig mit ihm. Während mein Vater bei der Marine war, arbeitete meine Mutter weiter. Nach Ende des Krieges zog mein Vater sein eigenes Geschäft auf. Meine Mutter half ihm bei der Arbeit und zog uns drei groß.

Ich mußte an die Geschichte meiner Mutter denken, als ich 1971 während des Jurastudiums meinen Mann kennenlernte. Bill war wie sie unter Umständen aufgewachsen, die nicht gerade ideal waren. Seine Mutter, die verstorbene Virginia Kelley, eines der großen Originale unserer Zeit, wuchs in Hope/Arkansas als Einzelkind auf. Nach der High School machte sie eine Schwesternausbildung und lernte während des Krieges Bills Vater William Blythe aus Texas kennen. Sie heirateten im September 1943, kurz bevor er nach Europa geschickt wurde.

Als er 1945 zurückkam, zogen Virginia und er nach Chicago. Ich habe mich oft gefragt, ob sich die Wege von Virginia Kelley und meiner Mutter nicht gekreuzt haben, vielleicht beim Anstehen vor Marshall Field's Kaufhaus in der Innenstadt.

Virginia wurde schwanger und ging nach Hope zurück, um zur Geburt ihres Babys bei ihren Eltern und Bekannten zu sein. Ihr Mann hatte vor nachzukommen, sobald er ihre neue Wohnung eingerichtet hatte. Er machte sich am 17. Mai 1946 von Chicago auf den Weg nach Arkansas und erlitt in der dunklen, regnerischen Nacht einen tödlichen Autounfall.

Virginia, die nach dem Tod ihres Mannes verzweifelt war, wollte dennoch nach besten Kräften für ihr Baby sorgen. William Jefferson Blythe kam drei Monate später, am 19. August, dem Geburtstag von Virginias Vater James Eldrigde Cassidy, auf die Welt. Virginia zog mit ihm nach der Entlassung aus dem Krankenhaus zu ihren Eltern, die sich während seiner ersten sechs Jahre mit um Bills Erziehung kümmerten. Trotz ihrer Differenzen waren Virginia und ihre willensstarke Mutter Edith Valeria Grisham Cassidy sich in einem einig: ihrer Hingabe an Bill.

Weil sie ihrem Kind ein besseres Leben bieten wollte, verließ Virginia Hope, um in New Orleans eine Ausbildung zur OP-Helferin zu absolvieren. Das bedeutete, Bill ein Jahr lang der Pflege ihrer Eltern zu überlassen. Virginia sagte oft, daß die Trennung von ihrem Sohn sie beinahe umgebracht hätte. Eine von Bills frühesten Erinnerungen ist die an die wöchentlichen Zugreisen mit seiner Großmutter zu Virginia. In seiner Erinnerung sieht er heute noch seine Mutter beim Abschied am Sonntag auf die Knie fallen und neben den Gleisen weinen.

Bills Familie lebte in bescheidenen Verhältnissen, aber sie wußte, wie wichtig die ersten Jahre eines Kindes für seine Entwicklung waren – geistig, sozial und emotional. Seine Großmutter, die über einen Fernkurs die Schwesternausbildung abgeschlossen hatte, fragte ihn die Zahlen ab, indem sie dafür Spielkarten hernahm, die sie rund um sein Kinderstühlchen klebte. Sie las ihm jeden Tag laut vor und spornte ihn an, lesen zu lernen, schon bevor er in den Kindergarten kam.

Sein Großvater, der nur die Grundschule besucht hatte, verbrachte viel Zeit mit Bill. Er nahm ihn mit auf Besorgungsgänge und zu seinem kleinen Lebensmittelladen, wobei er auf dem Weg stets bei Freunden vorbeischaute. Bill hat sicherlich viel von seinem geselligen Wesen diesen frühen Zeiten zu verdanken, als sie von einem Schwätzchen zum anderen durch die Stadt zogen.

Obwohl ich Bills Großeltern nie begegnet bin, weiß ich, daß ihre tiefe und rührende Liebe zu ihm geholfen hat, die Lücke zu füllen, die sein Vater hinterlassen hat, und ihn gegen das Leid zu wappnen, das ihm noch bevorstand.

Bills Leben änderte sich dramatisch, als er vier war. Virginia heiratete Roger Clinton, einen Autohändler aus Hope, wo sie ein eigenes Häuschen bezogen. Die Ehe war eigentlich schon von Beginn an alles andere als verheißungsvoll. Roger neigte zu übermäßigem Trinken und wurde im Rausch bösartig und ausfallend. Was Virginia an Mißhandlungen und Gewalt auszuhalten hatte, wird in ihrer warmherzigen und witzigen Autobiographie *Leading with My Heart* erzählt.

Ich habe Virginia einmal gefragt, warum sie die Ehe mit Roger aufrechterhalten hat. Sie erklärte, sie wäre in dem Glauben aufgezogen worden, die Ehe sei fürs ganze Leben und Scheidung wäre etwas falsches. Und, fügte sie hinzu, die meiste Zeit – wenn er nicht betrunken war – konnte Roger reizend und ungeheuer lustig sein. Aber dennoch ließ sie sich 1962 von ihm scheiden, als seine Alkoholexzesse für sie unerträglich wurden. Doch drei Monate später hat sie ihn aus Mitleid mit ihm und im Glauben an seine Versprechungen, sich zu ändern, wieder geheiratet, gegen Bills Rat. Bill, der mittlerweile größer als sein Stiefvater war, warnte Roger auf unmißverständliche Weise davor, seine Mutter je wieder zu schlagen oder zu bedrohen.

Als Bill sieben Jahre alt war, zogen Roger und Virginia in die größere Stadt Hot Springs. Obwohl Virginia sich für tägliche Hilfeleistungen nicht mehr an ihre Eltern wenden konnte und sich ungern auf Roger verließ, gab es einen Clan von Clinton-Onkeln, Tanten und Cousins, die Bill in dieser Zeit familiären Beistand boten. Virginia verpflichtete auch für die Zeit, da sie arbeitete, eine Nachbarin, Mrs. Walters, die bei der Betreuung von Bill und später von seinem Bruder Roger half. Selbst bei ihrer Vollzeitbeschäftigung und den schwelenden Spannungen in ihrer Ehe sorgte Virginia dafür, daß ihr Heim ein sicherer Hort für Nachbarskinder wurde, die nach der Schule herkamen, um Korbball zu spielen, Musik oder Kartenspiele zu machen oder einfach zu reden. Wenn sie von der Arbeit heimkam, gesellte sie sich gleich dazu.

Weil Bill alt genug war, um sich physisch und emotional von seinem Stiefvater zu distanzieren, konnte er die Spannungen seines häuslichen Lebens verkraften. Außerdem ging er Beziehungen zu anderen Erwachsenen ein. Einige Ärzte, bei denen seine Mutter arbeitete, widmeten ihm ihr besonderes Interesse und nahmen sich Zeit, ihm Ratschläge zu geben. Seine Lehrer und Musikerzieher förderten seine akademischen und musikalischen Talente. Und ungeachtet der schweren Zeiten stand seine Mutter jeden Morgen auf, um zur Arbeit zu gehen, und setzte ein Beispiel an Selbstdisziplin und Widerstandskraft, das mehr als alle Worte sagte.

Die menschliche Familie gibt und gab es immer in vielen Formen. Der Haushalt der Clintons paßte nicht ins herkömmliche Bild. Doch es wäre anmaßend, wenn jemand sagte, das war keine richtige Familie oder ihr fehlten »Familienwerte«. Bill zweifelte nie daran, daß seine Mutter und die anderen Erwachsenen in seinem Leben ihn alle mit ganzem Herzen förderten. Seine Familie hatte mit Problemen zu kämpfen, genau wie meine und, wie ich annehme, Ihre ebenfalls. Der Psychologe Urie Bronfenbrenner aber erinnert uns: »Das Wichtigste, was Kinder brauchen, um in dieser Welt besser überleben zu können, ist jemand, der verrückt nach ihnen ist.« Bill und ich hatten beide dieses Glück.

Diese Art von Liebe kann für vieles entschädigen, aber sie kann nicht alles heilen. Virginia liebte ihren zweiten Sohn, Roger, der 1957 geboren wurde, genauso innig wie Bill. Doch so sehr sie ihn liebte, sie konnte ihn nicht von dem schlechten Einfluß des chronischen Alkoholismus seines Vaters abschirmen. Die Probleme, die er als Heranwachsender bekam, waren typisch für die Schwierigkeiten, denen Kinder ausgesetzt sind, wenn die häuslichen Verhältnisse nicht stabil sind, sei es in einer intakten oder geschiedenen Familie.

Es gibt keine feste Formel für elterlichen Erfolg. Viele Alleinerziehende und Stiefeltern machen ihre Sache bei der Kindererziehung sehr gut, doch im allgemeinen ist ihre Aufgabe schwerer. Und heutzutage können alle Eltern wahrscheinlich nicht mehr so einfach auf Unterstützung durch die Großfamilie oder eine eng verwobene Gemeinschaft zählen. Es gibt weniger Tante

Belles, Großeltern und andere Verwandte in der Nähe, und viele von uns trauen sich nicht recht, einen Nachbarn darum zu bitten, ihnen zur Hand zu gehen oder das Ohr zu leihen.

Die Instabilität amerikanischer Familien birgt große Gefahren für die gesunde Entwicklung von Kindern. Die Scheidungsrate ist zwar langsam gesunken, aber bei vielen Ehen heißt »bis daß der Tod euch scheidet« eher »bis der Karren im Dreck steckt«. Und die Zahl der unehelich geborenen Kinder ist heute von fünf auf fünfundzwanzig Prozent hochgeschnellt.

Kinder tragen mehr als alle anderen die Hauptlast solch massiver sozialer Umbrüche. Die Verwirrung und Unruhe, die Scheidungen und nichteheliche Geburten im Leben von Kindern hervorrufen, sind gut dokumentiert. Die Ergebnisse einer bundesweiten Untersuchung, die den Lebensverlauf einer Gruppe von Sieben- bis Elfjährigen über mehr als ein Jahrzehnt verfolgte, und anderer aktueller Studien legen überzeugend dar, daß Kindern anders als vielen Erwachsenen die Scheidung oder das Alleinerziehen nicht gutgetan haben.

Für Kinder, die bei einem Elternteil oder in Stieffamilien leben, ist die Wahrscheinlichkeit zwei- bis dreimal höher, emotionale Probleme oder Verhaltensstörungen zu bekommen, als für Kinder in intakten Familien. Bei Kindern mit nur einem Elternteil ist es eher wahrscheinlich, daß sie die High School abbrechen, als Teenager schwanger werden, zu Drogen greifen, sich gewalttätig verhalten oder mit dem Gesetz in Konflikt kommen. Die erneute Heirat eines Elternteils scheint oft die Nachteile nicht ausgleichen zu können.

Außerdem hat der Anstieg der Scheidungen und nichtehelichen Geburten sehr stark zur tragischen Zunahme von Armut bei amerikanischen Kindern beigetragen. Derzeit ist eines von fünf Kindern betroffen. Und während die Scheidung oft die wirtschaftliche Situation von Männern verbessert, die selten das Sorgerecht zugesprochen bekommen, resultiert sie fast immer in einem niedrigeren Lebensstandard des sorgepflichtigen Elternteils – im allgemeinen der Mutter – und der Kinder.

Das Verschwinden der Väter aus dem täglichen Leben der Kinder durch uneheliche Geburten oder Scheidungen hat andere, nicht so greifbare Konsequenzen. Mädchen reagieren eher mit Depressionen oder Hemmungen, wohingegen Jungen eher die Schule abbrechen und Ausbildungs- oder Verhaltensprobleme bekommen. Schon vor dreißig Jahren hat Senator Daniel Patrick Moynihan davor gewarnt, daß die Abwesenheit von Vätern im Leben der Kinder – besonders der Jungen – zu erhöhter Gewalt und Aggressivität sowie zu einem allgemeinen Manko an kultivierenden Einflüssen führt, die sonst durch Ehe und verantwortliche Elternschaft in jeder Gesellschaft gewährleistet sind.

Der Children's Defense Fund hat als Motto das Gebet eines Kindes: »Lieber Gott, sei gut zu mir. Das Meer ist so groß, und mein Boot ist so klein.« Kinder ohne Väter oder mit Elternteilen, die nach einer Scheidung aus ihrem oder in ihr Leben gespült werden, sind die am meisten schwankenden Boote auf den aufgewühltesten Meeren.

Viele, die lauthals gegen Sozialleistungen, Rechte für Schwule und Lesben und andere scheinbare Bedrohungen der »Familienwerte« protestieren, haben auffälligerweise zum Thema Scheidung geschwiegen. Auch wenn wir nicht mit allen Äußerungen des früheren Bildungsministers William Bennett übereinstimmen, so müssen wir doch seiner Meinung beipflichten, daß eine Scheidung für Kinder hart ist: »Was den Schaden für amerikanische Kinder betrifft, so läßt sich das, was die Homosexuellenbewegung bewirkt hat, nicht mit dem vergleichen, was die Scheidung dieser Gesellschaft angetan hat. Was die Folgen für Kinder angeht, kommt sie dem nicht annähernd gleich.«

Die wohl überzeugendsten Aussagen kommen aus Kindermund. Ich erhielt vor kurzem den Brief eines fünfzehnjährigen Jungen aus Louisiana, dessen Eltern sich hatten scheiden lassen. »Ich mißtraue Euch Erwachsenen und der Gesetzgebung in diesem Land«, schrieb er. »Mir kommt es so vor, als ob Ihr Erwachsenen bloß eine Menge redet und sonst nichts.« Er beschrieb des weiteren, was die Trennung seiner Familie als ganzer und jedem einzelnen zufügt. »Ich versuche angestrengt, nicht ein zorniger, bitterer junger Mann gegenüber meinem Vater und dem System zu werden«, teilte er mir mit. »Aber es ist nicht fair gegen mich oder meine Mutter, daß sie für mich und meinen kleinen Bruder sowohl Mutter wie Vater sein muß. Es ergibt keinen Sinn für mich.« Es sollte für uns alle keinen Sinn ergeben.

Mein persönlicher Wunsch, jedes Kind möge eine intakte, verläßliche Familie haben, wird wahrscheinlich ein Wunschtraum bleiben. Aber wir können eine Menge tun, um die Ehe zu fördern und zu stärken und Kindern geschiedener und alleinerziehender Eltern angemessene Unterstützung zu bieten. Hier ein paar Beispiele, was bereits geschieht.

Nach jahrelanger Gleichgültigkeit gegenüber der Scheidung in diesem Land werden nun ermutigende Anstrengungen unternommen, mehr Paaren bei ihren Eheproblemen zu helfen. Graswurzelkampagnen, die Männer drängen, mehr Verantwortung für das Wohlergehen der Familie zu übernehmen, sprießen im ganzen Land. So unterschiedlich (und manchmal widersprüchlich), wie sie und ihre Anführer auch sein mögen, die von ihnen weithin ausgelösten Reaktionen spiegeln eine breite öffentliche Anteilnahme an der Frage der persönlichen Verantwortlichkeit wider. Promise Keepers, eine konfessionslose Glaubensgemeinschaft, hat ganze Stadien mit Männern gefüllt, die Zuspruch und Ermutigung suchten, wie sie ethischer leben können. Beim »Million Man March« am 16. Oktober 1995 war die Straße zum Capitol mit Männern überfüllt, die im aufrichtigen Geist der Sühne und Versöhnung ihre Entschlossenheit bekundeten, mehr Verantwortung für sich selbst, ihre Familien und ihre Gemeinden zu übernehmen.

Seminare zu ehelicher Versöhnung in pädagogischen und religiösen Organisationen im ganzen Land erfreuen sich wachsender Beliebtheit. In seiner Rede zur Lage der Nation von 1995 hat Präsident Clinton die Arbeit der methodistischen Geistlichen

John und Diana Cherry aus Maryland gewürdigt. Durch ihre Predigten und ihre Beratungskurse vor und in der Ehe haben sie ihr Amt zu einem großen Teil der Aufgabe gewidmet, Paaren dabei zu helfen, zusammenzubleiben oder wieder zusammenzufinden. Ihre Kirche hat einen ungewöhnlich hohen Anteil an männlichen Mitgliedern, weil sie Männer direkt anspricht, Familienpflichten freudig zu übernehmen.

Die amerikanische Anwaltsvereinigung hat ein Pilotprojekt in Angriff genommen, den First Year Anniversary Course (= Kurs zum ersten Ehejahr, A. d. Ü.), der jungen Paaren beim Erkennen der in der Anfangszeit der Ehe am häufigsten auftretenden Probleme hilft. Der Kurs gibt Ehepaaren in der Krise die Möglichkeit, an kommunikativen, die Verhandlungsbereitschaft fördernden Sitzungen mit Anwälten und Beziehungsfachleuten teilzunehmen.

Das Partners Project von Lynne Gold-Bikin ist ein praktischer Videokurs mit dem Ziel, High-School-Studenten bereits vor der Ehe Kommunikations- und Verhandlungsgeschick beizubringen. Jede Sitzung ist auf ein anderes Thema ausgerichtet – zum Beispiel die Aufteilung des Familieneinkommens oder häusliche Gewalt. Die Studenten machen abwechselnd Rollenspiele mit Szenarien, die allgemeine häusliche Konflikte dramatisieren. Wer kocht, wenn beide Partner müde sind? Wer entscheidet, wie das Geld ausgegeben wird? Die Dozenten bitten die Studenten, in jedem Szenario das Problem zu benennen und verschiedene Lösungsmöglichkeiten zu überlegen. Wenn der Konflikt in der Überlegung eines Partners resultiert, sich scheiden zu lassen, wird der Besuch bei einem Rechtsbeistand durchgespielt, und die Jugendlichen werden mit den harten Realitäten bekannt gemacht, die ein Scheitern der Ehe mit sich bringt.

Meine starken Gefühle gegen die Scheidung und ihre Auswirkungen auf Kinder haben mich dazu veranlaßt, mir mehr als einmal während meiner eigenen Ehe auf die Zunge zu beißen und lieber darüber nachzudenken, was ich tun könnte, um eine bessere Ehefrau und Partnerin zu sein. Mein Mann hat das gleiche getan. Bill und ich haben mit sehr viel gegenseitiger Achtung und wachsender Liebe füreinander hart an unserer Ehe gearbeitet. Seit wir mit Chelsea gesegnet sind, geben wir uns noch mehr Mühe.

Ich sage nicht, daß es keine Gründe für eine Scheidung gibt. Die Mißhandlung und Gewalt, der Virginia Kelley ausgesetzt war, ist etwas, was kein Ehepartner oder Kind erdulden sollte. Aber solange die Scheidung so leicht ist wie jetzt und die Konsequenzen so hart sind, müssen sich Menschen mit Kindern fragen, ob sie ihrer Ehe die besten Chancen eingeräumt haben und was sie tun können, damit sie funktioniert, bevor sie die Partie verloren geben.

Deshalb stehe ich der Scheidung ohne Schuldzuweisung und Wartezeit zwiespältig gegenüber, wenn Kinder beteiligt sind. Wir sollten überlegen, ob wir nicht wieder zu obligatorischen »Abkühlzeiten« mit Unterweisung und Beratung für die Ehepartner zurückkehren sollten.

Eine der vielen Mißhelligkeiten einer Scheidung ist, daß sie eine öffentliche Angelegenheit wird. Alles kommt vor Gericht. Schmerzhafte Sorgerechtsentscheidungen müssen getroffen werden. Ungeachtet der individuellen Gefühle hat jeder Beteiligte, insbesondere die Eltern, die Verpflichtung, das den Kindern unvermeidlich bevorstehende Leid abzuschwächen. Wer schon Kinder aufgezogen hat, weiß, wie sehr sie an der Sicherheit der Routine hängen. Lange nach einer Scheidung hegen sie immer noch Hoffnungen, daß ihre Eltern sich wieder versöhnen. Die mit einer Scheidung einhergehenden Sorgen erfordern, daß Eltern ihr Möglichstes zur Vermeidung einer zusätzlichen Ungewißheit tun. Eltern müssen in Erinnerung behalten, daß kleine Dinge oft am meisten zählen – gemeinsam essen, eine Gutenachtgeschichte vorlesen, bei den Hausaufgaben helfen, zusammen beten. Die Bedürfnisse der Kinder müssen an erster Stelle stehen.

Aus Achtung vor den kindlichen Gefühlen des Schocks, der Verlassenheit und der Unsicherheit sollten Erwachsene ihre eigenen Gefühle beherrschen, ob sie nun erleichtert und erfreut oder mit Zorn und Groll auf das Scheitern der Ehe reagieren. Dies erfordert ein Maß an Bewußtheit und Selbstbeherrschung, die mitten in einem so traumatischen Geschehen möglicherweise schwer aufzubringen sind.

Schlichte Gesten des Anstands und der Höflichkeit sind wohl am wichtigsten, wie etwa, den anderen Elternteil vor einem Kind möglichst nicht zu kritisieren. Weil ein Kind finanziell versorgt werden muß, sollten Sie Unterhaltszahlungen für das Kind in angemessener Höhe beisteuern, ungeachtet Ihrer Gefühle gegenüber dem früheren Ehepartner. Die dem Kind versprochene gemeinsame Zeit sollten Sie einhalten. Nutzen Sie die Stunden, um in das Leben Ihres Kindes einbezogen zu werden, ob bei einem gemeinsamen Besuch von Sportveranstaltungen, Anteilnahme am Schulgeschehen oder schlicht beim gemütlichen Plaudern. Nehmen Sie es auf sich, Geburtstage und Namenstage zu feiern und bei Schulvorstellungen dabeizusein. Ihr Kind sollte vor Meinungsverschiedenheiten unter Erwachsenen bewahrt werden.

Als Anwältin hatte ich genug mit Scheidungsfällen zu tun und versuchte nach Kräften, die Beteiligten vom Gerichtssaal fernzuhalten, indem ich daran arbeitete, ihnen bei der Lösung ihrer Meinungsverschiedenheiten zu helfen. Immer wieder sah ich ansonsten vernünftige Erwachsene von Rachegelüsten, Eifersucht oder Habgier zerfressen, während sie versuchten, ihre Kinder als »Verhandlungsmasse« zu benutzen. Während ich mit ansehen mußte, wie ein Elternteil den anderen wegen der Unterhaltszahlungen oder der Gütertrennung unter Druck setzte und drohte, um das Sorgerecht zu kämpfen oder das Besuchsrecht zu verweigern, wünschte ich mir oft, ich könnte König Salomo zur Urteilsfindung aufrufen.

Jener weise König, der über zwei Frauen zu richten hatte, die beide behaupteten, die Mutter eines Kindes zu sein, ordnete an, daß das Kind zweigeteilt werden sollte, damit jede die Hälfte des Körpers erhalten könne. Die Frau, die aufschrie, Salomo sollte das Kind lieber der anderen geben, als es umzubringen, offenbarte sich als die wirkliche Mutter, da sie das Wohlergehen des Kindes über den Streit um seine Versorgung stellte. Wie sehr wünsche ich mir, daß alle modernen Eltern, Scheidungsanwälte und Richter der Entscheidung zum Besten eines Kindes einen so hohen Vorrang einräumen würden!

Es gibt allerdings Zeichen der Hoffnung. Einige Gerichte verlangen mittlerweile, daß scheidungswillige Eltern Kurse besuchen, wo sie über die möglichen Auswirkungen einer Scheidung auf ihre Kinder unterrichtet werden. Sie erhalten Anleitungen, wie sie ihre Kinder aus dem Ehekonflikt heraushalten können, indem sie Verständigungswege öffnen und in der elterlichen Fürsorge auf liebevolle und unterstützende Weise fortfahren.

Ich bewundere die Art, wie das Elternbildungsprogramm in Columbus/Ohio die Scheidung als eine öffentliche Gesundheitsangelegenheit behandelt, »weil sie für vierzig Prozent der amerikanischen Kinder einen erheblichen Streßfaktor darstellt und viele dieser Kinder dem Risiko langwieriger Schwierigkeiten aussetzt, die ihre Entwicklung auf Abwege geraten lassen«. Dreiundzwanzig Bundesstaaten haben bereits Programme zur Vermittlung einer freiwilligen Kinderbetreuung eingerichtet, und vier weitere verlangen eine Vermittlung durch staatliche Programme.

In Michigan untersucht eine Einrichtung mit dem Namen Friend of the Court das Sorgerecht, das Besuchsrecht und die Unterstützung in allen häuslichen Belangen einschließlich der Scheidung und gibt Empfehlungen. Die Bevölkerung von Michigan beträgt nur vier Prozent der Bevölkerung der Vereinigten Staaten, doch dieser Bundesstaat hat schon wiederholt mehr Geld für Kinder aufgebracht als jeder andere – 1993 waren es zehn Prozent der Gesamtsumme in den USA. Gleichzeitig sieht der Staat streng auf die Einhaltung des Besuchsrechts gemäß der Philosophie, die nicht sorgepflichtigen Elternteile mehr denn als bloße Geldgeber zu behandeln.

Es obliegt der Dorfgemeinschaft – Freunde, Lehrer, Vermittler, Ratgeber und Geistliche unter anderen –, für Kinder während und nach einer Scheidung einzutreten, besonders, wenn Eltern nicht für sie da sein können oder wollen. Erwachsene von außerhalb des engeren Familienkreises boten meiner Mutter Hilfe an und gaben ihr genügend Unterstützung, damit sie eine schwierige Kindheit bewältigen konnte. Der Jugendliche aus Louisiana, der mir geschrieben hat, hat gleichfalls ein männliches Vorbild in einem Freund der Familie gefunden.

Eine Langzeitstudie von Kindern in Hawaii untersuchte, warum einige Kinder aus armen und zerrütteten Haushalten mit schwierigen Situationen fertig wurden, andere hingegen nicht. Die Studie fand heraus, daß die Widerstandskraft von vielen Faktoren abhing, aber eine Schlüsselfunktion war die Verläßlichkeit von Erwachsenen im Leben des Kindes und die der Familie zuteil werdende soziale Unterstützung. Auch wenn die Beziehungen der Kinder zu Eltern, insbesondere den Müttern, als besonders wichtig herausgestellt wurden, waren auch die Beziehungen zu Geschwistern, Großeltern, anderen erwachsenen Bezugspersonen, Lehrern, Geistlichen und Nachbarn bedeutsam. Die Studie führte aus, daß selbst nach der frühen Kindheit positive Veränderungen im Verhalten und in den Einstellungen möglich waren, »wenn das Kind im jugendlichen oder adoleszenten Alter auf neue Erfahrungen und Menschen trifft, die seinem Leben einen Sinn und einen Anlaß zu Engagement und Zuwendung geben.«

Diesen Anlaß zu Engagement und Zuwendung kann jeder beisteuern, solange er oder sie verläßlich ist und sich für das Wohl des Kindes einsetzt. Wenn ein Elternteil Hilfe braucht, können einzelne in der Dorfgemeinschaft sich einem Kind liebevoll zuwenden und Unterweisung und Unterstützung bieten, sei es individuell oder über entsprechende Jugendverbände.

Wenn es hart auf hart kommt und keine angemessene elterliche Versorgung gesichert ist, muß die Gemeinschaft selbst an die Stelle der Eltern treten und diese Verpflichtungen in unser aller Namen übernehmen. Das heißt, unsere städtischen und staatlichen sozialen Einrichtungen sind nicht das alleinige Betätigungsfeld ihrer Bediensteten. Sie intervenieren bei Familien, um Kinder an unserer Statt zu beschützen. Wenn wir unser System der Pflegschaft und Adoption unvoreingenommen beurteilen, müssen wir bekennen, daß wir in der Kinderfürsorge keine gute Arbeit leisten.

Annähernd vierhundertfünfzigtausend Kinder werden ständig vom öffentlichen Pflegesystem betreut, und nahezu hunderttausend werden nicht wieder mit ihren Familien vereint. Zu viele Kinder hängen viel zu lange in der Luft. Die Zahl qualifizierter Pflegeeltern reicht nicht aus, und die zur Verfügung stehenden werden häufig davon abgehalten, eine warmherzige Bindung mit Kindern einzugehen, deren Zukunft immer noch ungeklärt ist. Sozialarbeiter sind überfordert von der Anzahl der Kinder, für die sie Verantwortung zu tragen haben, und von den schweren emotionalen und körperlichen Schädigungen, die viele von ihnen erlitten haben.

Liebevolle Erwachsene bieten vielen dieser Kinder bereitwillig eine feste Heimstatt an. Doch der amerikanische Adoptionsablauf kann zu einem Alptraum komplexer Regelungen, altmodischer Voraussetzungen und institutioneller Trägheit werden. Öffentliche Adoptionen können Jahre dauern, und private Adoptionen können sich viele wohl nicht leisten. Eine Frau schrieb mir ausführlich, wie sie und ihr Mann, beide Musiker, Tausende von Dollars für die Adoption eines kleinen Jungen ausgegeben haben, der »die Freude unseres Lebens« ist. Als die noch nicht erwachsene Tochter ihrer Cousine schwanger wurde und es sich nicht leisten konnte, das Kind bei sich zu behalten, bot sich dasselbe Paar wieder zur Adoption an. So einfach der Fall auch gelagert war – die Eltern und das Baby gehörten der gleichen Großfamilie an, und alle Beteiligten stimmten zu –, kostete die Adoption aufgrund notarieller Gebühren und Verwaltungskosten über 4.000 Dollar.

Andere werden durch ungewöhnliche, aber in den Medien breitgetretene Fälle, in denen die leiblichen Eltern vor Gericht gingen, um eine Adoption rückgängig zu machen, eingeschüchtert. Ein vierzigjähriger Nachrichtensprecher, den ich in New Mexico kennenlernte, wollte adoptieren, wurde aber von Fällen wie dem des Babys Richard demotiviert, das glücklich bei seinen Adoptiveltern lebte, bis der leibliche Vater sich ein paar Jahre später das Sorgerecht vor Gericht erstritt. Solche Fälle, wenn sie auch selten sind, untergraben den Glauben der Leute an unser Adoptionssystem und ermuntern sie, in anderen Ländern nach Kindern Ausschau zu halten, während so viele Kinder in unserem eigenen Land ohne richtige Betreuung und Liebe auskommen müssen. Bei einem Empfang im Weißen Haus zur Propagierung des nationalen »Monats der Adoption« sprach die dreizehnjährige Deanna Moppin beredt von den Sehnsüchten dieser Kinder: »Ich hätte gern einen Platz, den ich mein Heim nennen könnte. Ich hätte gern ein Zimmer, das ich mein Zimmer nennen könnte. Ich hätte gern eine Familie, die ich lieben könnte und die mich auch lieben würde.«

Die Adoption wird in Amerika auch durch historische Vorurteile gegen die Aufnahme von Kindern einer anderen Rasse erschwert, was zu unendlichen Wartezeiten führt, bis Kinder bei Eltern derselben Rasse untergebracht werden können. Obwohl viele adoptierwillige Eltern es vorziehen, Kinder aus der eigenen Kultur und Rasse aufzuziehen, zeigen etliche andere keine Vorliebe und würden gern ein Kind anderer Herkunft aufnehmen. Es gibt heute trotz der tapferen Bemühungen von Gruppen wie One Church, One Child weitaus mehr aufnahmebedürftige Kinder aus Minderheiten, als es gleichrassige Elternplätze gibt. Um diese Kinder vor einem Leben in Heimen zu bewahren, hat mein Mann ein Gesetz unterzeichnet und angeordnet, daß neue Richtlinien aufgestellt werden sollen, um staatlich finanzierte Behörden daran zu hindern, die Rassenzugehörigkeit als einzigen Entscheidungsfaktor bei der Unterbringung von Kindern heranzuziehen.

Die Gesellschaft kann noch einen Schritt weiter gehen. Wir könnten uns zum Ziel setzen, die Zahl der in Heimen untergebrachten und zur Adoption freigegebenen Kinder in den nächsten fünf Jahren um einhunderttausend jährlich zu reduzieren, indem wir sie entweder wieder in ihr Zuhause oder zu Adoptiveltern bringen, je nachdem, was für ihre Interessen das beste ist. Wir könnten uns dafür einsetzen, im Falle von körperlicher oder sexueller Mißhandlung das Sorgerecht rascher zu entziehen. Wir könnten entsprechend geeignete Bürger dafür gewinnen, überarbeiteten Sozialhelfern, Anwälten und Richtern die Last der gerichtlichen Verfahren um Kinder etwas abzunehmen. Wir könnten leiblichen Eltern, die Kinder zur Adoption freigeben, die Rücknahme der Entscheidung schwerer machen, insbesondere, wenn ein Kind bereits eine starke Bindung zur Adoptivfamilie entwickelt hat. Wir könnten sicherstellen, daß die Regierung einen Teil der Adoptionskosten übernimmt. Wir könnten noch mehr Betriebe dafür gewinnen, der Initiative des Präsidenten der Wendy-Kette, Dave Thomas, zu folgen, der sich dafür ausgesprochen hat, daß auch Firmen sich an Adoptionskosten beteiligen sollten. Auf diese und andere Weisen könnten wir dafür sorgen, daß Erwägungen wie Gesetze, Geld, Hautfarbe und sogar Elternrechte und Vorrechte von Erwachsenen vor der Liebe und Sicherheit, die Kinder so sehr brauchen, in den Hintergrund treten.

Diskussionen über die moderne Familie treffen oft nicht den entscheidenden Punkt. Obwohl erwiesenermaßen die Kernfamilien mit einem erwachsenen Elternpaar und den eigenen Kindern die dauerhafteste und effektivste Art ist, die Bedürfnisse der Kinder im Lauf der Jahre zu erfüllen, ist sie nicht die einzige Form, die in der Vergangenheit oder Gegenwart funktioniert hat. Ich kenne viele erfolgreiche Erwachsene wie meine Mutter und meinen Mann, die in Familien aufgewachsen sind, die dem herkömmlichen Muster nicht entsprachen. Von anderen wiederum weiß ich, daß sie in der Obhut von Ersatzbezugspersonen und sogar von Heimen es zu etwas gebracht haben. Wie eine Familie für Außenstehende aussieht, ist nicht so wichtig wie die Frage, ob Erwachsene wissen, was Kinder für eine positive Entwicklung benötigen, und ob sie daran arbeiten, ihre

Verpflichtungen sich selbst und ihren Kindern gegenüber zu erfüllen.

In jeder Gesellschaft ist darüber hinaus aber eine kritische Masse an Familien nötig, die dem traditionellen Ideal entsprechen und sowohl die Bedürfnisse der meisten Kinder erfüllen sowie als Modell für andere Erwachsene dienen, die Kinder unter schwierigen Bedingungen aufziehen. Wir sind heutzutage in Gefahr, diese kritische Masse in Amerika zu verlieren. Elterliche Obhut ist nie einfach gewesen, aber heute, da die meisten Erwachsenen sich bewußt für eine Elternschaft entscheiden, schulden wir den Kindern, die wir auf die Welt bringen, ein höheres Maß an Liebe und Achtung.

Was auch die Stärken und Schwächen der Familien, in denen wir aufgewachsen sind, gewesen sein mögen, wir erhalten eine zweite Chance zu häuslichem Glück, wenn wir selbst eine Familie gründen. Bill und ich haben zu unserer Freude erlebt, wie Roger und seine Frau Molly und mein Bruder Tony und seine Gattin Nicole Eltern geworden sind. Uns hat die Bereitschaft unserer Brüder beeindruckt, mit der sie sich an den täglichen Aufgaben der Kinderpflege beteiligten; in besonderem Maß bei Roger, der durch ein Negativbeispiel den wichtigen Stellenwert, den ein Vater im Leben eines Sohnes einnimmt, erfahren hat. Alle Eltern machen Fehler, manchmal auch ernste. Aber wenn wir auf unserem Weg auf vermittelnde Einflüsse stoßen, so wie sie Roger in seiner Mutter, seinem Bruder, der Verwandtschaft und seiner Frau gefunden hat, können wir sogar aus schmerzhaften Lektionen, die unsere Erziehung mit sich bringt, noch etwas lernen.

Diejenigen unter uns, die sich genügend bemühen – und genügend Glück haben –, ein blühendes Familienleben zu erschaffen, können ein Übermaß an Freude und Sicherheit mit den weniger Glücklichen teilen. Wenn wir unseren Reichtum austeilen, erschaffen wir eine Dorfgemeinschaft, die Kinder als unsere erste Treuepflicht anerkennt und danach strebt, daß jedes Kind mindestens ein Vorbild hat.

Intelligenz ist lernbar

Es gibt keine Verteidigung oder Sicherheit für irgendeinen von uns außer in einem Höchstmaß an Intelligenz und Entwicklung bei uns allen.

Booker T. Washington

Mein Bruder Hugh berichtete mir einmal vom Trainer eines Profi-Footballteams, der sich beim ersten Frühjahrstraining vor seine Spieler hinstellt, das Leder hochhält und sagt: »Meine Herren, dies ist ein Football.«

Ich mag diese Anekdote besonders gern, weil sie daran erinnert, daß wir wohl alle ein bißchen Nachhilfeunterricht brauchen können, um unser Bestes zu geben, selbst für die Aufgaben, die uns schon lange selbstverständlich geworden sind. Das trifft zumindest auf die Elternrolle so gut zu wie auf das Footballspiel.

Neueste Entdeckungen in Neurologie, Molekularbiologie und Psychologie haben den Forschern ein völlig neues Verständnis über das Wie und Wann der Entwicklung des menschlichen Gehirns vermittelt. Ihre Erkenntnisse sind ein entscheidender Trainingsfaktor, weil sie Eltern und anderen Betreuern zeigen können, wie sie das volle Potential eines Kindes zur Entfaltung bringen können. Wir alle können, wenn wir diese Informationen und Ideen aufgreifen, die Bemühungen unserer Kommunen und die Politik unseres Landes in eine kindgerechte Richtung lenken. Diese neuen Erkenntnisse machen vor allem klar, daß der Charakter und das Potential eines Kindes nicht schon bei der Geburt festgelegt sind.

Unsere Annahmen, warum Kinder in bestimmter Weise denken, fühlen und agieren, wirken sich selbstverständlich auf unser Verhalten ihnen gegenüber aus. Wenn diese Annahmen ungenau sind, können die Folgen gravierend sein.

Während des Jurastudiums arbeitete ich mit dem Krankenhaus von Yale-New Haven in Connecticut zusammen, um beim Entwurf von Richtlinien für den Umgang mit mißhandelten Kindern zu helfen. Manchmal wurden diese Kinder von den Eltern in die Notaufnahme gebracht, und es stellte sich heraus, daß sie selbst ihnen die Verletzungen zugefügt hatten. Oft leugneten die Eltern, was sie getan hatten, aber manchmal versuchten sie es auch mit Rechtfertigungen. Ein Vater, der seinen übel zugerichteten Dreijährigen eingeliefert hatte, behauptete, er hätte den Jungen geschlagen, »um ihm den Teufel auszutreiben«. Hinter seinem erschreckenden Vorgehen kam der Glauben zum Vorschein, daß Babys entweder gut oder böse geboren werden. Wenn ihre ursprüngliche Natur »böse« ist, wie sich an Verhaltensweisen wie fortdauerndem Weinen zeigt, müssen sie nach dieser verrückten Logik bestraft, sogar geschlagen werden (wobei nicht beachtet wird, daß das »Heilmittel« im allgemeinen die perverse Wirkung hat, »böse« Kinder dazu zu ermuntern, sich entsprechend ihrer Etikettierung zu verhalten).

Im selben Jahr hatte ich in Yale-New Haven auch die Ehre, mit der verstorbenen Dr. Sally Provence, einer Pionierin auf dem Gebiet kleinkindlichen Verhaltens, Kinder zu studieren. Ich erinnere mich, daß ich bei der Arbeit mit einer Mutter hospitierte, die ihren sieben Monate alten Sohn herbrachte, weil er Eß- und Schlafstörungen hatte. Die Mutter war mit ihrem Latein am Ende und fürchtete, sie würde ihrem Baby etwas antun. Sie verstand nicht, was ihm fehlte, aber anstatt es als »böse« abzustempeln, war sie so klug gewesen, um Hilfe zu bitten. Bei der einfühlsamen Befragung durch Dr. Provence offenbarte die Mutter, daß ihre erste Schwangerschaft sehr glücklich verlaufen war; ihre Tochter war auch ein unkompliziertes Kind. Doch die zweite Schwangerschaft war durch anhaltende eheliche und andere Spannungen in ihrem Leben belastet gewesen. Dr. Provence half der Frau, einzusehen, daß die Probleme mit ihrem Sohn, wenn er auch ein anderes und schwierigeres Temperament als ihre Tochter hatte, hauptsächlich aus seiner klaren Wahrnehmung ihres Kummers herrührten. Die beiden waren in einem Teufelskreis gefangen, und im Lauf der Monate hatten sich die Aussichten für eine gesunde Entwicklung des Babys ständig verschlechtert.

Unter der Anleitung von Dr. Provence lernte die Mutter, ihr Verhalten gegenüber ihrem Sohn zu ändern. Sie lernte, ihn zu besänftigen, wenn er unruhig wurde, indem sie ihn liebevoll in den Arm nahm. Sie sprach häufiger und in einer sanfteren Stimme mit ihm. Ihr neuer Umgang mit ihm ließ ihn entspannter und gelöster werden, was wiederum ihre Einstellung ihm gegenüber milderte und das Vertrauen in ihre Fähigkeiten als Mutter wiederherstellte.

Vor etwa fünfzehn Jahren vertrat ich einmal ein Ehepaar aus Arkansas, das einen vierjährigen Jungen adoptieren wollte, der seit drei Jahren bei ihnen in Pflege war. Der Junge war als Baby von seiner leiblichen Mutter, die in einer psychischen Krise steckte, arg vernachlässigt worden. Als er noch nicht ganz ein Jahr alt war, überließ sie ihn der örtlichen Sozialfürsorge, damit sie ihrem Freund in einen anderen Bundesstaat folgen konnte. Damals wies das Baby alle Symptome gravierender Vernachlässigung auf: Es hatte seit der Geburt kaum an Gewicht zugenommen, war teilnahmslos und fremdelte.

In seiner Pflegefamilie gedieh der kleine Junge jedoch. Er nahm zu und ließ sich von Leuten anfassen. Er lernte laufen und sprechen. Seine Pflegeeltern schlossen ihn ins Herz und entschieden, seine Adoption zu beantragen, obwohl sie den in Arkansas üblichen Vertrag unterschrieben hatten, der Pflegeeltern damals eine Adoption der von ihnen betreuten Kindern verbot. Die Adoptionsstelle lehnte den Antrag ab, weil sie keinen Präzedenzfall schaffen wollte. Zugleich jedoch entschied sie, den Jungen nicht an die leibliche Mutter zurückzugeben, die ihn auf gerichtlichem Wege wiederbekommen wollte, da sie behauptete, sie hätte ihr psychischen Probleme bewältigt und sei nun imstande, für ihn zu sorgen. Statt dessen hatte die Behörde vor, ihn aus der Sicherheit der Pflegefamilie zu reißen und ihn einem fremden Ehepaar zu überlassen, dessen Name auf der Adoptionsliste stand.

Ich argumentierte auf Seiten der Pflegeeltern des Jungen, daß das Wohlergehen des Kindes Vorrang vor den Rechtsansprüchen der biologischen Mutter und den Forderungen des Bundesstaates auf Einhaltung der vertraglichen Verpflichtungen haben sollte. Ich zog einen Kinderpsychologen hinzu, der über die Fortschritte des Jungen bei seinen Pflegeeltern und über die möglichen Folgen für seine körperliche, geistige und emotionale Entwicklung im Falle einer Trennung von ihnen aussagen sollte.

Der Psychologe erläuterte, wie die Loslösung aus der warmen und sicheren Bindung zu seiner Pflegefamilie die gefühlsmäßige Entwicklung des Jungen unwiderruflich schädigen könnte. Er beschrieb die typischen Symptome und Stadien des Kummers, der einen so großen Verlust in diesem Alter begleiten würden: Wut und Feindseligkeit, erneuter Rückzug vor menschlichem Kontakt, Depression und emotionale Abkapselung. In seinem psychischen Entwicklungsstadium würde der Junge höchstwahrscheinlich glauben, er wäre absichtlich von den Pflegeeltern, die er mittlerweile schätzen und lieben gelernt hatte, verstoßen worden. Die Aussage des Kinderpsychologen zog den ganzen Gerichtssaal in Bann und war ausschlaggebend für die Entscheidung des Richters, den Interessen des Jungen wäre am besten gedient, wenn die Pflegeeltern ihn adoptieren dürften.

Die Jahre, seit ich diese Erfahrungen machte, waren Lichtjahre in bezug auf den Fortschritt, den Wissenschaftler beim Verständnis der emotionalen und kognitiven Entwicklung von Kindern erzielt haben. Leider sind viele dieser Kenntnisse noch nicht weithin genug bekannt. Auf die Gefahr hin, zu sehr zu vereinfachen, möchte ich den Forschungsstand zusammenfassen. Ich hoffe, daß die Menschen das beherzigen und ihre Haltung Kindern gegenüber überdenken.

Die bedeutendsten Fortschritte sind auf dem Gebiet der Biologie gemacht worden, wo Forscher in die Geheimnisse der Entwicklung des Gehirns eingedrungen sind. Bei der Geburt ist das Gehirn eines Säuglings noch lange nicht voll ausgeprägt. Erst in den folgenden Tagen und Wochen bilden sich allmählich die lebenswichtigen Verbindungen zwischen den Gehirnzellen. Diese Verbindungen, Synapsen genannt, erschaffen die physischen »Karten« des Gehirns, die Bahnen, auf denen Lernprozesse ablaufen und zunehmend kompliziertere Aufgaben bewältigt werden können. Das Gehirn eines Neugeborenen gleicht einem Orchester kurz vor dem Heben des Vorhangs, wenn Milliarden von Instrumenten furios gestimmt werden, die das Kind braucht, damit es sich sprachlich, gedanklich und impulsiv ausdrücken kann.

Die ersten drei Lebensjahre sind entscheidend für die Verknüpfung der Gehirnzellen. Aber sie bilden sich nicht in einem Vakuum. Babys brauchen Nahrung sowohl für ihr Gehirn wie für ihren Körper, nicht nur eine gute substantielle Ernährung, sondern liebende, einfühlsame Betreuung durch ihre Eltern und andere Erwachsene, die sich um sie kümmern. Sie müssen Licht und Bewegung sehen, liebevolle Stimmen hören und vor allem berührt und gehalten werden.

Der Wissenschaftsjournalist Ronald Kotulak erläuterte in einer Artikelserie der *Chicago Tribune* (für die er den Pulitzerpreis gewann): »Die Außenwelt ist in der Tat das wirkliche Futter für das Gehirn ... [das es] in Teilen und Stücken ... über das sensorische System aufnimmt: Sehen, Hören, Riechen, Berühren und Schmecken.« Er zitiert den Psychiater Felton Earls von der Harvard University School of Public Health, der ausführt: »Genauso wie das Verdauungssystem sich an viele Ernährungsweisen anpassen kann, paßt sich das Gehirn an viele Erfahrungsweisen an.« Kotulak verwendet eine Analogie aus dem Cyberspace, um den Prozeß zu verdeutlichen. Wenn wir uns das

Gehirn als den leistungsfähigsten und höchstentwickelten Computer vorstellen, den wir uns denken können, dann ist die Umgebung des Kindes gleichsam die Tastatur, auf der Erfahrungen eingegeben werden. Der Computer verfügt über so viel Speicherkapazität, daß er in den ersten drei Jahren mehr Informationen aufnehmen kann, als eine Armee von Menschen je eingeben könnte. Nach diesen drei oder vier Jahren jedoch verlangsamt sich die Lerngeschwindigkeit. Der Computer wird weiterhin neue Informationen speichern, aber mit abnehmender Leistung. Der Prozeß verlangsamt sich weiterhin mit zunehmender Reife, und wenn wir altern, sterben unsere Gehirnzellen und Synapsen allmählich ab.

Was das Gehirn aber von jedem existierenden Computer unterscheidet, ist die heikle und fortwährende Beziehung zur Außenwelt. Das Gehirn ist ein Organ, keine Maschine, und seine »Hardware« wird bei der Geburt und lange danach noch vernetzt. Bei richtiger Stimulation werden sich die Gehirnsynapsen rasch bilden, im Alter von zwei Jahren das Erwachsenenniveau erreichen und es in den nächsten paar Jahren weit übertreffen. Die Qualität der erhaltenen Nahrung, Betreuung und Stimulation bestimmt beim Kind nicht nur die endgültige Zahl dieser Synapsen, sondern auch, wie sie sowohl für die kognitive als auch die emotionale Intelligenz »vernetzt« werden. Nicht verwendete Synapsen werden zerstört.

Nach den Worten des Neurologen Bob Jacobs lautet die Devise: »Verwenden oder verenden.« Wenn wir uns das Gehirn als unseren wichtigsten Muskel vorstellen, können wir verstehen, daß es in Übung bleiben muß, um sich zu entwickeln. So wie Babys ihre Arme und Beine beugen und strecken müssen, brauchen sie regelmäßige, verschiedenartige Reize, um alle Bereiche ihres Gehirns zu trainieren.

Wenn Eltern beispielsweise zu ihren Babys sprechen, füttern sie die Gehirnzellen, die Schall verarbeiten, und helfen beim Aufbau der für die Sprachentwicklung notwendigen Verbindungen. Eine Studie der University of Chicago ergab, daß zweijährige

Kinder, deren Mütter von klein auf mit ihnen gesprochen hatten, ein größeres Vokabular hatten als Kinder aus dem gleichen sozioökonomischen Umfeld, deren Mütter nicht so gesprächig waren.

Ich möchte Ihnen eine knappe Beschreibung dessen vermitteln, was nach Einschätzung von Wissenschaftlern im sich entwickelnden Gehirn vorgeht; die Abläufe sind komplexer, als ich hier darlegen kann, und sie sind immer noch nicht voll erfaßt. Aber es ist klar, daß zu der Zeit, in der die meisten Kinder die Vorschule besuchen, die Architektur des Gehirns im wesentlichen aufgebaut ist. Von dieser Zeit bis zur Erwachsenenreife lernt das Gehirn ziemlich eifrig mit gelegentlichen »Wachstumsschüben« weiter, aber es wird nie wieder die unglaubliche Lerngeschwindigkeit erreichen wie in den ersten Lebensjahren.

Trotz allem werden wir, solange unser Gehirn gesund bleibt, noch viele Synapsen fürs Lernen übrig haben. Selbst spät im Leben und sogar nach einer langen Ernährungsphase mit geistig minderwertigem »Fraß« behält das Gehirn die Kapazität bei, auf gute Nahrung und richtige Stimuli einzugehen. Aber neurologisch gesehen ist das Nachholen im Hinblick auf persönliche Opfer und soziale Anforderungen weitaus schwieriger und kostspieliger, als dem Gehirn eines Kindes von Anfang an einen guten Start zu vermitteln.

Die Vorstellung vom Gehirn als einem sich entwickelnden Organ, die sich aus der biologischen Forschung kristallisiert hat, stimmt mit einigen richtungweisenden Entdeckungen aus der Psychologie überein. Besonders begrüßenswert ist diese Erkenntnis bei der Untersuchung, wie Intelligenz entsteht, ein Forschungsgebiet, das von Kontroversen, Fehlinformationen und Fehlinterpretationen vernebelt worden ist.

In manchen Kreisen ist die Aussage in Mode gekommen, daß die Intelligenz mit der Geburt festgelegt und Teil unserer genetischen Ausstattung ist, die auf Veränderungen nicht mehr reagiert – eine von Charles Murray und dem verstorbenen Richard

Herrnstein in ihrem Buch *The Bell Curve* (1994) aufgestellte Behauptung. Diese Ansicht paßt Politikern ins Konzept. Wenn nichts das intellektuelle Potential ändern kann, braucht denjenigen nichts angeboten zu werden, die das Leben mit geringerer Begabung oder in einer weniger günstigen Umgebung beginnen. Aber die Forschung versorgt uns reichhaltig mit Beweisen, daß diese Einschätzung nicht nur unwissenschaftlich, sondern hinterhältig ist. Es zeigt sich immer mehr, daß die Frage nach »angeboren« oder »anerzogen« nicht so sehr mit entweder – oder sondern vielmehr mit sowohl – als auch beantwortet werden muß.

Dr. Frederick Goodwin, der frühere Direktor des National Institute of Mental Health, zitiert Untersuchungen, bei denen Kinder, die als »entwicklungsgefährdet« einzustufen waren, in frühem Alter einem stimulierenden Umfeld ausgesetzt wurden. Das Ergebnis: Die IQ-Werte stiegen um bis zu 20 Punkte. Eine ähnliche Studie, am besten bekannt als das Abecedarian Project, untersuchte denselben Prozeß in einer langen und intensiven Studienreihe, die schon in den frühen siebziger Jahren unter der Leitung des Psychologen und Pädagogen Craig Ramey an der University of North Carolina begonnen wurde.

Ramey beschäftigte sich mit einer Gruppe von mehr als hundert Neugeborenen, zum Großteil Afroamerikaner. Bei ihren Eltern, von denen die meisten keinen High-School-Abschluß hatten, betrug der Intelligenzquotient durchschnittlich 85 Punkte. Die Mehrheit der Familien lebte von Sozialhilfe. Mit vier Monaten kam die Hälfte der Kinder in eine Art Vorschule, die ein sehr günstiges Verhältnis von erwachsenem Personal zu Kindern aufwies. Aber nicht nur die den Kindern gewidmete Aufmerksamkeit war besonders hoch. Wenn Erwachsene zu ihnen redeten, benützten sie Wörter, die beschreibend waren und dem Lernstadium der Kinder entsprachen. Sie taten genau das, was einfühlsame Eltern machen, wenn sie mit ihren jungen Söhnen und Töchtern kommunizieren. Die Kinder in dieser Gruppe wurden gut ernährt, ihnen wurden pädagogisches Spielzeug und viele andere Schlüsselreize angeboten, sie wurden auch ermuntert, ihre Umgebung zu erkunden. Jede zweite Woche traf sich ein Lehrer mit jeder Familie, um die Eltern einzuweisen, wie sie ihren Kindern mit schulbezogenen Lektionen und Aktivitäten helfen konnten. Als die Kinder drei Jahre alt waren, erzielten diejenigen aus der Experimentiergruppe bei IQ-Tests durchschnittlich 17 Punkte mehr als die andere Hälfte der ursprünglichen Gruppe, und es ergab sich ein Verhältnis von 101 zu 84. Noch bedeutsamer als diese beeindruckenden Zugewinne ist ihre Dauerhaftigkeit. Die IQ-Unterschiede blieben auch zehn Jahre später noch bestehen, als die Kinder ganz unterschiedliche Schulen besuchten. Dr. Ramey beobachtet die Kinder auch weiterhin, um festzustellen, was ihre weitere Entwicklung ergibt.

Behalten Sie diese Forschungen im Kopf, wenn Sie jemanden argumentieren hören, daß wir es uns nicht leisten können, umfassende Früherziehungsprogramme für benachteiligte Kinder und ihre Familien einzurichten. Wenn wir als Dorfgemeinschaft beschließen, Familien nicht dabei zu helfen, das Hirnpotential ihrer Kinder zur Entfaltung zu bringen, dann sollten wir wenigstens zugeben, daß wir uns nicht nach der Beweislage richten, sondern nach anderen Prioritäten. Und wir sollten auch eingestehen, daß wir nicht alle uns verfügbaren Werkzeuge anwenden, um das Leben unserer Kinder zu verbessern.

Jede Erörterung von Auswirkungen der Prozesse im Gehirn auf die kognitive Intelligenz erfaßt nur die halbe Geschichte vom ersten Erblühen der Intelligenz. Die andere Hälfte betrifft unser Verhalten in Beziehung zu anderen Menschen – was heutzutage unsere »emotionale Intelligenz« genannt wird.

Eine der Besonderheiten unseres Lebens in der Gouverneursvilla von Arkansas war, daß ich Gefängnisinsassen kennenlernte, die im Haus und im Garten zur Arbeit eingeteilt waren. Beim Einzug wurde mir gesagt, daß der Einsatz von Arbeitskräften aus dem Gefängnis in der Gouverneursvilla eine langjährige Tradition war und die Kosten niedrig hielt. Mir wurde versichert, daß die Insassen sorgfältig überprüft wurden. Ich wurde auch informiert, daß einmalige Mörder das bei weitem geringste Sicherheitsrisiko darstellten. Den Straftaten der verurteilten Mörder, die in der Gouverneursvilla arbeiteten, ging gewöhnlich eine Meinungsverschiedenheit mit einem Bekannten voraus, oft ein anderer junger Mann aus ihrem Viertel, oder sie waren mit Kameraden zusammengewesen, die beim Begehen einer anderen Straftat jemand umgebracht hatten.

Ich hatte etliche Klienten bei Strafsachen verteidigt, aber ein Besuch im Gefängnis oder das Beisammensein mit ihnen im Gericht waren nicht dasselbe wie die allmorgendliche Begegnung mit einem verurteilten Mörder in der Küche. Ich war etwas besorgt, stimmte aber zu, die Tradition aufrechtzuerhalten, bis ich die Gelegenheit hatte, selbst zu sehen, wie die Strafgefangenen sich mir und meiner Familie gegenüber verhielten.

Ich sah und erfuhr eine Menge, als ich sie allmählich besser kennenlernte. Wir achteten auf eine strenge Einhaltung der Regeln und schickten jeden, der dagegen verstieß, wieder ins Gefängnis zurück. Ich entdeckte, wie mir vorausgesagt worden war, daß wir weniger Probleme mit wegen Mordes einsitzenden Strafgefangenen hatten als mit denen, die Eigentumsdelikte begangen hatten. Im Lauf der Jahre, die wir dort verbrachten, bauten wir zu einigen von ihnen, afroamerikanischen Männern um die dreißig, die bereits zwölf bis achtzehn Jahre abgesessen hatten, ein freundschaftliches Verhältnis auf.

Ich fragte mich immer wieder, welche Erfahrungen und Charakterzüge sie dazu verleitet hatten, sich zu den gewaltsamen und selbstzerstörerischen Handlungen hinreißen zu lassen, die sie ins Gefängnis gebracht hatten. Je länger und je besser ich sie kennenlernte, desto mehr war ich überzeugt, daß ihre Verbrechen nicht das Ergebnis eines niedrigen IQs oder einer Unfähigkeit waren, moralische Vernunft walten zu lassen. Obwohl sie die High School nicht abgeschlossen hatten, schienen sie einen wachen und wißbegierigen Verstand zu haben. Einige hatten ihre Eigenarten oder Macken, doch sie bewiesen ein gesundes

Urteilsvermögen bei der Lösung von Problemen in der Arbeit und kannten durchaus den Unterschied zwischen richtig und falsch. Was, so fragte ich mich, hatte sie dazu gebracht, ein Verbrechen zu begehen, das ein Leben ausgelöscht hatte?

Nun, da ich Daniel Golemans *Emotionale Intelligenz* gelesen habe, kann ich das besser verstehen, worüber ich mich damals nur gewundert habe. Goleman macht uns auf neue Durchbrüche in der Psychologie und Neurologie aufmerksam, die erhellen, wie unsere »beiden Seelen« – die denkende und fühlende – zusammen agieren, um das menschliche Verhalten zu bestimmen. Beide Intelligenzformen sind für die menschliche Interaktion wesentlich, beide sind beständig im Einsatz. Wenn die rationale Intelligenz nicht durch das Gefühl für andere Menschen kontrolliert wird, kann sie dazu verwendet werden, einen Holocaust zu organisieren, ein Drogenkartell zu leiten oder eine Serie von Mordtaten zu begehen. Die Macht der Gefühle ist ebenso gefährlich, wenn sie nicht an Vernunft gebunden ist. Leute, die ihre Gefühle nicht beherrschen können, neigen oft zu impulsiven Überreaktionen. Sie fühlen sich rasch bedroht und beleidigt, selbst wenn nichts dergleichen beabsichtigt war, und reagieren gewalttätig. Sie sind mit Golemans Worten »emotional ungebildet«. Viele Bandenmitglieder passen in dieses Profil. Mehr als einer von dreien sagte, er glaube, es sei vertretbar, auf jemand zu schießen, der sie »anmacht« oder ihnen nicht genügend Respekt entgegenbringt.

Die Entwicklung der emotionalen Intelligenz scheint wie bei der kognitiven Intelligenz auf dem Zusammenspiel von Biologie und frühen Erfahrungen zu beruhen. Frühe Erfahrung – insbesondere, wie Kleinkinder gehalten, berührt, gefüttert, angesprochen und angesehen werden – scheint eine Schlüsselfunktion dabei zu haben, wie die Gehirnmechanismen festgelegt werden, die Gefühle und Verhalten steuern. Einige Experten spekulieren, daß die Gehirne von emotional Ungebildeten schon früh durch streßgeladene Erfahrungen geprägt werden, die diese Mechanismen behindern und die Menschen von da an für emotionale »Entgleisungen« anfällig machen.

Die meisten von uns reagieren nicht gewohnheitsmäßig mit impulsiver Gewalt, aber uns allen »geht mal der Hut hoch«, wir geben irrationalen Ängsten nach oder fühlen von Zeit zu Zeit, daß uns die Gefühle durchgehen – eben entgleisen. Warum lassen wir als vernunftbegabte menschliche Wesen unser rationales Denken von emotionalen Impulsen überrennen?

Goleman erklärt, daß die zeitweiligen »Entgleisungen« vom Mandelkern ausgelöst werden, einer Struktur im ältesten, primitivsten Teil des Gehirns, die physiologisch als Stammplatz unserer Gefühle angesehen wird. Dieses Hirngewebe fungiert wie eine innere Alarmanlage, die eintreffende Signale nach irgendwelchen Hinweisen auf eine Erfahrung absucht, die der primitive Verstand als beängstigend oder verletzend empfinden könnte. Sobald der Mandelkern solche Reize aufnimmt, reagiert er augenblicklich und schickt einen Notruf an jeden maßgeblichen Teil des Gehirns. Dieser Alarm löst eine Kettenreaktion zum eigenen Schutz aus. Der Körper schüttet Hormone aus, die einen Drang zu »Kampf oder Flucht« signalisieren und die Sinne zu höchster Wachsamkeit anregen. Das kardiovaskuläre System, die Muskeln und der Unterleib forcieren ihre Aktivitäten. Herzrhythmus und Blutdruck steigen sprunghaft an, der Atem verlangsamt sich. Selbst das Erinnerungsvermögen schaltet einen Gang höher, weil es das Gedächtnis nach Kenntnissen absucht, die für den eingetretenen Notfall relevant sind.

Der Mandelkern fungiert als Speicher emotionaler Erinnerungen. Und die aufbewahrten Erinnerungen sind besonders lebhaft, weil sie im Mandelkern mit dem neurochemischen und hormonalen Gepäck eintreffen, das Streß, Angst oder eine andere intensive Erregung kennzeichnet. »Dies deutet darauf hin, daß das Gehirn zwei Gedächtnissysteme hat, eines für normale Informationen und eines für emotionsgeladene Informationen«, sagt Goleman. Und er fügt hinzu: »Ein spezielles System für emotionale Erinnerungen, das dafür sorgt, daß Tiere sich an Dinge, die sie bedrohen, besonders lebhaft erinnern, ist unter evolutionärem Aspekt natürlich sehr einleuchtend. Aber emotionale Erinnerungen können mangelhafte Instruktionen zum Gegenwärtigen geben.«

Problematisch wird es, wenn der Mandelkern falschen Alarm auslöst. Oft wird nämlich ein Gefühl der Panik erzeugt, das sich auf Erinnerungen bezieht, die für unsere Verhältnisse nicht mehr zutreffen. Zum Beispiel können traumatische Episoden aus einer so weit zurückliegenden Phase wie dem Säuglingsalter, als Vernunft und Sprache noch kaum entwickelt waren, noch bis ins Erwachsenenalter extreme emotionale Reaktionen auslösen.

Der Neokortex – der denkende, analytische Teil des Gehirns, der sich aus dem primitiven Hirn entwickelt hat – dient als »Dämpfungsschalter für die Aufwallungen des Mandelkerns«. Die meiste Zeit hat der Neokortex die Kontrolle über unsere emotionalen Reaktionen. Aber er braucht länger, um Informationen zu verarbeiten. Das gibt den augenblicklichen, extremen, vom Mandelkern ausgelösten Reaktionen eine Chance, sich einzuschalten, bevor der Neokortex überhaupt wahrnimmt, was vorgefallen ist. In so einem Fall kann der im Gehirn eingebaute Regelkreislauf kurzgeschlossen werden.

Die meisten Menschen lernen schon im Säuglingsalter, emotionale Entgleisungen zu vermeiden. Wenn sie unterstützende und fürsorgliche Eltern um sich haben, greifen sie soziale Schlüsselreize auf, die es ihnen ermöglichen, Selbstbeherrschung und Mitgefühl zu entwickeln. Laut Dr. Geraldine Dawson von der University of Washington scheinen die intensivsten emotionalen Entwicklungen im Zeitraum zwischen dem achten und achtzehnten Lebensmonat abzulaufen, wenn Babys ihre ersten starken Bindungen ausbilden. Wie bei der kognitiven Entwicklung bleibt ein Fenster für Veränderungen noch bis zur Adoleszenz und später offen, obwohl es mit der Zeit kleiner wird. Doch Kinder, die schmerzliche Erfahrungen eingelagert haben, sei es durch Mißhandlung, Vernachlässigung oder Gewalt, können Schwierigkeiten haben, das rationale Gehirn dafür einzusetzen, sich später im Leben über den Druck zu destruktivem und antisozialem Verhalten hinwegzusetzen.

Die Antwort auf Golemans grundlegende Frage »Wie läßt sich Intelligenz in unsere Emotionen bringen – und Höflichkeit auf unsere Straßen und gegenseitige Fürsorge in unser Gemeinschaftsleben?« scheint – so schwierig es auch aussehen mag – die zu sein, daß es nie zu spät ist, die Grundlagen emotionaler Intelligenz zu vermitteln. Über den klar strukturierten Arbeitsablauf und durch den aufgeklärten Beistand im Strafvollzug und in der Gouverneursvilla lernten jene einstigen Mörder, die ich in Arkansas kennenlernte, ihre Gefühle und ihr Verhalten mit mehr Einsicht zu beherrschen.

Einige Schulen im Lande haben die Vermittlung von Mitgefühl und Selbstbeherrschung – was der Soziologe Amitai Etzioni »Charakterbildung« nennt – in die Lehrpläne aufgenommen. In New Haven/Connecticut wird der Ansporn zu sozialer Entwicklung in den Tagesablauf der Hauptschulkinder einbezogen. Die Kinder erlernen dort Techniken, um soziale Fertigkeiten zu entwickeln und zu erweitern, Emotionen wie Wut zu identifizieren und in den Griff zu kriegen und Probleme kreativ zu lösen. Das Programm scheint die schulische Leistungsbilanz zu heben und auch das Benehmen zu verbessern.

Wir beginnen – wenn auch langsam – gemäß den Erkenntnissen zu handeln, die Biologie und Psychologie uns liefern. Doch die Praxis hinkt weit hinter den Forschungsergebnissen her. Dazu bemerkte Dr. Craig Ramey: »Wenn wir einen vergleichbaren Kenntnisstand bezüglich einer besonderen Form von Krebs, Bluthochdruck oder einer anderen Krankheit hätten, die Erwachsene befällt, würden wir gewiß mit großem Elan handeln.«

Wenn in wissenschaftlicher Sicht das zwanzigste Jahrhundert das Jahrhundert der Physik war, dann wird das einundzwanzigste Jahrhundert sicherlich das Jahrhundert der Biologie sein. Wissenschaftler erstellen nicht nur genetische Baupläne des Menschen, sie können mit neuen Technologien auch einen Blick in lebende Organismen werfen und das Gehirn in Aktion beobachten. Die Frage, ob wir dieses angehäufte Wissen richtig einsetzen werden, geht uns alle an. Können wir Wege finden, um es allen Eltern zu vermitteln, so daß es ihnen dabei helfen kann, ihre Kinder aufzuziehen und sich beraten zu lassen, wenn es nötig wird? Werden wir werktätigen Müttern und Vätern genügend Zeit geben, damit sie die Gehirne ihrer Babys füttern können? Werden wir den Weitblick und den politischen Willen haben, umfangreichere und bessere Früherziehungsprogramme für Vorschulkinder anzubieten, insbesondere für die aus einem Zuhause ohne ausreichendes »Hirnfutter«? Werden wir Grundschulkinder mit Fremdsprachen, Mathematik und Musik anspornen, um ihr Gehirn früh im Leben gut zu vernetzen? Warum sollten wir das nicht angesichts der zunehmenden Gewalt und Familienzerrüttung um uns herum?

In den nächsten Kapiteln werde ich darauf eingehen, was in Familien während der ersten Lebensjahre eines Kindes geschieht – dem Zeitraum, der, wie wir wissen, bei ihnen so lebenswichtig für einen soliden Start ist. Die Experten mögen unterschiedlicher Meinung sein, welche Erfahrungen die Entwicklung eines Kindes besonders beeinflussen, aber keine wissenschaftliche Studie, die ich je gelesen habe, hat in Frage gestellt, daß die Lebensqualität innerhalb der Familie sich sehr stark darauf auswirkt, wie gut Kleinkinder sich an die Umstände anpassen, mit denen sie in ihrem ganzen Leben konfrontiert sein werden. Im Gegenteil, die Forschung unterstreicht die entscheidende Bedeutung konstruktiver Anreize während der ersten Jahre eines Kindes.

Wenn aber das Familienleben chaotisch abläuft, wenn Eltern depressiv oder ausdrucksschwach sind oder Bezugspersonen ständig wechseln, so daß das Kind sich auf niemanden verlassen kann, wird ihre Fähigkeit, die grundlegenden Aufgaben der frühen Kindheit zu bewältigen, beeinträchtigt werden. Wenn jemand in Ihrer Nähe das nächstemal das Wort »Investition« in den Mund nimmt, um zu beschreiben, was wir für unsere jüngeren, verletzlicheren Familienmitglieder tun müssen, denken Sie an die Investitionen, zu denen die Dorfgemeinschaft in den ersten wenigen Wochen, Monaten und Jahren imstande ist. Sie werden uns allen außergewöhnliche Dividenden einbringen, wenn Kinder die entscheidenden Stadien der kognitiven und emotionalen Entwicklung durchlaufen.

Kinder kommen ohne Gebrauchsanweisung auf die Welt

Wir lernen das Seil des Lebens kennen,
indem wir es aufknoten.
Jean Toomer

Da lag ich also im Krankenhausbett und versuchte verzweifelt, richtig zu stillen. Ich war so erzogen worden, alles von vorn bis hinten und rauf und runter zu studieren, bevor ich mich daran machte, und ich war fest überzeugt, daß ich auch diese Aufgabe meistern mußte. Doch ich bemerkte mit Entsetzen, daß Chelsea Schaum aus der Nase trat. Ich dachte, sie hätte einen Erstickungsanfall oder einen Krampf. Wie verrückt drückte ich alle erreichbaren Rufknöpfe.

Als die Krankenschwester zur Stelle war, erfaßte sie die Situation gelassen und sagte dann, ein Lächeln unterdrückend: »Es wäre hilfreich, wenn Sie ihren Kopf höher halten würden, etwa so.« Chelsea nahm meine Milch zwar auf, aber weil ich sie ungeschickt hielt, atmete sie alles durch die Nase wieder aus!

Wie viele Frauen hatte ich während meiner Schwangerschaft Bücher gelesen – wunderbare Bücher voller Ratschläge, was Babys in den ersten Monaten und Jahren brauchen, damit ihre Körper, Gehirne und Charaktere sich auf jeden Fall richtig entwickelten. Doch wie alle Eltern bald entdecken, sind das abstrakte Studieren von Anleitungen und das praktische Wissen, wie eine Frau mit dem Baby in ihren Händen umzugehen hat, zwei radikal verschiedene Dinge. Babys kommen nicht mit handlichen Gebrauchsanweisungen auf die Welt. Ich kann mich noch gut an die eine Nacht erinnern, bald nachdem Bill und ich sie vom Krankenhaus heimgebracht hatten, als Chelsea sich das Herz aus dem Leibe schrie. Nichts, was wir unternahmen, ließ ihr Jammern verstummen – und wir versuchten alles. Schließlich sah ich in ihr kleines, pausbäckiges Gesicht in meinen Armen. »Chelsea«, sagte ich, »das ist für beide von uns neu. Ich bin noch nie vorher eine Mutter gewesen, und du bist noch nie ein Baby gewesen. Wir werden uns einfach gegenseitig helfen müssen, so gut wir können.«

In ihrem Klassiker *Kindheit und Jugend in Samoa* schilderte Margaret Mead, daß eine samoanische Frau zur Geburt in das Dorf ihrer Mutter geht, selbst wenn sie bei der Heirat ins Dorf ihres Mannes gezogen ist. Die Mutter oder Schwester des Vaters ist bei der Geburt auch zugegen, um sich um das Neugeborene zu kümmern, während die Mutter von ihren Verwandten versorgt wird. Mit ihrer kollektiven Elternerfahrung helfen sie, den Schritt in die Elternschaft leichter zu machen, indem sie vorführen, wie es geht.

In Amerika war es früher so, daß Familien enger zusammenlebten und es für Verwandte leichter war, während der Schwangerschaft und der ersten Monate im Leben eines Neugeborenen einzuspringen. Die Frauen arbeiteten vorwiegend zu Hause und waren eher zur Hand, um jungen Müttern beizustehen und ihnen zu helfen, sich an ihre Mutterschaft zu gewöhnen. Die Familien waren größer, und von älteren Kindern wurde erwartet, daß sie bei der Betreuung jüngerer Geschwister mithalfen, was wiederum sie auf ihre eigene zukünftige Elternrolle vorbereitete.

Heutzutage herrscht für diejenigen, die es sich leisten können, kein Mangel an Ratschlägen, Ausrüstung und professioneller Sachkenntnis. Wenn beispielsweise das Stillen zum Problem wird, gibt es Stillgruppen, moderne Milchpumpen und unzählige Bücher zum Thema. Doch nichts geht über schlichte, handgreifliche Anweisungen, wie ich bezeugen kann. Personen und Programme, die angehenden Eltern helfen sollen, sind dünn gesät, obwohl solcher Beistand überraschend wenig kostet. Wir wenden dem, was unsere höchste Priorität sein sollte, zuwenig Aufmerksamkeit zu: die Menschen zu erziehen und zu befähigen, die bestmöglichen Eltern zu sein.

Erziehung und Befähigung fangen damit an, daß wir Eltern in die Lage versetzen, die Schwangerschaft selbst zu planen, damit sie physisch, finanziell und emotional für die Versorgung ihrer Kinder gerüstet sind. Einige der besten Modelle dafür stammen aus dem Ausland. Mir fällt dabei insbesondere eine Einrichtung ein, die ich in einem ländlichen Teil Indonesiens besucht habe.

Einmal im Monat werden unter den Bäumen an einer Lichtung Tische aufgestellt, und Ärzte und Schwestern halten Sprechstunden ab. Die Frauen kommen her, um ihre Babys untersuchen zu lassen, medizinischen Rat einzuholen und Informationen auszutauschen. Auf einer großen Anschlagtafel sind die Empfängnisverhütungsmethoden aufgeführt, die jede Familie benützt, so daß die Frauen Probleme und Ergebnisse untereinander vergleichen können. Diese Einrichtungen, die über das ganze Land verteilt sind, haben durch ihre Aufklärungsarbeit Mütter dazu veranlaßt, mehr Zeit und Energie für die Kinder zu verwenden, die sie bereits haben, bevor sie noch weitere in die Welt setzen. Die Väter, habe ich mir sagen lassen, sind von diesen Beratungen auch nicht unbeeindruckt geblieben. Sie beurteilen ihre elterliche Rolle jetzt eher nach der Lebensqualität, die sie jedem Kind bieten können, als nach der Zahl der Kinder, die sie zeugen.

Dieses kommunale Beratungsprogramm, das von der Regierung finanziert und von den Frauenverbänden des Landes und Muslimführern unterstützt wird, ist ein wunderbares Beispiel dafür, wie die Dorfgemeinschaft – sowohl die betroffene Gemeinde wie die übrige Gesellschaft – einfache und praktische Hilfsmittel einsetzen kann, um Familien zu helfen. Die aufrichtige, offene und bodenständige Umgangsweise mit der Familienplanung, die ich in Indonesien beobachtet habe, gab mir eine Vergleichsmöglichkeit zu den Vorgehensweisen, die ich an vielen anderen Orten gesehen habe.

Die Offenheit in Sachen Sexualität und die Verfügbarkeit von Verhütungsmitteln in den meisten westeuropäischen Ländern zahlt sich in der sinkenden Zahl unerwünschter Schwangerschaften und Abtreibungen bei jugendlichen und erwachsenen Frauen aus. Dagegen können einhundert Millionen Frauen in der ganzen Welt immer noch keine Familienplanung in Anspruch nehmen, weil sie arm oder ungebildet sind oder ihnen der nötige Zugang fehlt. Zwanzig Millionen Frauen lassen jedes Jahr höchst riskante Abtreibungen vornehmen. Wozu das führt, konnte ich im Oktober 1995 sehen, als ich die Tsyilla-Balbina-Mütterklinik in Salvador de Bahia in Brasilien besuchte. Ich erfuhr, daß die Hälfte der eingelieferten Mütter kurz vor der Geburt stand, während die andere Hälfte Frauen waren, die an den Folgen selbsteingeleiteter Abtreibungen litten. Ich traf den Gouverneur und den Gesundheitsminister des Bundeslandes, die eine Kampagne gestartet haben, um Familienplanung auch armen Frauen zugänglich zu machen. Dabei wies mich der Minister darauf hin, daß reiche Frauen schon immer Zugang zu solchen Diensten gehabt hätten.

Wir mögen meinen, daß unser Land von solchen Zuständen weit entfernt ist, aber die Statistiken belehren uns eines Besseren. Zwei von fünf weiblichen amerikanischen Teenagern werden bis zum zwanzigsten Lebensjahr schwanger, und jedes Jahr werden in Amerika eineinhalb Millionen Abtreibungen vorgenommen. Es ist eine nationale Schande, daß viele Amerikaner sich die Freizeitgestaltung fürs Wochenende besser überlegen als ihre Familienplanung. Und es ist tragisch, daß unser Land nicht mehr unternimmt, um Forschung in der Familienplanung und einen breiteren Zugang zu Verhütungsmethoden zu fördern, weil das Thema Abtreibung politisch sehr stark belastet ist. Die Ironie dabei ist, daß vernünftige Familienplanung hier und in der ganzen Welt die Notwendigkeit legaler wie illegaler Abtreibungen vermindern und das Leben von Müttern und Säuglingen retten würde.

Wie üblich haben die Kinder die Zeche zu zahlen. Wenn zu

junge Eltern Kinder bekommen oder wenn Familien sich vergrößern, ohne die Mittel zum Unterhalt zu haben, wirken sich die Belastungen und Ängste der Eltern, die ihre Verpflichtungen nicht erfüllen können, auf die Kinder aus. Familienplanung sichert, mehr noch, als daß sie nur die Kinderzahl der Eltern begrenzt, das Wohlergehen von Müttern und Kindern.

Das Dokument von Kairo, entworfen auf der Internationalen Bevölkerungs- und Entwicklungskonferenz 1994, bekräftigt, daß »in keinem Fall Abtreibung als eine Methode der Familienplanung gefördert werden sollte«. Und es anerkennt »das Grundrecht aller Ehepaare und Individuen, frei und verantwortlich über die Zahl, den Platz und die zeitliche Planung ihrer Kinder zu entscheiden und die Informationen und Mittel zu erhalten, um dies zu verwirklichen«. Frauen und Männer sollten das Recht haben, diese privateste aller Entscheidungen frei von Diskriminierung oder moralischem Druck zu treffen.

Sobald jedoch eine Schwangerschaft eintritt, sind wir alle aufgefordert sicherzustellen, daß sie gut abläuft.

Kein Erlebnis ist ergreifender, als durch eine Intensivstation voller Frühgeborener zu gehen – das Summen von Beatmungsmaschinen, die Geschäftigkeit, der Geruch von Neugeborenen vermischt mit dem von Krankenhaussälen, das Gewirr von Schläuchen, die an faltige kleine Körper angeschlossen sind. Ich bin in meinem Leben durch viele solcher Stationen gegangen, in Washington, Chicago, Little Rock, Boston, Oakland und Miami. Der Anblick ist überall der gleiche – Babys kaum größer als meine Hand, die um ein Leben kämpfen, von dem sie kaum etwas gekostet haben.

In einer Studie der Weltgesundheitsorganisation aus dem Jahr 1992 rangierten die Vereinigten Staaten an 24. Stelle der Säuglingssterblichkeitsrate der Länder. Das heißt, daß dreiundzwanzig Länder, angeführt von Japan, besser als wir dafür sorgen, daß Babys bis zum ersten Geburtstag am Leben bleiben. Siebzehn Länder, angeführt von Italien, haben eine bessere

Gesundheitsbilanz der Mütter als wir. Uns sollten diese Ergebnisse nicht überraschen, da nahezu ein Viertel aller schwangeren Frauen in Amerika, von denen viele noch Teenager sind, wenig oder gar keine vorgeburtliche Betreuung erhalten.

Wir wissen, daß Frauen, die während der Schwangerschaft, vor allem in den ersten drei Monaten, medizinisch betreut werden, mit größerer Wahrscheinlichkeit gesunde, voll entwickelte, normalgewichtige Babys gebären, wohingegen bei Frauen, die diese Betreuung nicht in ausreichendem Maß erhalten, die Wahrscheinlichkeit doppelt so hoch ist, daß sie Babys mit einem Gewicht unter fünfeinhalb Pfund (die Definition für ein »niedriges Geburtsgewicht«) zur Welt bringen. Und Frauen, die keine vorgeburtliche Beratung zu Alkohol- und Drogengebrauch, Rauchen und richtiger Ernährung bekommen, bringen auch mit höherer Wahrscheinlichkeit untergewichtige Babys zur Welt. 1991 machten diese Babys nur 7 Prozent aller Geburten aus, aber 60 Prozent aller Säuglingssterbefälle, denn bei ihnen lag die Wahrscheinlichkeit einundzwanzigmal höher als bei schwereren Babys, vor ihrem ersten Geburtstag zu sterben. Unzureichende vorgeburtliche Betreuung führt auch zu höheren Raten vermeidbarer Komplikationen wie angeborene Anomalien, frühe Atemwegsinfektionen und Lernschwierigkeiten.

Wir geben Milliarden von Dollars für modernste medizinische Versorgung aus, um Säuglinge zu retten und zu behandeln. 1988 kostete ein mit Untergewicht geborenes Baby im ersten Lebensjahr 15.000 Dollar mehr als ein mit Normalgewicht geborenes. Es ist ein neuzeitliches Wunder, daß wir in der Lage sind, Tausende von Babys zu retten, die gestorben wären, wenn sie ein paar Jahre früher geboren worden wären, und daß wir Tausenden mehr helfen können, sich normal zu entwickeln. In vielen Fällen jedoch hätten eine gute vorgeburtliche Betreuung und Notmaßnahmen bei der Geburt solche medizinischen Glanzleistungen erst gar nicht notwendig gemacht.

Für viele schwangere Frauen in Amerika ist vorgeburtliche Betreuung weder erreichbar noch erschwinglich. Sie wohnen in abgelegenen ländlichen Gebieten oder in großstädtischen Ballungsräumen. Ihre Arbeitgeber bieten keine Versicherung an, und ihre Familien verdienen nicht genug, um sie sich selbst zu leisten. Selbst Familien, die versichert sind, müssen feststellen, daß eine Gesundheitsversorgung für sie nicht erreichbar ist. Ein Ehepaar, das ich kennenlernte, erzählte mir seine Geschichte. Weil sie nicht über genügend Geldmittel verfügten, beschlossen sie, ihre Kinder und den brötchenverdienenden Vater zu versichern, nicht aber die den Haushalt führende Mutter. Als die Frau unerwartet schwanger wurde, sparten sie ihr Geld, um die Krankenhausrechnungen zu bezahlen, und beschlossen, auf die Ausgaben für vorgeburtliche Betreuung und Narkose während der Entbindung zu verzichten. Diese rein ökonomische Entscheidung setzte sowohl Mutter wie Kind Gefahren aus.

Viele schwangere Frauen sind sich nicht einmal bewußt, daß sie einer vorgeburtlichen Betreuung bedürfen. Das können Teenager sein, die ihre Schwangerschaft leugnen oder verzweifelt versuchen, ihre Lage vor ihrer Familie zu verbergen. Das können Frauen sein, die keine Ehemänner, Familie, Freunde oder andere besorgte und informierte Menschen haben, die sie dazu auffordern, medizinische Betreuung zu suchen oder zumindest mit dem Rauchen, Trinken oder dem Drogenkonsum während der Schwangerschaft aufzuhören. Im allgemeinen neigen Frauen, deren bereits chaotisches Leben durch eine Schwangerschaft noch komplizierter geworden ist, dazu, bis zum letztmöglichen Augenblick nur widerstrebend Dienstleistungen in Anspruch zu nehmen. Damit setzen sie ihre Babys viel größeren Gesundheitsrisiken aus.

Letztendlich müssen wir Frauen die Verantwortung für uns und unsere Gesundheit tragen, aber viele von uns brauchen Beistand und Unterstützung von der Dorfgemeinschaft. Druck von Angehörigen kann etwas bewirken. Wir wissen alle von Fällen, in denen die Familie und Freunde eine künftige Mutter ständig und entschieden daran erinnert haben, auf alkoholische Getränke oder Zigaretten zu verzichten. Aber eine solche private fürsorgliche Betreuung ist kein Ersatz für ein öffentliches System, dessen vorrangiger Auftrag gute Gesundheit für alle Frauen und Babys ist.

Beispiele, wie die Dorfgemeinschaft funktionieren kann, lassen sich in Ländern finden, wo nationale Gesundheitsversorgungssysteme vorgeburtliche und nachgeburtliche Betreuung für Mütter und Babys gewährleisten. Einige europäische Länder wie Österreich und Frankreich knüpfen die Gewährung finanzieller Beihilfen an den regelmäßigen Gang der Mütter zu Vorsorgeuntersuchungen.

Solange es zweifelhaft ist, daß unser Land in nächster Zeit ein offizielles Vorsorgesystem einrichten wird, können wir inzwischen etwas unternehmen, was die medizinischen Kosten für uns alle senkt und Kinder schon vor ihrer Geburt auf ein Leben in guter Gesundheit vorbereitet.

In Eigeninitiative sind in einigen Bundesstaaten durch Gesundheitsvorsorgeprogramme, Gemeindeverbände und Unternehmen Anreize geschaffen worden, damit Frauen sich eher in vorgeburtliche Betreuung begeben. In Arkansas haben wir unter Beteiligung örtlicher Geschäfte ein Kuponheft erstellt, das an schwangere Frauen verteilt wird. Dieses »Happy Birthday Baby Book« enthält Kupons für jeden der neun Schwangerschaftsmonate und die ersten sechs Monate des Kindes. Nach jeder monatlichen vorgeburtlichen oder nachgeburtlichen Untersuchung entwertet der behandelnde Arzt einen Kupon, der dann gegen kostenlose oder verbilligte Waren wie Milch oder Windeln eingelöst werden kann.

Die Gesundheitsbehörde von Arkansas, die für den Erwerb dieses Hefts im Fernsehen und im Radio geworben hat, schätzt, daß fast sieben von zehn schwangeren Frauen im Bundesstaat das Kuponheft erhalten haben. Vorberichte lassen erkennen, daß Frauen, die an dem Kuponprogramm teilgenommen haben, weniger untergewichtige Babys zur Welt gebracht haben.

Auch Firmen haben allmählich erkannt, daß Vorbeugemaßnahmen auf lange Sicht Gesundheitsversorgungskosten sparen helfen. Viele bieten bereits Anreize, um ihre Angestellten zu ermutigen, vorgeburtliche Betreuung in Anspruch zu nehmen. Die Haggar Apparel Company in Dallas/Texas bietet beispielsweise an, die medizinischen Ausgaben der Angestellten während der Schwangerschaft zu hundert Prozent zu bezahlen, wenn sie in den ersten drei Monaten der Schwangerschaft vorgeburtliche Betreuung in Anspruch nehmen. Levi Strauss in San Francisco lockt schwangere Arbeitnehmerinnen mit 100 Dollar in bar, eine gebührenfreie »Gesundheitsnummer« anzurufen, die den Anruferinnen Informationen und Ratschläge anbietet und sie überprüft, um diejenigen herauszufinden, denen eventuell eine Frühgeburt droht.

Versicherungen, insbesondere diejenigen, die geregelte Versorgungspläne anbieten, finanzieren Kurse zur gesunden Lebensführung für schwangere Frauen und bieten Anreize wie Kindersitze fürs Auto und Windelausstattungen an, um Frauen dazu zu bewegen, an Babypflegekursen teilzunehmen. Andere Versicherungen bieten individuelle Hilfe an, indem sie dafür sorgen, daß Geburtshelferinnen oder Schwesternschülerinnen rund um die Uhr für schwangere Frauen telefonisch erreichbar sind.

Projekte, die schwangere Mütter mit sachkundigen Ansprechpartnern per Telefon oder persönlich zusammenbringen, sind begeistert aufgenommen worden. Die Menschen wollen lernen, gute Eltern zu sein. In South Carolina läuft seit Anfang der achtziger Jahre eine Initiative, die schwangere Teenager mit erfahrenen Müttern aus der Nachbarschaft zusammenbringt. Die älteren Frauen treffen sich mit den jüngeren vor und nach der Geburt des Babys, um ihnen grundlegende Verrichtungen wie Baden, Windelwechseln und Füttern beizubringen und auch konstruktive Vorschläge zu machen, wie am besten verbal und nonverbal mit Kleinkindern umzugehen ist. Die jungen Mütter werden auch über die Wirkungen von Genußmittelmißbrauch während der Schwangerschaft belehrt und erhalten Tips zur Sicherheit und Entwicklung des Kindes. Diese Initiative hat bereits die Gesundheit der Babys verbessert wie auch die Fälle von Kindesmißbrauch verringert, der oft durch die Unwissenheit von Eltern ausgelöst wird, wie sie mit den Anforderungen der Kindererziehung zurechtkommen sollen.

In San Antonio/Texas begann man 1973 damit, fünfzig Müttern eine grundlegende Elternschulung zu vermitteln. 1994 betreute Avance fünftausend Einzelpersonen in den mexikanisch-amerikanischen Gemeinden in San Antonio, Houston und dem Tal des Rio Grande. Avance, das in Sozialsiedlungen, Grundschulen und in eigenen Elternservicezentren arbeitet, beschäftigt nicht nur voll ausgebildete Mitarbeiter, die ihre Kenntnisse weitergeben, sondern bietet auch Unterricht in kindlicher Entwicklung, Nachhilfe in englischer Sprache und Berufsfortbildungsprogramme an. Avance legt besonderen Wert darauf, jungen Familien zu helfen, sich dauerhaft und intensiv mit ihren Kindern zu beschäftigen. Hausbesuche dienen dazu, die Fortschritte junger Familien zu überprüfen und in Kontakt zu bleiben, während die Kleinkinder aus dem Säuglingsalter herauswachsen. Der Erfolg des Programms ist an den positiven Einstellungen der beteiligten jungen Eltern abzulesen, die lernen, daß ihre Verantwortung als Eltern auch einschließt, eine fürsorgliche und förderliche Umgebung für Kinder zu schaffen.

Während solche Programme viel zum Erfolg und zum Wohlergehen von Eltern und ihren Babys beitragen, können auch Krankenhäuser eine Menge tun, um zu gewährleisten, daß Eltern von Anfang an besser für die Anforderungen ihrer Elternrolle gerüstet sind.

Auf einer Reise zu den Philippinen besuchte ich das Dr.-José-Fabella-Memorial-Krankenhaus in einem der ärmsten Viertel Manilas. Während der letzten zehn Jahre ist das Krankenhaus dazu übergegangen, Neugeborene direkt bei den Müttern und nicht in einer abgetrennten Säuglingsstation zu lassen. Auf der Entbindungsstation liegen Dutzende von frischgebackenen Müttern im Bett ihren Babys gegenüber. Die Mütter und ihre Kleinen lernen im hautnahen Umgang eng miteinander vertraut zu werden und ein besonderes Gefühl der Geborgenheit aufzubauen. Die Ärzte und Schwestern im Krankenhaus nehmen sich an jedem Bett Zeit, um Müttern geduldig das Stillen beizubringen. Zu meinem Erstaunen sah ich auch ein oder zwei Tage alte Säuglinge, die mit gespitzten Lippen aus Tassen tranken. Ich erfuhr, daß das Krankenhauspersonal angefangen hatte, Müttern, die nicht stillen konnten, die Verwendung von Tassen zu empfehlen, als es herausgefunden hatte, wie schwierig es für arme Mütter aus unhygienischen Verhältnissen war, ihre Brust und die Babyfläschchen zu sterilisieren. Für sie war es viel einfacher und leichter, eine Babytasse sauber zu halten. Mit dem durch die Schließung der Säuglingsstation eingesparten Geld konnte das Krankenhaus zusätzliches Personal einstellen, das den Eltern grundlegende Pflegemaßnahmen beibrachte.

Auch amerikanische Krankenhäuser haben in den letzten Jahrzehnten Veränderungen eingeführt, die beide Elternteile ermuntern, schon im Krankenhaus ihr Baby zu versorgen. Die Kliniken bieten Geburtszimmer für die Zeit der Wehen und der Entbindung an. Väter dürfen mitkommen und werden angehalten, bei der Geburt anwesend zu sein. Die meisten Krankenhäuser mit Entbindungsstationen bieten einen Grundkurs in Kinderpflege an.

Krankenhäuser als die Orte der ersten Begegnungen von Eltern mit ihren Neugeborenen bieten die Gelegenheit und tragen die Verantwortung, Babys und Eltern zu einem guten Start ins Leben zu verhelfen. Keine Mutter sollte das Krankenhaus verlassen, ohne die Möglichkeit gehabt zu haben, jede nur erdenkliche Frage zur richtigen Babypflege zu stellen. Eine brieftaschengroße Karte mit einer Aufstellung der Impfungen, die ein Baby braucht, wann und wo sie erhältlich sind und wieviel sie kosten, ist eine nützliche Unterlage, die Krankenhäuser anbieten könnten. Sie könnten ebenso Listen mit preisgünstigen Kinderärzten in ihrem Bereich zur Verfügung stellen. Am allerwichtigsten wäre, wenn Krankenhäuser die Beziehung der frischgebackenen Eltern zu ihren Kindern abschätzen würden, um herauszufinden, ob zusätzliche Beratung und Hilfe nötig sein werden. Hawaii ist darin Vorreiter mit dem Programm »Healthy Start«, das gegenwärtig mehr als die Hälfte der jährlich sechzehntausend in diesem Staat geborenen Babys überwacht.

Die Mitarbeiter von Healthy Start bitten darum, junge Eltern noch im Krankenhaus besuchen zu dürfen. Die meisten stimmen dem zu und sind dankbar, daß jemand sich um ein Gespräch mit ihnen bemüht. Die Mitarbeiter stellen ihnen Fragen nach ihrer Familiengeschichte und ihrer gegenwärtigen Lage und achten auf mögliche Probleme. »Wir schauen nach Eltern, die als Kinder mißbraucht oder vernachlässigt worden sind«, erklärt Gail Breakey, eine der Gründerinnen von Healthy Start und Direktorin des Hawaii Familiy Stress Center. »Wir wissen aus Untersuchungen, daß es da generationsübergreifende Muster gibt.«

Wenn die Familie als risikobehaftet eingeschätzt wird, bietet Healthy Start als Nachsorge Hausbesuche an. Die Hausbetreuerin hilft den Eltern, etwas über die Bedürfnisse ihres heranwachsendes Kindes zu lernen und fungiert als Vermittlerin zu anderen Einrichtungen, um sicherzustellen, daß sich jemand um die Bedürfnisse der Familie kümmert – von Eheberatung über Berufsfortbildungskurse bis hin zur Drogentherapie. Healthy Start hat unter den mehr als dreitausend Familien, die weitere Hilfe während der letzten fünf Jahre angenommen haben, erfolgreich den Kindesmißbrauch auf weniger als 1 Prozent reduziert – weit unter dem nationalen Durchschnitt der Kindesmißhandlungen von 4,7 Prozent.

Healthy Start bietet seine Dienste auf freiwilliger Basis an, es wäre aber ebenso vorstellbar, daß die Bundesstaaten Sozialhilfe oder medizinische Kostenbeihilfe von der Zustimmung zu Hausbesuchen oder der Teilnahme an anderen Formen der Elternerziehung abhängig machen.

Trotz des erwiesenen Erfolgs ist die Finanzierung von Healthy Start nicht gesichert. Wenn der Bundeshaushalt gekürzt wird und die einzelnen Staaten mehr Ausgaben aufgebürdet bekommen, haben Investitionen für Gefängnisse, für medizinische Notversorgung oder andere Programme mit politischer Breitenwirkung Priorität vor derartigen Vorsorgemaßnahmen.

Es ist interessant, daß alle westeuropäischen Länder irgendeine Form von häuslicher Betreuung anbieten. In England haben Hausbesuche durch Mitarbeiter des staatlichen Gesundheitssystems eine lange Tradition. Nachdem Mutter und Neugeborenes aus der Klinik entlassen sind, kommt über einen Zeitraum von mindestens zehn Tagen täglich eine qualifizierte Geburtshelferin vom örtlichen Krankenhaus zu Besuch. Eine »Familiengesundheitsberaterin«, eine voll ausgebildete Schwester, steht auf Nachfrage auch für telefonische Beratung oder Hausbesuche von der Geburt bis zum Schulbesuch des Kindes ab dem fünften Lebensjahr zur Verfügung.

Eine amerikanische Freundin, die während ihrer Schwangerschaft in England lebte, lernte die Hausbesuche sehr schnell schätzen. Bevor sie ihr Baby bekam, war sie sicher, daß die vielen gelesenen Bücher alles erklären würden, was sie wissen müßte. Zudem hatte ihre Mutter vor, zur Geburt anzureisen. Doch die Mutter wurde krank, und meine Freundin war auf einmal mit ihrem Neugeborenen allein zu Hause. Sie machte dieselbe Erfahrung wie ich. Nach all ihrer Lektüre – so aufschlußreich sie auch war – blieben noch viele Fragen offen. Als die Krankenschwester an ihre Tür klopfte, ließ meine Freundin die verblüffte Frau gar nicht erst zu Wort kommen: »Warum schläft sie nie länger als eine Stunde? Wird sie je die Augen aufmachen? Meinen Sie, sie kann mich hören?«

Ich kann Hausbesuche gar nicht genug empfehlen, ob er nun von einer Sozialarbeiterin, einer Krankenschwester oder der Tante kommt, die samstags mit dem Bus herfährt, um nach ihrer Nichte und dem Neugeborenen zu schauen. Eltern brauchen beim ersten Kind Menschen, mit denen sie reden können, und die ihnen mit Hilfe und guten Ratschlägen zur Seite stehen.

Die »elektronische Dorfgemeinschaft« kann ebenfalls Eltern beim ersten Kind Hilfe leisten. Radio- und Fernsehsender könnten in ihre Sendungen, zwischen die Songs und die Wortschlachten von Talkshows, Kinderpflegetips einstreuen. Stellen Sie sich vor, Sie hören solche »nützlichen Tips« während der Hitparade: »Sie haben jetzt ein Baby im Haus? Lassen Sie es nicht plärren, bis es rot im Gesicht wird. Denken Sie einmal daran, wie Sie sich fühlen würden, wenn Sie hungrig, feucht oder schlicht und einfach ratlos wären und niemand Sie beachten würde. Tun Sie das einem kleinen Kind nicht an. Es ist gerade erst angekommen. Gönnen Sie ihm was. Und kümmern Sie sich jetzt um es!«

Videos zur täglichen Babypflege – Bäuerchen machen lassen, Seife aus den Augen entfernen, Ohrenschmerzen lindern – könnten ständig in Wartezimmern, Gesundheitsämtern, Kliniken, Verkehrsbetrieben oder anderen Orten laufen, wo Leute zusammenkommen und warten müssen.

Eine weitere vielversprechende Neuerung sah ich in der South Bronx in New York City, als ich das Highbridge Communicare Center besuchte, das den armen Bewohnern dieses Viertels eine medizinische Grundversorgung anbietet. Highbridge gibt an Eltern eine Karte aus mit einer rund um die Uhr besetzten gebührenfreien Telefonnummer, die sie mit einem Arzt oder einer Schwester verbindet, die ihnen sofortigen medizinischen Rat geben und feststellen können, ob ein Gesundheitsproblem so ernst ist, daß es als Notfall zu behandeln ist, oder ob ein späterer Termin in der Klinik genügt. Nach nur wenigen Monaten im Einsatz hat die Hotline die Zahl der Besuche in der Notaufnahme des örtlichen Krankenhauses wesentlich gesenkt. Können Sie sich vorstellen, was eine solche Hotline in jeder Gemeinde bewirken könnte? Örtliche Krankenhäuser könnten die Mittel dazu gemeinsam aufbringen. Viele bange Stunden und Millionen von Dollars wären überflüssig, wenn Mütter und Väter Ansprechpartner für die Probleme mit ihren Babys hätten und der Weg in die Notaufnahme nicht länger die einzige Möglichkeit bliebe.

Ungeachtet aller Ratschläge und Informationen für junge Mütter brauchen sie mit ihren Babys entsprechend Zeit, um sich von der Geburt zu erholen, bevor sie das Gelernte anwenden können. Doch in zunehmendem Maße zwingen die amerikanischen Versicherungen Krankenhäuser, Mütter und ihre Neugeborenen so schnell wie möglich zu entlassen. Da Versicherungen nach neuen Wegen der Kostendämpfung suchen, werden Mütter schon vierundzwanzig Stunden nach einer unkomplizierten Geburt und drei Tage nach einem Kaiserschnitt aus der Klinik gejagt. Für viele Frauen bleibt dann nicht genug Zeit, um sich von den Anstrengungen zu erholen, geschweige denn, um das richtige Stillen zu lernen oder sich an den neuen Schlafrhythmus und die anderen Veränderungen anzupassen, die sich zusammen mit einem Baby einstellen.

Ich kam an den ersten drei Tagen nach meinem Kaiserschnitt kaum auf die Beine. Zum Glück war Bill im Krankenhaus bei mir, um sich um mich und um Chelsea zu kümmern. Doch sobald ich fünf Tage nach der Entbindung wieder daheim war, mußte ich fast auf den Hacken kehrt machen und erneut einen Arzt aufsuchen, weil ich hohes Fieber und akute Schmerzen durch eine Infektion bekommen hatte.

Eine Freundin von mir bekam während der Geburt ihrer Zwillinge starke Blutungen und mußte unter Vollnarkose durch einen Kaiserschnitt entbunden werden. Nach der Entbindung litt sie unter starker Blutarmut und mußte auf die Intensivstation. Dennoch sagte ihre Versicherung, die ihre Entscheidung nach einer Checkliste medizinischer Faktoren fällte, sie würde nur für drei Tage Krankenhausaufenthalt bezahlen. Schließlich kam die Versicherung für einen längeren Aufenthalt auf, aber nur, weil der behandelnde Arzt stundenlang am Telefon argumentierte, es wäre medizinisch nicht zulässig, sie heimzuschikken. Einige Ärzte wollen sich auf solche Debatten nicht einlassen, weil sie Angst haben, von den Krankenversicherungen, mit denen sie abrechnen, fallengelassen zu werden.

Die Frau eines Freundes genoß nach einer komplizierten Geburt im Krankenhaus sieben Tage lang Versicherungsschutz. Aber die Gesellschaft bestand darauf, das Baby unabhängig von der Mutter zu beurteilen. Als meinem Freund gesagt wurde, dies bedeute, daß das Kind nach drei Tagen raus müsse, fragte er: »Erwarten Sie, daß das Baby zum Parkplatz geht und sich selbst heimfährt?«

Versicherungsgesellschaften behaupten, daß die Begrenzung der Aufenthaltsdauer eines Babys im Krankenhaus nicht nur Geld spart, sondern auch die Ansteckungsgefahr durch Keime in der Klinik reduziert. Andererseits stimmen die meisten Experten darin überein, daß mindestens achtundvierzig Stunden nötig sind, um die medizinischen Risiken für Mütter und Neugeborene abzuschätzen. Im allgemeinen entwickeln sich bei Müttern und Babys, die in den ersten vierundzwanzig Stunden entlassen werden, keine medizinischen Komplikationen. Aber wie sieht es aus, wenn das Baby eine Infektion oder andere Beschwerden bekommt – wie etwa Gelbsucht, die einen dauerhaften Gehirnschaden oder Tod verursachen kann, wenn sie nicht behandelt wird –, die sich erst am zweiten oder dritten Tag nach der Geburt zeigen? Was ist, wenn die Mutter nicht richtig das Stillen lernt, was zu Austrocknung oder anderen schweren Problemen beim Baby führen kann?

1992 veröffentlichten der amerikanische Verband der Kinderärzte und Gynäkologen und die amerikanische Akademie der Kinderärzte eine Reihe von Richtlinien zur Geburtshilfe. Darin wird empfohlen, daß bei Entlassungen in Erwägung gezogen werden sollte, wie gesundheitlich stabil Mutter und Kind sind, ob die Mutter gelernt hat, ihr Baby angemessen zu ernähren, über andere grundlegende Pflegemaßnahmen unterrichtet worden ist und über die Verfügbarkeit entsprechender Nachsorgeleistungen und -dienste informiert worden ist. Alle diese Faktoren hängen von der Einschätzung von Ärzten und Krankenschwestern ab, die Mütter und Babys betreuen, nicht von der Buchhaltung, die die Rechnungen bezahlt, oder von den Patienten selbst. (In der Benommenheit nach einer Geburt mögen manche Mütter beschließen, sie könnten vorzeitig entlassen werden; andere möchten wiederum wochenlang bleiben, wenn es erlaubt wäre.)

Die Versicherungsgesellschaften weisen darauf hin, daß die meisten Mütter ein Recht auf Hausbesuche durch eine Krankenschwester haben, die ihnen helfen kann, Probleme nach der Krankenhausentlassung aufzuspüren. Aber in Wirklichkeit dekken viele Versicherungen nur einen Hausbesuch pro Patientin ab; andere kommen nur für eine telefonische Beratung mit einer Krankenschwester in den Tagen nach der Geburt auf. Und es sind Fälle bekannt geworden, wo die Krankenschwester oder die Hausbetreuerin einfach nicht aufgetaucht sind.

Ein pensionierter Arbeiter der Verkehrsbetriebe aus New Jersey, Dominick A. Ruggiero Jr., trug erst kürzlich vor Gericht seine Geschichte vor. Seine Nichte hatte eine komplikationslose Schwangerschaft und Geburt und wurde nach achtundzwanzig Stunden entlassen. Daheim jedoch verschlechterte sich der Zustand ihres Babys Michelina rapide. Eine Krankenschwester sollte am zweiten Tag kommen, aber sie erschien nicht. Als die Familie sich erkundigte, wurde ihnen gesagt, daß die betreffende Schwester noch gar nicht wußte, daß das Baby geboren war. Die Familie rief mehrmals den Kinderarzt an, der meinte, das Baby hätte eine leichte Gelbsucht und bräuchte nicht untersucht zu werden. Der Säugling starb noch am zweiten Tag nach seiner Geburt an einer behandelbaren Infektion.

Zum Teil dank der Aussage von Ruggiero gibt es in New Jersey ein Gesetz, das sicherstellt, daß auch nach komplikationslosen Entbindungen der Versicherungsschutz mindestens achtundvierzig Stunden und nach einer Kaiserschnittentbindung sechsundneunzig Stunden in Kraft ist. Maryland hat im Frühjahr 1995 ein ähnliches Gesetz verabschiedet, und der Kongreß berät derzeit einen Gesetzentwurf, der eine solche Vorsorge im ganzen Land einführen würde. Es geht hier nicht um Parteipolitik. Maryland hatte einen demokratischen Gouverneur und eine demokratische Justizbehörde, als es handelte, und in New Jersey wurde das Gesetz von einer republikanischen Justizbehörde verabschiedet und von einem republikanischen Gouverneur unterzeichnet. Die Gesetzesvorlage im Kongreß wird von beiden Parteien unterstützt. Wenn auch Meinungen laut geworden sind, ein solches Gesetz sei nur wieder ein Beispiel für eine ungerechtfertigte Einmischung der Bundesregierung, so läßt sich doch schwer abstreiten, daß die Gesundheit von Müttern und Säuglingen wichtig genug ist, um von der Regierung gesetzlich abgesichert zu werden.

Die Fragen, Sorgen und Mühen der Eltern hören nicht bei der Erhaltung der körperlichen Gesundheit eines Babys auf. Eine gesunde gefühlsmäßige Entwicklung erfordert gleichermaßen unsere Aufmerksamkeit. Auf der Mutter-und-Kind-Station in Manila, die ich besuchte, stand besonders diese Bindung im Vordergrund, der erste Kontakt zwischen Eltern und Kind unmittelbar nach der Geburt. Als ich die Mütter und Babys dort sah, mußte ich daran denken, wie Chelsea Minuten nach ihrer Geburt mir und Bill in die Arme gelegt wurde. Mit diesem ersten Kontakt begann unsere lebenslange Verpflichtung für unser Kind.

Meine Mutter war wie die meisten amerikanischen Frauen, die während der vierziger und fünfziger Jahre im Krankenhaus gebaren, bei jeder Entbindung unter Vollnarkose. Sie stillte nicht, weil das damals nicht empfohlen wurde, und sie erinnert sich auch nicht, mich gesehen zu haben, ehe sie am Tag nach meiner Geburt zur Säuglingsstation gehen konnte. Sie ist verständlicherweise skeptisch gegenüber der Bedeutung einer unmittelbaren Bindung, aber sie setzt sich mit ganzem Herzen für die wichtige Aufgabe ein, eine – wie Psychologen es nennen – »sichere Beziehungsaufnahme« im ersten Jahr eines Kindes sicherzustellen. Eine sichere Beziehungsaufnahme ist der Grundstein für die Liebe und das Vertrauen, das Kinder in Erwiderung auf warme, verläßliche und sensible Pflege aufbauen. Das stellt sich in den ersten Wochen und Monaten im Leben eines Kindes ein, nicht in den ersten paar Minuten.

Dr. T. Berry Brazelton, einer der beliebtesten Kinderärzte in unserem Land, beschreibt, daß auf den Inseln des japanischen Goto-Archipels eine Mutter einen Monat lang nach der Entbindung im Bett bleibt, in eine dicke Decke gehüllt, warm hingekuschelt mit ihrem Baby. Während dieser Zeit hat sie nur eine Pflicht – ihr Neugeborenes zu stillen und zu halten. Alle ihre weiblichen Verwandten stehen ihr zur Seite. Sie selbst wird während dieser Zeit als Kind behandelt und in einer Art Babysprache angeredet.

Ich persönlich könnte ohne die Babysprache auskommen, und einen Monat in eine Decke gewickelt zu sein, kommt mir etwas zu lang vor, aber ich bewundere die Art, wie dieses Ritual die wichtigste Aufgabe einer Mutter feiert und fördert: ihr beizustehen, dem Kind eine sichere Beziehungsaufnahme zu mindestens einer erwachsenen Person zu bieten. Die sichere Bindung, die Babys im ersten Jahr aufbauen, gibt ihnen die Sicherheit und das Vertrauen, das sie brauchen, um die Welt zu erkunden und liebevolle Beziehungen zu anderen einzugehen.

Das einfachste Beachten der Bedürfnisse von Kleinkindern – sie in den Arm zu nehmen, wenn sie weinen, sie zu füttern, wenn sie hungrig sind, sie liebevoll zu halten – bietet genau die positiven Stimuli, nach denen ihre Gehirne und Körper verlangen. Ein Psychologe an der Universität Miami untersuchte kürzlich zwei Gruppen frühgeborener Babys. Beide Säuglingsgruppen wurden nach dem neuesten Stand medizinisch versorgt und ernährt, doch eine Gruppe wurde jeden Tag fünfundvierzig Minuten zart und liebevoll gestreichelt. Die Babys, mit denen täglich geschmust wurde, nahmen an Gewicht zu und entwickelten sich so rasch, daß sie sechs Tage früher das Krankenhaus verlassen konnten als die Babys der Vergleichsgruppe. (Dieser schlichte menschliche Kontakt, der zu einer früheren Entlassung aus dem Krankenhaus führte, sparte nebenbei 3.000 Dollar Pflegekosten pro Tag ein.) Zärtlicher, intimer und ständiger Kontakt, der eine Bindung schafft, braucht Zeit und soviel Freiheit von äußerem Streß wie möglich. Je gehetzter und bedrängter junge Eltern sind, desto weniger Geduld werden sie für die beträchtlichen Forderungen von Neugeborenen haben. Säuglinge wissen zwar nichts von den Gründen für den Streß ihrer Eltern, sei es nun ein Ehestreit, Depression oder finanzielle Sorgen, aber wir wissen, daß Babys den Streß selbst spüren, und das kann Gefühle der Hilflosigkeit erzeugen, die zu späteren Entwicklungsproblemen führen.

Wissenschaftler an der Universität von Minnesota, einem der Hauptzentren für die Untersuchung von psychischen Bindungen, haben fast zweihundert Menschen von der Geburt bis in ihr drittes Lebensjahrzehnt verfolgt. Ihre Ergebnisse spiegeln die Schlüsse von Wissenschaftlern wider, die Forschungen auf dem Gebiet der emotionalen Intelligenz durchgeführt haben. Es gibt tatsächlich eine Verbindung zwischen Aggression und dem Fehlen einer sicheren Beziehungsaufnahme. »Um Gewalt bei Kindern wirklich zu verstehen«, erklärt der Psychologe Allan Sroufe, »müssen wir auch verstehen, warum die meisten Kinder und Erwachsenen nicht gewalttätig sind, und dies hat mit einem Gefühl der Verbindung oder des Mitgefühls mit anderen Leuten zu tun, ... das sehr stark auf den frühen Beziehungen des Kindes beruht, wahrscheinlich am stärksten in den frühesten Lebensjahren.«

Wie andere Aspekte der Elternschaft geht auch der Aufbau einer sicheren Beziehung zu einem Kind nicht wie von selbst, außer in dem Sinne, daß wir wahrscheinlich unseren Kindern das weitergeben, was uns selber widerfahren ist, wenn uns nicht eine Person oder eine Erfahrung ein anderes Modell anbietet. Mit Aufgeschlossenheit und kenntnisreicher Anleitung können die meisten Eltern jedoch lernen, sich besser auf ihre Kinder zu beziehen, ungeachtet des Temperaments.

Dr. Sally Provence, die Expertin für Kindesentwicklung, hatte eine Gabe, die subtilen Zeichen der Unruhe eines Babys in der Art zu lesen, wie sie auf das Füttern oder das Gehaltenwerden reagierten. Sie verstand es ausgezeichnet, Eltern in dieser Kunst zu unterweisen, damit sie ihr eigenes Verhalten entsprechend anpassen konnten.

Ich erinnere mich, wie ich hinter einem einseitig durchsichtigen Spiegel stand und ihr zusah, wie sie mit einer Mutter arbeitete, deren Baby immerfort schrie und seinen Körper von ihr wegkrümmte. Das Kind sah aus, als wollte es sich in den Raum katapultieren. Dr. Provence besänftigte den Säugling, indem sie ihn so ansprach, wie sie ihn berührte, nämlich sanft, aber bestimmt. Sie übersetzte ihr Verhalten in schlichte Anweisungen, etwa indem sie der Mutter zeigte, wie sie das Baby nicht so steif halten sollte, indem sie die ganze Hand dazu hernahm statt nur die Fingerspitzen. Wenn diese Art eigenhändiger Unterweisung Eltern leicht zugänglich wäre, ließen sich viele Probleme im Verhalten und in der Gefühlsentwicklung vermeiden.

Die Dorfgemeinschaft kann viel tun, um Eltern die Zeit zu geben, die sie brauchen, um in den ersten Wochen und Monaten für das Wohlergehen ihrer Kinder zu sorgen. Der Family and Medical Leave Act, das erste Gesetz, das mein Mann am 5. Februar 1993 als Präsident mit seiner Unterschrift in Kraft setzte, ermöglicht es Leuten, die bei Firmen mit fünfzig oder mehr Angestellten arbeiten, bis zu zwölf Wochen Urlaub zu nehmen, um sich um ein neues Kind, ein krankes Familienmitglied oder um ihre eigene angeschlagene Gesundheit zu kümmern, ohne daß sie den Arbeitgeberanteil an den Versicherungsraten oder ihre Jobs verlieren. Wenn auch der Urlaub unbezahlt ist und Angestellte kleinerer Firmen ihn nicht in Anspruch nehmen können, ist dies doch ein großer Schritt hin zu einer staatlichen Anstrengung, tüchtigen Arbeitern auch zu gestatten, tüchtige Familienmitglieder zu sein – nicht nur nach der Geburt oder Adoption eines Kindes, sondern wenn ein Kind, Elternteil oder Ehepartner in Not ist.

Mein Mann und ich haben von Hunderten von Amerikanern gehört, denen dieses historische Gesetz im Leben geholfen hat. Ein Vater, der seine Tochter im Rollstuhl auf einer Besichtigungstour durchs Weiße Haus schob, sah den Präsidenten und bat darum, mit ihm sprechen zu dürfen. Er dankte meinem

Mann, daß dieser es möglich gemacht hatte, daß er seinem unheilbar an Leukämie erkrankten Mädchen ohne Angst vor dem Verlust seines Arbeitsplatzes Zeit widmen konnte. So stelle ich mir eine Gesetzgebung vor, die sich wirklich an »Familienwerten« orientiert.

Wir können noch viel mehr tun, um Eltern zu befähigen und anzuspornen, da zu sein, wenn Kinder sie brauchen, besonders in den frühesten Wochen und Monaten ihres Lebens. Kinder kommen ohne Gebrauchsanweisung auf die Welt, aber sie vermitteln die immense und unmittelbare Verpflichtung, herauszufinden, wie am besten für sie zu sorgen ist. Elternschaft kommt nicht »wie von selbst«, aber sie kommt, ob wir bereit sind oder nicht. Die Dorfgemeinschaft als ganze schuldet werdenden und erstmaligen Müttern ihren gesammelten Erfahrungs- und Kenntnisschatz sowie die Mittel, die sie brauchen werden, um mit der wichtigen und aufregenden Aufgabe fertig zu werden.

Die Welt ist in Eile, ein Kind nicht

Viele Dinge, die wir brauchen, können warten.
Nicht so das Kind.
Jetzt ist die Zeit, da formen sich seine Knochen;
sein Blut wird gebildet; sein Verstand entwickelt sich.
Ihm können wir nicht sagen: morgen.
Sein Name ist Heute.

Gabriela Mistral

An einem Muttertag – Chelsea war etwa vier Jahre alt – waren wir in Little Rock in der Kirche. Während des Kindergottesdienstes ließ der Pfarrer alle Kinder nach vorn treten und fragte jedes einzelne: »Wenn du deiner Mami heute irgend etwas auf der Welt schenken könntest, was wäre das?« Als Chelsea an der Reihe war, antwortete sie ohne Zögern: »Lebensversicherung«. Das war quasi das Schlußwort, und nach dem Gottesdienst kam ein Versicherungsvertreter auf mich zu und bot mir eine Police an.

Später fragte ich Chelsea, was sie gemeint hatte. Es stellte sich heraus, daß sie jemand von einer Lebensversicherung reden gehört und gedacht hatte, es hieße soviel wie ewig leben zu können. Es war eine dieser Episoden, wo »Kinder die unmöglichsten Sachen sagen«, aber für mich war es das beste Muttertagsgeschenk überhaupt. Dieses kleine Kind wollte, daß ich ewig lebte. Gibt es etwas Schöneres im Leben, als so geliebt zu werden?

Selbstverständlich können Kinder nicht ewig an uns hängen, und wir genausowenig an ihnen. Lange bevor wir ganz aus ihrem Leben verschwinden, entlassen wir sie in mehreren Schritten in ihre Unabhängigkeit, angefangen damit, daß wir sie der

Welt außerhalb des Mutterleibs aussetzen. Auf dem weiteren Weg liefern wir sie im Guten wie im Schlechten Betreuern, Lehrern, Arbeitgebern und Ehegatten aus – mit anderen Worten, der Dorfgemeinschaft. Mit jedem Schritt, den sie in die Welt hinaus tun, machen sie auch einen Schritt von uns weg. Wenn Kinder sich entwickeln, entfaltet sich ihr Selbstgefühl. Sie lernen, auf ihren Namen zu reagieren, ihr Spiegelbild zu erkennen und ihren angestammten Platz am Eßtisch zu finden. Schon dadurch, daß sie ihre ersten Schritte machen, einen Ball mit dem Fuß treten oder zum Abschied winken können, erkunden sie die Grenzen ihres Selbst und entdecken, wo sie aufhören und der Rest der Welt anfängt.

Anfänglich neigen sie dazu, den Erwachsenen gottähnliche Macht zuzugestehen, denn diese versorgen sie mit allem, was sie brauchen. Ein Kleinkind, das ein Eichhörnchen durch den Garten rennen sieht, dreht sich begeistert zu den Eltern um und verlangt: »Mehr.« Und alle Eltern kennen das Gefühl der Hilflosigkeit, wenn sie das Flehen eines kranken Kindes hören, Ohrenschmerzen oder eine Halsentzündung verschwinden zu lassen oder einen Kratzer wegzuküssen. Angesichts der Machtfülle, mit der sie uns ausstatten, liegt die Versuchung nahe, unsere Kinder als Erweiterung unserer selbst zu betrachten. Zu oft versuchen wir, durch sie unsere eigenen Fehler zu korrigieren, ja selbst früher erlittenes Unrecht wiedergutzumachen. Wenn Sie an den Fingernägeln kauen, dann sollte Ihr Kind es gefälligst nicht tun. Wenn Sie in Mathematik schlecht waren, möchten Sie, daß Ihr Kind ein zweiter Einstein wird. Wenn Sie jähzornig sind, beten Sie, daß es mit der Geduld Hiobs gesegnet sein soll. Solche Regungen sind verständlich; wir sind alle nur Menschen. Aber die Elternschaft ist keine zweite Kindheit, und Kinder sind keine Miniaturausgaben von uns. Von Anfang an sind sie kleine Persönlichkeiten, die respektiert werden müssen als das, was sie sind und noch werden sollen.

Wenn Kinder größer werden und lernen, entwickeln sie ein Gefühl ihrer eigenen Macht. Der Individuationsprozeß ist für

Eltern faszinierend, aber er kann auch schmerzhaft sein. Welcher Vater oder welche Mutter hat nicht einen Stich verspürt, als die Kleine beim Laufenlernen sich das erstemal den Kopf anstieß oder als der Sechsjährige seinen ersten Schultag hatte? Es fällt schwer, die aufkeimende Unabhängigkeit einer Tochter nicht als Zurückweisung zu interpretieren oder den abweichenden Geschmack eines Sohnes nicht als Kommentar zu unserem zu sehen.

Es überraschte uns, als wir entdeckten, daß Chelsea keine Hot Dogs oder Hamburger mochte – wenn wir zu McDonald's gingen, mußten es für sie unbedingt Chicken McNuggets sein. Darüber können wir noch leicht lachen, aber bei Unterschieden über die Essensvorlieben hinaus können wir schon mal die Fassung verlieren. Bill, der beinahe jede Sportart mag, sah Chelsea mit großer Freude beim Fußball- oder Softballspielen zu. Als sie auf der High School beschloß, auf Ballett umzusteigen, statt mit Mannschaftssport weiterzumachen, war er enttäuscht; aber sie hatte sich eben so festgelegt.

Bedeutet die unvermeidliche Unabhängigkeit, daß Kinder uns weniger brauchen, wenn sie größer werden? Ganz im Gegenteil. Sie brauchen uns bei jedem Schritt auf ihrem Weg. Um überhaupt ein autonomes Selbst entwickeln zu können, haben Kinder uns paradoxerweise nötig zum Reden, zum Zuhören, zum Vorlesen, zum Spielen, zur Belehrung und einfach, um Zeit mit ihnen zu verbringen.

Die Augenblicke, wenn ein Kind zu einer erstaunlichen neuen Einsicht kommt oder einen gewaltigen Entwicklungssprung macht (wie etwa zum erstenmal einen Brief schreiben oder radfahren), sind sehr beglückend und unvergeßlich, aber sie sind auch weitaus weniger häufig, wie uns viele Werbespots im Fernsehen glauben machen wollen. »Bedeutsame« Augenblicke ergeben sich aus langen Perioden des Zusammenseins, die für uns ereignislos aussehen mögen, aber entscheidend für den emotionalen und intellektuellen Entwicklungsweg des Kindes sind.

An einem Samstagnachmittag, als Chelsea ungefähr zwei Jahre alt war, trug Bill sie herum und versuchte mit ihr zu reden, aber ihr Gespräch wurde ständig vom Klingeln des Telefons unterbrochen. Schließlich, als Bill wieder einmal zum Hörer griff, biß Chelsea, wild entschlossen, die Aufmerksamkeit auf sich zu ziehen, ihn in die Nase.

Es erübrigt sich zu sagen, daß er ihre Botschaft verstand. Kinder brauchen unsere Zeit, und zwar jede Menge. Fachleute für Kindesentwicklung glauben, daß »geruhsame Zeit« mit einigen liebevollen Erwachsenen für Kinder so wichtig ist wie gute Gesundheit und eine sichere Umwelt.

Für Erwachsene hat die Zeit viele Dimensionen. Wir denken an die Vergangenheit, sorgen uns um die Zukunft und jammern immer häufiger, wie die Gegenwart verfliegt. Arbeit greift auf Zeiten über, die sonst für die Familie, die Freizeit und andere Beschäftigungen reserviert waren. Das kommt zum Teil daher, daß Gesundschrumpfungsprozesse und andere einschneidende ökonomische Maßnahmen die Arbeitslast »aufgebläht«, die Wege zur Arbeit und Überstunden verlängert und unseren Tagesablauf durcheinandergebracht haben. Diese Veränderungen fordern einen emotionalen wie geistigen Tribut. Der sich verstärkende Eindruck, daß kaum etwas in unserem Leben stabil oder dauerhaft bleibt – Familien, Nachbarschaften, Jobs oder Werte –, vernebelt uns die Sicht auf Prioritäten. Deshalb gehören jetzt viele von uns zur – wie Arbeitsminister Robert Reich gesagt hat – »Klasse der Bekümmerten«, für die das ganze Leben nur aus Sorgen besteht.

Wir lassen es auch zu, daß wir durch die moderne Technologie mit all ihren »arbeitssparenden« Erfindungen unsere private Zeit Piepsern, Summern und Klingeln opfern. Statt weniger zu arbeiten, können wir nun Geschäfte in der Badewanne oder im Auto abwickeln. Die meisten von uns schämen sich nicht mal dafür, sondern prahlen noch: »Mann, die letzte Woche hat mich vielleicht geschafft. Ich habe achtzig Stunden gearbeitet ...« Selbst unsere arbeitsfreie Zeit ist weniger Freizeit und mehr geregelte Zeit geworden. Wir können, wenn wir wollen, vierundzwanzig Stunden am Tag einkaufen oder im Internet surfen.

Amerikanische Mütter, egal ob Hausfrau oder berufstätig, verbringen durchschnittlich weniger als eine halbe Stunde am Tag damit, mit ihren Kindern zu reden oder ihnen vorzulesen; Väter sogar weniger als fünfzehn Minuten. Die meisten Eltern wissen, daß dies nicht ausreicht. In einer Studie aus dem Jahr 1993 über berufstätige Eltern sagten zwei Drittel, sie verbrächten nicht genug Zeit mit ihren Kindern. Eine weitere Studie fand heraus, daß ein Gutteil der Zeit, die Eltern und Kinder zusammen sind, am ehesten vor dem Fernseher verbracht wird, wo sie sich nicht miteinander beschäftigen, sondern mit dem Gerät. Mütter, die daheim blieben, verbrachten mit Kindern mehr Zeit vor dem Fernseher als diejenigen, die tagsüber außer Haus waren. Und bei allen Müttern wurde die Zeit ohne Fernsehprogramm nicht für Gespräche, sondern für Hausarbeit genutzt.

Wenn wir nur ein paar Minuten innehielten, um Kindern zuzuhören, dann könnten sie uns mitteilen, daß wir hastiger und hektischer sind, als ihnen und uns guttut. Beobachten Sie einmal die gelassene Heiterkeit eines Babys, das alles aufnimmt, was um es herum geschieht, das die Botschaften seiner neuen Umgebung einwirken läßt. Jeder Augenblick ist von Bedeutung.

Die Gegenwart ist Kindern besonders gegenwärtig, speziell den ganz kleinen. Andere Ansprüche an die Zeit der Eltern als ihre eigenen können sie nicht wahrnehmen, geschweige denn begreifen. Und so unbequem das Eingeständnis auch ist, sie brauchen oder schätzen »qualitative Zeit« nicht so sehr wie »quantitative Zeit«. Das heißt nicht, daß sie uns jeden wachen Augenblick abverlangen. Aber dem, was wir von anderen für sie sorgenden Personen erwarten können, sind Grenzen gesetzt, und es gibt keinen Ersatz für die regelmäßige, ungeteilte Aufmerksamkeit der Eltern.

Die ersten Lebensjahre sind für Kinder nicht nur wichtig, sie sind prägender als jede andere Zeit. Schon bevor sie sprechen können, sind Kinder äußerst sensibel für die Botschaften, die ihnen Erwachsene übermitteln. Aus der Art, wie wir sie berühren, aus dem Tonfall, wenn wir sie baden oder wickeln, spüren sie, ob wir ihre Gesellschaft genießen, ob wir aufmerksam sind oder alles bloß mechanisch erledigen, ob wir ihnen zuhören.

Ich erinnere mich noch lebhaft an einen kleinen Jungen, der am Yale Child Study Center beobachtet und behandelt wurde, weil er Schwierigkeiten hatte, auf Menschen einzugehen. Die behandelnde Psychiaterin war überzeugt, daß er nicht genau zwischen Phantasie und Realität unterscheiden konnte, eine Auffassung, welche die Eltern des Jungen übernahmen. Eines Tages nahm der Vater ihn in einem Ruderboot mit vor die Küste von Maine. Plötzlich rief der Junge aufgeregt: »Guck mal, da ist ein Wal, da ist ein Wal!« – »Ja, ja«, sagte sein Vater, ohne überhaupt hinzusehen. Aber es stellte sich heraus, daß da wirklich ein Wal war.

Die Pointe dieser Geschichte ist offensichtlich, aber wir können sie ruhig noch einmal verdeutlichen. Wenn wir unseren Kindern mit vorgefaßten Meinungen begegnen, werden wir nicht hören können, was sie uns mitzuteilen versuchen. Würden wir ihnen öfter zuhören – vor allem aufmerksamer –, gäbe es weit weniger zornige, ziellose und zerstreute Erwachsene. Und vielleicht würden wir mehr Rücksicht darauf nehmen, wie wir mit ihnen reden.

Auf jedem beliebigen Spielplatz werden Sie Eltern finden, die sich um die Sandkiste scharen und sich über die Fortschritte ihrer Kleinen beim Laufen, Löffelhalten, Sprechen und Töpfchengehen austauschen. Kinder entwickeln sich nicht nur in ihrem eigenen Tempo, sie haben auch verschiedene Begabungen. Eine Freundin mit zweijährigen Zwillingen stellt fest, daß ihr kleines Mädchen die Zeilen einfacher Lieder aufsagen und wie ein Wasserfall reden kann, während ihr Sohn, der nicht so sprachbegabt ist, aus Bauklötzchen Türme baut und den Ball in einen ein Meter hohen Korb werfen kann.

Kinder, die ständigen Vergleichen ausgesetzt sind, können

bei der Bewältigung eines Entwicklungsschritts den Mut verlieren. Statt still die besonderen Entfaltungsweisen der Kinder zu feiern, unterwerfen wir ihre Einzigartigkeit oft der Kritik und der Kommentierung. Praktisch von der Zeit an, da Kinder den Text von »Alle meine Entchen« auswendig können, stufen wir sie schon ein: »Sie kann gut singen.« – »Er hat kein musikalisches Gehör.« Warum nicht allen Mut machen? Diejenigen, die zu großen Sängern bestimmt sind, werden sich schon aus der Menge herausschälen. Inzwischen mögen andere Kinder – selbst die ohne musikalisches Gehör wie ich – das Singen aus purer Freude und dem Gefühl dazuzugehören, genießen. (Als ich auf der High School für das Musical *Bye Bye Birdie* vorsprach, bekam ich eine Rolle im Chor nur unter der Bedingung, daß ich tanzte, aber nicht sang. Mir machte es nichts aus, nur die Lippen zu bewegen; ich wollte nur gern bei der Show mitmachen.)

An einem heißen Sommertag 1982 waren Bill und ich zusammen mit Chelsea während seiner Kandidatur für den Gouverneursposten in Arkansas auf Wahlkampftour. Wir gingen durch die Straßen eines Städtchens und sprachen Leute auf die Wahl an. Ich hatte Chelsea an der Hand, als ich auf eine Gruppe von Frauen und Kindern zuging und mich vorstellte. Zu einer Mutter, die ein Kleinkind hielt, sagte ich: »Ich wette, es macht Spaß, mit ihr zu spielen und die ganze Zeit mit ihr zu reden.« Die Frau sah mich verwundert an und erwiderte: »Warum sollte ich mit ihr reden? Sie kann ja keine Antwort geben.«

Betty Hart und Todd Risley, zwei Wissenschaftler, die ihr Leben der Aufgabe gewidmet haben, etwas über das kindliche Lernen zu erfahren, können uns viel über die Bedeutung des Sprechens mit Kindern sagen. In ihrem Buch *Meaningful Differences* (Bedeutende Unterschiede) berichten sie, wie sie zweiundvierzig Ehepaare aus verschiedenen sozioökonomischen Schichten mit unterschiedlicher Bildung dafür gewannen, daß der alltägliche Umgang mit ihren Babys monatlich eine Stunde lang über einen Zeitraum von zweieinhalb Jahren aufgenommen wurde.

Die Familien unterschieden sich zwar vom Einkommen und von der Bildung her, alle waren jedoch stabil und intakt, die ärmeren und weniger gebildeten Eltern waren ihren Kindern genauso zugetan wie wohlhabendere Eltern, fanden die Forscher heraus. Doch sie beschäftigten sich weniger mit ihren Kindern, und die Familien waren insgesamt isolierter. Zum Beispiel gingen sie nicht so häufig in den Zoo oder in Museen. Der größte Unterschied zwischen den verschiedenen Haushalten ergab sich jedoch in der Zahl der geführten Gespräche. Je mehr Vermögen und Bildung die Eltern hatten, desto mehr sprachen sie mit ihren Kindern, und desto besser entwickelte sich deren Wortschatz. Bei ihrer Vorgehensweise hatten die Kinder der gebildetsten, wohlhabendsten Eltern mit drei Jahren wohl mehr als dreißig Millionen Wörter gehört, dreimal soviel wie die Kinder der weniger begüterten Familien.

Es ergaben sich auch bedeutende Unterschiede in der Art, wie Eltern mit ihren Kindern sprachen. Im Durchschnitt äußerten sich Eltern mit bestem Einkommens- und Bildungsstand eher affirmativ und vermittelten häufig ausdrückliche Zustimmung mit Bemerkungen wie »Das ist gut«, »So ist's richtig«, »Ich hab' dich lieb«. Eltern aus der Arbeiterschicht lobten im allgemeinen ihre Kinder auch, jedoch nicht so häufig, und sie machten öfter mißbilligende Bemerkungen wie »Das darfst du nicht«, »Das machst du falsch«, »Hör auf«, »Laß das« und »Sei still«. Arme Eltern lobten ihre Kinder sogar noch weniger und kritisierten sie viel häufiger.

Die sprachlichen Fähigkeiten von Kindern scheinen weniger mit den wirtschaftlichen und bildungsmäßigen Vorzügen der Familien zu tun zu haben als mit der Art und Weise, wie die Eltern mit ihnen kommunizieren. Ungeachtet der materiellen Verhältnisse hatten Kinder, deren Eltern häufig und zustimmend mit ihnen sprachen, im Alter von drei Jahren einen größeren Wortschatz. Nachfolgetests in der dritten Klasse bestätigten, daß der Nutzen eines frühen Vertrautmachens mit Sprache dauerhaft ist und nicht von anderen Faktoren wie Rasse oder Schule abhängig zu sein scheint.

Diese Erkenntnis hat eine hohe Bedeutung in einem Land wie unserem, wo Kinder, die sich schnell verbale und analytische Fähigkeiten aneignen, bessere Chancen haben, später im Leben die bestbezahlten Jobs zu bekommen. Es sollte uns Hoffnung machen, daß alle Eltern ungeachtet ihres Einkommens oder ihrer Bildung ihren Kindern einen guten geistigen Start ins Leben bieten können, wenn sie ein paar einfache Regeln lernen, wie sie mit ihnen reden sollten. Nicht nur mehr, sondern auch aufbauender sprechen – »Wortbilder« malen, erzählen und vorlesen und sich bemühen, positiv zu reden –, das können alle Eltern.

Selbst in belanglosen alltäglichen Beschäftigungen mit Kindern sind Eltern auch Lehrer, und daheim steht das erste und wichtigste Klassenzimmer eines Kindes. In der Geschichte der Menschheit sorgte die meiste Zeit tatsächlich das eigene Heim für den einzigen Unterricht, den Kinder in Überlebensfähigkeit, Berufsausbildung und Sozialverhalten genossen, um sich zu Bürgern der größeren Welt zu entwickeln. Seit der Industriellen Revolution ist der Löwenanteil der Vermittlung von Allgemeinbildung und Wissen an die öffentliche Erziehung delegiert worden. Aber die Eltern spielen immer noch eine entscheidende Rolle.

Wie immer ist aber die Unterweisung von Eltern der erste Schritt. Wenn weniger wohlhabende und gebildete Eltern erkennen, daß auch ihre Kinder von den Erfahrungen profitieren können, die privilegierten Kindern zuteil werden, bemerken Hart und Risley, dann können sie ihren Kindern eher zu den Vorteilen verhelfen, die in ihrer Reichweite liegen, und bei den »immensen Verpflichtungen, die eine technologische Gesellschaft ihnen so leichthin aufgebürdet hat«, auch Hilfe anfordern.

Frühes Unterrichten und Lernen findet meist auf unstrukturierte Weise statt. »Spielen ist das Lernen der Kindheit«, sagt Dr. T. Berry Brazelton. Das heißt aber nicht, daß der Vorgang ohne Nachdenken und Planung in Schwung kommt. Kinder brauchen Aktivitäten, die sie beschäftigen, körperlich, emotional, geistig und sinnlich, und keine passiv vor dem Fernsehgerät verbrachten Stunden. Kleine Kinder kommen mit spontanem und ansprechendem Spiel besser zurecht als mit zielgerichtetem. Kleine Kinder mögen kleine Sachen. Sie brauchen gar kein teures oder raffiniertes Spielzeug. Oft genügen schon ein Schrank mit Töpfen und Pfannen, Plastikbehälter oder ein in eine Handpuppe verwandelter Strumpf, um sie stundenlang zu fesseln.

Meine Mutter war großartig im Ausdenken simpler, phantasieanregender Beschäftigungen für uns. Ich erinnere mich, wie sie einmal eine Pappschachtel mit Sand füllte und mir einen Nachmittag lang dabei half, darin eine Miniaturwelt zu erschaffen. Wir legten einen winzigen Spiegel in den Sand, der zu einem See wurde, steckten einige immergrüne Zweige hinein, um einen kleinen Wald zu haben, und dachten uns dort Abenteuer für meine Puppen aus. Manchmal verbrachten meine Mutter und ich Stunden bei Picknicks im Hinterhof, wo wir uns gegenseitig auf Formen hinwiesen, die wir in den Wolken sahen.

Die einfachen Beschäftigungen, die ich mit meiner Mutter gemeinsam erlebte, machte ich auch sehr gern mit Chelsea. Wir verbrachten oft Stunden im Garten auf einer Decke und schauten den Vögeln und Wolken zu. Wir legten uns manchmal auch, wenn sonst niemand da war, im vorderen Eingangsflur auf den Rücken und beobachteten die tanzenden Regenbogen, die die Sonne erzeugte, wenn sie auf den Kristallüster fiel.

Spielen sorgt auch noch für geistige Stimulierung, wenn Kinder größer werden. Die Spielemarathons mit Karten, Monopoly und Clue, in die meine Brüder, ich und unsere Freunde uns an Regentagen stundenlang vertieften, brachten uns die Grundkonzepte der Mathematik und Logik bei. Interesse an wissenschaftlichen Dingen kann ebenfalls frühzeitig und einfach genährt werden. Eltern wissen, wie Kinder von allem Lebendigen fasziniert sind. Wenn Sie mit Ihrem Kind einen Garten anlegen oder ein Haustier versorgen, ist das ein wertvoller Unterricht und sorgt genauso für wertvolle gemeinsame Stunden. Dinosaurier sind ein todsicherer Tip, um jedes Vorschulkind in das örtliche Naturkundemuseum zu locken. Das Aufhängen eines Thermometers und Barometers auf der hinteren Veranda kann eine Einführung in die Wetterkunde sein.

Was Erwachsene als Arbeit ansehen, kann für Kinder oft zum Spiel werden. Viele Kinder finden »echte« Tätigkeiten so fesselnd wie Spielsachen, und dabei sind sie noch erzieherisch. Das Tischdecken bietet zum Beispiel Gelegenheit, das Zählen zu üben. Beim Warten darauf, daß die Plätzchen aus dem Ofen kommen, werden die Kinder dazu motiviert, die Uhr richtig lesen zu lernen. Wenn Rezepte Schritt für Schritt laut vorgelesen werden, können ältere Kinder ihr Verständnisvermögen üben, und beim Abmessen der Zutaten mit Löffeln und Becher werden die Bruchzahlen trainiert.

Eine meiner Lieblingstheorien ist die, daß das Erlernen, wie Schnürsenkel zugebunden werden, eine gute Art ist, bei kleinen Kindern die Koordination von Auge und Hand auszubilden. Jeder Erwachsene in Chelseas Umgebung konnte ausgiebig beobachten, wie sie sich mit ihren Schuhen abmühte. Ihre Großmutter Virginia meinte, mit meiner Theorie würde zuviel Zeit verschwendet, die mit Spielen hätte verbracht werden können, und kaufte Chelsea daher ein Paar Schuhe mit Klettverschluß. Doch ich ließ nicht zu, daß Chelsea sie trug, bis sie nicht mit Schnürsenkeln zurechtkam. Es mag heute albern klingen, aber ich liebte ihren Blick voller Zufriedenheit über ihre Leistung, wenn sie uns allen zeigte, was sie schon selbst fertigbrachte.

Wenn wir Kinder zu solchen ganz frühen Entdeckungen ermuntern, helfen wir ihnen, nicht nur besondere Fertigkeiten zu entwickeln, sondern auch die genauso wichtigen Persönlichkeitsmerkmale, die für das spätere Lernen unabdingbar sind: Vertrauen, Motivation, Anstrengung, Verantwortung, Initiative,

Ausdauer, Anteilnahme, Teamgeist, gesunder Menschenverstand und Problemlösungsstrategien. Diese »Mega-Fertigkeiten« sind auch der Grundstein für die Selbstachtung und die moralischen, ethischen und geistigen Regeln, die uns durchs Leben geleiten.

Kinder sollten ermuntert werden, auf alle möglichen Arten zu lernen, nicht nur auf schulische Weise. Sie verfügen über eine natürliche Wißbegierde und Entdeckungslust, die genährt werden muß, damit sie bestehen bleibt. Loben und ermutigen Sie das Lernen um des Lernens willen, ob es nun Wolkenbeobachtungen, das Verständnis, was einen Drachen am Himmel hält, oder das Mischen von Farben ist, um neue Nuancen zu erzeugen. Wenn wir Kindern helfen, ihre Neigungen zu erkennen und zu erkunden, wird sie das darauf vorbereiten, nicht nur das Beste aus der Schule, sondern auch aus dem Leben zu machen.

Das ist besonders bei Teenagern von Bedeutung. Wenn sie gemeinsame Interessen mit älteren Kindern aufbauen, ist das ein wichtiger Weg, den Kommunikationsfluß am Laufen zu halten sowie Impulse für ihr geistiges und moralisches Wachstum zu bekommen. Zu oft fehlt Eltern das Verständnis, daß Jugendliche, auch wenn sie Raum für sich brauchen, gleichfalls wissen müssen, daß Erwachsene erreichbar und an den Dingen interessiert sind, die ihnen wichtig sind.

Kleinkinder lieben Wiederholungen und fühlen sich wohl bei wiederkehrenden Mustern. Ich kann gar nicht mehr zählen, wie oft ich Chelsea *Goodnight Moon* vorgelesen habe oder mit ihr, die völlig starr und gebannt war, *The Sound of Music* angesehen habe. Immer wenn Julie Andrews zum Lied »Doe, a deer, a female deer« ansetzte, leuchteten ihre Augen auf, und sie sagte: »Mami, hier kommt's, mein Lieblingslied!« Wenn sie wissen, was als nächstes kommt, vermittelt das Kindern ein Gefühl der Sicherheit. Vertraute Geschichten, Lieder, Spielsachen und Verrichtungen sind die alltäglichen Grundpfeiler, die ihnen ein Zugehörigkeitsgefühl vermitteln. Und Wiederholung ist für den Lernprozeß eines der wichtigsten Werkzeuge.

Dennoch können einige Wiederholungen die Geduld vieler Eltern strapazieren. Ich stellte fest, daß es besser war, die Langeweile einzugestehen, als Schuldgefühle zu entwickeln. Ich versuchte, den Rat meiner Mutter zu beherzigen, daß das, was mir als trivial und monoton vorkam, der Höhepunkt im Tag eines Kindes sein konnte.

Routine – strukturierte, ritualisierte Zeit – ist für Kinder so wesentlich wie unstrukturierte Spielzeit. Dr. Brazelton schildert eine einfache Routine, die Wunder wirkt. Er empfiehlt Eltern, sie sollten sich gleich nach dem Heimkommen von der Arbeit etwas Zeit nehmen, um sich ihren Kindern zuzuwenden. Das mag wie eine Zumutung klingen, wenn Sie sich nach einem Arbeitstag so fühlen wie ich. Doch wenn Sie zur Tür hereinkämen und feststellten, Sie hätten unerwarteten Besuch, würden Sie sich wahrscheinlich einen Stuhl heranziehen und ein Gespräch anfangen. Und wenn Sie im Büro eine Viertelstunde bräuchten, um noch eine wichtige Aufgabe zu erledigen, würden Sie sich diese Zeit wahrscheinlich auch nehmen. Wie kommt es, daß wir die mit Erwachsenen und auf der Arbeit verbrachte Zeit (selbst wenn sie uns langweilt oder lästig fällt) wichtiger nehmen als die mit unseren eigenen Kindern?

Familienmahlzeiten sind ein altbewährtes und wichtiges Alltagsritual, leider eines, das von der amerikanischen Bildfläche verschwindet, ein Opfer von Fernsehen, Fast food, Mikrowelle und Überstunden. Doch gerade weil unser Leben so hektisch ist, versuchen Bill, Chelsea und ich uns zumindest zu einer Mahlzeit am Tag gemeinsam hinzusetzen, gewöhnlich das Abendessen. Nach dem Tischgebet, das jedesmal ein anderer von uns aufsagt, ist die beste Gelegenheit, auf dem laufenden gehalten zu werden über das, was wir den Tag über gemacht haben, was uns begeistert und was uns bedrückt. Heute abend sprach Bill beispielsweise über die Haushaltsdebatte im Kongreß, und Chelsea redete von ihrer Arbeit in Geschichte. Wir besprachen dann gemeinsam die Pläne für das Thanksgiving-Fest.

Wir haben das Glück, »gleich überm Laden zu wohnen«, so

wie früher viele Familien. Andererseits haben wir die leichte Mobilität und die alltäglichen Erledigungen aufgeben müssen, die für uns selbstverständlich waren. Als Chelsea noch klein war, brachte ich sie jeden Samstag zum Ballettunterricht, was uns die Gelegenheit gab, zu reden und zusammen zu sein. Nun müssen wir uns mehr bemühen, um solche unbeschwerten Stunden zu finden. Wir haben es uns zur Regel gemacht, bei unseren jeweiligen »Hausaufgaben« am Abend eine Pause einzulegen, um zu quatschen oder schnell mal zu dritt Binokel zu spielen.

Ich bewundere an den Mormonen, daß sie einen Abend pro Woche für Familienaktivitäten reservieren. Als Chelsea noch klein war, griffen Bill und ich diese Idee auf. Wir bestimmten abwechselnd, was wir machen würden. Wir gingen Minigolf spielen (dreimal dürfen Sie raten, wer das vorschlug), liehen uns Videos aus, machten lange Spaziergänge, spielten in Parks und beschäftigten uns mit anderen simplen Dingen. An einem denkwürdigen Abend wollte Chelsea, daß wir ihr eine Kokosnuß besorgten. Sie hatte noch nie eine probiert, aber sie tauchten häufig in ihren Lieblingsgeschichten auf. Wir gingen also zum nächstgelegenen Laden, brachten die Kokosnuß nach Hause und versuchten sie zu knacken, schlugen sogar mit dem Hammer darauf, aber es nützte alles nichts. Schließlich gingen wir auf den Parkplatz der Gouverneursvilla, wo wir sie abwechselnd auf den Boden donnerten, bis sie aufbrach. Die Sicherheitsbeamten konnten sich keinen Reim darauf machen, was wir da anstellten, und wir haben Stunden danach noch darüber gelacht.

Die meisten Kinder brauchen Rituale vor dem Einschlafen, und Chelsea bildete da keine Ausnahme. Seit sie ein Baby war, lasen Bill und ich ihr abwechselnd vor oder beteten mit ihr. Wir gelobten, daß wir an dieser Routine festhalten würden, egal, wie müde wir auch wären. Es gab Abende, da einer von uns den anderen aufwecken mußte, weil er dran war.

Aber ich glaube, wir haben die Bedeutung dieses Rituals für Chelsea unterschätzt, bis sie in die erste Klasse kam. Wir waren besorgt, weil Chelsea daheim anscheinend nicht gern las, und erwähnten das während einer Sprechstunde bei ihrer Lehrerin, einer einfühlsamen und verständnisvollen Frau. Ihr war auch aufgefallen, daß Chelsea sich fürs Lesen nicht gerade begeisterte. Irgend etwas schien sie zu hemmen. Die Lehrerin riet uns, keinen Druck auf Chelsea auszuüben, sondern abzuwarten, bis sie selbst entschied, sie sei zum Vorlesen bereit. Wenn wir auch in Sorge waren, so beherzigten wir doch ihren Rat. Schließlich merkten wir, daß Chelsea selbst beunruhigt war. Sie fürchtete, daß wir unser Vorlesen einstellen würden, wenn sie selbst lesen gelernt hätte. Als wir versicherten, daß wir ihr weiterhin vorlesen würden, solange sie es wünschte, entspannte sie sich und fand allmählich immer mehr Freude an ihrem zunehmenden Können.

Gemeinsames Lesen ist ein wunderbarer Zeitvertreib für Eltern und Kinder, zu jeder Zeit. Überlegen Sie einmal: Wenn Sie nur zwanzig Minuten lang vorlesen, ist das mehr Zeit, als viele Väter pro Tag für ein Gespräch mit ihren Kindern aufbringen. (Wenn ältere Geschwister angehalten werden, den jüngeren vorzulesen, ist das auch eine wertvolle Übung.)

Die Dorfgemeinschaft kann diese so überaus wichtige Aktivität fördern. Der amerikanische Bibliotheksverband wirbt derzeit landesweit für ein Programm, dessen Ziel es ist, Eltern mit niedrigem Einkommen und schwachen Lesekenntnissen dabei zu helfen, Kinder aufzuziehen, die »zum Lesen geboren« sind. Das Programm arbeitet mit Erwachsenen, um ihre eigene Lesefähigkeit zu verbessern, und weist darauf hin, wie wichtig es ist, Kindern vorzulesen. Der Verband der Kinderbuchläden wirbt für sein Programm »The Most Important Twenty Minutes of Your Day... Read with a Child« (Die wichtigsten zwanzig Minuten Ihres Tages ... Einem Kind vorlesen). Das Projekt ist unter anderem darauf ausgerichtet, Kinderärzte dazu zu bewegen, den Eltern wie auch den Kindern, sobald sie ins Lesealter kommen, lautes Vorlesen zu »verschreiben«.

Kinder lassen sich nicht nur gern vorlesen, sie hören auch gern

Geschichten. Das Geschichtenerzählen hat einen unschätzbaren Vorteil. Es läßt sich im Auto, im Wartezimmer des Arztes, in der Badewanne und beim Anstehen erledigen. Die Geschichten müssen nicht ausgefeilt oder gar besonders gut sein, um ein Kind in Bann zu ziehen. Bill dachte sich für Chelsea Episoden aus, in denen Bekanntes aus ihrem Leben vorkam, und schmückte sie mit Heldentaten aus. Ein Segelboot, das sie einmal am Strand sah, wurde »George, das Segelboot«, das auf der ganzen Welt Abenteuer erlebte. Ich erzählte ihr Geschichten, deren Heldinnen mutige kleine Mädchen waren, die Einhörner retteten oder Drachen erschlugen. Bill und ich hielten oft inne und fragten sie, wie es ihrer Meinung nach weiterging, womit wir sie auch ins Geschichtenerzählen einbezogen.

Kinder lernen, wie sie andere behandeln, aus der Art, wie sie behandelt werden. Wenn wir wollen, daß sie zu aufmerksamen, liebevollen, großzügigen und respektvollen Erwachsenen heranwachsen, müssen wir diese Eigenschaften im Verhalten ihnen gegenüber verkörpern. Und wenn wir dazu noch wollen, daß unsere Kinder wißbegierige, unabhängige Denker werden, die für ihre individuellen Charaktere und Talente kreative und produktive Betätigungsfelder finden, wäre es angeraten, ihnen diese Eigenschaften schon von klein auf vorzuführen.

Eltern werden entdecken, daß diese Verhaltensweise sich für beide Seiten auszahlt. Wie oft haben Sie einem Kind beim Spielen zugesehen und gedacht: Wenn ich diese Energie nur abfüllen könnte. Kinder werfen sich mit Genuß auf alles, was sie tun. Ihre Körper sind nicht nur geschmeidig und unermüdlich, sondern ihr Leben ist in gewisser Weise ganzheitlicher als unseres. Weil sie mehr im Einklang mit der Gegenwart als mit der Zukunft sind, mehr auf den Weg als auf das Ziel achten, haben sie keine Angst davor, Fehler zu machen oder sich zu blamieren, bis wir sie darauf hinweisen. Die Zeit, die wir mit Kindern verbringen, regt unsere Wahrnehmung an und lädt uns auf.

Mit zunehmendem Alter geben viele von uns die Beschäftigungen auf, die ihnen Spaß machen. Die Lehrerin, die insgeheim

Erzählungen schreibt, gibt auf, nachdem etliche Zeitschriften ihre Arbeiten abgelehnt haben. Der Freizeitmaler wirft seine Wasserfarben weg. Die frühere Wettkampfschwimmerin erträgt den natürlichen Verschleiß ihres Körpers nicht und hört auf, ihre Bahnen zu ziehen. Wir steigern uns in den Glauben hinein, daß ein derartiger Zeitvertreib, mit dem wir keine Stromrechnung bezahlen oder in unserem Lebenslauf Eindruck machen können, kindisch ist.

Das ist er auch. Kindern lehren uns, Dinge auf ihre elementarste Weise zu sehen. Sie führen uns unverstellte Freude vor. Als geborene Clowns erinnern sie uns daran, daß das Leben voller komischer Momente steckt. Ob sie nun Sandburgen bauen oder sich neue Menschen und Tiere erträumen, sie haben immer neuartige Wege im Auge, die Dinge anders zusammenzusetzen. Bei alledem erinnern sie uns daran, was wirklich wichtig ist, und geben unserem Geist neuen Schwung.

Die Zeit, die wir mit unseren Kindern verbringen, ist für Eltern mehr als ein Entgegenkommen. Es ist eine Investition in die Zukunft der Kinder – eine Investition, die wir später nicht mehr nachholen können. Der Psychiater und Autor Robert Coles hat gesagt: »Kinder, die unbeaufsichtigt bleiben, sind Kinder, die sich gegen die Welt wenden werden, die sie vernachlässigt hat.« Kinder, welche die frühe Zuwendung erhalten, die sie brauchen – von der Familie und der Dorfgemeinschaft –, werden uns unsere Bemühungen tausendfach vergelten in den starken Körpern, Geistern und Charakteren, die sie in die Zukunft tragen.

Ein Gramm Vorbeugung ist ein Pfund Notfallmedizin wert

Gesundheit steht an erster Stelle. Sie können keine gute Offensive, keine gute Defensive, keine gute Erziehung oder sonst etwas haben, wenn Sie nicht bei guter Gesundheit sind.
Sarah McClendon

Dr. Betty Lowe, Chefärztin am Kinderkrankenhaus von Arkansas, die Präsidentin der amerikanischen Akademie der Kinderärzte und vor allem eine von Chelseas Ärztinnen gewesen ist, hat mir während der letzten beiden Jahrzehnte viel beigebracht. Ihr medizinisches Fachwissen und ihre bodenständige Art gaben mir Rückhalt, und ihre praktische Einstellung zur Gesundheitsvorsorge änderte meine Denkweise.

Vor Jahren sprachen wir beide vor der Little Rock Junior League über die Bedürfnisse von Kindern. Nach unseren Reden fragte eine Zuhörerin Dr. Lowe, was sie tun würde, um die Gesundheit von Kindern zu verbessern. Ohne zu zögern erwiderte sie, daß sie sauberes Wasser, hygienische Verhältnisse, nahrhaftes Essen, Impfungen und Körperertüchtigung gewährleisten würde – und einen erreichbaren Arzt, wenn sie einen brauchten.

Dr. Lowe erklärte, daß die überwiegende Mehrheit der Kinder bei ihr in der Klinik landeten, weil Erwachsene sie nicht genügend umsorgt hatten: die Stadtverwaltung, die den Abwassergraben hinter einigen Häusern nicht säuberte; die Eltern, die ihr Baby nicht hatten impfen lassen oder ein Kleinkind nicht richtig gefüttert hatten; die Ärzte, die Medicaid (die staatliche

Gesundheitsfürsorge für Arme) nicht akzeptiert oder Unversicherte nicht behandelt hatten; der Sozialarbeiter, der ein Kind nicht vor Mißhandlung oder Vernachlässigung bewahrt hatte; der Vermieter, der im Winter nicht für die versprochene Heizung gesorgt oder im Sommer nicht den Abfall beseitigt hatte; die Lehrerin, die einen aufsässigen oder depressiven Teenager nicht zu einer Beratungsstelle geschickt hatte.

Es gibt wahrscheinlich keinen Bereich unseres Lebens, der besser die Verbindung zwischen der Dorfgemeinschaft und dem einzelnen und zwischen gegenseitiger und persönlicher Verantwortung illustriert als die Gesundheitsfürsorge. Jeder von uns weiß, wir sollten auf gute Gesundheit bei uns und unseren Kindern achten, und viele von uns versuchen das. Wir wissen aber auch, daß wir bei der Gesunderhaltung unserer Umwelt und bei der medizinischen Versorgung im Falle von Krankheiten von anderen abhängig sind. Obwohl wir das wissen, handeln sowohl einzelne wie auch die Gesellschaft jedoch nicht immer danach.

Die Bemühung, Kinder gegen vermeidbare Kinderkrankheiten zu impfen, illustriert die vor uns liegenden Herausforderungen besonders gut. Die amerikanische Akademie der Kinderärzte empfiehlt, daß Babys zu vorbeugenden Untersuchungen gebracht werden und entsprechende Impfungen erhalten, wenn sie einen, zwei, vier, sechs, neun, zwölf und achtzehn Monate alt sind, und dann wieder mit zwei, drei und vier Jahren. In den letzten Jahren sind wir diesem Ziel schon viel nähergekommen. Unsere nationale Immunisierungsrate ist höher denn je, und als Ergebnis davon sind wir beinahe am niedrigsten je verzeichneten Stand bei allen durch Impfung vermeidbaren Krankheiten.

Einige dieser Verbesserungen dürften zurückzuführen sein auf die erhöhten Finanzmittel für Impfungen und auf die breitgestreuten Aufklärungskampagnen, die wir durchgeführt haben, seit mein Mann sein Amt übernahm. Wir wissen, daß die Häufigkeit von ernsten Krankheiten anstieg, wenn die Finanzierung von Immunisierungen in der Vergangenheit eingeschränkt wurde. Nachdem die Bundesregierung die Finanzierung für Impfungen in den achtziger Jahren gekürzt hat, suchte eine Masernepidemie zwischen 1989 und 1991 fünfundfünfzigtausend Menschen heim und tötete einhundertdreißig, viele von ihnen Kinder. Die medizinischen Kosten der Epidemie überstiegen 150 Millionen Dollar, mehr, als durch die Kürzungen eingespart wurde.

Die Bereitstellung von Finanzmitteln für die Impfungen selbst ist der Schlüssel, weil die Impfstoffe viel kosten und immer noch teurer werden. 1983 betrugen die privaten Kosten für eine volle Serie von Impfungen 27 Dollar. Heute kostet das Spritzen allein das Zehnfache und beinahe noch mal soviel an Verwaltungskosten. Obwohl fast alle Krankenversicherungen mit eingeschränkter Arztwahl (managed care companies) die Impfkosten abdecken, tun das etwa die Hälfte der gewöhnlichen Krankenversicherungen nicht.

Ich werde nie die Frau aus Vermont vergessen, die ich bei einer Tagung zu Gesundheitsfragen in Boston kennenlernte. Sie führte mit ihrem Mann eine Milchfarm, was hieß, daß sie gesetzlich verpflichtet war, ihre Rinder gegen Krankheiten zu impfen. Aber sie konnte es sich nicht leisten, ihre Vorschulkinder ebenfalls impfen zu lassen. »Die Rinder auf meinem Milchhof erhalten derzeit eine bessere Gesundheitsversorgung als meine Kinder«, sagte sie.

Bequemlichkeit spielt auch eine Rolle. Bis vor kurzem verwiesen Privatärzte Patienten ohne ausreichende Geldmittel oder Versicherungsnachweise an die staatlichen Kliniken, den einzigen Ort, wo Familien ihre Kinder zu kostenlosen Impfungen hinbringen konnten. Aber das hieß nicht, daß die Familien hingingen. Angesichts eines Durcheinanders von Dienststellen, ungünstiger Besuchszeiten und Standorte und langer Wartezeiten schoben viele Eltern die Impfungen ihrer Kinder auf die lange Bank.

1993 nahm der Kongreß als Teil einer umfassenderen Initiative zur Verbesserung der Immunisierungsrate das Programm Vaccines for Children (Impfstoffe für Kinder) an, das bedürftigen Kindern kostenlosen Impfstoff bei Privatärzten wie Kliniken bietet. Diese Initiative umfaßt auch staatliche Gelder, die zu verstärkter weitreichender Aufklärung, verlängerten Sprechstunden in Kliniken, Personalverstärkung und erweiterten Dienstleistungen verwendet werden. Doch diese Fortschritte sind durch Budgetkürzungen schon wieder ernsthaft bedroht.

Wie es aussieht, müssen wir noch viel Boden gutmachen. Bei den Immunisierungsraten hinken wir immer noch einer Anzahl anderer entwickelter und sogar einigen weniger entwickelten Ländern hinterher. Und obwohl heutzutage drei von vier Zweijährigen (1991 war es einer von vier) die richtigen Impfungen haben, bleiben noch fast 1,4 Millionen Kleinkinder, die nicht alle Impfungen erhalten haben, die sie brauchen. Die meisten Eltern sind sich bewußt, daß Impfungen für den Schuleintritt unabdingbar sind, aber viele von ihnen und sogar einige Mitarbeiter des Gesundheitswesens wissen nicht, daß 80 Prozent der erforderlichen Impfungen schon mit dem zweiten Lebensjahr verabreicht sein müssen. Damit das bekannt wird, braucht die Dorfgemeinschaft einen öffentlichen Ausrufer – und einen öffentlichen Anstupser.

Zwei Frauen, die ich sehr bewundere, haben sich über mehr als zwei Jahrzehnte aktiv dafür eingesetzt, daß Kinder die benötigten Impfungen rechtzeitig bekommen. Rosalyn Carter, eine meiner geschätzten Vorgängerinnen, und Betty Bumpers, die Gattin des Senators von Arkansas, haben sich nachdrücklich und engagiert darum bemüht, daß die Amerikaner Geld und Energie aufbringen, damit alle Kinder rechtzeitig geimpft werden. Als 1989 die Masernepidemie ausbrach, starteten sie ein gemeinnütziges Impf-Aufklärungsprogramm, das sie Every Child By Two (Jedes Kind bis zum zweiten Lebensjahr) nannten und bei dem sie mit führenden politischen Persönlichkeiten, Gesundheitsbehörden und ausgewählten Beamten auf lokaler, bundesstaatlicher und nationaler Ebene zusammenarbeiteten, um rechtzeitige Impfungen zu propagieren und Immunisierungskampagnen im ganzen Land ins Leben zu rufen und auszuweiten.

Daß Kinder für die Zulassung zum Schulbesuch ihre Impfungen nachzuweisen haben, ist eine Garantie dafür, daß sie mit fünf oder sechs ihre Spritzen bekommen. In Staaten und Städten, die nach ähnlichen Wegen suchen, um die ordnungsgemäße Versorgung von Kleinkindern sicherzustellen, werden die Impfungen mit der Gewährung von Sozialleistungen verknüpft. Ein Programm in Maryland verlangt von Familien, die Sozialhilfe beantragen, einen Impfnachweis – eine Bedingung, die ich schon lange befürworte.

Wenn wir dafür sorgen können, daß Kühe ihre Spritzen kriegen, dann können wir das auch für Kinder bewerkstelligen. Natürlich bekommen Kühe beim Anblick einer Injektionsnadel keine Angst. Kinder müssen überzeugt werden, daß der Stich einer Nadel wirklich in ihrem Interesse ist. Hilfreich sind vorherige Erklärungen, wozu die Injektionen gut sind, was sich vielleicht an der Lieblingspuppe oder einem Stofftier vorführen läßt. Ich kenne Eltern, die einen Teddybär in die Arztpraxis mitnehmen, der auch seine Spritzen bekommt. So können die Kinder den Bär bedauern, wenn die Nadel angesetzt wird, und der Bär kann Mitleid mit dem Kind zeigen, wenn es an der Reihe ist.

Kinderärzte empfehlen, daß Kinder mit fünf, sechs, acht und zehn Jahren immer wieder untersucht werden sollen. Vom elften Jahr ab, der explosivsten Wachstumsphase nach dem Säuglingsalter, sollten sie jährlich zur Vorsorge. Zwischen den Untersuchungen können wir alle etwas dafür tun, daß Kinder gesund bleiben. Grundlegende Hygienemaßnahmen wie häufiges Händewaschen, gesünderes Essen und Körperertüchtigung sorgen für eine wirksame Vorbeugung.

Lassen Sie uns erst vom Essen sprechen, was ja alle gern tun. Unser Land träumt vom Essen, denkt beständig daran – Zitronenkuchen unter einer Baiserschicht, vor Barbecuesoße triefende Spareribs, goldbraun gegrillte Hähnchen, in Butter schwimmendes Kartoffelpüree und Riesenmengen von Schokoladenpudding, die alle unermüdlich zum Genießen einladen.

Unsere Leidenschaft fürs Essen ist eine nationale Besessenheit, wie auch unsere Schuldgefühle deswegen. Greifen Sie zu einer Zeitschrift oder hören Sie sich die Pointen von Fernsehkomikern an, und Sie erhalten den Eindruck, daß das Gewissen Amerikas sich hauptsächlich um Ernährung und Gewicht sorgt. Und aus gutem Grund: Einer von drei Erwachsenen ist übergewichtig, wohingegen es in den siebziger Jahren nur einer von vier war. Und einer von fünf Teenagern – früher war es weniger als einer von sieben – hat Übergewicht oder ist nahe daran.

Gleichzeitig wird geschätzt, daß eines von zwölf amerikanischen Kindern Hunger leidet. Während wir uns hier damit beschäftigen, die durch zu vieles Essen und zuwenig Bewegung ausgelösten gesundheitlichen Probleme zu vermeiden, dürfen wir nicht diejenigen unter uns vergessen, die nicht einmal genug auf den Tisch bekommen. Es ist entscheidend, daß wir besonders schwangere Frauen, Säuglinge, Kleinkinder und Schüler weiterhin über Regierungsprogramme, Vergabe von Essensmarken und Schulspeisungen bei der Ernährung unterstützen.

Ich bin im Zeitalter der »leer gegessenen Teller« groß geworden. Wenn ich heute auf den Eßtisch meiner Familie 1959 zurückblicke und an den Schmorbraten mit Kartoffeln denke, der sich auf unseren Tellern türmte und überzuschwappen drohte, dann sehe ich eine Kalorienkatastrophe, deren Auswirkungen meine Brüder und ich als Kinder nur dadurch vermieden, daß wir den Weg zur Schule oder in die Stadt zu Fuß oder mit dem Fahrrad zurücklegten und stundenlang Sport trieben. Von uns wurde erwartet, daß wir alles aufaßen, was auf den Tisch kam. Wenn wir uns sträubten, bekamen wir immer dieselbe Platte mit Geschichten von hungerleidenden Kindern in fernen Ländern zu hören, die froh wären, das zu essen zu bekommen, was wir verschmähten. Mein Bruder Hugh wurde zu einer meisterhaften Hamsterbacke. Tony bot an, sein Essen in jedes Land zu schicken, das mein Vater ihm nannte. Endlich aber aßen wir doch alles auf, was wir sollten, um vom Tisch aufstehen zu dürfen.

Das Pendel ist wie bei so vielen anderen Ritualen des Familienlebens in den letzten Jahrzehnten ins andere Extrem ausgeschlagen – in diesem Fall vom Leitsatz des »leer gegessenen Tellers« zu »gar keinem Teller«. Viele Familien setzen sich kaum noch zu einer täglichen Mahlzeit daheim an den Tisch. Es ist bequemer, sich morgens im Vorbeigehen ein Donut zu schnappen, mittags Hamburger und Chips zu mampfen und zum Abendessen etwas vom Pizzaservice liefern zu lassen, schon mit halbem Auge in Richtung Fernseher.

Die Mehrheit der Erwachsenen und Halbwüchsigen, die nicht übermäßig rauchen oder trinken, können durch Ernährung und körperliche Ertüchtigung sehr viel zur langfristigen Bewahrung ihrer Gesundheit tun. Dr. C. Everett Koop, der frühere ranghöchste Amtsarzt der USA, hat dazu gesagt: »Wenn wir die Öffentlichkeit dazu bewegen könnten, sich auf ein erreichbares und zu haltendes Gewicht einzustellen, dann hätten wir einen bedeutsamen Schritt zur Vermeidung einer der häufigsten Ursachen für Tod und Invalidität in den Vereinigten Staaten getan.«

Es ist weitaus einfacher, mit guter Ernährung in der Kindheit anzufangen, wenn die Eltern das Nahrungsangebot für ihre Kinder bestimmen und die Ernährungsgewohnheiten fürs ganze Leben festgelegt werden. Es ist jedoch wichtig, daß die Mahlzeiten nicht zur Manie werden. Alle Eltern wissen, daß Kinder »Eßphasen« durchmachen, aus denen sie irgendwann wieder herauswachsen und die wir so lange erdulden müssen. Als Chelsea in der Vorschule war, mochte sie ein paar Wochen lang zu Mittag nichts anderes essen als Weintrauben und ein Sandwich mit Traubengelee. Nachdem eine Mitarbeiterin der bundesstaatlichen Schulaufsichtsbehörde ihre Klasse einige Tage beobachtet hatte, fragte sie die Lehrerin, warum die Eltern des blondgelockten Mädchens es mit einer so unzureichenden Mahlzeit in die Schule schickten. Die Lehrerin sah glücklicherweise davon ab, den Namen der Eltern zu nennen, und versicherte ihr, sie würde mit ihnen reden.

Die meisten von uns sehen etwas gelassener als unsere Eltern, was und wieviel unsere Kinder zu sich nehmen, aber eine größere Nachsichtigkeit sollte nicht zur Entschuldigung für falsche Ernährung dienen. Trotz oder vielleicht auch wegen der Informationen, mit denen wir täglich bombardiert werden, herrscht große Verwirrung darüber, mit was wir uns und besonders unsere Kinder ernähren sollen. Selbst bei richtiger Information wehren wir uns vielleicht gegen eine Umstellung. Lehrer der Initiative Head Start haben nach einer Aufklärungsveranstaltung in Schulen die Erfahrung gemacht, daß einige Eltern gekommen waren und sich beschwerten, daß sie sich die Nahrungsmittel nicht leisten könnten, die ihre Kinder verlangten, oder daß sie »solches Zeug« zu Hause einfach nicht aßen.

Gute Ernährung muß aber nicht teuer sein. Und mäßiges, gesundes Essen sollte zum festen Bestandteil des Familienlebens gehören, nicht zu einer gelegentlichen Diät. Im vergangenen Jahrzehnt hat eine Revolution im Wissen über die Ernährung stattgefunden, und viele von uns haben nun die Grundlagen begriffen. Wir sollten mehr Körner, Bohnen, Fisch, Obst und Gemüse und weniger Fett und Zucker zu uns nehmen. Wir sollten Familien dazu anspornen, die Teller mit einer mäßigen Essensmenge zu füllen – eine vernünftige Fleischportion hat beispielsweise etwa die Größe eines Kartenspiels – und von einer zweiten Portion abzusehen. Neue Lebensmittelkennzeichnungen können uns helfen, Milch und Käse mit geringerem Fettgehalt auszuwählen und andere Produkte auszusuchen, die ebenfalls weniger Fett, dafür aber mehr Ballaststoffe enthalten. Viele Restaurants bieten gesündere Alternativen an – »schlanke Küche« oder Schonkost.

Wir müssen Kindern beibringen, auf ihr Gewicht zu achten, und nicht die Verantwortung auf die Gene oder einen schweren Knochenbau schieben. Auch wenn es noch keine exakte Ernährungswissenschaft gibt und wir unterschiedlicher Meinung sind über Menge und Art von gesunder Nahrung, betreffen diese physiologischen Faktoren nur eine kleine Zahl übergewichtiger

Menschen. Die meisten von uns (mich eingeschlossen) haben einfach zu wenig Bewegung und essen zu viel.

Wenn Ihre Kinder abnehmen sollen, helfen Sie ihnen dabei, sich vernünftige Ziele zu setzen, und machen Sie einen durchführbaren Plan, um sie zu erreichen. Bei weiblichen Teenagern allerdings, die oft fälschlicherweise meinen, sie hätten Übergewicht, sollten die Eltern besonders darauf achten, ihre Töchter davon abzuhalten, daß sie übermäßig Diät machen oder sich zu ausschließlich um ihr Gewicht kümmern. Richard Troiano, ein Epidemiologe, erinnert uns: »In dieser Altersgruppe grassiert bereits eine Schlankheitskultur, die zu Ernährungsstörungen führt.« Bei ihnen besteht die ernste Gefahr von Ernährungsmängeln.

Ich habe Ratschläge wie die von Dr. Koop schon tausendmal gelesen, bin mir aber bewußt, daß ich noch mehr für meine Ernährung tun könnte. Seit wir ins Weiße Haus gezogen sind, kann ich mich auf den Einfallsreichtum des Küchenchefs Walter Scheib bei der Zusammenstellung von Menüs für offizielle Anlässe und Familienmahlzeiten verlassen, die sowohl die Ernährungsrichtlinien als auch die Erwartungen von Besuchern an die Gastfreundschaft eines Präsidenten erfüllen. Für Familienmahlzeiten haben wir einen Tisch in die Servierküche im zweiten Stock gebracht, wo wir normalerweise (aber nicht immer!) Gemüse, Körner, Obst, fettarmes Fleisch und Fisch zu uns nehmen.

Doch Ernährung allein ist nicht für die dramatische Gewichtszunahme der Amerikaner, vor allem der Kinder und Jugendlichen, verantwortlich. Die Gründe liegen meistens in einer Kombination aus schlechtem Essen und zuwenig körperlicher Bewegung. In vielen amerikanischen Haushalten ist der jugendliche »Couch Potato«, dessen einzig aktive Muskeln in seinem Kiefer zu stecken scheinen, mit dem er stundenlang kalorienreiches Tütenfutter in sich hineinmampft, ein vertrauter Anblick. Eine Studie der Centers for Disease Control bestätigte dieses Bild, indem sie nachwies, daß körperliche Aktivitäten unter

Kindern und Jugendlichen in der gleichen Zeit nachgelassen haben, wie das Durchschnittsgewicht zugenommen hat.

In einer Verhaltensstudie aus dem Jahr 1990 über Gefahren für Jugendliche berichteten nur 37 Prozent der Studenten an High Schools, daß sie sich drei- oder mehrmals die Woche mindestens zwanzig Minuten ausgiebig körperlich betätigen, gegenüber 60 Prozent in den siebziger Jahren. Mein Heimatstaat Illinois ist der letzte, der täglichen Sportunterricht für alle Schulpflichtigen, vom Kindergarten bis zur 12. Klasse, zur Pflicht macht, obwohl vor kurzem auch dort ein Gesetz verabschiedet worden ist, daß örtlichen Schulbehörden die Beantragung von Ausnahmeregelungen ermöglicht. In den meisten Bundesstaaten bleiben die Anforderungen bereits den örtlichen Schulbehörden überlassen, und die Ergebnisse sind nicht ermutigend. Nur die Hälfte aller amerikanischen Teenager nimmt am Sportunterricht teil, und nur einer von fünf macht das täglich. Aber mehr als ein Drittel von ihnen gibt an, daß sie an jedem Schultag drei oder mehr Stunden Fernsehen oder Videos schauen.

Ich war nicht immer glücklich darüber, an jedem Tag zum Sportunterricht zu müssen, vor allem, wenn ich in die nächste Stunde eilen mußte und mein Haar noch vom stark chlorierten Wasser aus dem Schwimmbecken naß war. Aber ich bin nachträglich noch dankbar, daß ich verschiedene Sportarten kennengelernt, einige athletische Fähigkeiten entwickelt und – was am wichtigsten ist – täglich meinen Körper sowie meinen Geist trainiert habe. Ich bedaure die Abkehr vom organisierten Sportunterricht und die Verringerung der Pausenzeiten für jüngere Kinder. Besonders in der heutigen, streßgeplagten Welt brauchen alle Kinder die Freude und den Spaß ungezwungenen Spielens und gesunder Bewegung.

Wie können wir das unseren Kindern bieten? Schalten Sie zuallererst TV, Videorecorder und Computer aus, erheben sich und kommen in Bewegung – und bringen Sie ihre Kinder auch dazu. Forsches Gehen, Wandern und Radfahren sind gutes Training und bieten eine tolle Gelegenheit, Zeit miteinander zu verbringen. Führen wir in den Schulen wieder den Sportunterricht und längere Pausen ein. Dreißig Minuten tägliches Training wird für Erwachsene oder Kinder mit durchschnittlichem Gewicht empfohlen, und fünfundvierzig Minuten für übergewichtige Leute, aber es muß nicht alles gleich auf einmal sein. Sie können kürzere Zeiten in Ihren Tagesablauf einschalten. Gehen Sie mit ihnen zu Fuß zum Park, zur Schule oder zum Supermarkt, anstatt ins Auto zu springen, nur um zwei Straßenecken weiter zu fahren. Benützen Sie Treppen statt Lifts. Planen Sie in Ferien und Ausflüge körperliche Bewegung ein – Spaziergänge in der Natur, Wandertage oder Zelten und Bootfahren in unseren Nationalparks. Das Wissen, daß schlechte Ernährung und Bewegungsarmut eindeutig beitragen zur hohen Quote an Arthritis und so ernster und oft tödlicher Krankheiten wie Krebs, Herzleiden und Diabetes, sollte genügen, uns und unsere Kinder dazu zu veranlassen, die Kühlschranktür zu und die Haustür aufzumachen.

Die Dorfgemeinschaft kann auch ihren Beitrag leisten. Das amerikanische Landwirtschaftsministerium, das die Aufsicht über die Ernährungsprogramme in Schulen führt, hat Team Nutrition (das Ernährungsteam) ins Leben gerufen, eine Partnerschaft zwischen der Bundesregierung, den Bundesstaaten, den Schulbehörden, Farmen und Firmen, die in den Medien für gesunde Mahlzeiten daheim und in Schulen wirbt. Team Nutrition hat unter anderem auch die freiwilligen Dienste von Küchenchefs führender Restaurants in Anspruch genommen, die Rezepte für gesunde und leckere Speisen in Schul-Cafeterias zusammengestellt haben: Hühnchen in Zitronensoße, Gemüselasagne, Orangen und Erdbeeren in Mandarinensaft. Ich habe zusammen mit einigen Fünft- und Sechstkläßlern Reispilaf mit Linsen, Bohnen und Kichererbsen probiert. Die Kinder haben nicht nur gegessen, sondern auch versichert, daß es ihnen schmeckte.

Die Fachleute bemühen sich nach allen Kräften, Schulen davon zu überzeugen, sowohl in allen Klassen den Sportunterricht wieder einzuführen als auch jüngeren Schülern die Gelegenheit zu geben, während des Schultags draußen auf einem sicheren, überwachten Gelände zu spielen. Das Ziel ist, zumindest die Hälfte aller Schulkinder zur Teilnahme am täglichen Sportunterricht zu bewegen. Sie legen Wert darauf, daß in den Unterricht mehr Aktivitäten einfließen sollten, die alle ein ganzes Leben lang betreiben können, wie etwa Schwimmen, Radfahren, Jogging und Tennis oder Squash.

Es wird auch empfohlen, daß Gemeinden dafür mehr Platz verfügbar und zugänglich machen. Viele Kirchen haben Familienzentren eingerichtet, zu denen Sportstätten für Gymnastikunterricht, Basketballspiele und Jogging oder Wandern gehören. Aber in vielen Vierteln, in denen Kinder und Jugendliche sie am meisten bräuchten, existieren keine kommunalen Freizeitzentren. Ich habe kein Verständnis für die politische Opposition gegen Programme wie »Mitternachts«-Basketball und andere Freizeitaktivitäten. Ich finde es großartig, den Innenstädten Geldmittel zur Verfügung zu stellen, um jungen Leuten ein positives Ventil für ihre Energien unter Aufsicht von Erwachsenen zu geben. Das würde nicht nur gesundheitlichen Problemen vorbeugen, sondern auch verhindern, daß Jugendliche auf die schiefe Bahn geraten.

Es ist die oberste Verpflichtung der Familie und der Dorfgemeinschaft, die Kinder an Körper und Geist gesund zu erhalten. Aber wir alle wissen, daß wir als Eltern uns noch so gewissenhaft verhalten können oder daß eine Gemeinde sich noch so sehr der Gesundheitspflege widmen kann, Kinder werden dennoch Krankheiten bekommen oder Verletzungen erleiden. Dann ist medizinische Betreuung erforderlich.

Eine Geschichte aus heutiger Zeit: Drei Kusinen wohnten mit ihren Eltern und der Großmutter im selben Haus. Im September 1993 bekam die zweijährige Shantelle auf einmal hohes Fieber. Ihre Eltern brachten sie in die Notaufnahme des Ortskrankenhauses, wo eine Rückenmarksentzündung diagnostiziert und sie sofort dabehalten wurde. Ihr Vater, ein Dachdecker, war versichert. Zwei Tage nach Shantelles Einlieferung ins Krankenhaus bekam ihre dreijährige Kusine Nora ebenfalls hohes Fieber. Ihre Mutter, die von Putzjobs lebt, hatte keine Versicherung. Sie brachte Nora ins Kinderkrankenhaus ihrer Stadt, wo ihr gesagt wurde, daß in den nächsten vier Stunden kein Arzt zur Verfügung stände, um sie zu untersuchen. Daraufhin fuhr sie in das Krankenhaus, in dem Shantelle lag. Dort wurde Nora flüchtig untersucht, und ihre Mutter wurde angewiesen, sie wieder mitzunehmen und ihr ein rezeptfreies Schmerzmittel für ihre Symptome zu geben. Noch am gleichen Tag bekam Nora, die sich wie ihre Kusine eine Rückenmarksentzündung zugezogen hatte, Krämpfe und starb. Am Tag nach ihrem Begräbnis wurde Shantelle geheilt aus dem Krankenhaus entlassen. Kurz nach Noras Beerdigung entwickelte sich bei ihrem siebenjährigen Bruder Trace auch hohes Fieber. Seine Mutter brachte ihn in das Krankenhaus, von dem Nora abgewiesen worden war. Weil ihr Fall nun bekannt war, wurde Trace aufgenommen und kostenlos behandelt. Trace hat sich wie Shantelle erholt und ist wieder gesund.

Ich könnte Ihnen viele weitere Geschichten erzählen, die alle auf dieselbe Frage hinauslaufen: Ist das die Art von Gesundheitssystem, das unsere Kinder verdienen? Ältere Amerikaner werden nicht abgewiesen (zumindest nicht bis zum Zeitpunkt, da ich dies schreibe), weil sie durch die staatliche Gesundheitsfürsorge Medicare abgesichert sind. Warum können wir das nicht auch Kindern garantieren?

Heute gibt es mehr als zehn Millionen Kinder, die meisten aus Arbeiterfamilien, die keine Krankenversicherung haben; diese Zahl steigt um etwa eine halbe Million pro Jahr. Der Zuwachs wird sich sogar noch mehr beschleunigen, wenn die vom Kongreß vorgeschlagenen Kürzungen bei Medicaid, einem Versicherungsprogramm der Regierung für arme Kinder, in die Tat umgesetzt werden. Das würde noch mehr Kinder in überfüllte Notaufnahmen leiten, wo das Verwaltungspersonal gezwungen wäre, noch mehr kleine Noras abzuweisen.

Wenn ich in die Augen von Eltern blicke, denen die Krankheiten ihrer Kinder nicht nur emotional, sondern auch finanziell enorm viel abverlangen, weil sie sich keine Versicherung haben leisten können, dann danke ich Gott für die Gnade, daß mir und meinen Lieben das erspart blieb. Die Zahl der Amerikaner, die solchen herzzerreißenden Belastungen gegenüberstehen werden, wächst.

Einige Familien, die sich die Bezahlung privater Versicherungen leisten könnten, finden nicht einmal einen Versicherungsgeber. In Cleveland / Ohio lernte ich ein Ehepaar kennen, das zwei Töchter mit cystischer Fibrosis und einen gesunden älteren Sohn hat. Der Vater, ein selbständiger Unternehmer, hat seine Angestellten und ihre Angehörigen krankenversichert. Die Familie konnte sich eine private Versicherung für sich und ihren Sohn leisten und hätte sie auch für ihre Töchter abgeschlossen, fand aber niemand, der bereit war, eine Police mit ihnen abzuschließen. Sie wiederholten mir die Worte eines Versicherungsvertreters, die ich mein Leben lang nicht mehr vergessen werde. »Sie verstehen wohl nicht«, sagte ihnen der Vertreter, »daß wir keine brennenden Häuser versichern.«

Ich finde diese Einstellung beklagenswert. Wie hört sich das für schwer arbeitende Menschen an, die ihre Kinder lieben, aber sie nicht schützen können? Und wenn wir bereit sind, diese Kinder abzuschreiben, wer kommt dann als nächstes dran? Über diese Frage sollten wir alle gründlich nachdenken, denn bei dem derzeitigen Fortschritt in der Forschung werden Wissenschaftler uns bald sagen können, welche Gene uns für Krebs, Diabetes oder viele andere schwere Krankheiten anfällig machen. Werden diejenigen von uns, die solche Gene in sich tragen, und die Kinder, denen wir sie weitergeben, schließlich auch von der Versicherung ausgeschlossen werden?

Als ich dem siebenjährigen Ryan Moore aus South Sioux City / Nebraska begegnete, wußte ich, daß ich einen heldenhaften jungen Menschen kennengelernt hatte. Ryan war mit einem angeborenen Leiden auf die Welt gekommen, das bei ihm vielfache Schädigungen hervorrief. Sein Vater Brian konnte seine Familie mit einer guten Krankenversicherung versorgen, bis Ryan ein Jahr alt war. Dann aber wurde die Firma, bei der Brian arbeitete, geschlossen. Er suchte eine neue Arbeit, konnte aber keinen Job finden, weil die Firmen wegen der Pflegekosten für seinen Sohn mißtrauisch waren. »Es ist, als hätten sie direkt durch mich hindurchgeschaut und nur meinen Sohn gesehen«, sagte Brian. »Ich bin hochqualifiziert, aber ich konnte nicht einmal eine Arbeit als Pförtner finden.«

Der siebenjährige Ryan fand jedoch eine Beschäftigung. Er ist eine lokale Berühmtheit geworden, indem er hauptsächlich er selbst geblieben ist – hoffnungsvoll, fröhlich und unverwüstlich trotz all seiner Gebrechen. Ryan hat beim Children's Miracle Network mitgearbeitet und Spenden aufgetrieben, um seine hohen Pflege- und Reisekosten zu decken. Dieser mutige kleine Junge zitiert gern das Schweinchen aus *Pu der Bär*: »Es ist schwer, tapfer zu sein, wenn du so ein kleines Tier bist.«

Das Fehlen einer ausreichenden Gesundheitsversorgung für viele Amerikaner bringt uns auf allen Ebenen in eine Notlage. Menschen müssen mit Notaufnahmestationen als Kliniken vorliebnehmen, womit sie die Finanzmittel der Krankenhäuser überbelasten und dafür unzureichende Vorsorge oder Nachsorge erhalten. Säuglinge und Kinder werden nicht rechtzeitig behandelt, so daß am Ende Therapien notwendig werden, weil wir nicht in Vorsorgemaßnahmen investieren. Kleinkinder werden nicht rechtzeitig geimpft. Kinder im schulpflichtigen Alter erhalten nicht die Nahrung oder körperliche Bewegung, die sie brauchen, damit ihr Geist und ihr Körper heranwachsen.

Viele Leute sind der Meinung, daß wir aufgrund der anfallenden Kosten nicht allen eine Gesundheitsversorgung garantieren können. Tatsächlich aber würde ein für alle gleiches System – wie in anderen Ländern – am Ende weniger kosten. Das rührt daher, daß die meisten Kinder, die krank oder verletzt werden, irgendwann schließlich doch in Behandlung kommen. Die Therapie ist dann häufig unzureichend oder kommt zu spät, auf jeden Fall ist sie teurer, als wenn wir sichergestellt hätten, daß ihre Symptome früher behandelt worden wären. Bevor wir nicht bereit sind, einen genauen, strengen Blick auf unser Gesundheitssystem zu werfen, und uns dafür engagieren, jedem Amerikaner eine erschwingliche Versorgung zu bieten, wird das Dorf weiterhin Haus für Haus abbrennen.

Sie können bereits einen guten Eindruck von den Nebenwirkungen unserer Verzögerungspolitik gewinnen, wenn sie die Notaufnahmestation irgendeines großen städtischen Krankenhauses aufsuchen. Dort sind nicht nur die Krisenfälle zu sehen, für die eine Notaufnahme vorgesehen ist, sondern Dutzende von Kindern, vom Säuglings- bis ins Teenageralter, die anscheinend kein ernsthaftes Leiden haben. Warum sind sie dort? Sie haben Fieber, Ohrenweh, Bauchgrimmen – die Wehwehchen und Schmerzen, die besser von einer Schulschwester oder in einer Arztpraxis behandelt gehören – oder bei guter Vorsorge vielleicht gar nicht aufgetreten wären.

Doch die meisten Schulen beschäftigen keine Schwestern mehr, und Ärzte kosten Geld – und sogar Krankenversicherte müssen feststellen, daß etliche Policen keine routinemäßigen Vorsorgeuntersuchungen für Kinder abdecken. Die meisten öffentlichen Kliniken haben zu Zeiten geöffnet, zu denen Berufstätige beschäftigt sind. Die auf Profitbasis arbeitenden Praxen, die in Einkaufszentren hochschießen, haben länger offen, wollen aber Bargeld oder eine nachprüfbare Kreditkarte sehen und sind nicht für jeden zugänglich.

Wenn die Zahl der nichtversicherten Amerikaner weiter steigt und der Einfluß auf Profit ausgerichteter Krankenbehandlung wächst, werden viele gemeinnützige Krankenhäuser schließen müssen, und letztlich werden diejenigen, die sich die Kosten einer fachlichen medizinischen Betreuung nicht leisten können, gezwungen sein, wieder auf alte Hausmittel zurückzugreifen. Die Ironie dabei ist, daß dann weniger entwickelte Länder unsere besten Vorbilder für das Herumdoktern abgeben werden. Wenn Ihnen dieses Szenario zu weit hergeholt erscheint, dann will ich Ihnen sagen, daß es bereits Wirklichkeit ist. Als ich das internationale Zentrum zur Erforschung von Darmerkrankungen in Bangladesch besuchte, das zum Teil mit amerikanischen Mitteln subventioniert wird, traf ich auf einen Arzt aus Louisiana, der dort etwas über kostensparende Techniken lernen wollte, die er daheim anwenden könnte, um einige der mehr als 240.000 unversicherten Kinder in seinem Heimatstaat zu behandeln.

Ich habe dieses Kapitel mit Dr. Lowes Ratschlägen begonnen, und wie alle Heilmittel, die sie meiner Tochter verschrieben hat, habe ich auch dieses verläßlich gefunden: menschlich vernünftige Vorsorge daheim und in der Schule und ein reformiertes Gesundheitssystem, daß allen Kindern die medizinische Betreuung garantiert, die sie brauchen. Diese beiden Ansätze würden Geld sparen, und wir bräuchten die Milliarden Dollar nicht mehr, die wir jetzt ausgeben, um Probleme zu lösen, die wir von vornherein hätten vermeiden können.

Ich bin nicht sicher, ob wir Dr. Lowes Anweisung in nächster Zeit folgen werden, aber irgendwann werden wir es schließlich doch tun, dessen bin ich sicher.

Ein Dach bietet noch keine Sicherheit

... zu Hause ist eben zu Hause ...
Dorothy

Ich muß etwa acht Jahre alt gewesen sein, als meine Großmutter mich und meinen Bruder Hugh in eine Vorführung des *Zauberers von Oz* mitnahm. Wir fuhren an einem Samstagnachmittag in die Innenstadt zu einem der großen alten Lichtspieltheater Chicagos. Ich war noch nie in einem so majestätischen Kinosaal gewesen.

Auf dem Weg warnte uns meine Großmutter beständig, daß kleine Kinder manchmal von Fremden aus städtischen Kinos gekidnappt wurden. Als wir unsere Sitze erreichten, setzte sie sich zwischen uns und legte die Arme um meinen Bruder und mich, um uns vor wirklichem und eingebildetem Schaden zu bewahren.

Die von ihr heraufbeschwörten Szenarien genügten, daß wir schon vor Beginn des Films eine Gänsehaut hatten. Als dann diese merkwürdig aussehenden geflügelten Affen aus dem Hexenschloß flogen und Dorothy und Toto gepackt und entführt wurden, kreischten einige Kinder, und mein Bruder wollte sich unter seinem Sitz verkriechen. Ich packte die Hand meiner Großmutter ganz fest, entdeckte aber, daß sie so klamm wie meine war. Es ist in meiner Erinnerung das erste Mal, daß ich total verängstigt war.

Schließlich endete die Affenszene, und die Hexe schmolz dahin. Dorothy und ihre Freundinnen fanden zurück in die Smaragdstadt. Kinder um uns herum hörten auf zu weinen, und Hugh machte es sich wieder auf seinem Sitz bequem. Meine Großmutter lockerte ihren Griff ein wenig. Als Dorothy mit den Absätzen ihrer rubinroten Pantoffeln klapperte, stieß ich meine Turnschuhe unter dem Sitz gegeneinander und wiederholte mit ihr: »Zu Hause ist eben zu Hause ... Zu Hause ist eben zu Hause.«

Als wir heimkamen, bat uns meine Mutter, ihr von dem Film zu berichten. Bevor ich den Mund aufmachen konnte, um von dem erstaunlichen Mädchen mit dem gleichen Namen wie sie zu erzählen, war Hugh schon dabei, die auf ihn zufliegenden Affen, die gruselige Musik und den dunklen Wald zu beschreiben. Meine Eltern versicherten uns, daß die Geschichte nur ausgedacht war und daß sie dafür sorgen würden, daß uns nie so etwas zustieß.

Aber mir hatten nicht nur die Affen Angst eingejagt. Viel tiefer hatte mich, als ich dort im Dunkeln saß, die Erkenntnis verstört, daß alle Personen um mich herum – sogar die, in deren Obhut ich war – ebenfalls Angst hatten. Es war eine zutiefst beunruhigende Erfahrung. Damals war es für die meisten Leute auch eine seltene Erfahrung.

In meiner Stadt fuhren Kinder überall mit dem Fahrrad hin – in die Bibliothek, ins Kino, zu den Geschäften und den Restaurants. (Am liebsten war ich in der Gaststätte mit den an die Wand gemalten Szenen vom Sherwood Forest aus *Robin Hood*. Jahrelang dachten meine Freundinnen und ich, wir wären dort als erste auf die Idee gekommen, Ketchup auf Pommes frites zu tun.)

Mein Bruder Hugh, der geborene Abenteurer, brach mit seinen Freunden immer zu stundenlangen Entdeckungsreisen auf. Wenn die Mütter aus der Nachbarschaft ihre Jungen nicht finden konnten, riefen sie die Polizei an. Beim erstenmal fanden die Polizisten sie beim Spielen in den Rohbauten einer Neubausiedlung. Hugh, eingedenk der strengen Ermahnungen meiner Mutter, weigerte sich, zu einem Fremden in den Streifenwagen einzusteigen, auch wenn es sich um einen Polizisten handelte. Deshalb folgte ihm das Polizeiauto langsam auf dem ganzen Heimweg, während die anderen Kinder auf dem Rücksitz saßen.

Es gab echte Gefahren. Von Zeit zu Zeit machten ein Mord in der Gegend oder eine Kindesentführung Schlagzeilen. Wir stießen hin und wieder auf einen Fremden, der sich in Parks vor uns entblößte, eine von uns zu einer Spazierfahrt zu überreden versuchte oder – wie es meinen Freundinnen und mir einmal geschah – ein Schlachtmesser zückte, um uns Angst einzujagen, als wir eine Baustelle erkundeten. Gefahren existierten, aber sie erschienen beherrschbar, wenn wir den elementaren Sicherheitsregeln folgten, die unsere Eltern uns beigebracht hatten.

Einmal, als ich noch in der Grundschule war, jagte ein älterer Junge mir nach, warf mich zu Boden und küßte mich. Ich trat ihn und schlug so fest, daß ich mich ihm entwinden und nach Hause laufen konnte. Ich rannte zur Küchenspüle und wusch mir das Gesicht, während ich meiner Mutter weinend berichtete, was vorgefallen war. Sie redete mir begütigend zu und sprach, als sie sich vergewissert hatte, daß ich nicht verletzt war, mit mir darüber, wie ich diesem Jungen aus dem Weg gehen und künftig besser auf mich aufpassen konnte.

Als es noch weniger Schußwaffen gab, hatte die Verzweiflung eines Fremden oder der jähe Wutanfall eines Familienmitglieds nicht gleich tödliche Folgen wie heute. Meinungsverschiedenheiten unter Kindern endeten mit keinen ernsteren Blessuren als verletzten Gefühlen oder schlimmstenfalls blauen Flecken von einer Prügelei. Bekannte aus meiner Generation, die in Innenstädten oder abgelegenen ländlichen Gebieten aufwuchsen, haben zwar Augenblicke der Furcht oder Gefahr in Erinnerung, aber keine so durchgehende Angt um ihre Sicherheit, wie sie mittlerweile in jede Ritze unserer Volksseele gedrungen ist.

An einem warmen Frühlingsnachmittag, als Chelsea ungefähr neun Jahre alt war, kam sie mit einer Freundin, mit der sie um den Brunnen vor der Gouverneursvilla geradelt war, herein und fragte mich, ob sie mit den Rädern zu der zehn Wohnblöcke entfernten Bibliothek fahren durften. Mir fielen all die Fahrten zu meiner örtlichen Bibliothek in ihrem Alter ein, die ich unbegleitet und frei von Angst gemacht hatte. Tränen stiegen mir in die Augen, als ich nein sagte. Ich legte meine Arbeit hin und fuhr statt dessen die Mädchen zur Bibliothek.

Meine Reaktion mag nicht ganz im Verhältnis zum aktuellen Risiko gewesen sein, aber sie war symptomatisch für die allgemeine Angst um die Sicherheit ihrer Kinder, die alle Eltern erfaßt hat, die ich kenne. Jennifer Allen, eine Mutter und Journalistin, die für das Magazin *Life* durchs Land reiste, um mit Eltern über die Kindern drohenden Gefahren zu sprechen, weist darauf hin, daß Unfälle im Haus und unabsichtliche Verletzungen viel häufiger ihre Gesundheit gefährden. Doch, bemerkt sie, »wir können nicht aufhören, uns um die anderen, nicht so gefährlichen, nicht so wahrscheinlichen Vorkommnisse zu sorgen, wie etwa Fremde, die unsere Kinder entführen«.

Es geht im Leben von Kindern nichts über das Zuhause. Aus der Gehirnforschung wissen wir, daß das Gefühl, »sicher und behütet« zu sein, für eine gesunde neurologische Entwicklung wesentlich ist. Das Zuhause sollte einen emotionalen wie auch physischen Hort bieten. Kinder verfügen über eine unheimliche Fähigkeit, die Machtlosigkeitsgefühle von Erwachsenen wahrzunehmen. Sie können sich unmöglich sicher fühlen, wenn sie spüren, daß wir uns nicht sicher sind, ob wir sie beschützen können.

Die Sicherheit endet nicht mit der äußeren Umgebung, sondern beginnt dort. Sicherheitsbewußte Eltern halten Haushaltsgifte, Plastiktüten und Streichhölzer außer Reichweite. Vermieter und Gesellschaften für sozialen Wohnungsbau installieren Gitter, um Unfällen vorzubeugen, reparieren tropfende Heißwasserhähne, damit Kinder sich nicht die Hände verbrühen, und streichen abblätternde Wände neu an, damit Kinder kein Blei aufnehmen, das ihre sich entwickelnde Gehirne schädigen kann.

Ann Brown, die ich als die Rattenfängerin für Kindersicherheit bezeichnen möchte – sie ist Vorsitzende der Konsumgütersicherheitskommission –, hat eine Fülle von Informationen zur »Kindersicherung« von Häusern gesammelt. Vor kurzem lud sie mich zu einer Veranstaltung ein, wo sie im Verein mit Firmen und einem Marketinginstitut ein ganzes Arsenal an »sicheren« Geschenken für Babys vorstellte. Brown regte an, mit kindersicheren Geschenken jungen und werdenden Müttern zu helfen, jedes Zimmer in ihren Häusern sicher zu machen. Ich war so beeindruckt von dieser Idee, daß ich bei einer Einladung im Weißen Haus zu Ehren einer Freundin, die gerade ein Baby adoptiert hatte, ihr solche Sicherheitsartikel schenkte.

Ich sah zu, wie Ann einen Test durchführte, den alle frischgebackenen Eltern kennen sollten. Wenn eine Getränkedose senkrecht zwischen die Seitenstäbe einer Kinderwiege paßt, ist der Zwischenraum zu weit und Babys können sich den Kopf einklemmen. Babymatratzen sollten fest und flach sein, denn in zu weichen Matratzen können Babys im Schlaf ersticken. Billige Kindersicherungen für Steckdosen und Sicherheitsgitter, um Treppen abzusperren, können weitere ernsthafte Unfälle vermeiden.

Dreimal so viele Kinder sterben jedes Jahr an vermeidbaren häuslichen Unfällen wie an Mord. Unfälle sind per definitionem unvorhersehbar. Über ein gewisses Maß hinaus lassen sie sich daher nicht vermeiden, dafür aber meist sich daraus ergebende ernsthafte Verletzungen. Meine Mutter hat noch den Tag in Erinnerung, da ich als Kleinkind eine mit Terpentin gefüllte Colaflasche entdeckte, die Maler in unserem Mietshaus stehen lassen hatten. Ich hatte sie schon an den Mund gesetzt, bevor irgendwer merkte, was ich da tat. Die Erwachsenen in der Nähe reagieren so rasch, daß es nicht zu ernsthaften Folgen kam. Die Erfahrung kurierte mich für alle Zeiten davon, irgend etwas zu essen oder zu trinken, das ich nicht genau kannte (außer der gegorenen Stutenmilch, von der ich als Ehrengast einer Nomadenfamilie in der Mongolei kosten mußte). Doch als ich größer wurde, hatte ich, auch wenn wachsame Erwachsene in der Nähe waren, mehr als ein gerüttelt Maß an Unfällen: ein mit kochendem Wasser verbrühter Arm, aufgeschürfte Knöchel, Knie und Augenbrauen, Treppenstürze.

Eltern sollten bereit sein, bei gewissen Sicherheitsvorkehrungen wie dem Tragen von Helmen auf dem Fahrrad, Motorrad, Skateboard oder beim Rollschuhlaufen ihren Kindern mit gutem Beispiel voranzugehen. Ich erinnere mich noch, daß ich bei einem kurzen Aufenthalt in San Diego Chelsea und einer Freundin sagte, sie bräuchten – so wie ich – keine Helme aufzusetzen, um mich zu einer kurzen Radfahrt zu begleiten. Stellen Sie sich mein Entsetzen vor, als Chelseas Freundin gegen die Tür eines Lastwagens fuhr, die plötzlich vor ihr aufgerissen wurde. Glücklicherweise verletzte sie sich nicht, und ich kam mit dem Schrecken und tiefer Beschämung davon, als Artikel über den Zwischenfall in der lokalen Zeitung erschienen. Das Tragen von Helmen könnte helfen, einige der mehr als vierzigtausend Kinder zu schützen, die jedes Jahr Kopfverletzungen erleiden. Richtig benützte Sicherheitssitze fürs Auto und Sicherheitsgurte könnten weitere neunundvierzigtausend Verletzungen bei Autounfällen vermeiden.

Zu den tragischsten Verletzungen gehören die durch Schußwaffen. Jedes Jahr sterben etwa fünftausend Menschen unter zwanzig durch Feuerwaffen. Laut Statistik sind ein Zehntel dieser Todesfälle Unfälle, viele davon durch Kinder ausgelöst, die bei sich daheim geladene Waffen finden. In beinahe der Hälfte aller amerikanischen Haushalte befinden sich Waffen, und oft werden sie, anstatt weggesperrt zu sein, nur versteckt oder geladen in einer Schublade aufbewahrt. Versehentliche Schußverletzungen sind so verbreitet geworden, daß die amerikanische Ärztevereinigung ihren Mitgliedern rät, Patienten, die Waffen besitzen, einzuschärfen, sie sollten diese sichern und die Munition getrennt aufbewahren.

Ein sicheres Versteck ist jedoch kein Ersatz für die elementarste Form des Kinderschutzes: die Wachsamkeit von Eltern und anderen Erwachsenen und oft der ganzen Dorfgemeinschaft.

Im Sommer 1994, während einer der schlimmsten Hitzewellen in unserer Bundeshauptstadt, entfernten sich die vierjährige Iesha Elmore und ihr zweijähriger Bruder Clendon vom Elternhaus und kletterten in einen nicht abgesperrten Wagen auf einem nahegelegenen Parkplatz. Ein paar Stunden später wurden beide Kinder erstickt aufgefunden.

Die Überschrift zu einer Artikelserie in der *Washington Post* lautete: »Kein Platz zum Spielen«. Darin kam eine Nachbarin der Eltern zu Wort, die Leser, die nicht in diesem Viertel wohnten, davor warnte, die Mutter der Kinder zu hart zu verurteilen. Mit einer Geste zum blauen aufblasbaren Planschbecken vor der heruntergekommenen Wohnanlage ohne Spielplatz sagte sie: »Was läßt sich hier schon machen? Wo sollen die Kinder hier spielen?«

Solche Berichte stimmen mich traurig, weil die kleinen Kinder sinnlos sterben mußten. Aber sie machen mich auch wütend, weil niemand die Verantwortung übernehmen will. Obgleich die Eltern – die Mutter wie auch der offenbar abwesende Vater – die Hauptverantwortung für diese Kinder trugen, machen wir es uns nach den Worten der Nachbarin zu leicht, wenn wir nur sie beschuldigen.

Die Anwohner sind durchaus im Recht, wenn sie auf die größeren Versäumnisse der Gemeinde verweisen. Jahrelang hatten sie vergeblich versucht, die örtlichen Behörden dazu zu bewegen, einen Spielplatz einzurichten und Straßenschwellen anzubringen, um die durch ihre Straßen rasenden Autos zum Langsamfahren zu bewegen. Doch die Nachbarn tragen auch einen Teil der Schuld. Warum haben sie sich nicht zusammengetan und sich gemeinsam für die Kinder verantwortlich gefühlt? Warum haben sie sich nicht in der Beaufsichtigung der Kinder abgewechselt, sind eingesprungen, um den Hof der Wohnanlage sauber zu halten oder haben ein paar Spielsachen für draußen beigesteuert, die alle Kinder benützen konnten?

Eltern können ihre Kinder nicht rund um die Uhr überwachen. Sie müssen sich auf die Hilfe anderer Erwachsener verlassen können, so wie meine Mutter und mein Vater. In dem Viertel, in dem ich aufgewachsen bin, kam meist jemand aus dem nächsten Haus zu Hilfe geeilt, wenn ein Kind vom Baum fiel oder zwischen Jugendlichen Streit ausbrach. Das war zum Teil deshalb möglich, weil tagsüber mehr Mütter zu Hause waren und andere Verwandte häufig in der Nähe wohnten. Die Leute begrüßten auch das Einschreiten ihrer Nachbarn und sahen es nicht als Kritik an ihrer elterlichen Aufsichtspflicht an.

Eine Freundin, die nun ihre eigenen Kinder großzieht, erinnert sich, daß sie in ihrer Jugendzeit sehr darauf achten mußte, was sie tat, weil ihre Großmutter meist schon über ihr Tun unterrichtet war, bevor sie heimkam. Ihre Großmutter hatte ein offenes Ohr für Berichte der Nachbarn, selbst wenn es schlimme Nachrichten waren – wie an dem Tag, als die Enkelin zum erstenmal das Rauchen probierte.

Einige Gemeinden stecken so sehr in Finanznot, daß die Bedürfnisse von Kindern beiseite geschoben werden. Doch hie und da wird in Vierteln daran gearbeitet, gegenseitiges Vertrauen und Verantwortungsgefühl wieder aufzubauen. In Morningside Gardens, einer ethnisch gemischten Genossenschaftswohnanlage in Harlem, die beinahe tausend Familien beherbergt, sind die Nachbarn bemüht, sich gegenseitig kennenzulernen. Der Komplex umfaßt ein Altenzentrum, eine Kindertagesstätte mit Kindergarten, eine Bank und einen Lebensmittelladen. Es gibt einen eigenen Sicherheitsdienst und eine Zeitung, die Geburten, Todesfälle und andere Gemeindenachrichten verbreitet. Die Bewohner legen besonderen Nachdruck darauf, auch die jungen Leute am Gemeindeleben teilhaben zu lassen. Es gibt Freizeit- und Nachhilfeprogramme, und Kinder und Jugendliche werden zu Aufräumarbeiten und anderen Aktivitäten herangezogen.

Die Anwohner schreiben das Wohl ihrer Dorfgemeinschaft einer strikten Auswahl der Mieter und ihrem Graswurzelansatz zur Lösung von Problemen zu. Sie betonen auch einen dritten Faktor, der heutzutage zunehmend die Bürger beschäftigt: öffentliche Sicherheit.

Eines Abends während der Präsidentschaftswahlkampagne wurden Bill und ich durch eine Hotelküche zu einem Diner geleitet. Ein Kellner streckte Bill die Hand zum Gruß entgegen. Er sagte, er sei aus Griechenland in dieses Land eingewandert und wäre nun amerikanischer Staatsbürger. »Herr Gouverneur«, sagte er, »mein Junge ist zehn Jahre alt. Er hat auch Politikunterricht in der Schule. Er sagt, Sie sollten Präsident werden. Da ich meinem Sohn vertraue, werde ich für Sie stimmen.« Bill lächelte und antwortete, wie sehr er sich geehrt fühlte, die Stimme zu erhalten. »Aber ich muß Sie etwas fragen«, fuhr der Mann fort. »Wo ich herkomme, waren wir arm, aber wir fühlten uns zumindest frei. Hier in Amerika ist meine Familie nicht mehr frei. Wenn mein Junge nicht über die Straße laufen kann, um im Park zu spielen, ohne daß ich bei ihm bin, ist er nicht frei. Wenn ich tue, was mein Junge sagt, und für Sie stimme, werden Sie ihn frei machen?«

Am 29. April 1994 schrieb James Darby Jr., der ein Jahr jünger war als der Sohn des Kellners, meinem Mann aus seiner Heimatstadt New Orleans. »Lieber Mr. Clinton«, fing er an, »ich möchte, daß Sie das Morden in der Stadt beenden. Leute sind tot, und ich glaube, mich könnte auch einer umbringen. Würden Sie also bitte dafür sorgen, daß die Leute das Töten aufhören. Ich bitte Sie höflich darum, es abzustellen. Ich weiß, Sie können das. Tun Sie's. Ich weiß, Sie können es.« Er unterzeichnete den Brief mit »Ihr Freund James«.

Neun Tage später wurde James Darby während einer wilden Schießerei in seinem Viertel von einer Kugel tödlich in den Kopf getroffen.

Was James und der Kellner wollten, ist die Freiheit, die Bill und ich in unserer Jugend erfahren haben. Sie existierte, weil Erwachsene in unseren Gemeinden uns sowohl formell wie informell Schutz boten, wenn wir uns außer Haus begaben. Um dieses Freiheitsgefühl wiederherzustellen, werden bereits einige Maßnahmen ergriffen.

Der erste Schritt besteht darin, Waffen von der Straße weg

und mehr Polizei auf die Straße zu bringen. Ein Gesetz, das mein Mann 1993 unterzeichnete, sieht eine fünftägige Wartezeit bei Waffenkäufen vor, Zeit genug für Behörden, den Leumund des Käufers zu überprüfen, und für den Käufer, sich wegen eines Konflikts wieder abzuregen, zu dessen Lösung die Waffe vielleicht gedacht war. Seit es in Kraft ist, sind mehr als vierzigtausend Menschen mit einem Vorstrafenregister am Kauf von Waffen gehindert worden. Als Teil einer »Null-Toleranz«-Politik für Waffen, Drogen und andere Sicherheitsrisiken für Lehrer und Schüler unterzeichnete der Präsident einen Erlaß, der bestimmt, daß jeder Schüler, der mit einer Waffe in die Schule kommt, des Unterrichts verwiesen und bestraft wird.

Fünfundzwanzigtausend neue Polizeibeamte werden derzeit ausgebildet, und bis Ende dieses Jahrzehnts sollen noch weitere fünfundsiebzigtausend hinzukommen. Viele Städte greifen etwas auf, was sich in der Vergangenheit bewährt hat, indem sie Beamte anders einsetzen. Das heißt konkret, sie hinter ihren

Abgedruckt mit freundlicher Genehmigung von King Features Syndicate.

Schreibtischen hervorzuholen und wieder mehr auf Streife zu schicken, wo sie die Menschen kennenlernen können, die in den Straßen ihres Reviers wohnen und arbeiten. Sie werden sozusagen als »Kontaktbereichsbeamte« eingesetzt, wobei ein guter Schutzmann sowohl erheblich zum Aufbau geordneter und damit verbrechensvorbeugender Verhältnisse in der Gemeinde beitragen als auch Straftäter auf frischer Tat ertappen kann.

Die zweite Hälfte der kommunalen Sicherheitsmaßnahmen obliegt freilich der Gemeinde selbst. Bürger müssen sich aktiv an der Verbrechensvorbeugung beteiligen. In Houston haben sich den fast eintausend neu den Einsatzkräften zugeteilten Polizeibeamten Tausende von Bürgerwächtern angeschlossen, die verdächtiges oder kriminelles Verhalten im Rahmen einer von Bürgermeister Bob Lanier angeführten Verbrechensbekämpfungskampagne beobachten und melden. Lanier hat aufgrund der Erkenntnis, daß das gesamte Lebensumfeld eines Gemeinwesens die Verbrechensrate beeinflußt, Fußballturniere und Golfunterricht für Kinder gefördert, Parks und Spielplätze anlegen lassen, Jugendprogramme initiiert und eine Achtung vor der Vielschichtigkeit der Stadt an den Tag gelegt, die alle Bürger an der Zukunft ihrer Stadt teilhaben läßt.

In den achtziger Jahren haben die Einwohner des Fairlawn-Viertels in Washington, D.C., denen die Drogen auf ihren Straßen ein Dorn im Auge waren, sich zur Fairlawn Coalition zusammengeschlossen. Jeden Abend bilden die Mitglieder Gruppen, setzen sich orangefarbene Hüte auf, um sich zu erkennen zu geben, und patrouillieren durch die Straßen ihres Viertels, die als Schwerpunkte des Drogenhandels bekannt sind. Die Patrouillen gehen nicht direkt gegen die Dealer vor, aber sie haben Notizblöcke und manchmal Videokameras dabei, um der Polizei Informationen zu liefern. Zu ihrer eigenen Sicherheit tragen sie auch Walkie-talkies. Das Auftreten der Patrouille dient zur Abschreckung illegaler Aktivitäten. Dazu erklärt ein Mitglied: »Die Dealer scheuen sich nicht, ihre Drogengeschäfte vor der Nase der Polizisten abzuwickeln, aber vor Leuten, die aus der Gemeinde stammen, werden sie es nicht tun.« Seit die Coalition im Einsatz ist, haben Eltern aus dem Viertel weniger Angst, ihre Kinder draußen spielen zu lassen, und die ganze Gemeinde fühlt sich sicherer.

Kinder merken es, wenn Erwachsene sie im Stich lassen, und das macht sie zornig. In Kansas City erzählte ein Junge Mitgliedern der staatlichen Kommission zu Kinderfragen, was es für ihn hieß, jeden Tag zur Schule zu gehen. Was er in zehn Minuten hätte zurücklegen können, dauerte bei ihm die doppelte Zeit, weil er im Zickzackkurs ein Haus umging, von dem er wußte, daß dort Crack gedealt wurde. »Ich verstehe einfach nicht«, sagte er den Kommissionsmitgliedern, »wenn die Anwohner der Straße wissen, was in diesem Haus abläuft, und die Polizei die ganze Zeit vorbeifährt, als wüßte sie auch, daß da drin was Schlimmes vor sich geht, warum Erwachsene nichts dagegen unternehmen.«

In einem anderen Viertel von Kansas City haben Erwachsene etwas dagegen unternommen. Nachdem sie eine Eskalation der Kriminalität in ihrem Viertel bemerkt hatten, schlossen sich besorgte Bürger zusammen, um dagegen vorzugehen. Sie bildeten eine Bürgergruppe mit mehr als dreihundertfünfzig Mitgliedern. Sie machten einem Drogenumschlagplatz den Garaus, indem sie vor dem Haus ein Schild anbrachten, das verkündete, daß hier Drogen gehandelt wurden. Sie schafften es, eine weitere »Drogenhöhle« dicht zu machen, indem sie das Kennzeichen jedes Autos notierten, das dort vorfuhr. Sie organisierten auch eine sichere Halloween-Party für Kinder aus dem Viertel und setzen sich für die Schaffung eines Gemeindezentrums für Jugendliche ein.

Solche und viele andere Gruppen, die auch durch das Gesundheitsministerium Unterstützung finden, sind der lebende Beweis, daß wir uns die Straßen und Gemeinden zurückerobern und unserer Jugend die Sicherheit zurückgeben können, die wir fast alle in unserer Kindheit für selbstverständlich gehalten haben.

Bis es soweit ist, haben wir die Verantwortung zu übernehmen, wie die Gewalt, der unsere Kinder ausgesetzt sind, sich auswirkt. Manche Jugendliche haben so viel unsinniges Blutvergießen gesehen, daß sie schon ihre eigene Beerdigung planen. Ein kleiner Junge, der die Ermordung seiner Mutter mitansehen mußte, fing an, immer wieder ihren Tod darzustellen, indem er sich zu Boden fallen ließ, still liegen blieb und mit leerem Blick in den Augen an die Decke starrte. Das war seine Art der Erinnerung an seine Mutter und der Trauerarbeit. Kinder, die Gewalt mitbekommen haben, können oft nicht mehr richtig schlafen oder sich konzentrieren. Viele werden von heftigen Erinnerungsschüben heimgesucht und können nur schwer vertrauensvolle Beziehungen aufbauen. Manche werden paranoid oder zynisch in bezug auf die Zukunft, was sie wiederum für Alkohol und Drogen anfällig macht. Sie brauchen Berater und Lehrer, die ihnen aufmerksam zuhören und helfen können, ihre Erfahrung zu artikulieren. Aber gerade in unserer Zeit streichen viele Schulen solche »Extras«.

In New Haven, wo je vier von zehn Schülern der sechsten, achten und zehnten Klasse aussagen, sie hätten ein Gewaltverbrechen mitangesehen, haben sich Polizisten und Gesundheitsbeamte in einem Gemeinschaftsprogramm zusammengeschlossen. Es soll Kindern helfen, die entweder zu Hause oder auf den Straßen ins Kreuzfeuer der Gewalt geraten sind. Polizeibeamte werden darin geschult, bei diesen verletzlichen Kindern zu erkennen, wenn sie zusätzliche Beratung brauchen, und dafür zu sorgen, daß sie diese erhalten.

Kinder, die bei sich daheim beständig Gewalt erleben, identifizieren sich unter Umständen mit dem vorherrschenden Verhalten des gleichgeschlechtlichen Elternteils. So eignen Jungen sich das gewalttätige Verhalten des Vaters an, während Mädchen Beziehungen eingehen, in denen sie wie ihre Mütter zu Opfern werden. Genauso besorgniserregend ist, daß Jungen wie Mädchen, die häuslicher Gewalt ausgesetzt sind, dazu neigen, sie als die vorherrschende Art der Konfliktlösung und als unvermeidlichen Bestandteil jeder engen Beziehung anzusehen. Auch wegen seiner persönlichen Erfahrungen hat Bill Clinton dem Gesetz zur Gewalt gegen Frauen, das innerfamiliäre Übergriffe als die ernsthaften Straftaten behandelt, die sie tatsächlich sind, oberste Priorität eingeräumt.

Dieselbe Haltung sollten wir gegenüber körperlicher und sexueller Mißhandlung von Kindern einnehmen. Für die meisten Erwachsenen ist der Gedanke, ein Kind zu mißbrauchen, unfaßbar. Dennoch sterben laut dem Bericht einer Regierungskommission zu diesem ernsten Thema jährlich zweitausend Kinder an Mißhandlung oder Vernachlässigung. Die Mordrate bei Kindern bis zu vier Jahren ist auf dem höchsten Stand seit vierzig Jahren. Lebensgefährliche Mißhandlungen und Vernachlässigungen machen jedes Jahr achtzehntausend Kinder zu Behinderten, und zehntausend weitere werden mit psychischen Schäden ins Erwachsenenleben eintreten. Ein Drittel der Mißhandlungen widerfährt Kindern unter einem Jahr. Der Bericht schätzt, daß allein 1990 141.700 Säuglinge und Kinder ernsthaft verletzt oder vernachlässigt worden sind. Es heißt darin: »In den über dreißig Jahren, seit Dr. C. Henry Kempe erstmals die Symptome bei einem geschlagenen Kind beschrieben hat, sind mehr Kinder an Mißhandlung und Vernachlässigung gestorben als durch großstädtische Bandenkriege, Aids, Polio oder Masern; doch die öffentliche Aufmerksamkeit und die finanzielle Mittelvergabe stehen dazu in einem krassen Mißverhältnis.«

Der sexuelle Mißbrauch von Kindern ist für uns sogar noch schwerer nachzuvollziehen, doch die Statistiken sind genauso schlimm. Allein 1993 wurden einhundertvierzigtausend Kinder als Opfer sexuellen Mißbrauchs gemeldet. Die Dunkelziffer läßt sich so gut wie nicht berechnen. Die frühere Miss America, Marilyn Van Derbur, gehörte zu denen, die diese häßliche Tatsache ans Licht brachten, als sie mutig von dem sexuellen Mißbrauch durch ihren Vater berichtete.

Sexueller Mißbrauch mag keine sichtbaren Verwundungen oder gebrochene Beine hinterlassen, aber die Verletzungen sind trotzdem tief und lebenslang. Die stumme Verschwörung von Erwachsenen daheim, die oft wegsehen, die Tatsache leugnen oder das Kind nicht beschützen, macht alles noch schlimmer. Einige Experten vermuten auch, daß die Lockerung der Sexualmoral und die überall anzutreffende Werbung mit Sex, zudem die Ausbeutung von Kindern in Anzeigen für Erwachsene, allesamt dazu beitragen, das grundlegende Inzesttabu zu unterminieren.

Was auch die Gründe für den offensichtlichen Anstieg der körperlichen und sexuellen Mißhandlungen von Kindern sein mögen, wir müssen dagegen vorgehen. Wir sollten mit einer unnachsichtigen, unzweideutigen Verfolgung der Straftäter anfangen. Und die Sicherheit eines Kindes muß Vorrang haben vor dem Erhalt einer Familie, die es zugelassen hat, daß Mißbrauch stattfand.

In seinem Buch *The Welfare of Children* legt Professor Duncan Lindsey überzeugend dar, daß die Jugendfürsorge durch die Verpflichtungen, die sie in den vergangenen zwanzig Jahren auf sich hat nehmen müssen, überfordert worden ist. Bei den begrenzten Mitteln hat sie sich als unfähig erwiesen, die volle Bandbreite an Schutzmaßnahmen zu bieten, für die sie da ist: Einschreiten in Notfällen, Einschätzung der Sicherheit von Kindern und notfalls deren Entfernung aus der Familie, Unterbringung bei Pflegeeltern und Überwachung dieser Betreuung, Elternberatung, Entscheidung über gerichtliche Verfolgung von Eltern, Familienversöhnung und Koordination der Dienste mit Schulen, Polizeibehörden, Verwandten und anderen Körperschaften. Die gewaltige Arbeitslast hat es Sozialarbeitern nicht nur unmöglich gemacht, ihren historischen Auftrag zur Förderung benachteiligter Kinder zu erfüllen, sondern führt laut Lindsey oft auch dazu, »daß kriminelle körperliche und sexuelle Übergriffe auf Kinder nicht verfolgt werden und damit Kinder nicht vor fortgesetztem Schaden bewahrt werden können«.

Fälle von körperlicher und sexueller Mißhandlung sollten sofort der Polizei gemeldet werden. Wenn die beschließt, Anklage gegen einen Erwachsenen aus der Wohnung des Kindes zu erheben, und sei es nur wegen Beihilfe, sollten Sozialarbeiter mitentscheiden, ob das Kind daheim bleiben oder in sicheren Gewahrsam gebracht werden sollte. Sozialarbeiter wie Gerichte sollten Beschlüsse über die Aufhebung des Sorgerechts bei Eltern, die Mißhandlungen begangen haben, rascher fällen und ihnen mißbrauchte Kinder nicht wiederholt entziehen und dann wieder zurückbringen. Die Regierungskommission zu diesem Problembereich empfiehlt: »Die Sicherheit und das Wohlergehen des Kindes müssen bei allen Kinder- und Familienprogrammen Vorrang genießen.«

Körperlicher und sexueller Mißbrauch zerstören das Vertrauen, das Kinder brauchen, um sich geborgen zu fühlen. Genauso ist es mit verbalen Mißhandlungen. Wenn Sie sich wundern, warum ich das in einem Atemzug nenne, dann nehmen Sie sich einmal die Zeit und hören zu, was um Sie herum gesagt wird. Abwertende und herabsetzende Worte an Kinder sind überall in unserer Kultur verbreitet.

Ihnen dürften so wie mir schon Eltern aufgefallen sein, die über die verletzende Wirkung von herzlosen Worten eigentlich Bescheid wissen sollten, die aber trotzdem ihre Kinder wegen sportlicher, schulischer oder äußerlicher Mängel gedemütigt haben. Sie müssen wie ich zusammengezuckt sein, wenn ein Vater oder eine Mutter ein Kind in der Öffentlichkeit herabsetzt. Nicht nur Eltern, auch viele Lehrer, Trainer und andere Erwachsene mit Machtbefugnissen lassen es gewohnheitsmäßig an Achtung für Kinder mangeln. Vielleicht haben sie das Gefühl, sie müßten das aggressive und häßliche Verhalten, das einige Kinder Autoritätspersonen gegenüber an den Tag legen, in gleicher Münze heimzahlen. Aber wie jede Art von Gewalt eskaliert auch verbale Gewalt, wenn beide Seiten immer wieder nach Vergeltung suchen. Und sie verwundet genauso tief. Wie Erik Erikson bemerkte, ist die geistige Schädigung eines Kindes die größte Todsünde. Erwachsene sollten sich darin üben, erst einmal bis zehn zu zählen und tief Luft zu holen, bevor sie selbst auch noch zum Klima der Unhöflichkeit und Unsicherheit um uns herum beitragen.

Mein Mann ging als Sechsjähriger allein ins Kino, um immer wieder seinen Lieblingsfilm *12 Uhr mittags* anzusehen. Der Film wurde sein Favorit wegen der Rolle, die Gary Cooper darin spielt, weil genau sie ihn von anderen Western unterscheidet. Cooper spielt einen Sheriff, der Angst vor dem hat, was er tun muß, um seine Stadt vor den Kräften des Bösen zu retten, der es aber trotzdem tut.

Was die Gefahren anbelangt, die uns zu Hause und in unseren Gemeinden heutzutage drohen, so könnten wir den Sheriff als Beispiel nehmen. Wie ängstlich oder unsicher wir auch sein mögen, wir haben Verpflichtungen gegenüber unseren Kindern. Das Zuhause kann – und soll – eine Grundfeste für Kinder sein. Gemeinden können – und sollen – die Augen und die Befugnis haben, darüber zu wachen, formell wie informell. Und unsere Regierung kann – und soll – Gesetze schaffen und anwenden und die Sicherheitsstandards für uns setzen.

Es wäre schön, wenn es eine gelbe Pflasterstraße wie im *Zauberer von Oz* gäbe, die uns magisch an einen Ort völliger Unverletzlichkeit bringen könnte. Diesen Ort gibt und gab es nie. Aber wir können viele Beispiele beherzigen – bei uns zu Hause und darüber hinaus –, die uns und unseren Kindern die Sicherheit schaffen werden, die wir alle verdienen.

Das beste Werkzeug für ein Kind ist eine Schaufel

Du hast Hirn in deinem Schädel
Du hast Füße in deinen Schuhen
Du kannst in jede Richtung
Gehen, die du willst
Dr. Seuss

Von den vielen außergewöhnlichen Menschen auf der ganzen Welt, die ich kennengelernt habe, nimmt Nelson Mandela einen besonderen Platz ein, nicht nur als politische Leitfigur, sondern wegen der moralischen Autorität, die er seit seiner Entlassung im Jahr 1990 nach siebenundzwanzigjähriger Gefangenschaft in Worten und Taten unter Beweis gestellt hat. Da ich ihn schon lange bewundert hatte, fühlte ich mich sehr geehrt, bei seiner Amtseinführung als Präsident Südafrikas in der von Vizepräsident Gore angeführten Delegation dabeizusein.

Die Amtseinführung war eine mitreißende Feier des Übergangs von der Apartheid zur Demokratie in Südafrika, aber für mich kam der Höhepunkt nach der offiziellen Zeremonie, als Präsident Mandela ein Essen in seinem neuen Amtssitz gab. Bei der Ansprache vor einer Zuhörerschaft, zu der Vertreter aus fast allen Ländern anwesend waren, von denen einige miteinander im Krieg waren oder in ihrem eigenen Staat schwere Menschenrechtsverletzungen begingen, sprach er vom Bedürfnis seines Volkes nach Liebe, Treue und Versöhnung. Er erwähnte auch, daß er drei seiner früheren Gefängniswärter zum gemeinsamen Mahl und zum Feiern eingeladen hatte.

Mir verschlug es die Sprache. Ich fragte mich, wie viele von uns die Charakterstärke, das Selbstvertrauen und die Zuversicht hätten, auch noch denen zu verzeihen, die uns und unsere Lieben brutaler Verfolgung ausgesetzt haben?

Im Oktober 1994 hatten Bill und ich Gelegenheit, den Präsidenten Südafrikas zu einem Gegenbesuch einzuladen. Bei einem Staatsdiner zu Ehren Mandelas brachte mein Mann einen Toast auf ihn aus und zitierte aus einem Brief, den Mandela während seiner langen Gefangenschaft an eine seiner Töchter geschrieben hatte: »Es gibt wenige Unglücksfälle auf dieser Welt, die sich durch eisernen Willen und mit dem nötigen Geschick nicht in persönliche Siege verwandeln lassen.«

Eine der wichtigsten Aufgaben der Familie und der Dorfgemeinschaft ist die, Kindern bei der Ausprägung jener Selbstdisziplin und Mitmenschlichkeit zu helfen, die das bilden, was wir Charakter nennen. Sie befähigen uns, angesichts von Problemen im Leben standhaft zu sein und geistig größer, nicht gröber, zu werden.

Meine Eltern hatten unterschiedliche Vorstellungen von Charakterbildung. Beide wollten uns aber das Zutrauen vermitteln, mit den scharfen Kanten des Lebens so umzugehen, daß unsere Integrität keinen Schaden erlitt. Wenn sich schwierige oder herausfordernde Situationen ergaben, stellte mir meine Mutter stets dieselbe Frage: »Willst du Hauptdarstellerin in deinem Leben sein oder eine kleine Rolle haben, wo du nur darauf reagierst, was andere denken oder dir sagen?« Es hat mir geholfen, viele schwere Zeiten zu überstehen, wenn ich mir diese Frage stellte.

Der Ansatz meines Vaters war seiner Generation entsprechend. Wenn ich vor einem Problem stand, schaute er mir direkt in die Augen und fragte: »Hillary, wie willst du dich da wieder herausgraben?« Bei seiner Frage kam mir immer eine Schaufel in den Sinn. Dieses Bild behielt ich bei, und im Laufe meines Lebens habe ich nach geistigen, emotionalen und spirituellen

Schaufeln unterschiedlicher Größe und Form gegriffen – darunter die eine oder andere Spitzhacke.

Kinder können von klein auf lernen, nach diesen imaginären Schaufeln zu greifen – oder nach einem anderen Werkzeug, das ihnen nützt –, indem sie von ihren Eltern und den anderen Erwachsenen ihrer Umgebung die Grundlagen der Problemlösung und des Verhaltens in schwierigen Situationen erwerben. Das führt zur Charakterbildung. Das Leben selbst steht auf dem Lehrplan, aber auch Geschichte, Literatur, Zeitgeschehen und besonders Religion.

Nelson Mandela holte sich Inspiration und Rat aus dem Studium der Taten und Worte von Leitfiguren wie Mahatma Ghandi und Dr. Martin Luther King. Lektionen, aus denen Männer und Frauen seit Tausenden von Jahren gelernt haben, sind jedem zugänglich in Fabeln, Geschichten, Gedichten, Stükken, Sprichwörtern und Schriften, die sich im Lauf der Zeit bewährt haben.

Niemand weiß im voraus, wo er solchen Rat finden kann, wenn er ihn braucht. Einer der Lieblingsverse von Chelsea und mir faßt die absolute Unvorhersagbarkeit und häufige Unfairneß des Lebens zusammen: »Als ich auf der Straße stand / und schwieg ganz inniglich / Da kam ein böser Mann daher / Und band sein Pferd an mich.« Ich habe während unseres ersten Jahres im Weißen Haus oft an diesen Reim gedacht: Mein Vater starb, unser enger Freund Vince Foster tötete sich selbst, meine Schwiegermutter verlor ihren Kampf gegen den Brustkrebs, und mein Mann und ich wurden täglich aus allen Richtungen von Leuten angegriffen, die politisch einen Stich machen wollten. Um mit meinen Gefühlen zurechtzukommen, hielt ich mich an meinen Glauben, meinen Ehemann, meine Familie und meine Freunde.

Ich suchte neue Denkhaltungen zu meinem Leben und den Herausforderungen, vor denen ich stand. Begierig las ich, wie meine Vorgängerinnen als First Lady mit ihrem Leben im Rampenlicht umgegangen waren. Ich las erneut die Bücher, Zitate und Artikel, die mich in der Vergangenheit berührt hatten. Ich entdeckte in Büchern und Menschen neue Quellen der Hilfe, Inspiration und Klarheit.

Einer der Menschen, den ich über seine Schriften und Tonbänder kennenlernte, war Reverend Henri Nouwen, ein Jesuitenpriester, der Meditationen über seinen spirituellen Weg verfaßt hat. Sein Buch *The Return of the Prodigal Son* (Die Heimkehr des verlorenen Sohnes) analysiert die neutestamentarische Parabel aus der Perspektive des Vaters wie auch der beiden Söhne – des einen, der nach der Verschleuderung seines Vermögens wieder heimkehrt, und des pflichtbewußten älteren Sohnes, der nie fortging. Ein Satz traf mich – nun ja, wie eben eine Schaufel: »Die Disziplin der Dankbarkeit besteht im ausdrücklichen Bemühen anzuerkennen, daß alles, was ich bin und habe, mir als Geschenk der Liebe gegeben ist, ein Geschenk, das mit Freuden in Ehren gehalten werden sollte.«

Ich hatte Dankbarkeit noch nie als Gewohnheit oder Disziplin betrachtet, aber ich entdeckte, daß mir diese Sichtweise ungeheuer half. Wenn ich mich in einer schwierigen Lage befand, stellte ich im Geiste eine Liste all dessen auf, für das ich dankbar war – wieder einen Tag am Leben und gesund zu sein, zu lieben und von der Familie und Freunden geliebt zu werden, das ehrwürdige Vorrecht zu genießen, für mein Land und seine Bürger zu arbeiten. Indem ich mir bewußt ins Gedächtnis rief, womit ich begnadet war, konnte ich vom Pessimismus zum Optimismus gelangen, vom Hader zur Hoffnung.

Von Anfang an haben Bill und ich versucht, Chelsea mit ihrem eigenen Satz an Schaufeln auszustatten. Wir haben uns bemüht, ihr bei der Entwicklung ihres spirituellen Lebens zu helfen. Wir haben auch versucht, die Herausforderungen, die sich ihr stellen werden, vorherzusehen und ihr die Kraft zu geben, sie zu bewältigen. Zu unseren Hauptsorgen gehörte natürlich, wie wir sie vor den unvermeidlichen Auswirkungen der politischen Laufbahn ihres Vaters behüten könnten.

1986 bewarb sich mein Mann um die Wiederwahl zum Gouverneur von Arkansas. Während seiner früheren Wahlkämpfe war Chelsea noch so jung gewesen, daß wir darauf aufpassen konnten, was sie von den politischen Aktivitäten ihres Vaters hörte oder sah. Doch nun war sie sechs und ein viel eigenständigerer Teil der Dorfgemeinschaft. Sie ging zur Schule, konnte lesen und war sich im allgemeinen der Geschehnisse in der Außenwelt stärker bewußt.

Als zwei kämpferische frühere Gouverneure sich entschieden, gegen Bill zu kandidieren, wußten wir, daß wir uns auf eine politische Schlammschlacht gefaßt machen mußten. Wir besprachen die Lage und entschieden, Chelsea vorzubereiten, damit sie nicht überrascht oder überrumpelt wäre, wenn sie etwas Unfeines über ihren Vater zu hören bekam. Es ist keine erfreuliche Pflicht, einem Kind unschöne Wahrheiten beizubringen, aber wir wollten, daß sie die Fähigkeiten entwickelte, die sie bräuchte, um all das, was das Leben ihr in den Weg stellte, zu bewältigen. Und wir wollten es ihr auf eine Weise beibringen, die ihr Vertrauen im Umgang mit der Welt bestärkte und sie nicht zur Zynikerin werden ließ.

Eines Abends am Eßtisch sagte ich ihr: »Du weißt, daß Daddy wieder Gouverneur werden will. Wenn er gewinnt, könnten wir weiter in diesem Haus leben, und er könnte weiterhin den Leuten zu helfen versuchen. Aber erst gibt es eine Wahl. Und das bedeutet, daß andere Leute die Wähler zu überzeugen versuchen, sie anstelle von Daddy zu wählen. Um das zu erreichen, können sie vielleicht auch schreckliche Sachen über ihn sagen.«

Chelsea machte große Augen und fragte: »Was meinst du?«

Wir erklärten ihr, daß die Leute im Wahlkampf sogar Lügen über ihren Vater verbreiten würden, um zu gewinnen, und wir wollten, daß sie darauf gefaßt sei. Natürlich hatten wir ihr beigebracht, daß Lügen etwas Schlimmes sei, und so rang sie um Verständnis, indem sie immer wieder fragte: »Wie können die Leute das tun?« Darauf wußte ich keine gute Antwort (bis heute nicht). Statt dessen baten wir sie, sich einmal in die Rolle ihres Vaters zu versetzen und eine Rede zu halten, warum die Leute für sie stimmen sollten. Sie sagte etwas in der Art »Ich bin Bill Clinton. Ich habe gute Arbeit geleistet und einer Menge Leute geholfen. Bitte stimmt für mich.«

Wir lobten sie und erklärten, daß ihr Daddy nun in die Rolle eines seiner Gegenkandidaten schlüpfen würde. Und so sagte Bill schreckliche Sachen über sich selbst, wie etwa, daß er eigentlich gemein zu den Leuten sei und gar nicht versuchte, ihnen zu helfen.

Chelsea traten Tränen in die Augen, und sie meinte: »Wie kann jemand so was sagen?«

Unser Rollenspiel half Chelsea, im häuslichen Familienkreis die Gefühle zu erfahren, die jemand spürt, wenn ein geliebter Mensch persönlich angegriffen wird. Als wir die Übung bei den nächsten Abendessen fortsetzten, meisterte sie allmählich ihre Gefühle und gewann eine gewisse Einsicht in die Situation. Sie spielte abwechselnd ihren Vater und einen seiner Gegner, den früheren Gouverneur Orval Faubus. Sie arbeitete an ihren Reden und stellte Fragen. Als sie zum Beispiel erfuhr, daß Faubus als Gouverneur dafür verantwortlich gewesen war, daß 1958 die Central High School in Little Rock geschlossen wurde, erwähnte sie in einer ihrer gespielten Reden, daß er Schulen schloß, um schwarze Kinder fern zu halten, während sie (Bill Clinton) das nie tun würde.

Bill und ich haben unseren politischen Dialog mit Chelsea über die Jahre aufrechterhalten und ihr geholfen, Beweggründe zu erkennen und Perspektiven zu entwickeln, so daß sie sich ihr eigenes Urteil über das bilden kann, was sie hört und sieht. Im Rückblick bin ich froh, daß wir sie in einem zarten Alter schon darauf vorbereitet haben, denn als ihr Vater für die Präsidentschaft kandidierte, hatten wir noch viel weniger Kontrolle über die Meinungen, denen sie ausgesetzt war. Jedesmal, wenn sie in die Welt hinausging, gab es mir einen Stich vor lauter Angst, was oder wer ihr begegnen mochte. Aber ich sagte mir immer wieder, daß wir unser Bestes getan hatten. Wir hatten versucht, ihr das Rüstzeug in die Hand zu geben, mit dem Schmerz zurechtzukommen, vor dem wir sie nicht bewahren konnten, und wir konnten nur hoffen, daß sie als widerstandsfähige junge Frau damit umzugehen wußte.

Vor und nach unserem Umzug ins Weiße Haus hatte ich das Glück und die Ehre, mit Jacqueline Kennedy Onassis zusammenzukommen. Ich bewunderte, wie sie ihre Kinder unter außergewöhnlichen Umständen großgezogen hatte, und wollte unbedingt ihre Meinung zu den Herausforderungen hören, die auf Eltern zukommen, wenn offenbar die ganze Welt zusieht.

Sie betonte, wie wichtig es war, Kindern ein soweit wie möglich normales Leben zu geben, ihnen die Chance zu bieten, ihre persönlichen Kämpfe auszutragen und sie vor der Öffentlichkeit zu schützen. Sie erzählte mir, wie John, als er noch klein war, beim Radfahren im Park von einem Rüpel belästigt worden war. Sicherheitsbeamte waren gleich eingeschritten, um einer Auseinandersetzung zuvorzukommen. Jackie sagte ihnen, das nächste Mal, wenn so etwas passiere, sollten sie John für sich selbst eintreten lassen. Er sollte lernen, wie er auf sich selbst aufzupassen hatte, weil nicht immer ein Sicherheitsbeamter oder eine besorgte Mutter zwei Schritte hinter ihm gehen würde.

Das mag nach den Problemen privilegierter Eltern und Kinder klingen, was auch zutrifft. Aber sie unterscheiden sich im Grunde nicht so sehr von dem Balanceakt, den alle Eltern versuchen müssen: wann sie beschützen und wann sie zurückstehen müssen, wann sie festhalten und wann sie loslassen müssen. So sehr wir unsere Kinder auch vor Schaden bewahren möchten, wir werden nicht immer für sie da sein, und manchmal können wir unsere Fürsorglichkeit am besten dadurch beweisen, daß wir sie etwas allein durchstehen lassen.

Als meine Eltern nach Park Ridge zogen, war ich vier Jahre alt und begierig, neue Freundschaften zu schließen. Jedesmal, wenn ich aus dem Haus trat, mit einem Halbreif im Haar und einem erwartungsvollen Blick im Gesicht, quälten mich die Nachbarskinder, rempelten mich an, stießen mich zu Boden und drangsalierten mich, bis ich in Tränen ausbrach und wieder ins Haus rannte, wo ich den Rest des Tages blieb. Das war das Schicksal eines *»new kid on the block«*. Nachdem dies ein paar Wochen so weitergegangen war, paßte mich meine Mutter ab, als ich zur Tür hereinrannte. Sie packte mich an den Schultern, sagte mir, in unserem Haus sei kein Platz für Feiglinge, und schickte mich wieder hinaus. Ich war schockiert, genauso wie die Nachbarskinder, die mich nicht so früh wieder erwartet hatten. Als sie mich erneut hänselten, setzte ich mich zur Wehr und schloß schließlich einige Freundschaften. Erst viel später erzählte mir meine Mutter, daß sie vor Sorge bebend hinter dem Fenster gestanden hatte, um zu sehen, was passieren würde.

Jetzt, da ich selbst Mutter bin, weiß ich, wie schwer einem solche Entscheidungen fallen. Meine Tochter würde mich als überfürsorglich beschreiben, obwohl sie im allgemeinen auf mich hört und meine beständige Besorgtheit gutmütig hinnimmt. Freilich haben Bill und ich einen Bereich klar abgesteckt, wo wir sie beschützen. Wir haben Chelsea beispielsweise bewußt vor der Presse geschützt, da wir glauben, daß Kinder ein Recht auf ihre Kindheit haben und sie diese im Rampenlicht der Öffentlichkeit nicht haben können. Es ist unfair, wenn sie durch die Medien definiert werden, bevor sie die Chance hatten, sich selbst zu definieren. Wir sind deswegen unter Beschuß geraten, aber mehr als nur eine Handvoll Reporter hat uns privat gesagt, wir würden es richtig machen.

Im Alltagsleben jedoch müssen Eltern sich darauf konzentrieren, bereits früh Selbstdisziplin, Selbstbeherrschung und Selbstachtung einzuflößen und dann ihren Kindern gestatten, diese Fähigkeiten so zu üben, wie sie ihre Muskeln und ihr Gehirn trainieren sollten. Schon meine Mutter lehrte mich, daß selbst ganz kleinen Kindern ein Gefühl der Stärke angesichts von Gleichgültigkeit oder Grausamkeit vermittelt werden kann. Ein Teil dieser Kraft kommt aus der Erfahrung entsprechender Disziplin.

Disziplin ist gewöhnlich nötig, wenn Kinder mit zwei Jahren ins Trotzalter kommen. Das ist die Zeit, da Kinder die Grenzen ihrer Macht testen und im Bemühen, die Welt um sie herum zu beherrschen, endlose Anordnungen und Einsprüche von sich geben.

Viele Eltern verlieren die Fassung in dieser neuen Rolle, die sich anscheinend über Nacht vom allmächtigen Behüter zum Polizisten wandelt. Insbesondere junge Eltern lassen sich durch die neugefundene Bestimmtheit und Sturheit eines Kleinkinds leicht frustrieren. Frustration kann leicht in Ärger und Schlimmeres umschlagen. Wir haben alle schon Eltern gesehen, die ein Kind für ein anscheinend geringfügiges Vergehen geschlagen haben.

Leute schimpfen Kinder aus oder schlagen sie, wenn sie nicht mehr weiter wissen. Manchmal reagieren sie so, wie ihre Eltern es getan haben. Sie wissen wahrscheinlich nicht oder vergessen in der Hitze des Gefechts, daß sie damit Enttäuschung und geringe Erwartungen vermitteln. Ob sie es laut aussprechen oder nicht, sie verkünden: »Du bist schlecht, und du solltest nicht erwarten, daß dir Gutes widerfährt.«

Es kann helfen, wenn Sie sich Disziplin nicht als fixe, unbeugsame Vorschrift vorstellen, sondern als ein Kontinuum. Dr. Brazelton erklärt in *Touchpoints:* »Disziplin bedeutet ›Belehren‹, nicht Bestrafen.« Anstatt Kindern einfach nur zu sagen, was sie tun und was sie lassen sollen, sollten wir ihnen beibringen, ihre Wahlmöglichkeiten abzuwägen und verantwortliche Entscheidungen zu treffen – zunächst, indem wir die Entscheidungen für sie treffen und sie erläutern, dann, indem wir sie nach und nach selbst entscheiden lassen. Das zielt auf eine selbstbeherrschende Autonomie ab.

Experten mögen über die Art und das Timing für die Einübung von Disziplin unterschiedlicher Meinung sein, aber sie stimmen darin überein, daß sie mit eindeutigen Erwartungen anfangen und dem Entwicklungsstand und dem spezifischen Temperament des Kindes angepaßt sein sollte. Sie pflichten Dr. Brazelton auch bei, daß »Liebe zuerst kommt, und dann erst Disziplin.« Brazelton schreibt dazu:

> Strafe mag unter gewissen Umständen bei der Disziplin eine Rolle spielen, aber sie sollte prompt auf das Fehlverhalten erfolgen, kurz sein und auf die Gefühle des Kindes Rücksicht nehmen. Wenn eine Strafe erledigt ist (wie etwa Zimmerarrest oder Entzug einer Vergünstigung), sollten Sie sich mit Ihrem bestraften Kind hinsetzen und ihm versichern: »Ich liebe dich, aber ich kann dich das nicht tun lassen. Eines Tages wirst du lernen, dich selbst davon abzuhalten, und dann brauche ich das nicht mehr zu tun.«

Meine Eltern teilten sich die Aufgabe, meinen Brüdern und mir Disziplin beizubringen. Meine Mutter verließ sich auf den Hinweis auf die Vor- und Nachteile unseres Benehmens. Wenn wir gedankenlos handelten, zwang sie uns, darüber nachzudenken, warum wir so gehandelt hatten.

Mein Vater, der es an Prügel nicht fehlen ließ, äußerte nachdrücklich seine Erwartungen an uns. Er sagte uns wiederholt, daß er uns immer lieben, aber nicht immer gutheißen würde, was wir taten. Wir haben ihn auf die Probe gestellt, indem wir ihn fragten, ob er uns immer noch lieben würde, wenn wir jemand umbrächten. Darauf erwiderte er, er würde nie aufhören, uns zu lieben, wäre aber zutiefst enttäuscht und verletzt. Gelegentlich schlug er über die Stränge, wenn er uns Zucht beibrachte, schrie zu laut oder verdrosch uns zu hart (besonders meine Brüder), als ich für gerecht oder notwendig hielt. Doch selbst wenn er wütend war, zweifelte ich nie an seiner Liebe. Die Botschaft, die ich laut und deutlich hörte, lautete: »Ich laß euch eine Menge durchgehen – aber treibt es lieber nicht auf die Spitze.« Bei mir hat die Mischung beider Erziehungsmethoden größtenteils ihre Wirkung getan.

Als ich Kindesentwicklung studierte, lernte ich drei Ansätze der Disziplinierung kennen, von Psychologen als »bestimmt« »autoritär« und »nachgiebig« bezeichnet. Diese Unterscheidung läßt sich schwer als Formel für jedes Vorkommnis zwischen Eltern und Kindern anwenden, selbst in derselben Familie, da unsere Handlungen meist nicht in saubere Kategorien passen. Aber mein Mann und ich haben sie als allgemeinen Leitfaden für unsere Elternaufgaben nützlich gefunden.

Bestimmt auftretende Eltern folgen in ihrem Handeln dem, was Brazelton und andere empfehlen: einen Ausgleich herzustellen zwischen Kontrolle und Autonomie durch klare und widerspruchsfreie Mitteilungen über Recht und Unrecht und das von ihnen erwartete Verhalten. Die geforderte Disziplin muß dem Kind und der Situation angemessen sein. Das ist leichter gesagt als getan. Die Spannung zwischen Gewährenlassen und Einschränken besteht immer und mag durch Meinungsverschiedenheiten unter den Eltern noch gesteigert werden, wie es manchmal in meiner Familie der Fall war. Aber wenn Erwachsene sich dieser Spannung und der Notwendigkeit eines Ausgleichs bewußt sind, hilft es ihnen beim Abwägen der Alternativen, wenn sie mit den täglichen Herausforderungen durch Kinder – und vor allem Jugendliche – konfrontiert sind. Diese Erziehungsweise steht zwischen den Extremen autoritären und übermäßig nachgiebigen Verhaltens. Mit Blick auf die kommende Zeit der Unabhängigkeit wird damit anerkannt, daß eine allmähliche Ausweitung der Freiheit und die Ermöglichung eigener Wahlentscheidungen bei Kindern erfolgen muß. Eine solche Disziplin könnte »erklärend« genannt werden, weil sie darauf abzielt, Kinder dazu zu ermutigen, genau zu äußern, warum etwas schlecht oder gefährlich ist. Sie trägt auch dazu bei, Kindern Regeln und Bestrafungen einsichtig zu machen und ihr eigenes Empfinden für das zu entwickeln, was angemessen ist.

Autoritäre Eltern sehen keine Alternativen. Für sie gibt es nur einen Weg – den ihren. Sie versuchen, die Gedanken und Handlungen ihrer Kinder grundsätzlich mit verbaler und körperlicher Disziplin zu beherrschen, die nicht zwischen erheblichen und geringfügigen Übertretungen unterscheidet. Die Darstellung seines Vaters in Pat Conroys Roman *Der große Santini* gibt uns ein klassisches Beispiel für eine autoritäre Person. In seiner herrischen, harschen, sogar sadistischen Art rechtfertigt er sein Verhalten durch den Glauben, er würde seine Kinder abhärten, damit sie mit einer grausamen, groben Welt Schritt halten können. Conroy gibt uns eine lebhafte Schilderung, wie Kinder entweder das Verhalten autoritärer Eltern nachmachen oder ängstlich und unsicher aufwachsen.

Übermäßig nachgiebige Eltern neigen zum anderen Extrem. Aufgrund ihrer Unsicherheit in ihrer Elternrolle oder wegen Schwierigkeiten in ihrem eigenen vergangenen oder gegenwärtigen Leben wie etwa Mißhandlung oder Scheidung können sie anscheinend nicht die notwendige Beständigkeit aufbringen, um Grenzen zu setzen und geltend zu machen. Mütter – insbesondere alleinerziehende – können für dieses Dilemma besonders anfällig sein, wie es Bills Mutter eloquent in ihrer Autobiographie vermittelte. An der Stelle, als sie nach Rogers Verhaftung wegen Kokainhandels allmählich erfaßt, daß sie seine Probleme jahrelang übersehen hatte, bemerkt sie:

> Wir Mütter – ganz besonders wohl, wenn kein Vater im Haus ist – wollen soviel für unsere Kinder. Wir wollen ihnen Gutes tun und sie vor Schlechtem behüten. Daran ist nichts falsch – bis es so weit getrieben wird, daß es Kinder am Erwachsenwerden hindert. Das ist mir bei Roger passiert, und das wollte ich ändern, als ich beschloß, ihn nicht mehr länger zu bemuttern. Da war der Schaden aber schon angerichtet. All dies wurde mir eines Tages im Frühjahr 1985 klar. Ich arbeitete im Garten und hörte ein Zwitschern. Ich blickte mich um und sah ein Vogeljunges am Boden ... Im Nest oben war die Vogelmutter, die ein schreckliches Gezeter machte ... Sie hatte ihr Küken aus dem Nest geworfen und hielt ihm nun eine Standpauke, daß es endlich das Fliegen lernen sollte. Ich dachte mir dabei: Wer hat hier das Spatzenhirn? Diese Vogelmutter ist schlauer als ich.

Viele intakte Ehepaare scheuen vor ihren Verpflichtungen zurück, wenn es um Disziplin geht. Sie mögen sich ihrer eigenen Werte oder denen, die sie ihren Kindern vermitteln wollen, nicht ganz sicher sein. Sie mögen auch einfach die Mühe scheuen. Oder sie haben Angst, daß ihre Kinder die ihnen auferlegten Regeln und Grenzen nicht mögen werden. Ein Elternteil, der befürchtet, Disziplin könnte ihm die Kinder entfremden, wird sich Probleme einhandeln. Was als Nachgiebigkeit anfängt, endet oft in Vernachlässigung und Verwirrung.

Ich muß immer wieder über Eltern staunen, die Bescheid wissen, daß ihre Kinder trinken, Zigaretten oder Marihuana rauchen, und die dies rationalisieren, ja, sogar soweit gehen, zu verkünden, daß sie froh sind, wenn die Kinder es zu Hause tun, wo es »sicher« ist. Ist es »sicher«, Kindern zu erlauben, gegen das Gesetz zu verstoßen und sich, egal, wo, auf möglicherweise selbstzerstörerische Betätigungen einzulassen? Wir Erwachsenen haben alle als Kinder oder Jugendliche Dinge getan, wo wir froh waren, daß unsere Eltern nichts davon wußten. Wir haben ihre Grenzen getestet, was uns half, unsere eigenen zu definieren. Die heutigen Kinder machen es genauso – das gehört zum Erwachsenwerden. Doch wenn sie gegen eine Barriere stoßen, die ständig in sich zusammenfällt, weil niemand dagegendrückt, stolpern sie in ein unbekanntes und oft gefährliches Terrain.

Manche Kinder erhalten kaum jemals ausdrückliche Anweisungen von ihren Eltern, ob es sich nun um »Schlüsselkinder« der Mittelklasse, Ghettokids oder Jugendliche handelt, deren Eltern zu sehr mit ihrem eigenen Leben beschäftigt sind, um sie zu beachten. Diese Kinder werden sich wie die Gruppe gestrandeter Schüler in Goldings *Herr der Fliegen* selbst erziehen. In Abwesenheit elterlicher Führung werden sich Kinder anderen Autoritäten oder pseudoautoritären Figuren zuwenden – Bandenführern, älteren Kindern, die ebenfalls haltlos sind, und zweifelhaften Vorbildern aus der Popkultur.

Die Zeit um die Pubertät stellt, wie wir alle wissen, eine besondere Herausforderung für Eltern dar. Die Entwicklungsschübe in der Jugend stehen in punkto Tempo und Intensität nur hinter denen im Kleinkindalter zurück, und mit der Notwendigkeit elterlicher Anleitung in dieser Zeit ist es ebenso bestellt. (Viele Eltern werden wohl hinzufügen, daß der Umgang mit pickeligen Backfischen viel stressiger ist als mit Kindern in der Trotzphase.) Aber einem Dreijährigen zu sagen, er solle nicht mit Streichhölzern spielen, versteht sich von selbst. Auf einem ganz anderen Blatt steht, ob Sie den Gefühlsausbruch ihrer Dreizehnjährigen ignorieren sollen oder mit Ihrem Sechzehnjährigen eine vernünftige Zeit vereinbaren, um die er abends zu Hause sein soll. Die Schwierigkeit, Heranwachsenden Grenzen zu setzen, wird darüber hinaus verkompliziert durch das unbewußte Wiedererleben unserer früheren Pein, wenn wir die der Kinder mitansehen.

Die Jugendzeit ist – wie Bill und ich gerade erleben – eine Zeit der Annäherung und des Rückzugs, wenn junge Männer und Frauen darauf bestehen, ihre eigene Wahl zu treffen, was Benehmen, Aussehen oder Werte betrifft. Das verlangt oft nicht so sehr nach Disziplin als nach Selbstdisziplin; wir benötigen die Weisheit, Irrtümer vorherzusehen, die sich verheerend auswirken könnten, die Zurückhaltung, unsere Streitpunkte sorgfältig zu wählen, und das Vertrauen, daß unsere Kinder bei dem, was wir ihnen beigebracht haben, alles weitere selbst erledigen können. Jugendliche haben ein Recht, Entscheidungen zu fällen und Fehler zu machen.

Ein mir bekanntes Ehepaar, das im Licht der Öffentlichkeit steht, verreiste übers Wochenende und traf bei der Rückkehr die Tochter in der Küche an – mit grell gefärbten Haaren. Es gab einen Mordskrach. Doch plötzlich sah das Mädchen ihre Eltern in dieser verschmitzten Art von Fünfzehnjährigen an, die einem die Sprache verschlägt: »Mama, Papa«, sagte sie, während sie eine Haarsträhne langzog, »*das* ruiniert euer Leben?«

Aber Jugendliche wenden sich oft wieder an ihre Eltern, wenn die Versuchungen, die heutzutage auf sie zukommen – Drogen, Alkohol und Sex, um nur ein paar Punkte an der Spitze des Sorgenkatalogs der meisten Eltern zu nennen –, und der auf sie einwirkende Druck für sie zuviel werden. Die Wahlmöglichkeiten und Konsequenzen, vor denen sie stehen, sind komplizierter als die früherer Generationen. Doch der biologische Ablauf des Heranwachsens hat sich nicht so stark geändert wie unsere Auffassungen von dem, was angemessenes Verhalten ist und was nicht. Jugendliche wollen, daß Erwachsene die erzieherische Gewalt über ihr Leben immer wieder geltend machen – und ihr Verhalten drückt häufig eine Bitte um klare Regeln aus, die ihnen helfen, ihrem Leben gerade während großer Veränderungen eine neue Struktur zu geben.

Kürzlich las ich einen Zeitungsbericht, in dem Teenager, viele davon aus gehobenen Vierteln Washingtons, erklärten, warum sie nachts aus dem Haus ausbüxen, um auf Partys zu gehen oder sich mit Freunden zu treffen. Es war klar, daß die Kinder in vielen Fällen die von ihren Eltern gesetzten Regeln nicht ernst nahmen oder nicht glaubten, daß ihre Eltern bei ihnen nach dem Rechten sehen würden. Eine Psychologin erklärte das folgendermaßen: »Diese Kinder teilen ihren Eltern im Grunde mit: ›Zum Teufel mit den Regeln. Ich mache, was ich will.‹ Die Eltern fühlen sich zu unfähig oder zu beschäftigt, nein zu sagen, und wollen, daß jemand anderes das Problem behebt.«

Wenn Eltern bereit sind, eine unnachgiebige Haltung beim Wort »nein« einzunehmen, bei Ausgangszeiten und angemessenen Disziplinarmaßnahmen strikt zu bleiben, werden Kinder bei anstehenden Entscheidungen weniger verwirrt sein.

Bei einem Treffen von Journalisten, die sich mit Familien- und Kinderfragen beschäftigen, fragte mich eine Reporterin, wie ich als Mutter eines Teenagers zur Sexualerziehung an Schulen stehe. Ich sagte, es wäre großartig, wenn wir die Kinder dazu bringen könnten, eine Entscheidung über Sex bis zum einundzwanzigsten Lebensjahr aufzuschieben, was bei meinen Zuhörern nervöses Gelächter auslöste. In einer Kultur, in der Sex von jeder Plakatwand, Filmleinwand, Radiostation, Fernsehtruhe und Zeitschrift (und nun auch noch von den Computerbildschirmen) marktschreierisch angepriesen wird, ist klar, daß die Jugendlichen auf Schritt und Tritt mit Sex konfrontiert sind und sich früh und oft entscheiden müssen.

Nach vielen Jahren, in denen ich mit amerikanischen Jugendlichen gearbeitet und ihnen zugehört habe, glaube ich nicht, daß sie auf Sex oder seine möglichen Folgen – Elternschaft, Abtreibung, Geschlechtskrankheiten – vorbereitet sind, und ich bin der Meinung, daß wir alles in unserer Macht Stehende tun müssen, um von einer sexuellen Betätigung ab- und einer Abstinenz zuzuraten. Junge Menschen können den Wert inniger Freundschaft mit dem anderen wie dem eigenen Geschlecht schätzen lernen, können es genießen, in Gruppen wie in Paaren zusammenzusein. Solche Beziehungen brauchen Unterstützung durch Erwachsene, einschließlich der Zeit, die es braucht, um Treffen für Kinder zu organisieren, anstatt sie in Einkaufszentren, Videoläden und auf den Straßen allein zu lassen. Zu Hause, in Schulen, Kirchen und Gemeinden sollten sichere Orte für Kinder zur Verfügung stehen, um ihnen eine Alternative zu bieten.

Das sind auch die Gruppierungen, die bei der Sexualerziehung von Kindern einspringen müssen. Kürzlich ist von offizieller, wissenschaftlicher Seite ein Überblick veröffentlicht worden, was derzeit über ungewollte Schwangerschaft in unserem Land bekannt ist. Darin wurde festgestellt, daß Familien, Schulen und kirchliche wie kommunale Einrichtungen dafür verantwortlich sind, junge Menschen sexuell zu erziehen, und es wurde empfohlen, daß Schulen weiterhin ausführliche, altersgemäße Lehrpläne zur Sexualkunde entwickeln sollten, die Enthaltung zum Lernziel machen. Die verfügbaren Unterlagen bestätigen nicht die Befürchtungen, daß eine direkte Diskussion des Sexualverhaltens sexuelle Aktivitäten fördert; sie legen eher die Vermutung nahe, daß viele Jugendliche sexuell aktiv werden, die gar keinen förmlichen Sexualkundeunterricht gehabt haben.

Es wird jedoch, wie sehr sich Erwachsene auch bemühen mögen, einige Jugendliche geben, die entschieden sind, sexuelle Erfahrungen zu machen. Gerade bei ihnen ist ein offenes Gespräch über Verhütung und Geschlechtskrankheiten nötig, um ihnen zu helfen, verantwortlich mit den Folgen ihrer Entscheidungen umzugehen.

Wie Ihnen jeder, der Fälle von frühen Schwangerschaften und Geschlechtskrankheiten untersucht hat, sagen kann, sind viele Jugendliche bedauerlicherweise in Unkenntnis über die körperlichen wie emotionalen Aspekte der Sexualität. Ich habe schwangere Teenager befragt, die – so unwahrscheinlich es auch klingen mag – nicht erklären konnten, was sie und ihr Partner getan hatten, um die Schwangerschaft auszulösen, trotz all der halbbekleideten Körper und des heftigen Atmens aus den Fernsehfilmen.

Das Ergebnis ist erschütternd, besonders für Teenager, die ohnehin schon aus schwierigen Verhältnissen kommen. Mädchen, die schwanger werden, sind gewöhnlich in ihrer Ausbildung eine oder zwei Klassen zurück. Häufig kommen sie aus ungeordneten Familienverhältnissen, denen sie gern entfliehen möchten. Solche Mädchen sehen oft kaum eine Zukunft für sich, und ein Baby kann ihnen als Ausweg erscheinen oder zumindest als etwas, das ihnen ganz allein gehört. Wo mit Sex um sozialen Status und Sicherheit gefeilscht wird, erhalten diese Mädchen wenig Hilfe von der Dorfgemeinschaft, die ihnen überzeugende andere Möglichkeiten aufzeigen könnte.

Viele männliche Jugendliche sind in einem vergleichbaren Teufelskreis. Wenn sie mit den schulischen Aufgaben nicht Schritt halten und von dem enttäuscht sind, was sie als Mangel an Entfaltungsmöglichkeiten wahrnehmen, sehen sie in Sex und Vaterschaft einen Weg zu greifbarer Macht und Erfüllung. Sie ist ein primitiver Beweis ihrer Männlichkeit.

Wenn ich mit heranwachsenden Mädchen rede, die ein Baby haben oder bald eines bekommen, sagen sie oft, sie erwarten, daß der Vater des Kindes, der gewöhnlich älter ist, sie heiratet. Wenn ich frage, warum er das noch nicht getan hat, tischen sie mir alle möglichen Entschuldigungen auf: Er muß zum Militärdienst, einen Job finden oder erst noch die Beziehung zu einem anderen Mädchen beenden. Es gibt immer einen Grund, und wie zweifelhaft er auch klingen mag, er hält diese Mädchen nicht ab, davon zu träumen, geliebt und umsorgt zu werden. Mädchen, die ein zweites Baby erwarten, neigen schon eher zu einer zynischen Einschätzung der Ehe, doch das Gefühl, bedingungslos von einem Kleinkind gebraucht zu werden, bleibt eine mächtige Verlockung.

Mädchen aus besseren Verhältnissen entscheiden sich eher, Sex auszuprobieren, weil »alle es tun« oder weil sie sich bei einem bestimmten Jungen oder einer Clique beliebt machen wollen. Sie kümmern sich nicht um Verhütung und Schutz vor Geschlechtskrankheiten, weil eine solche Planung mit einer bewußten Handlung einhergehen müßte, was sich wiederum nicht mit der Phantasie verträgt, »überwältigt« worden zu sein.

Ich wünschte, wir alle könnten einmal tief Luft holen und uns erinnern, daß es Sex schon eine ungeheuer lange Zeit gibt und wir ohne ihn nicht auf der Welt wären. Sex ist ein wichtiger Bestandteil unserer Lebensweise, und wir sollten uns der Neugier unserer Kinder darauf nicht schämen. Wenn wir das akzeptieren könnten, wäre ein Gespräch mit Kindern möglich, sobald sie das Verständnis dafür aufbringen können. Dabei sollten wir sie über die Wichtigkeit aufklären, sich an ihrem Körper zu erfreuen und verantwortliche Beziehungen einzugehen. Wenn die Kinder älter werden, könnten wir erklären, daß es im Leben eines jeden Menschen Stadien gibt und daß Sex erst zum Erwachsenenstadium gehört, wo er sich aus der Reife und der Bereitschaft zu persönlicher Verpflichtung ergibt.

Warum aber nehmen manche Kinder gefährliche Risiken auf sich, während andere es nicht tun? Wie können wir sowohl daheim wie in der Gesellschaft Bedingungen schaffen, die diese Risiken mindern? Wie sollen wir unsere Kinder mit dem Charakter und dem Geschick ausstatten, die sie für einen sicheren Weg ins Erwachsenenleben brauchen werden?

Das Center on Addiction and Substance Abuse (CASA) von

der Columbia University ist dabei, einen jährlichen Überblick über den Umgang von amerikanischen Erwachsenen und Jugendlichen mit Zigaretten, Alkohol, Marihuana, Kokain, Heroin und anderen illegalen Drogen zu erstellen. Das Ziel ist, Erwachsene darauf aufmerksam zu machen, was sie zum Schutz ihrer Kinder tun können. Der Leiter des CASA, Joseph Califano spricht aus, worum es geht: »Eines ist unbestritten: Wenn Ihre Kinder im Jugendalter, vom zehnten bis zum zwanzigsten Lebensjahr, Drogen, Zigaretten und Alkohol nicht in übermäßigen Mengen konsumieren, dann ist praktisch sicher, daß sie es nie tun werden.«

Wir sollten uns immer wieder vor Augen halten, welche Faktoren das Risiko des jugendlichen Mißbrauchs von Suchtmitteln erhöhen. Eine liberale Haltung zu Marihuana und die freie Zugänglichkeit von Zigaretten für Minderjährige erhöhen die Wahrscheinlichkeit, daß Teenager einen traurigen »Aufstieg« von Zigaretten zu Marihuana und dem Konsum härterer Drogen sowie zu früher sexueller Betätigung machen werden. Ein vorzeitiger Schulabgang bedeutet ein höheres Risiko für das Kind, ebenso ein Elternteil, der übermäßig Alkohol oder Drogen zu sich nimmt.

Wenn dies schon früher bekannt gewesen wäre, hätten Bill und seine Mutter vielleicht gemerkt, daß Roger, der jahrelang den Alkoholismus seines Vaters mitangesehen und dessen zerstörerische Folgen erfahren hatte, besonders anfällig für Alkohol- und Drogenmißbrauch war. Ein Grund, warum mein Mann darauf beharrt, dem Rauchen unter Jugendlichen – und eigentlich auch Erwachsenen – einen Riegel vorzuschieben, ist die Tatsache, daß er in seiner Familie aus erster Hand die abschüssige Bahn kennengelernt hat, die mit der Einnahme von süchtigmachenden Stoffen beginnt und weiter abwärts führt zu anderen destruktiven Verhaltensweisen und Einstellungen.

Jugendliche, die mindestens an einer nichtsportlichen Aktivität nach dem Unterricht teilnehmen, nehmen Drogen nicht so häufig wie diejenigen, die das nicht tun. Ironischerweise ist bei

Jugendlichen, die gelegentlich jobben, die Wahrscheinlichkeit der Drogeneinnahme höher – was wohl auf ein verfügbares Einkommen und eine frühe Unabhängigkeit zurückzuführen ist. Wer regelmäßig Gottesdienste besucht, greift auch nicht so häufig zu Drogen wie Teenager, die kaum oder nie hingehen.

Die CASA-Übersicht empfiehlt Schritte, die wir – wenn wir den Willen dazu haben – unternehmen können, um Kinder zu schützen: die strikte Beachtung der Gesetze, die den Verkauf von Zigaretten und Alkohol an Minderjährige verbieten, die Einrichtungen »drogenfreier« Schulen, die Finanzierung von Forschung zur Behandlung von Sucht, das Aufhören mit der Glorifizierung von Alkohol, Tabak und Drogen in der Werbung und den Unterhaltungsmedien.

Die Merkmale, die Jugendliche davon abhalten, Drogen zu nehmen, sind zwar schwerer in Zahlen auszudrücken, aber dennoch nachzuvollziehen. Kinder, die wirklich begreifen, daß die Entscheidung bei ihnen liegt, handeln eher verantwortlich, ebenso Kinder mit einer hohen Selbstachtung. Den größten Einfluß aber haben das gute Gefühl und das Bewußtsein, daß ihre Eltern an ihrem Leben interessiert sind und daran teilnehmen. Im Report hieß es dazu: »Wichtig ist nicht so sehr die Arbeitssituation der Eltern oder auch ihr Familienstand. Was wirklich zählt, ist ihre *Anteilnahme* am Leben ihrer Kinder. Was schließlich auch noch zählt, ist eine strenge Beaufsichtigung ... oder, wie eine Mutter es sagte, ›mein Kind mit Argusaugen bewachen‹.«

Manchmal allerdings reichen die Werkzeuge, die Familien zur Hand haben – Disziplin, wachsame Anleitung und Liebe – einfach nicht aus. Ein mir bekanntes Mädchen nahm sich mit vierzehn das Leben und hinterließ eine Notiz, auf der stand: »Ich glaube nicht, daß ich stark genug bin, in der heutigen Welt ein Teenager zu sein.« Viel mehr noch als die Aussage über die »heutige Welt« ist diese Erklärung ein Beweis für die schwere Depression und Verzweiflung, die das Eingreifen einfühlsamer, gut ausgebildeter Experten erfordert. Wie ich und andere durch die Selbstmorde von Freunden und Nahestehenden schmerzhaft gelernt haben, zögern Individuen und Familien oder schämen sich oft, die Dorfgemeinschaft um Hilfe zu bitten. Und wenn sie es doch tun, geht die Dorfgemeinschaft meist nicht darauf ein. Wir müssen darauf achten, daß solche Hilfe nicht nur verfügbar ist, sondern bereitwillig gewährt wird, ohne die Bedürftigen zu stigmatisieren.

Ein Hilfsangebot besteht darin, Teenagern eine Auswahl dessen anzubieten, was Gesellschaften ihnen in der Vergangenheit immer gegeben haben – machtvolle, kreative, herausfordernde und lebensbejahende Wege, von der Kindheit ins Erwachsenenalter zu gelangen. Unter den amerikanischen Ureinwohnern hat dies oft die Form einer spirituellen, von einem weisen Älteren beaufsichtigten Reise angenommen, von der die jungen Leute gestärkt und mit einer Vision ihres höheren Zwecks erfüllt zurückgekehrt sind. Junge jüdische Buben und Mädchen studieren heilige Texte und Traditionen, um sich auf die Bar-Mizwa zur Feier ihrer neuen Reife vorzubereiten.

Es ist kein Zufall, daß diese Initiationsprozesse zunehmendes öffentliches Interesse finden. Unsere eigene Kultur bedarf solch machtvoller Riten. Teenager brauchen mehr als einen Führerschein, der ihren Übertritt von der Kindheit ins Erwachsenenleben verkündet.

Great Transitions (Große Übergänge), ein neuer Bericht der Carnegie Corporation zur Vorbereitung von Heranwachsenden auf das kommende Jahrhundert, gesteht ein, daß wir Kinder in dieser kritischen Übergangsphase zu sehr sich selbst überlassen haben. Darin wird empfohlen, daß unser Land Jugendlichen mehr fördernde Angebote machen sollte. Es sollte nicht überraschen, daß aufgrund ihres Fehlens Jugendbanden großen Zulauf bekommen haben. Teenager müssen wissen, wo sie hingehören, und möchten an konstruktiven Aktivitäten beteiligt werden. Eine Einrichtung wie etwa das »soziale Jahr« für junge Leute bietet eine Kombination aus Herausforderung und Beteiligung, die viele unbedingt brauchen, um ihr Leben in den Griff zu bekommen.

Wie wir es auch anpacken, wir müssen erkennen, daß die Adoleszenz die Zeit der größten Möglichkeiten und der größten Gefahren ist. Dazu kommt die unbestreitbare Tatsache, daß sie die komplexeste Zeit in der menschlichen Entwicklung ist. Ob Kinder vom Sog der Verwirrung mitgerissen werden oder sicher zur Reife gelangen, hängt davon ab, wie stark und kreativ wir unser Zutrauen in ihre Aussichten bekräftigen.

Am Ende jedoch werden unsere Kinder an einen Punkt der Unabhängigkeit gelangt sein, wo wir sie nicht mehr überwachen und beraten oder darauf achten können, daß andere dies tun. Dann kommt der Charakter zum Zug – und sie werden ihre Schaufeln brauchen. Nur wenige von uns werden so geprüft werden wie Nelson Mandela, aber es wird Herausforderungen, Krisen, Fehler und Enttäuschungen geben. Es ist für uns alle eine lebenslange Aufgabe, den »eisernen Willen und das nötige Geschick« zu entwickeln, uns aus dem, was auch immer das Leben auf uns ablädt, herauszuschaufeln. Und es ist unsere lebenslange Verpflichtung unseren Kindern und der Dorfgemeinschaft gegenüber, unser Bestes dafür zu tun, daß alle Kinder gleich gut ausgerüstet sind.

Kinder glauben von Geburt an

Jedes Kind bringt die Botschaft, daß Gott die Lust am Menschen noch nicht verloren hat.
Rabindranath Tagore

Einige der besten Theologen, die ich je kennengelernt habe, waren fünf Jahre alt.

Als Kind führte ich mit meinen Freunden lange, ernsthafte Diskussionen darüber, wie es wohl im Himmel wäre. Eines Tages verkündete David, ein Junge mit leuchtend rotem Haar und Sommersprossen, er würde nicht in den Himmel gehen, wenn er dort keine Erdnußbutter bekäme. Wir stritten uns darüber, ob Engel (die wir alle zu werden hofften) überhaupt etwas aßen, gar nicht zu reden von Erdnußbutter. Als die Debatte immer heftiger wurde, suchte jeder von uns Rat bei einer höheren Autorität – unseren Eltern. Als wir die Antworten am nächsten Tag verglichen, merkten wir, daß auch die Großen sich in dieser kritischen theologischen Frage nicht einig waren.

Jahre später konnte ich es unseren Eltern nachfühlen, als Chelsea und ihre Freundinnen Bill und mich mit noch gewichtigeren Fragen bestürmten. Als Erstkläßler fragten sie: »Wo ist der Himmel, und wer kommt dahin?« – »Macht Gott jemals einen Fehler?« – »Wie sieht Gott aus?« – »Warum läßt Gott zu, daß die Menschen schlimme Dinge tun?« – »Haben Engel richtige Körper?« – »Macht es Gott was aus, wenn ich einen Käfer zerquetsche?« – »Ist der Teufel jemand innerhalb oder außerhalb von uns?«

Bill und mich machten diese Fragen betroffen, als wir uns

bemühten, vernünftige Antworten zu liefern, die ein Kind begreifen konnte. Sie zeugten von einer viel tieferen Spiritualität, als wir Kindern gewöhnlich zubilligen. Und sie bestärkten mich in der Überzeugung, daß Kinder mit der Fähigkeit zu Glauben, Hoffnung und Liebe geboren werden – und mit einer starken Intuition für Gottes schöpferische, weise und einende Kraft. In seinem Buch *Wird Gott naß, wenn es regnet*, in dem er das spirituelle Leben von Kindern untersucht, bemerkt der Kinderpsychologe Robert Coles: »Wie jung wir doch sind, wenn wir anfangen, uns über all das Fragen zu stellen, über die Art der Reise und ihr Endziel.«

Wie die Fähigkeit, zu gehen oder zu lesen, scheint die Veranlagung zur Spiritualität von Anfang an vorhanden zu sein. Ein wunderschönes Buch, *Kinder schreiben an den lieben Gott,* enthält Aussagen voller Hoffnung und Vertrauen, Humor und Sensibilität und ein erstaunliches Gefühl der Vertrautheit. »Lieber Gott«, schreibt ein kleines Kind, »ich wette, es ist schwer für dich, alle und jeden auf der ganzen Welt zu lieben. In unserer Familie sind wir nur zu viert, und ich schaffe nicht einmal das.« Ein anderes fragt: »Wie hast du gemerkt, daß du Gott bist?«

Die Empfänglichkeit für Spiritualität braucht Kindern nicht eingepflanzt zu werden, aber sie muß gepflegt und zum Blühen gebracht werden. Ein möglicher Weg ist der, die Kinder anzuleiten, den spirituellen Impuls in die gemeinsame Ausdrucksform der Worte und Rituale zu übersetzen, die uns die Religion bietet.

Die Religion gehört zu den frühesten Erinnerungen an meine Eltern. Die Vorfahren meines Vaters waren alle Methodisten, während meine Mutter, die nicht kirchlich erzogen worden war, in der Sonntagsschule unterrichtete. Als ich sie jüngst besuchte, scherzte sie, sie hätte damit begonnen, um Hugh vom Schwänzen des sonntäglichen Unterrichts abzuhalten. Als eine Freundin von mir sie fragte, was der Kern ihres spirituellen Unterrichts sei, erwiderte sie schlicht und ergreifend: »Ein Gefühl für das Gute.«

Unsere Kirche hatte eine große und aktive Gemeinde. Sie war

ein Zentrum für Predigt und Praxis des sozialen Evangeliums, das für unsere methodistische Tradition so wichtig ist. Unser spirituelles Leben als Familie war herzlich und unerschütterlich. Mit Gott sprachen, spazierten, aßen, lernten und stritten wir. Jede Nacht vor dem Schlafengehen knieten wir uns vor unsere Betten zum Gebet. Wir sprachen abends unser Tischgebet, mit dem wir Gott für alle erwiesenen Wohltaten dankten. Mein Bruder Hugh hatte seine eigenen Sprüche, etwa in der Art wie: »Gutes Fleisch, gute Butter, guter Gott, gib uns Futter!« Doch abgesehen von gelegentlicher Pietätlosigkeit war Gott für uns immer als überaus geschätztes, oft angesprochenes Familienmitglied gegenwärtig.

Bill ist Baptist, der seine Konfession so ernst nimmt wie ich meine. Im Laufe der Jahre haben wir oft die jeweilige Kirche des anderen besucht, und auch Chelsea ist in beiden gewesen, bis sie mit zehn Jahren für die Entscheidung bereit war, sich methodistisch konfirmieren zu lassen. Für ihren Vater und mich war ihre Wahl nicht so wichtig wie ihre Verpflichtung, an der Gemeinschaft und der Grundfeste für spirituelle Entwicklung teilzunehmen, welche die Kirche bietet.

Die Anthropologin Margaret Mead war der Ansicht, daß es wichtig ist, Kinder in frühem Alter mit Religion vertraut zu machen, weil Erwachsene Gebet und Wunderglauben nicht mehr so leicht lernen. Sie sorgte sich auch darum, daß diejenigen, denen in der Kindheit spirituelle Vorbilder gefehlt hatten, als Erwachsene anfällig für intolerante oder übermäßig strenge Glau-

PEANUTS®, abgedruckt mit freundlicher Genehmigung von United Feature Syndicate, Inc.

bensbekenntnisse werden könnten. Meine eigenen Erfahrungen bestätigen Meads Überzeugung. Ich habe Eltern kennengelernt, die selbst nicht religiös waren, aber gewissenhaft darauf achteten, daß ihre Kinder sich mit mindestens einem Glaubensbekenntnis auseinandersetzen konnten. Ich habe auch Leute getroffen, die sich von den Lehren oder Strukturen des Glaubens abgewandt hatten, in dem sie erzogen worden waren, die aber durch ihre Kinder zur Umkehr bewogen wurden.

Bei einem offiziellen Diner saß ich vor kurzem neben einem gepflegten Geschäftsmann, der mir erzählte, er hätte angefangen, die hebräische Heilige Schrift von Anfang an zu lesen. Er hatte zwar vor Jahrzehnten die Bar-Mizwa erhalten, hatte sich aber nicht für einen religiösen oder spirituellen Menschen gehalten. Doch eines Tages hatte er mit seiner Tochter auf dem Arm auf die untergehende Sonne gedeutet und ihr gesagt: »Schau mal, was für ein wunderschönes Gemälde Gott uns heute geschenkt hat.« Seine Tochter sagte: »Wer ist Gott?« Ihm war dadurch klar geworden, daß es seine Schuldigkeit war, sie in den Glauben einzuführen, so wie es seine Eltern bei ihm getan hatten. Dafür gibt es keinen Ersatz. Wenn mehr Eltern ihren Kindern daheim Glauben und Beten nahebringen würden, ob sie nun an organisierten religiösen Veranstaltungen teilnehmen oder nicht, gäbe es meiner festen Ansicht nach weniger Forderungen nach Einführung des Schulgebets in den USA.

Kirchen, Synagogen, Moscheen und andere religiöse Einrichtungen vermitteln Kindern nicht nur Grundlagen des spirituellen Lebens, sondern bieten ihnen auch Erfahrungen mit führenden und dienenden Funktionen an, bei denen sie wertvolle soziale Fähigkeiten erlernen können. Eine Freundin, die über die Rolle der institutionellen Religion in ihrer Kindheit nachdachte, bemerkte eines Tages: »Meine Kirche war meine Abschlußschule.« Sie erinnerte sich an das erste Mal, da sie in der Öffentlichkeit sprach, als sie mit vier Jahren eine Zeile bei einer Osterfeier aufzusagen hatte. An jedem folgenden Osterfest wurde ihr Anteil am Programm größer. Ihr Kirchenvorstand zeigte ihr, wie sie laut und deutlich sprechen sollte. Mit jedem öffentlichen Auftritt gewann sie eine größere Selbstsicherheit.

Ich wußte, was sie damit meinte. In meiner eigenen Gemeinde half ich beim Vorbereiten des Altars am Samstag und der Lesung aus der Heiligen Schrift am Sonntag. Ich nahm an den Weihnachts- und Osterspielen teil (wo auch ich etwas über Selbstbeherrschung lernte, als ich in meinem Engelskostüm in der überhitzten Sakristei in Ohnmacht fiel) und las meinen Konfirmationsaufsatz »Was Jesus mir bedeutet« vor der ganzen Gottesdienstgemeinde vor.

Chelseas Lehrer in der Sonntagsschule von Little Rock und Washington haben ihr und ihren Altersgenossinnen geholfen, Ideen, Sorgen und Ängste zu ergründen und auszudrücken, die von Spannungen mit Eltern, die »einfach nichts kapieren«, bis zum Umgang mit Versuchungen für Jugendliche reichten. Kirchen gehören zu den wenigen Plätzen in der Dorfgemeinschaft, wo die Jugend von heute ihre Zurückhaltung ablegen und unter Erwachsenen, die sich um sie kümmern, Dampf ablassen kann. Kirchen, die Kindern das Gefühl geben, sie seien willkommen und bekämen Rückendeckung, tun mehr, als sie ins Kirchengeschehen zu integrieren. Wie schon erwähnt, wurde in einer Jugendstudie herausgefunden, daß diejenigen, die regelmäßig Gottesdienste besuchten, nicht so leicht mit riskanten Dingen wie Drogenkonsum experimentieren. Ich wünsche mir, mehr kirchliche Einrichtungen wären nach der Schule und an Wochenenden offen, um Kindern unter Aufsicht von Erwachsenen mehr konstruktive Betätigungsmöglichkeiten anzubieten.

Einige Kirchen werden zu eigenen Dorfgemeinschaften, indem sie den Mitgliedern Zugang zu neuester Technologie, Familienzentren und Diskussionsgruppen für Erwachsene zu Themen wie Ehe und Elternschaft bieten. Viele Kirchen, wie meine in Little Rock, haben vor der Schule und tagsüber ein Programmangebot, und einige haben jetzt sogar Sportstätten und

Restaurants angeschlossen. Diese Kirchen bieten ein Gemeinschaftszentrum für Leute jeden Alters.

Ungeachtet dessen, wie weit Kirchen und andere Kultstätten ihre religiösen und sozialen Rollen neudefinieren und ausweiten, geht das Recht auf religiösen und spirituellen Ausdruck über ihren Geltungsbereich hinaus. Wie können wir der Formulierung aus dem ersten Verfassungszusatz (First Amendment) gerecht werden, die Religionsfreiheit garantiert und es jeder Regierung verbietet, eine Staatsreligion auszurufen? In bezug auf Kinder kann dies nur heißen, daß sie in öffentlichen Schulen etwas über Religion lernen und ihre eigenen Glaubensüberzeugungen zum Ausdruck bringen können. Ich bin mit meinem Mann einer Meinung, daß »nichts im First Amendment unsere öffentlichen Schulen in religionsfreie Zonen verwandelt oder verlangt, daß jeder Ausdruck eines Glaubens vor der Schulhaustür gelassen werden muß«, und daß tatsächlich »die Religion in unserer Geschichte und unserer Historie zu wichtig für uns ist, um sie von den Schulen fernzuhalten«.

Andererseits geraten wir in Schwierigkeiten, wenn Menschen nach staatlicher Autorität rufen, um sich für das Schulgebet und besondere kirchliche Feiertage einzusetzen oder für religiöse Splittergruppen einzutreten. Sobald die öffentliche Gewalt sich hinter einzelne religiöse Ansichten oder Äußerungen stellt, könnte sie gegen die verfassungsmäßig garantierte Glaubensfreiheit verstoßen, die auch das Recht umfaßt, nicht religiös zu sein.

Um in diese oft strittige Frage Vernunft und Klarheit zu bringen, hat mein Mann Bildungsminister Richard Riley und Generalstaatsanwältin Janet Reno darum ersucht, einen Grundsatzkatalog zu erlaubten religiösen Aktivitäten in öffentlichen Schulen zu erstellen. Die Richtlinien enthalten u.a. folgendes:

- Schulpflichtige dürfen an Schultagen individuell oder in Gruppen Gebete abhalten, solange dies nicht störend wirkt und solange sie nicht gerade an schulischen Aktivitäten oder am Unterricht teilnehmen.

- Schulen, die generell ihre Räumlichkeiten für außerschulische Gruppenaktivitäten offenhalten, sollten sie auch zu gleichen Bedingungen religiösen Jugendgruppen verfügbar machen.
- Schulpflichtige sollten ihren religiösen Glauben bei schulischen Aufgabenstellungen frei ausdrücken dürfen, und ihre Arbeiten sollten mit den herkömmlichen pädagogischen Kriterien nach Inhalt und Aussage beurteilt werden.
- Schulen dürfen keinen Religionsunterricht anbieten, aber sie sollten über die Bibel und andere heilige Texte unterrichten (zum Beispiel im Geschichts- und Literaturunterricht). Sie dürfen auch bürgerliche Werte und Tugenden und den Moralkodex lehren, der uns als Gemeinschaft zusammenhält, solange sie gegenüber der Propagierung einer bestimmten Religion neutral bleiben.

Dieser letzte Punkt ist besonders wichtig, weil er ein Gebiet umreißt, auf dem sich religiöse Einrichtungen mit der Rolle von Eltern, Schulen und der übrigen Dorfgemeinschaft überschneiden. Es geht um die Verpflichtung, Kinder bei der Herausbildung moralischer Werte, eines sozialen Gewissens und der Fähigkeiten zu unterstützen, mit dem, was in der übrigen Welt auf sie zukommt, zurechtzukommen. Genauso wie es für Schulen und andere Einrichtungen gerechtfertigt, ja oft notwendig ist, zur Charakterbildung die Grundwerte religiöser Bekenntnisse heranzuziehen, ist es auch für Kirchen notwendig, die Ausprägung eines eigenständigen Charakters mit dem Leben in der Welt jenseits des vertrauten Heims und der Kirche in Bezug zu setzen.

Meine Kirche nahm ihre Verpflichtung ernst, einen Bezug zwischen dem Glauben und dem umfassenderen Wohl einer aus den unterschiedlichsten Menschen bestehenden Gesellschaft herzustellen. Ich erhielt meine frühesten Lektionen, wie wir andere Leute behandeln sollten, indem wir Lieder sangen wie dieses:

»Jesus liebt die kleinen Kinder
Alle Kinder auf der Welt
Rote, gelbe, schwarze, weiße
Alle sind, wie's ihm gefällt.

Diese Worte behielt ich länger im Sinn als manche ernsten Vorträge zu Rassenbeziehungen. (Bis heute frage ich mich, wie jemand, der sie einmal gesungen hat, einen anderen Menschen allein wegen seiner Hautfarbe nicht mögen kann.)

Der Jugendpfarrer meiner Kirchengemeinde, Donald Jones, ermöglichte unserer Jugendgruppe, in Chicago an kirchlichen Veranstaltungen mit schwarzen und hispanischen Jugendlichen teilzunehmen. Wir diskutierten über die Bürgerrechte und andere strittige aktuelle Fragen und bereiteten damit manchem Erwachsenen in der Gemeinde Unbehagen. Wir debattierten über die Bedeutung von Krieg für einen Christen, nachdem wir das erstemal Kunstwerke wie Picassos *Guernica* gesehen hatten, und die Werke von Dichtern wie T. S. Eliot und e. e. cummings regten uns zu Erörterungen weiterer moralischer Fragen an.

Ich wünsche mir, mehr Kirchen – und Eltern – nähmen die Lehren jeder größeren Religion ernst, daß wir einander so behandeln sollten, wie jeder von uns behandelt werden möchte. Wenn das geschähe, könnten wir unsere sozialen Probleme erheblich verringern.

Für viele Eltern gehört die Vermittlung dieser Werte zu einem Grundbestandteil der religiösen Unterweisung, und viele weitere sehen sie als selbständiges Lernziel. Sie haben zweifellos so wie ich gelernt, den gelangweilten Blick in jungen Augen zu erkennen, der bei der ersten Andeutung einer umständlichen Erklärung eines moralischen Grundsatzes erfolgt. Da ist eine Geschichte besser, welche die spirituellen und humanen Werte, die wir jungen Menschen vermitteln wollen, veranschaulicht. Als Chelsea noch kleiner war, haben Bill und ich ihr abends im Bett Versionen von biblischen Geschichten für Kinder vorgelesen. Kain und Abel versinnbildlichten den Neid und seine Folgen.

Davids Kampf gegen Goliath illustrierte die Kraft des Glaubens angesichts schier überwältigender Umstände. Königin Esthers Mut bei der Rettung der Juden unterstrich die Notwendigkeit, Mut und sorgfältige Planung walten zu lassen, bevor jemand eine gefahrvolle Handlung ausführt. Das Gleichnis vom barmherzigen Samariter ist ein Beispiel für Mitleid mit Menschen aus anderen Verhältnissen. Religion hat nicht bloß mit der Beziehung zu Gott zu tun, sondern damit, welche Werte sich aus dieser Beziehung ergeben, wie wir sie in unserem Alltag und besonders im Umgang mit unseren Nächsten um uns und auf der ganzen Welt befolgen.

Auch Geschichten von zeitgenössischen oder historischen Gestalten können die ermutigende Kraft des Glaubens verdeutlichen. Eine meiner Heldinnen aus der Jugendzeit war Margaret Chase Smith, die erste Frau, die sowohl ins amerikanische Repräsentantenhaus wie in den Senat gewählt wurde. Ich bewunderte ihren Mut, als sie ihren republikanischen Parteigenossen, Senator Joe McCarthy, wegen seiner politischen Schmutzkampagnen zur Rede stellte. In ihrem Essay »This I Believe« erklärte sie, woraus ihre Beherztheit kam. »Ich glaube, daß wir in unserer beständigen Suche nach Sicherheit keinen Seelenfrieden erringen werden, wenn wir nicht unsere eigene Seele absichern. Und dies glaube ich vor allem, besonders in unserer ziemlich entmutigenden Zeit, *daß ich glauben muß* – daß ich an meine Mitmenschen glauben muß, daß ich an mich selbst glauben muß, daß ich an Gott glauben muß –, wenn das Leben überhaupt einen Sinn haben soll.«

Predigen kommt erst weit nach dem Praktizieren, wenn es darum geht, Werte wie Mitleid, Mut, Treue, Kameradschaft, Verzeihung, Liebe, Frieden, Hoffnung, Weisheit, Andacht und Demut zu vermitteln. Wenn Erwachsene spirituelle Werte in die Tat umsetzen, zeigen sie den Kindern, daß diese nicht nur für die Kirche oder für daheim sind, sondern in der Welt verbreitet und dazu verwendet werden sollen, die Dorfgemeinschaft lebenswerter zu machen. Es ist jedoch nicht immer leicht, nach seinem

Glauben zu leben. Beispielsweise glaube ich, daß Gott einem jeden von uns kein größeres Geschenk gemacht hat, als geliebt zu werden und selbst zu lieben, doch es fällt mir schwer, Menschen zu lieben, die mich eindeutig nicht lieben. Ich ringe beinahe jeden Tag mit der biblischen Ermahnung, zu vergeben und meine Feinde zu lieben.

Das Bemühen, gemäß unseren eigenen spirituellen Werten zu leben, beschränkt sich nicht auf das Individuum. Einzelne Gruppierungen, sogar ganze Nationen können an einem Mangel oder Mißbrauch von Spiritualität leiden. Der große Physiker und Philosoph Albert Schweitzer verglich die seelische Verfassung in der Neuzeit mit der Schlafkrankheit. Er warnte vor der Gleichgültigkeit und Apathie, die unser Leben überwältigen können, wenn uns die Liebe zueinander und zu Gott fehlt.

Für die Vereinigten Staaten sprach Lee Atwater, einer der Politstrategen, dem die Siege von Ronald Reagan und George Bush mit zu verdanken sind, die gleiche Warnung aus. Als Atwater im Sterben lag, sagte er einem Reporter von *Life*: »Schon lange bevor ich Krebs bekam, spürte ich, daß in der amerikanischen Gesellschaft etwas im Gange war. Die Menschen im Lande, Republikaner wie Demokraten, spürten, daß in ihrem Leben etwas fehlte, etwas Entscheidendes ... Ich weiß nicht, wer uns durch die neunziger Jahre führen wird, aber die Betreffenden müssen dieses spirituelle Vakuum im Herzen der amerikanischen Gesellschaft, diesen seelischen Tumor, zur Sprache bringen.«

Ich schnitt diese Stelle aus und legte sie in mein kleines Buch mit Sprüchen und Schriften. Und ich glaube, die Antwort auf seine Frage, »Wer wird uns aus diesem spirituellen Vakuum führen?«, müssen wir alle finden. Nicht nur unsere Regierung, nicht nur unsere Institutionen, nicht nur unsere Leitfiguren, Prediger und Rabbis, sondern wir alle müssen unseren eigenen Sinn für das Spirituelle erneuern und daran arbeiten, diesen Ansprüchen und Werten gemäß zu leben.

Wenn wir uns zu dieser Erneuerung aufraffen, müssen wir

uns jedoch vor dem Mißbrauch der Religion für politische, persönliche oder gar kommerzielle Anliegen hüten. Wenn wir sie als Entschuldigung für Intoleranz, Zwietracht oder Gewalt einsetzen, verkehren wir ihren Zweck ins Gegenteil, wie es die Extremisten taten, die mit religiösen Gründen die Ermordung von Israels Premierminister Rabin rechtfertigten. Der »wahre Gläubige«, der verkündet, daß Gott, das Evangelium, die Thora oder der Koran eine bestimmte politische Handlungsweise befürworten und jeder, der sich dem widersetzt, auf Seiten des Teufels steht, vertritt eine absolutistische Position, die keinen Kompromiß, keine Rücksicht auf den Willen der Mehrheit und auch keine Achtung der Entscheidungen von Machtträgern zuläßt, kurz, nichts respektiert, was für das Funktionieren einer Demokratie notwendig ist.

Die Religion handelt von der Wahrheit Gottes, doch niemand von uns kann diese Wahrheit vollkommen erfassen, weil wir selbst unvollkommen und beschränkt sind. Wir sind nur Kinder Gottes, nicht Gott. Deshalb sollten wir nicht versuchen, Gott in ein Schema zu pressen und behaupten, er unterstütze diese oder jene politische Haltung. Das ist nicht nur schlechte Theologie, es ist eine Geringschätzung Gottes. Abraham Lincoln sagte: »Der Allmächtige verfolgt seine eigenen Ziele.« Selbst im Umgang mit politischen Fragen, die ernste moralische Implikationen haben, müssen wir darauf achten, diejenigen nicht zu dämonisieren, die nicht unserer Meinung sind, oder nicht so zu handeln, als hätten wir ein Monopol auf die Wahrheit.

Gläubige Menschen gehören zur größeren Dorfgemeinschaft, zusammen mit anderen Bürgern, die viele – aber nicht alle – ihrer Werte teilen. Unsere Gesetze sind dazu geschaffen, daß wir in Harmonie leben können, auch wenn wir in religiösen und politischen Belangen grundlegend anderer Meinung sind. Aber um diese Harmonie zu erreichen, sind mehr als Gesetze nötig; dazu gehören vor allem gegenseitige Toleranz und Achtung.

Ich hatte das Vorrecht, einige der großen religiösen Führer der Welt kennenzulernen, unter ihnen römisch-katholische, protestantische und orthodoxe Christen, Juden, Muslime und Buddhisten. Trotz ihrer großen Verschiedenheit spricht jeder aus einem tiefen Urquell der Liebe, die das Leben bejaht und sich danach sehnt, daß Männer und Frauen ihre Herzen Gott und einander wie Kinder öffnen. Bei der spirituellen Ader von Kindern ist es verständlich, daß sie in vielen religiösen Überlieferungen den Weg zu spiritueller Bewußtheit und Aufklärung weisen. Schon in der Bibel heißt es: »Und ein Kindlein wird sie führen.« Wenn wir merken, daß wir ungeduldig, undankbar oder intolerant werden, können Kinder uns daran erinnern, unsere täglichen Segnungen zu schützen und Güte zu üben, ja sogar unsere Feinde zu lieben. Wenn die Spiritualität von Kindern aufblüht, wird sie – wenn wir es zulassen – in den Herzen von Erwachsenen eine größere Fähigkeit eröffnen, für alle Kinder zu sorgen, für sie Verantwortung zu übernehmen und für ihre Zukunft zu beten. Und wenn wir für andere beten, finden wir in uns selbst oft die Energie, uns für sie einzusetzen.

Gleichzeitig erlaubt das Beten uns, unsere Kinder loszulassen, damit sie ihren eigenen Weg mit der Zuversicht finden, die sie gegen die Grausamkeit und Gleichgültigkeit der Welt wappnet. In ihrem Gebetsbuch *Guide my Feet* blickt Marian Wright Edelman auf eine Kindheit zurück, die eine außergewöhnliche Mischung aus spiritueller Freude und überschwenglichem, wenn auch diszipliniertem Familien- und Gemeindeleben war. Sie schreibt: »Wir schwarzen Kinder waren sanft in eine Wiege des Glaubens, des Gesangs, des Gebets, des Rituals und der Andacht gebettet, die unseren Geist gegen einige der Gemeinheiten und Ungerechtigkeiten ... in unserem rassengetrennten Süden und der dazu schweigenden Nation immun machte.« Ich habe diese Immunität in meinem und im Leben anderer wirken sehen. Doch jemand muß jede neue Generation wieder impfen und durch Wort und Tat »Auffrischungen« vornehmen.

Im ersten Teil ihrer Autobiographie *Ich weiß, daß der gefangene Vogel singt* schildert Maya Angelou die Vergewaltigung, der sie als Kind zum Opfer fiel und die sie einige Jahre verstummen ließ. Ihr Leben heute stellt einen Triumph des Geistes dar, den sie zum Teil der tiefen Spiritualität zuschreibt, die sie als traumatisiertes Kind entwickelt hat. »Von allen Bedürfnissen … eines einsamen Kindes, gibt es eines, das unbedingt erfüllt werden muß, wenn die Hoffnung erhalten werden soll, die Hoffnung auf ein erfülltes Dasein; es ist das unerschütterliche Verlangen nach einem unerschütterlichen Gott.« Amen.

In der Kindheit lernen wir den Dienst am Nächsten

Eine Kerze brennt nicht schwächer,
wenn sie eine andere Kerze anzündet.
James Keller

Im Herbst, wenn die Felder um Chicago erntereif waren, kamen für ein paar Wochen Kinder mexikanischer Wanderarbeiter in unsere Schule. Sie blieben nie lange, weil ihre Eltern stets zur nächsten Ernte weiterzogen. Einmal verfiel ein Junge, der älter als ich und für sein Alter recht groß war, darauf, mich und meine Freundinnen auf dem Spielplatz herumzustoßen. Was immer ihn dazu veranlaßte, seine Schikanen weckten bei mir rasch Furcht und Ablehnung. Ich hätte meine Gefühle für diesen einen Jungen vielleicht auf alle übrigen Gastarbeiterkinder übertragen, wenn meine Mutter mich nicht dazu ermuntert hätte, mich zusammen mit anderen Mädchen aus meiner kirchlichen Jugendgruppe freiwillig dafür zu melden, an den Samstagen die Babysitter für die jüngeren Kinder der Wanderarbeiter zu machen, so daß ihre älteren Geschwister – meine Klassenkameraden – mit ihren Eltern auf den Feldern arbeiten konnten.

Als ich in das Lager kam, in dem die Familien wohnten, mußte ich darüber nachdenken, wie meine Klassenkameraden ihre Zeit verbrachten, wenn sie nicht in der Schule waren. Ich hatte vorher noch keine Leute kennengelernt, die in Wohnwagen lebten. Als wir hineingingen, spürten wir die Angst der Mütter, ihre Babys und Kleinkinder in der Obhut von Zwölfjährigen zu lassen, die kein Spanisch sprachen. Da erkannte ich, daß auf beiden Seiten nicht genügend Vertrauen herrschte.

Der Tag verging ohne Zwischenfälle, und als die Mütter zurückkehrten, sah ich ihre Freude darüber, daß ihre Kinder so gut behütet worden waren. Die Rückkehr der Väter machte mir jedoch den größten Eindruck. Als die Busse sie am Anfang der langen Straße zum Wohnwagenlager absetzten, rannten die Kinder ihnen, so schnell es ging, zur Begrüßung entgegen. Sie waren voller Aufregung, der gleichen Aufregung, die ich verspürte, wenn mein Vater am Ende des Tages von der Arbeit heimkam. Auf einmal schienen mir diese Migrantenkinder gar nicht mehr so anders zu sein. Dieses kurze Erlebnis half mir, allmählich zu erfassen, wie wichtig es ist, einen jeden individuell zu beurteilen, anstatt ganze Gruppen über einen Kamm zu scheren. Auch vermittelte es mir schon im frühen Alter eine große Befriedigung, Familien zu dienen, die so hart für so wenig arbeiteten.

Für Eltern – und die übrige Dorfgemeinschaft – gibt es wahrscheinlich keine wichtigere Aufgabe, als Kinder so zu erziehen, daß sie die Unterschiede zwischen den Menschen nicht nur tolerieren, sondern auch achten, und daß sie erkennen, wie lohnend der Dienst am Nächsten ist. Ich nenne das vorurteilsfreies Leben – die positive Energie, die wir aus dem Stolz auf das, was wir sind, und aus dem Vertrauen und der moralischen Stütze gewinnen, uns auch denen zuzuwenden, die anders sind. Der Nobelpreisträger Elie Wiesel hat gesagt: »Alles wird möglich in der bloßen Gegenwart eines Menschen, der zuzuhören, zu leben und etwas von sich zu geben weiß.«

Ein Leben ohne Vorurteile hat zunächst einmal damit zu tun, wie wir uns selber fühlen. Kinder, die mit positiven Gedanken zu ihrem Leben aufwachsen, neigen eher dazu, das Leben anderer ebenso zu schätzen. Religiöse Unterweisung erinnert uns daran, daß wir unsere Nächsten so lieben sollen wie uns selbst. Sich selbst zu lieben hat nichts mit Narzißmus oder Egozentrik zu tun; es heißt, sich zu achten und sich in seiner Identität bestärkt zu fühlen.

Ich habe in diesem Buch einige der vielen Wege beschrieben, wie Eltern und die Dorfgemeinschaft Kindern dabei helfen können, ein positives Gefühl für sich selbst zu entwickeln. Wenn wir Kindern die Bildung, die Zeit und die Zuwendung geben, die sie brauchen, werden sie eher emotionale Intelligenz, Vertrauen in ihre geistigen Gaben und die Fähigkeit entwickeln, mit den Widrigkeiten des Lebens fertig zu werden. Diese Eigenschaften sind nicht an sich wichtig, sondern weil sie Kindern dazu verhelfen, gute Bürger zu werden, die zur Lebensqualität in ihren Gemeinden und unserer ganzen Zivilisation beitragen.

Der Pädagoge William Damon schreibt in *Greater Expectations*: »Selbst wenn unsere Kinder so erzogen würden, daß sie die bestinformierten, geschicktesten und gesündesten Kinder werden, die die Welt je gesehen hat, wäre alles umsonst, wenn sie nicht etwas fänden, was über sie selbst hinausreichte ... Sie würden immer noch ein Gefühl für soziale Verantwortung entwickeln müssen ... Sonst könnten sie nicht in einer gesitteten Gesellschaft zusammenleben und auch nicht ihren Kindern das weitergeben, was von der Kultur bleibt.«

Ein erster Schritt, Kindern beizubringen, wie sie vorurteilsfrei leben sollen, besteht darin, ihnen ein starkes, in ihrem Kulturerbe verwurzeltes Identitätsgefühl zu vermitteln. Doch das ist nur die halbe Arbeit. Wir wissen, was mit Kindern passiert, die in dem Denken erzogen werden, daß ihr besonderes Kulturerbe sie besser als alle übrigen macht. Ein falsches Gefühl der Überlegenheit oder Selbstgerechtigkeit kann zum Ausschluß, zur Verspottung und zur Diskriminierung anderer Menschen und in Extremfällen zu Gewalt führen, wie wir an den ethnischen Säuberungen in Bosnien, dem Stammeskrieg in Ruanda und dem Glaubenskonflikt im Mittleren Osten gesehen haben.

Deswegen muß gleichzeitig mit der Förderung einer positiven Identität bei Kindern – einer mit Sinn und Zweck in der Welt – ein Verantwortungsgefühl gegenüber und eine Achtung vor anderen ausgeprägt werden. Das bemerkenswerte Leben von Elizabeth (Bessie) und Sarah (Sadie) Delany, die zu besuchen ich die

Ehre hatte, als sie 103 und 105 Jahre alt waren, bezeugt dies. Jeder, der ihre Bücher gelesen oder das Broadway-Stück zu *Having Our Say* gesehen hat, hat erfahren, was es bedeutet, nie die eigene Herkunft zu vergessen. Der Vater der Delany-Schwestern war ein Sklave gewesen, eine Tatsache, die er nicht verbarg; statt dessen benutzte er sie, um seinen Kindern einen tiefen Glauben an ihren Wert und ihre Möglichkeiten weiterzugeben. Die Delany-Kinder lernten, ihre Eltern und die von ihnen erbrachten Opfer zu ehren. Ihre Eltern überschütteten sie nicht nur mit Liebe, sondern regten in ihnen auch einen Sinn für Gut und Böse an, eine Ethik harter Arbeit und ein klares Verständnis für ihre Verantwortung als Menschen.

Die Ergebnisse sprechen für sich: Bessie wurde Zahnärztin und Sadie Hochschullehrerin. Sie gehörten jeweils zu den ersten Afroamerikanerinnen, die diese Berufe ausübten. Als ihnen Vorurteile und Diskriminierung entgegenschlugen, hatten sie die innere Festigkeit, sich darüber hinwegzusetzen. Sadie sagt dazu: »Das Leben ist für niemand leicht, auch wenn es anders aussehen mag. Manchmal mußt du einfach vieles einstecken, um das bißchen zu kriegen, das du brauchst.« (Die langlebigen Delany-Schwestern – Bessie starb sechs Monate nach meinem Besuch – geben auch ein ausgezeichnetes Beispiel dafür ab, was Forscher gerade über die positive Rolle einer lebensbejahenden Einstellung für die körperliche Gesundheit entdecken. Sicherlich senkt sie unseren Aggressionspegel und läßt uns mehr Energie für konstruktive Zwecke.)

In die Familie werden Kinder nicht nur geboren; sie ist auch die erste »Kultur«, die sie kennenlernen, das erste Umfeld, in dem sie etwas über ihre Rechte und Pflichten erfahren können. Die in einer Studie von Psychologen am National Institute of Mental Health (ein staatliches psychologisches Forschungsinstitut in Bethesda) zusammengefaßten Forschungsergebnisse zeigen, daß Kinder bereits in einem sehr frühen Alter dafür empfänglich sind. Vorstufen des Mitgefühls äußern sich schon bei Kleinkindern, etwa wenn ein Baby in Reaktion auf das Weinen eines anderen Babys zu schreien beginnt. Etwa zwischen einem und zweieinhalb Jahren fangen Kinder an, brüderlich und schwesterlich zu teilen, einander zu helfen und zu trösten. Kleinkinder klopfen einander aufmunternd auf die Schultern oder legen die Arme um ein verärgertes Familienmitglied. Etwa um die Zeit fangen sie auch an, Schuld- oder Schamgefühle zu zeigen, wenn sie Kummer verursachen oder eine eindeutige Verhaltensmaßregel nicht befolgen. Das sind Anzeichen dafür, daß sich ihr Moralgefühl bildet.

Ob sich die Entwicklung fortsetzt, hängt weitgehend von der Handlungsweise der Erwachsenen um sie ab. Alltägliche Erfahrungen und Gespräche – einem Kleinkind zu zeigen, wie es ein Haustier oder ein Schwesterchen zärtlich berühren kann, oder einen Sechsjährigen bitten, sich vorzustellen, wie er sich als obdachloser Mensch fühlen würde – bieten fortwährend die Gelegenheit, Grundwerte und Glaubenssätze zu lehren.

Gleichzeitig müssen Erwachsene Kindern helfen, zwischen angemessenem und unangemessenem Verhalten zu unterscheiden. Das Einüben von Toleranz sollte beispielsweise nicht damit verwechselt werden, Kindern das Gefühl zu vermitteln, daß alles machbar ist. Sie sollten lernen, daß gewisse Verhaltensweisen wie Gewalt, Mißhandlung oder Belästigung nicht hinnehmbar sind. Und sie sollten nicht davor zurückschrecken, sich ein Urteil zu bilden, das ein Verständnis der wirklichen Welt widerspiegelt. Es ist realistisch, nicht rassistisch, wenn Sie mit aller Vorsicht durch ein Viertel mit hoher Kriminalitätsrate gehen oder eine Ecke vermeiden, an der eine Schießerei stattgefunden hat. Solche Einschätzungen werden erst einseitig, wenn ihnen negative Stereotypen und kein gesunder Menschenverstand zugrunde liegen.

Ein Bewußtsein für rassische, ethnische und andere Unterschiede stellt sich im Alter von drei oder vier ein, wenn Kindern beispielsweise eine andere Hautfarbe auffällt und sie sich nicht scheuen, darauf hinzuweisen. Sie nehmen nicht automatisch an, daß Menschen, die nicht so aussehen und sprechen wie sie, Personen sind, vor denen sie Angst, Mißtrauen oder Abneigung haben sollten.

Viele Eltern allerdings ignorieren oder unterdrücken solche Kommentare eher, als die Bemerkungen als gute Gelegenheit zu benutzen, Kindern Achtung vor anderen einzuflößen. Sie haben vielleicht Angst, daß sie das Falsche sagen oder daß sie allein durch das Reden über Unterschiede schon borniert wären. Doch wenn Eltern übergehen, was Kindern auffällt, überlassen sie ihre Lehrerrolle den Medien und den Alterskameraden ihrer Kinder, die rasch mit negativen Klischees bei der Hand sind. Durch ihr Schweigen lehren diese Eltern Voreingenommenheit so sicher, als hätten sie es laut ausgesprochen.

»Jeder von uns ist sich einer schlichten Wahrheit bewußt«, sagte mein Mann im Oktober 1995 in einer Rede in Austin/Texas. »Weiße Amerikaner und schwarze Amerikaner sehen dieselbe Welt oft auf dramatisch unterschiedliche Weise... Die Gründe für diese Spaltung sind vielfältig. Einige wurzeln in der schrecklichen Geschichte und im hartnäckigen Weiterbestehen von Rassismus. Einige wurzeln in der unterschiedlichen Weise, wie wir die Bedrohungen des modernen Lebens für persönliche Sicherheit, Familienwerte und starke Gemeinden erfahren. Einige stammen daher, daß wir immer noch nicht gelernt haben, offen zu reden, sorgfältig hinzuhören und über Rassengrenzen hinweg zusammenzuarbeiten.« Sein Thema war der Rassenkonflikt, aber seine Ausführungen galten viel allgemeiner für alle Formen der Voreingenommenheit in unserer multirassischen, multiethnischen Gesellschaft.

Wie immer sollten wir zuerst vor der eigenen Tür kehren. Eltern müssen lernen, mit Kindern über die Unterschiedlichkeit menschlicher Erfahrungen und Wesensarten zu reden, auf kindliche Fragen einfach und direkt zu antworten und ihnen ein entsprechendes Vokabular zu vermitteln, um das zu beschreiben, was sie sehen. Religion kann dabei eine Schlüsselrolle spielen. Ich erinnere mich, daß mir als Kind die Unterschiedlichkeit folgendermaßen erklären wurde: Wenn Gott einen Garten mit nur einer Blumenart geschaffen hätte, wäre er nicht annähernd so schön wie ein Garten mit vielen verschiedenen Blumen. Wir können Kinder auch darauf hinweisen, daß Genetiker gerade entdecken, daß menschliche Wesen trotz ihrer oberflächlichen Unterschiede mehr Gemeinsames als Trennendes haben. Wir haben dieselben Vorfahren und gehören alle zur Menschheitsfamilie.

Gleichzeitig sollten Erwachsene auf die von ihnen verwendete Sprache achten, selbst wenn sie nicht direkt mit Kindern reden. Besonders in den ersten Jahren, wenn Kinder gierig Wörter aufschnappen, macht das, was Erwachsene aussprechen, einen bleibenden Eindruck, selbst wenn es nicht ernst gemeint ist. Kinder sind keine geborenen Eiferer, aber sie lernen rasch. Innerhalb und außerhalb des eigenen Heims sollten Erwachsene sich gegen rassische, ethnische, religiöse oder geschlechtsbezogene Verunglimpfungen aussprechen. Wir können schlicht sagen: »Wir reden bei uns zu Hause nicht so.« Der Vater einer Freundin hat ihr immer gesagt: »Solche Redeweisen haben keinen Platz auf dieser Welt.« Wir können auch anderen sagen: »Bitte sprechen Sie nicht so vor meiner Familie.« Wenn wir uns vor Kindern für Toleranz und gegenseitige Achtung aussprechen, bieten wir ihnen Modelle, wie sie selbst Borniertheit gegenübertreten können, sei sie nun gegen sie oder andere gerichtet.

Wenn Kinder das Ziel von Voreingenommenheit sind, ist ein offenes und ehrliches Gespräch unabdingbar, um den Schmerz anzuerkennen und zu unterstreichen, daß die Ursache dafür nicht ihre Identität, sondern die Borniertheit anderer ist. Erwachsene können Kinder meist damit trösten, daß sie ihnen ins Gedächtnis rufen, daß jemand, der sich auf Schimpfnamen und Fingerzeigen verlegt, nicht das geringste von ihnen weiß.

Die Dorfgemeinschaft sollte auch dazu beitragen, daß sich negative Stereotypen gar nicht erst einnisten, sei es durch die sensiblere Darstellungsweise von Menschen in den Medien oder durch das Schmücken der Wände von Klassenzimmern und Tagesstätten mit Bildern, die Unterschiedlichkeit anerkennen und würdigen. Spielwaren, Spiele und Bücher, die positive Bilder von Frauen und Minderheiten propagieren, haben ebenfalls Einfluß. Es gibt jedoch keinen Ersatz dafür, Kindern Erfahrungen mit Menschen und Kulturen zu vermitteln, die nicht so wie sie sind, die ihrer eigenen nicht gleichen. Pfadfinder, Schulzirkel, Kirchengruppen und andere kommunale Einrichtungen bieten Kindern verschiedener Herkunft die Möglichkeit, zusammen etwas zu unternehmen und ihre gemeinsamen Interessen zu entdecken. Insbesondere in Sportmannschaften können Kooperation und Teamwork einen Zusammenhalt stiften.

Schulen und Tagesstätten, wo viele Kinder erstmals Menschen unterschiedlicher Herkunft kennenlernen, spielen eindeutig eine wichtige Rolle in der Ausprägung ihrer Haltungen und Erwartungen. Die Leiterin eines Kindergartens läßt Kinder mit Karten spielen, auf denen Männer Babys halten, Frauen Nägel einschlagen, ältere Männer auf Leitern stehen und grauhaarige Frauen Skateboard fahren, was alles den einschlägigen Bildern im Kopf entgegenwirkt. Einige Schulen führen die alte Tradition von Brieffreundschaften wieder ein, indem sie den Schülern ermöglichen, Briefe, künstlerische Arbeiten oder sogar Videobänder mit Kindern aus anderen Ländern und Kulturen auszutauschen. Andere haben in Geschichte und Sozialkunde Unterrichtseinheiten entwickelt, die sich auseinandersetzen mit der ungerechten Behandlung – und den Leistungen – von Frauen und Minderheiten, die oft übersehen werden. Besondere Gelegenheiten wie der »Monat der schwarzen Geschichte« können dazu genutzt werden, Schüler mit dem Beitrag bestimmter Gruppen von Amerikanern vertraut zu machen. In einigen Schulbezirken wird das Lehrpersonal besonders ausgebildet, um mit dem Thema Unterschiedlichkeit besser umzugehen und sich mit innovativen Wegen der Behandlung dieses Themas im Klassenzimmer anzufreunden. Schulen in Bezirken mit Kindern verschiedener Rassen oder ethnischer Gruppen haben Eltern-Lehrer-Kommitees gebildet, um Wohltätigkeitsessen, gegenseitige Familienbesuche und Workshops für Eltern und Pädagogen zu fördern.

Aber ungeachtet dessen, wie sehr sich Schulen darum bemühen, Toleranz und Mitgefühl zu lehren, werden Konflikte entstehen, insbesondere wenn Kinder mit unterschiedlichen kulturellen Auffassungen und Erwartungen zusammenkommen. Meine Eltern schärften meinen Brüdern und mir den vertrauten Spruch ein: »Stecken und Steine brechen manche Beine, aber Worte werden nie verletzen.« Sie gaben uns auch den Rat, »erst einmal tief Luft zu holen und bis zehn zu zählen«, um Feindseligkeiten zu vermeiden.

Schulen können Kindern das nötige Rüstzeug vermitteln, um zu verhindern, daß grobe Worte und Hänseleien auf dem Spielplatz zu gewalttätigem Verhalten eskalieren. Im April 1995 nahm ich an der Seward Park High School in der Lower East Side von Manhattan Einblick in ein Projekt zur Konfliktvermeidung unter Gleichaltrigen. Jeden Tag kommen dorthin fast dreitausend Jugendliche, die unterschiedliche Sprachen sprechen, unterschiedliche Feiertage feiern, verschiedenen Religionen angehören und unterschiedliche Familiengebräuche erfahren haben. Ich beobachtete Studenten der New York University, die den Schülern Techniken beibrachten, um bei Auseinandersetzungen unter ihresgleichen vermittelnd einzugreifen. Sie lernten selber gewaltfreie Lösungen herbeizuführen und sich nicht darauf zu verlassen, daß Lehrer und Hausmeister sie unter Aufsicht behielten.

Vorurteilsfreies Leben läßt sich mit am wirkungsvollsten unter Einbeziehung der ganzen Dorfgemeinschaft vermitteln. A World of Difference (Eine Welt der Unterschiede), ein nationales Bildungsprojekt, das von der Anti-Diffamierungsliga gesponsert wird, hilft Lehrern, Verwaltungspersonal, Schülern und Eltern, für Toleranz und Unterschiedlichkeit in ihren Schulen und Gemeinden einzutreten. Das ganze Jahr hindurch lernen Schüler in Kursen, vorurteilbehaftetes Verhalten zu erkennen und abzuwehren und ihre Ansichten zu rassischen und kulturellen Themen auszutauschen. Eine jährliche Veranstaltung in Boston mit dem Namen Team Harmony bringt Schüler und Lehrer mit

Sportgrößen und Geschäftsleuten zusammen, um gegen Vorurteile und Borniertheit einzutreten. Daran beteiligen sich auch die örtlichen Fernseh- und Radiosender, Zeitungen, Kirchen und Synagogen.

Nach der Team-Harmony-Veranstaltung des Jahres 1994 berichteten viele Schüler von den positiven Anregungen. »Seit dem Ereignis möchte ich alles tun, was ich kann, um den Rassismus zu stoppen«, schrieb einer von ihnen. »Ich möchte, daß jeder in Frieden und Harmonie lebt, ohne Haß und Gewalt. Mir macht es nichts aus, daß einige meiner Freunde Schwarze, Weiße, Chinesen, Vietnamesen oder Portugiesen sind.«

Als es in Lima/Ohio nach der Urteilsverkündung im Prozeß um den von Polizisten verprügelten Rodney King zu Rassenspannungen kam, gab Bürgermeister David Berger den Anstoß zu einer Reihe von Gesprächen über Rassenbeziehungen. In Feuerwachen, Wohnzimmern, Klassenräumen und Kirchensälen kamen Bewohner zusammen, um über ihre Auffassungen voneinander und von ihrer Gemeinde zu diskutieren – ein Angebot, das viel zu selten gemacht wird. Ein Bewohner stellte es so dar: »Es ist ja nicht so, daß du auf der Straße zu jemand hingehen und ihn fragen kannst, ›He, was meinst du zu den Rassenbeziehungen?‹«

Gemeindemitglieder wurden als Diskussionsleiter geschult, damit sie dafür sorgen konnten, daß das Gespräch beim Thema blieb und jeder Standpunkt einbezogen wurde. Die Grundregeln glichen in etwa denen aus der Konfliktvermeidungsschulung: aufmerksam zuhören, frei und offen, aber respektvoll reden, eher um eine Klärung bitten als eine falsche Auffassung sich verfestigen lassen, geistig offen bleiben.

Die fortwährenden Gespräche haben es den Bürgern mit Erfolg ermöglicht, Klischees entgegenzutreten und sie zu überwinden. Pfarrer James McLemore von der St. Paul African Methodist Episcopal Church in Lima sagt dazu: »Sobald die Leute über die Frage nach der Rasse hinaus sind, fangen sie an, sich den Problemen zuzuwenden, die sie alle gemeinsam haben.«

In Billings/Montana schlossen sich 1993 einige Verblendete zusammen, um aus purem Haß eine Reihe von Übergriffen gegen Schwarze, Hispanier, Juden und Indianer zu begehen. Nachdem sie schon einige Monate ihr Unwesen getrieben hatten, warf jemand ein glühendes Holzscheit in das Schlafzimmer eines fünfjährigen jüdischen Jungen, in dessen Fenster anläßlich des Chanukkafestes ein siebenarmiger Leuchter stand. Der Junge wurde nicht verletzt, aber die Stadt hatte endgültig genug.

Margaret MacDonald, eine Frau aus dem Ort, erinnerte sich daran, daß sie gehört hatte, wie in Dänemark während des Zweiten Weltkriegs einfache Bürger sich entschlossen hatten, den Davidstern zu tragen, als die Nazis den Juden befahlen, ihn an ihrer Kleidung anzubringen. MacDonald überzeugte Mitglieder ihrer Kirche, ebenfalls siebenarmige Leuchter sichtbar zu zeigen. Die Lokalzeitung veröffentlichte das Bild eines Chanukkaleuchters, damit die Leute es ausschneiden und in ihre Fenster kleben konnten, und die Redaktion bat alle Bürger eindringlich, sich zu beteiligen. »Geben wir der Welt kund«, schrieb sie, »daß der irrationale Haß einiger weniger nicht das zerstören kann, was wir alle in Billings und in Amerika so lange gemeinsam aufgebaut haben«. Innerhalb kurzer Zeit waren an Tausenden von Wohnungen die Leuchter zu sehen. Die Übergriffe haben aufgehört, aber besorgte Bürger betonen, daß sie weiterhin wachsam bleiben müssen. Gegenseitige Achtung ist immer wieder neu zu lernen in der heutigen Dorfgemeinschaft, wo so viele Kulturen und Rassen zusammen leben und arbeiten.

Noch nie hat unsere Nation eine so unterschiedliche Bevölkerung gehabt wie heute. Und auch keine vorherige Kindergeneration stand so vor der dringenden Aufgabe, gegenseitige Achtung und Rücksichtnahme zu lernen und sich bewußt zu machen, daß wir eine Menschheit sind. In einer Zeit, in der die Demokratie so darauf angewiesen ist, einen gemeinsamen Nenner zu finden, und in der so viele Erwachsene nicht genau wissen, wie sie gesellschaftliche Trennungen überbrücken können, gibt es anscheinend eine Idee, der die meisten Menschen beipflichten: Wir müssen Mittel und Wege finden, um unseren Kindern die Vision eines vorurteilsfreien Lebens zu bieten, die sie in ihrem Alltagsleben anwenden können.

Ein Weg, auf dem junge Menschen von jeher zusammengefunden und ihre Auffassung von Humanität und Mitgefühl ausgedrückt haben, ist der, sich in den Dienst einer höheren Sache zu stellen. Das ist eine amerikanische Tradition, die um die Jahrhundertwende mit den Pfadfinderorganisationen eingesetzt hat und sich über verschiedene Organisationen bis hin zum Anfang der sechziger Jahre gegründeten Peace Corps fortgesetzt hat. Der Bürgerrechtskämpfer Martin Luther King erinnerte uns: »Jeder kann groß sein, weil jeder dienen kann.«

Unsere ganze Geschichte hindurch haben amerikanische Denker und Philosophen erkannt, daß der »public service« (Dienst an der Allgemeinheit) entscheidend dazu beiträgt, die Demokratie abzusichern und in Friedens- wie in Kriegszeiten die nationale Einheit aufrechtzuerhalten. Der Harvard-Professor Robert Putnam stellt fest, daß Menschen, die sich dem Eltern-Lehrer-Verband, den örtlichen Gartenclubs oder Bowlingvereinen anschließen, etwas für die Demokratie Grundlegendes lernen: gegenseitiges Vertrauen, Zusammenarbeit, die Art, eigene Meinungen offen auszusprechen und der von anderen zuzuhören. Nach den Worten des ehemaligen Senators Harris Wofford, der das Peace Corps mitbegründet hat und nun der Corporation for National Service vorsteht, »sollte die Ethik des Dienens für die Demokratie das sein, was die Arbeitsethik für den Kapitalismus ist.«

Doch diese Ethik entsteht nicht wie durch Zauber im Erwachsenenalter. Der Pädagoge Ernest L. Boyer meint: »Wenn wir von älteren Menschen einen guten Bürgersinn erwarten, muß der Grundstein dafür natürlich im Leben der Kinder gelegt werden.« Mitleid und Mitgefühl schlagen eher Wurzeln, wenn sie im täglichen Leben angelegt werden. Der Dienst am Nächsten kann zu Hause beginnen, wenn Kinder für ihre Eltern Hausarbeiten erledigen – den Tisch decken, den Teppich saugen, die Pflanzen gießen. Meine Mutter brachte meinen Brüdern und mir bei, daß anderen zu helfen nicht nur eine Verpflichtung, sondern ein Vorrecht ist. Sie ermunterte uns, an Aktionen teilzunehmen, bei denen über die Kirche und die Schule Geld und Güter für bedürftige Menschen eingesammelt wurden, und sie dachte sich Methoden aus, damit dieser Dienst Spaß machte. In einem Jahr half sie uns beim Organisieren von Sportwettbewerben nach dem Modell der Olympischen Spiele, um Geld für verschiedene Wohltätigkeitsorganisationen in unserer Stadt aufzubringen.

Kinder müssen aus berufenem Munde hören, daß Freundlichkeit und Zuwendung etwas zählen. Und noch wichtiger, sie müssen Erwachsene sehen, die anderen helfen, wenn wir von ihnen erwarten, daß sie in unsere Fußstapfen treten. Nach den Worten von Rabbi Lyle Fishman wird der Dienst am Nächsten »eher aufgeschnappt als gelehrt«. Der Psychologe Julius Segal erinnerte sich: »Als meine Freunde und ich noch Kinder waren, sahen wir unsere Angehörigen regelmäßig ihre sorgsam gesparten Pennys aus einer ›Wohltätigkeitsschachtel‹ leeren und sie jedem offerieren, der hilfesuchend an ihre Tür kam. Ob mein Vater die Miete für den nächsten Monat zahlen konnte, war chronisch zu bezweifeln, nie jedoch seine Bereitschaft, Menschen zu helfen, die seiner Ansicht nach ›noch schlimmer dran sind als ich‹. Solche Verhaltensweisen setzen handgreifliche Maßstäbe für Kinder. Sie verankern in der Seele eine Einstellung zur Nächstenliebe.«

Die Mutter meines Mannes lebte ihren Kindern ebenfalls den Dienst am Nächsten vor. An Thanksgiving, als Bill zehn Jahre alt war, schickte Virginia ihn zum Laden an der Ecke, um in letzter Minute noch etwas einzukaufen. Dort war einer seiner Klassenkameraden, der einen Donut aß und ein Mineralwasser trank. Als Bill ihn fragte, was es bei ihm an Thanksgiving zu essen gab, hielt der Junge seinen Donut hoch und sagte: »Das da.« Bill zögerte nicht, ihn zu sich einzuladen, da er wußte, daß seine Mutter genauso gehandelt hätte.

Seit Chelsea ein Kleinkind war, haben wir versucht, ihr Gelegenheiten zum Dienst am Nächsten zu geben, daheim und über die Kirche und die Schule. An Thanksgiving nahmen wir sie mit in Obdachlosenheime. Zu Weihnachten packten wir unsere Sachen zusammen und bescherten bedürftige Familien. Aber wir haben ihr auch beizubringen versucht, so wie wir es gelernt haben, daß der Dienst am Nächsten ein Teil des täglichen Lebens ist, die sprichwörtliche Miete, die wir fürs Leben zahlen. An Bedürfnissen, die befriedigt werden wollen, herrscht kein Mangel: ein älterer Nachbar, der jemand braucht, der seine Einkäufe trägt, ein Park, Wohnblock oder Straßenrand, der mit Abfall übersät ist, eine alleinerziehende Mutter, die noch einen zusätzlichen Babysitter bräuchte, ein Spielkamerad, der mit gebrochenem Arm daheim liegt. Wir sollen uns erinnern, daß uns tägliche Gefälligkeiten genauso wie eine positive Lebenseinstellung die Gesundheit erhalten. Der großartige Psychiater Karl Menninger riet einem Mann, der sagte, er befinde sich am Rande eines Nervenzusammenbruchs: »Sperren Sie Ihr Haus zu, gehen Sie über den Bahndamm, finden Sie einen Bedürftigen und tun Sie etwas für ihn.«

Kinder, die mit einer Ethik des Dienens groß werden, lernen, mehr zu geben, als was von ihnen erbeten wird. Sarah Pollack schloß 1994 die High School in Virginia ab. Ihre Eltern versprachen, ihr ein Auto zu kaufen, wenn sie gute Noten und ein College-Stipendium heimbrächte. Sarah erzielte nur Bestnoten und bekam ein Stipendium von mehr als fünftausend Dollar pro Jahr zugesprochen. Als es soweit war, daß sie die von ihren Eltern für das Auto gesparten fünfzehntausend Dollar ausgeben sollte, fragte Sarah, ob sie das Geld dafür verwenden könnte, an ihrer High School eine Stiftung für bedürftige Schüler einzurichten. Auf die Frage eines Reporters, was sie dazu veranlaßt hatte, das Geld zum Wohl anderer zu verwenden, antwortete sie: »Das waren Freunde. Das waren Leute, die ich respektierte, weil sie begabt waren. Es ging mir schwer ans Herz, daß sie nicht weiterkommen konnten … Ich gebe nur etwas weiter, das ich glücklicherweise bekommen habe. Das macht mich nicht besser als irgendwer sonst.«

Mein Mann lernte eine andere außergewöhnlich gebefreudige Jugendliche kennen, als er Des Moines/Iowa während der Überschwemmung von 1993 besuchte. Die dreizehnjährige Brianne leidet an sogenannten Glasknochen, das heißt, daß ihre Knochen schon so oft gebrochen sind, daß sie im Wachstum zurückgeblieben ist. Doch als sie von der Überschwemmung hörte, überredete sie ihre Eltern, sie nach Iowa zu bringen, damit sie beim Abfüllen von Sandsäcken helfen konnte. Da stand dann das kaum einen Meter zwanzig große Mädchen und erfüllte ihre Verpflichtung gegenüber ihren Mitbürgern.

Es heißt oft, daß Kinder unsere letzte und beste Hoffnung für die Zukunft sind, und daß wir, wenn wir eine sich weiterentwickelnde Gesellschaft wollen, der nächsten Generation beibringen müssen, wie wichtig ein aktiver Bürgersinn ist. Wenn wir Kinder darin unterweisen, wie sie gute Bürger werden, und ihnen Achtung vor selbstlosem Einsatz beibringen, erwecken wir bei ihnen auf natürlichem Wege Mitgefühl, Mitleid, Idealismus und ein Verlangen nach sozialem Engagement.

Es ist nie zu früh, den Weg politischer Beteiligung und Führung einzuschlagen. Mein Mann und Tausende von weiteren amerikanischen Jungen und Mädchen haben sich jahrelang an Kinderparlamenten beteiligt. Ein weiteres beeindruckendes Forum, politisches Engagement einzuüben, war die internationale, von der Elie Wiesel Stiftung für Menschlichkeit getragene Konferenz, auf der Jugendliche aus fünf Regionen der Welt zusammenkamen. Unter dem Titel »Tomorrow's Leaders« (Die Führer von morgen) bot diese Konferenz den Jugendlichen die Gelegenheit, mit führenden Persönlichkeiten der Welt friedensstiftende Lösungen für Konflikte auf dem ganzen Globus zu diskutieren.

Wenn das soziale Engagement Jugendlicher, wie unsere kollektive Geschichte demonstriert und mein Mann und ich glauben, »ein Funke ist, um in einem Zeitalter der Unsicherheit den

Geist der Demokratie wieder zu entzünden«, darf es sich nicht allein auf individuelle altruistische Handlungsweisen beschränken. Wir müssen die Rahmenbedingungen dafür schaffen, daß dieser Geist gedeihen und sich einbürgern kann.

Ich wünsche mir, jede Schule würde das Modell der Washington Elementary School in Mount Vernon/Washington aufgreifen, wo der Dienst am Nächsten in den Lehrplan integriert ist. Das Motto dieser Schule lautet: »Dienst am Nächsten ist eine lebenslange Verpflichtung«. Schüler jeder Klasse vollbringen individuelle soziale Dienstleistungen, vom Nachhilfeunterricht für jüngere Kinder bis zum Dienst in Sicherheitspatrouillen. In jedem Klassenzimmer wird ein Dienstprojekt geplant. In einem Jahr machten die Zweitkläßler eine Steppdecke für ein Obdachlosenheim, und die Drittkläßler pflanzten Blumen im Rahmen eines Schulverschönerungsprojekts.

Vereinzelt haben einige Schulbezirke einen Gemeindedienst eingeführt. Vor kurzem ist Maryland, dessen Vizegouverneurin Kathleen Kennedy Townsend schon lange eine Vorkämpferin für diese Idee ist, der erste Bundesstaat geworden, der den Dienst am Nächsten in den Lehrplan aufgenommen und zu einem Nutzen für die Gemeinden gemacht hat. An einer Hauptschule in Maryland nähen Hauswirtschaftsschüler Kleidung für Waisenkinder und liefern sie an einem Heim im Ort ab. An einer anderen Schule lesen die Schüler Charles Dickens' *Ein Weihnachtsmärchen*, machen Armut zum Unterrichtsschwerpunkt und arbeiten mit lokalen Organisationen zusammen, um bedürftigen alleinstehenden Müttern und ihren Kindern Hilfe anzubieten. An einer weiteren Schule helfen Schüler im Fach Ökologie, den Bach, der als ihr »Klassenzimmer im Freien« dient, zu reinigen und zu pflegen.

Die Schaffung eines Rahmens für solche Dienste ist die treibende Kraft hinter der National Service Corporation, der halbstaatlichen Initiative, zu der auch AmeriCorps gehört und die jungen Menschen ab dem sechzehnten Lebensjahr eine Gelegenheit bietet, ihrem Land zu dienen, und dafür eine finanzielle Beihilfe für das College oder die Berufsausbildung und eine bescheidene Unterhaltszahlung während der Dienstzeit gewährt. Die Mitglieder müssen sich zu einem Jahr Dienst verpflichten (mit der Option auf ein weiteres Dienstjahr), und erhalten während dieser Zeit eine Schulung, um Gemeinden bei der Lösung von Erziehungs-, Umwelt-, Gesundheits- und Sicherheitsproblemen zu helfen. In seinem zweiten Jahr hat AmeriCorps bereits mehr als fünfundzwanzigtausend junge Leute verpflichtet. Sie arbeiten mit örtlichen Kirchen, Synagogen, gemeinnützigen und öffentlichen Organisationen in mehr als zwölfhundert Gemeinden zusammen.

In vielen Fällen erfüllen Mitglieder von AmeriCorps Bedürfnisse, die durch keine andere Organisation oder Regierungsbehörde abgedeckt werden können. Im Simpson County in Kentucky haben sie zum Beispiel mitgeholfen, die Leseleistung von mehr als einem Drittel der Zweitkläßler in einem Jahr um durchschnittlich zwei Klassenstufen zu heben. Sie haben mehr als zweihundert Eltern zur Teilnahme an diesem Projekt bewogen. In Texas, Iowa und Idaho haben Mitglieder von AmeriCorps mitgeholfen, daß Hunderttausende von Kindern ihre Impfungen bekamen, die sonst von den staatlichen Gesundheitsbehörden nicht erreicht worden wären. In Kansas City hat ein Team von AmeriCorps-Angehörigen mit der Polizeibehörde zusammengearbeitet, um mehr als zwei Dutzend Häuser zu schließen, in denen Crack gehandelt wurde, und eine Anzahl von Nachbarschaftswachdiensten zu gründen.

Programme wie das von AmeriCorps bieten einen sozial bedeutungsvollen Übergang von der Kindheit ins Erwachsenenleben. Daneben dienen sie als Modell, um eine Brücke zwischen privater Wohltätigkeit und Regierungsprogrammen zu schlagen, woraus wir alle lernen können. Diese Verdienste, die ebenso materiell wie spirituell, kollektiv wie individuell sind, strich eine Gruppe von siebzehn kirchlichen Würdenträgern heraus, als sie den Kongreß baten, AmeriCorps finanziell zu unterstützen, weil es die Bindungen aufbaut und stärkt, die Gemeinsinn ermöglichen.

Wie gut auch immer unsere Kinder die Ethik sozialen Dienens erlernen, es wird immer weitaus mehr Not geben, als einzelne oder Wohlfahrtsorganisationen lindern können. Aus diesem Grund haben viele dieser Organisationen, von denen einige in gewissem Maße von staatlicher Unterstützung abhängen, sich gegen Vorstellungen gewehrt, sie könnten die Löcher im sozialen Netz stopfen, die durch Einschnitte in die vor allem Kinder betreffende Sozialprogramme entstanden sind. Weder die Regierung noch wohltätige Organisationen allein können das Netz intakt halten, doch in Zusammenarbeit kann es gelingen.

Kooperationen zwischen der Regierung und der Gemeinde der Freiwilligen werden am deutlichsten im Fall von Katastrophen sichtbar, wie mein Mann und ich an vielen Beispielen feststellen konnten: bei Hurrikans und Tornados im Süden, Überschwemmungen im Mittleren Westen, Feuersbrünsten im Nordwesten und Erdbeben im Westen. Freiwillige kommen allein oder mit Freunden, als Teil von kirchlichen Gruppen oder sozialer Hilfsorganisationen, und bieten alle ihr kostbarstes Gut, sich selbst, an. Die Regierung entsendet Experten, um die Hilfsmaßnahmen zu koordinieren. In tragischen Situationen wie diesen zeigen Menschen außergewöhnliches Mitgefühl und überwinden bereitwillig Differenzen, die sie vorher als unüberbrückbar eingeschätzt hätten.

Nach dem Bombenanschlag in Oklahoma City sahen wir ein in Schock und Liebe vereintes Land. Als die ersten Überlebenden verletzt und blutend aus dem Gebäude taumelten, sahen wir keine Schwarzen oder Weißen, Christen oder Juden, sondern Mitmenschen und Kinder, die unsere eigenen hätten sein können. Die Einsatzkräfte der Feuerwehr, der Polizei und der Rettungsdienste, die Bergungsmannschaften, die bei der Suche nach Überlebenden ihr eigenes Leben aufs Spiel setzten, suchten sich diejenigen nicht vorher aus, die sie retten wollten; jedes Leben war wertvoll und lohnte den Einsatz.

Warum muß es immer erst zu einer Tragödie kommen, um unsere Augen und Herzen für die Menschlichkeit zu öffnen? In der Rede zur Lage der Nation von 1995 sagte mein Mann: »Wenn wir auf die Anfänge dieses Landes zurückblicken, so ist die große Stärke Amerikas schon immer unsere Fähigkeit gewesen, uns mit Menschen, die anders als wir waren, zusammenzutun und vereint daran zu arbeiten, eine gemeinsame Grundlage zu finden. Und heutzutage haben wir alle die Verpflichtung, uns noch mehr danach zu richten. Wir können einfach nicht warten, bis ein Tornado, ein Großfeuer oder eine Überschwemmung kommt, um uns so zu verhalten, wie es Amerikaner im Umgang miteinander immer tun sollten.«

Männer und Frauen, die selbstlos bei tragischen Unglücksfällen eingreifen, erinnern uns Amerikaner daran, was wirklich zählt und was unsere fundamentalen Tugenden sowie die grundsätzliche Stärke unserer Nation darstellt. Keine andere Demokratie hat sich so lange gehalten oder sich so darum bemüht, ihre Ideale im Leben zu verwirklichen. Nirgendwo auf der Welt leben und arbeiten so unterschiedliche Menschen jeden Tag Seite an Seite und kommen größtenteils ganz gut miteinander aus.

Kinder können unser Gewissen sein und die notwendigen Veränderungen herbeiführen, wenn wir sie nicht mit Klischees belasten. Wenn wir ihnen positives Denken und Fühlen nahebringen, werden sie lernen, vorurteilsfrei zu leben und ihr eigenes Leben an dem Guten zu messen, das sie nicht bloß für sich, sondern für Mitbürger in ihrer Dorfgemeinschaft tun.

Kindererziehung ist eine Chance zur Gleichberechtigung

Zuwendung kann von allen Menschen erlernt werden, kann in jeden Lebensplan eingewoben werden, da sie sowohl ein individuelles als auch ein in der Gesellschaft stets vorhandenes Bedürfnis befriedigt.
Mary Catherine Bateson, *Composing a Life*

Meine Eltern waren beide Sportfans. Mein Vater stellte sich vor unser Haus und warf meinen Brüdern und mir einen Football zu, während wir in bestimmten Formationen um die Ulmen liefen. Meine Mutter schlug Tausende von Tennisbällen übers Netz und versuchte ohne großen Erfolg, würdige Gegner aus uns zu machen. Beide verbrachten im Sommer ganze Wochenenden damit, Basebälle in hohem Bogen für uns aufs Feld zu werfen, uns das Tauchen beizubringen und unser Interesse an Golf zu wecken (dabei hatten sie wenigstens bei meinen Brüdern Erfolg). Mein Vater erwartete von uns hervorragende Leistungen und Siege, während meine Mutter wollte, daß wir Spaß und Bewegung hatten.

Mein Eltern kochten auch beide. Meine Mutter bereitete bei weitem die Hauptmenge unser täglichen Mahlzeiten zu, aber am Samstagabend briet mein Vater meist seine besonderen Hamburger. Er hatte auch eine Vorliebe für Suppen und Gegrilltes. Meine Brüder und ich fanden es nicht merkwürdig, daß unsere Mutter einen Schmetterschlag beherrschte oder daß unser Vater kochen konnte. Selbst in ihrer offenbar traditionellen Ehe sahen wir jeden Elternteil etwas tun, das in keine Schublade paßte.

Vor mehr als zwanzig Jahren, als ich für das Carnegie Council on Children arbeitete, hörte ich die bahnbrecherischen Sozialphilosophen Erik Erikson und Erich Fromm die verschiedenen Rollen diskutieren, die Mütter und Väter herkömmlicherweise bei der Kindererziehung spielten. Aus dem Gehörten schloß ich, daß die konventionellen Elternrollen sich in den Aussagen zusammenfassen ließen, daß Männer typischerweise die Brötchen verdienten und die Regeln aufstellten, während die Frauen für das häusliche und persönliche Wohl sorgten.

Schon damals fiel mir auf, daß es viele Variationen der traditionellen Arbeitsaufteilung bei Eltern gibt, die schon immer und auch heute noch funktioniert haben. Aber es bleibt die Tatsache, daß die Kindererziehung – wie die meisten wichtigen Arbeiten in unserer Gesellschaft – eine ganze Reihe von Fähigkeiten und Perspektiven erfordert. Kinder sollen in den Genuß der traditionellerweise als männlich oder weiblich erachteten Eigenschaften und Fähigkeiten kommen, damit ihre körperlichen, gefühlsmäßigen und geistigen Bedürfnisse befriedigt werden. Gleichzeitig werden ihnen damit auch Modelle für bestimmte menschliche Verhaltensweisen angeboten.

Selbst unter den günstigsten Umständen ist es für jeden von uns schwer, Kinder allein großzuziehen. Und wenn Alleinerziehende es versuchen, müssen sie Rollen außerhalb des üblichen Repertoires übernehmen oder andere zur Übernahme dieser Rollen bewegen. Selbst komplette Kleinfamilien brauchen die Dorfgemeinschaft für Funktionen, die über ihren Wirkungskreis hinausreichen.

Auch wenn es auf der Hand liegt, daß die Bedürfnisse von Kindern die Fähigkeiten jedes einzelnen oder jedes Paares übersteigen, charakterisiert die Gesellschaft weiterhin die Kindererziehung als »Frauenarbeit«. Selbst wenn Frauen mit Kindern sich die Versorger- und Herrscherrolle mit ihren Männern teilen, haben sie fast immer die vorrangige – und unverhältnismäßig größere – Verantwortung für das häusliche und persönliche Wohl. Eines der größten Geschenke, das wir Kindern machen können, ist das Bewußtmachen, daß diese Rollen fairer und flexibler aufgeteilt werden können und sollten. Aber noch halten sich die Rollenklischees.

Eine kürzlich von Psychologen der University of Michigan durchgeführte Studie besagt, daß junge Frauen mehr »männliches« Verhalten an den Tag legen, weil sie bestimmender, ehrgeiziger und selbstbewußter werden, wohingegen junge Männer nicht mehr »weibliches« Verhalten zeigen wie etwa Mitgefühl und Zuneigung. Warum können wir nicht alles zusammen als menschliche Verhaltensweisen betrachten, die für Männer und Frauen gelten, je nach ihren besonderen Temperamenten und Verhältnissen?

Benimmt sich eine Mutter, die sich bestimmt oder ehrgeizig für ihre Kinder oder ihren Ehemann einsetzt, »weiblich«, während eine Mutter, die dieselben Eigenschaften für ihre Karriere oder eine öffentliche Angelegenheit einsetzt, sich »männlich« benimmt? Ist ein Vater, der ein weinendes Baby in den Armen wiegt oder einen traurigen Jugendlichen tröstet, »weiblich«, während ein Vater, der keinem der Kinder Trost spenden will, »männlich« ist? Manchmal tappen wir eben in die Falle geschlechtlicher Rollenfixierung, während wir uns mit neuen Methoden herumschlagen, unsere sich verändernden Erfahrungen und Verantwortungen zu artikulieren.

Wir wiegen uns gern in dem Glauben, daß wir das beschränkte Rollenspektrum, das in der Vergangenheit für jedes Geschlecht als »passend« erachtet wurde, schon lange hinter uns gelassen haben. Die meisten Frauen zur Zeit meiner Mutter blieben zu Hause, weil die Gesellschaft es so von ihnen erwartete, und sie richteten ihre Erwartungen nach denen der Gesellschaft aus, selbst wenn sie sich wünschten, eine andere Wahl treffen zu können. Viele von uns werden sicher eine Tante in Erinnerung haben, die zu gern aufs College gegangen wäre, eine Großmutter, die umfangreiche Tagebücher schrieb, die sie niemandem zeigte, eine Cousine, die gut mit Zahlen umgehen konnte. Seit Jahrhunderten enthalten die Bücher von und über Frauen einen Unterton von Enttäuschung, Unzufriedenheit oder schlichter Wehmut über nicht beschrittene Wege.

In Wirklichkeit haben auch in der Vergangenheit viele Frauen sich der Konvention bewußt oder notgedrungenermaßen widersetzt. In der gesamten Geschichte unseres Landes sind Frauen außerhalb wie innerhalb des Hauses tätig gewesen. Selbst in den Fünfzigern haben eine Menge Frauen mit oder ohne Kinder in Fabriken, Büros, Schulen und fremden Wohnungen gearbeitet. Aber weil die Lebensweise dieser Frauen nicht ins herkömmliche Bild paßte, blieb ihre Arbeit größtenteils unbeachtet. Oft sind im offiziellen Bild des amerikanischen Lebens die unterschiedlichen weiblichen Erfahrungen wie auch ihre Bedürfnisse und Sehnsüchte ausgelassen worden.

Wenn ich auf meine Kindheit zurückblicke, erkenne ich, daß meine Mutter und die Mütter meiner Freundinnen sich bemühten, uns Türen für unser Vorankommen zu öffnen. Sie unterstützten unsere bildungsmäßigen und sportlichen Anstrengungen und fuhren uns zu Unterrichts- und Übungsstunden. Sie setzten einen hohen Maßstab an, auch wenn sie ihre Bestrebungen für uns meist in die Aussage kleideten, sie wollten, daß wir in der Schule so gut seien, daß wir aufs College gehen konnten oder eine Berufsausbildung erhielten, um gut versorgt zu sein, falls wir uns allein durchs Leben schlagen müßten.

Weil meiner Mutter aufgrund ihrer sozialen Herkunft die Aussichten auf höhere Bildung getrübt waren, unterstützte sie mich wohl ausdrücklicher. Von Anfang an glaubte sie, daß ihre größte Verantwortung für mich darin lag, mir die Möglichkeit zu geben, die für mein Leben richtige Wahl zu treffen, auch wenn es nicht die war, die sie getroffen hätte. Sie war genauso enttäuscht wie ich, als ich mit vierzehn an die NASA eine Anfrage schickte, wie ich Astronautin werden konnte, und zur Antwort bekam, daß Frauen für diesen Beruf nicht zugelassen waren (eine Politik, die zu meiner großen Freude schließlich geändert wurde).

Es war ja nicht so, daß die Mütter, die ich in meiner Kindheit und Jugend kannte, nicht täglich für unser häusliches und persönliches Wohl sorgen wollten. Ihre Hingabe und Disziplin zeigten deutlich, wie bedeutsam sie diese Rollen einschätzten. Aber sie waren weise genug, um zu wissen, daß die Jahre der Kindererziehung einmal vorbei sein würden und daß Scheidung oder Tod des Lebenspartners Frauen allein vor einem noch jahrelang produktiv nutzbaren Leben stehen ließen. Und sie sahen – wie ihre Töchter noch deutlicher erkannten –, daß die übrige Gesellschaft ihren Bemühungen, Familien und Gemeinschaften zu versorgen, mehr geheuchelten als echten Respekt oder Verdienst zubilligten. Ihnen, der Frauenbewegung und zunehmendem ökonomischen Druck ist es zu verdanken, daß immer mehr Frauen eine bezahlte Arbeit annahmen, die auf dem Markt als »Männerarbeit« galt.

Wie bei jedem größeren sozialen Wandel hat es Kompromisse und unerwartete Konsequenzen sowohl für Frauen wie für Männer gegeben. Der Aufwand, Arbeit wie Familie die nötige Zeit und Aufmerksamkeit zuzuwenden, kann emotional und körperlich erschöpfen. Im großen und ganzen, wie die Kolumnistin Ellen Goodman bemerkt, »sehen Frauen ihr Leben immer noch als besser an als das ihrer Mütter. Diese Generation hat Depression gegen Streß eingetauscht – insgesamt kein schlechter Handel. Sie hat mehr Optionen und mehr Macht, aber auch mehr Verpflichtungen.«

Goodmans Aussage wird unterstützt durch die Ergebnisse einer Studie von 1994 unter mehr als zweihundertfünfzigtausend berufstätigen Frauen aus allen Einkommensschichten, Berufsgruppen und Familienständen, welche die Frauenbehörde des amerikanischen Arbeitsministeriums durchgeführt hat. Die Befragungen, die Vizepräsident Gore und ich in einem öffentlichen Forum vorstellten und besprachen, sind ausführlich in dem Report »Working Women Count!« (Berufstätige Frauen zählen!)

dargestellt. Für berufstätige Frauen mit Kindern stand an erster Stelle die Bemühung, Arbeit und Familie miteinander zu vereinbaren und eine anständige und erschwingliche Kinderbetreuung zu finden. Eine berufstätige Mutter aus Milwaukee sprach für Tausende von Frauen, als sie schrieb: »Beim Austarieren von Heim, Arbeit und Job fühle ich mich immer, als müßte ich vier Dinge gleichzeitig erledigen. Ich mache meinen Job, denke dabei aber ständig daran, was ich zum Essen kochen soll und wer die Kinder abholt.« Die Lebensschilderungen der Frauen sind gespickt mit Wörtern wie »hektisch«, »anstrengend«, »schwer« und »mühsam«. Viele Frauen sagten, sie wären die ganze Zeit müde.

Mütter, die außer Haus arbeiten, meinen, daß ihre Arbeitgeber mehr Verständnis für die Krankheiten ihrer Kinder und für Arzttermine aufbringen könnten. Sie sagen, sie bräuchten eine großzügigere Urlaubsregelung, damit sie sich um Kinder oder kranke Verwandte kümmern könnten, aber viele geben auch zu, daß sie es sich nicht leisten können, ihren Verdienst für lange Zeit oder überhaupt zu opfern. Generell fanden Frauen in niedrigen Lohnklassen ihre Arbeitsplätze weniger familienfreundlich und flexibel als Frauen in leitenden und verantwortlichen Positionen.

Vor Chelseas Geburt fiel mir in allen Büros, in denen ich arbeitete, auf, daß die meisten weiblichen Angestellten jeden Nachmittag gegen drei Uhr in ihre Telefone flüsterten. Schließlich dämmerte mir, daß sie sich vergewisserten, ob ihre Kinder wohlbehalten von der Schule heimgekommen waren und ihre Hausaufgaben machten. Sie flüsterten, weil sie das Gefühl hatten, sie würden schief angesehen werden, wenn sie ihren Familienpflichten nachkamen.

Allen Aussagen der Studie lag ein vertrauter Refrain zugrunde: Frauen glauben, daß ihre Arbeitsleistungen und Verpflichtungen unterbewertet werden, einschließlich der Verantwortung ihren Kindern gegenüber. Sie sind sich bewußt, wie hart sie für ihre Familien arbeiten, und sie glauben, daß andere Bereiche der Gesellschaft, darunter ihre Arbeitgeber, mehr Unterstützung bieten sollten. Ihre Sorge um das Wohlergehen der Kinder prägt ihre Meinungen zu breiteren Themen und ihren Wunsch, gehört zu werden. Der Report vermerkt: »Sie beschäftigen sich stark mit ihrem Beruf, ihren Kollegen und Kolleginnen, ihren Arbeitsplätzen und dem Zustand der Nationalökonomie.«

Obwohl die persönlichen Anforderungen für Frauen beträchtlich sind, erfüllt sie ihr Beitrag zum Familieneinkommen mit Stolz, und acht von zehn Befragten sagen, sie »lieben« oder »mögen« ihren Job. Dabei handelt es sich nicht um Stereotypen – weder »frohgelaunte Supermütter, die eindeutig ihre Arbeit lieben und die nie mit einem Problem oder einer widerspenstigen Haarsträhne zu kämpfen haben«, noch, genauso klischeehaft, »angstgeplagte Frauen, die von widerstreitenden Forderungen so zerrissen sind, daß sie an den eigenen Herd zurückkehren«, noch »aufstrebende Karrierefrauen, die ihr persönliches Leben aufgeben, um sich in der Männerwelt durchsetzen«. Es handelt sich um verantwortliche Erwachsene mit wirklichen Leben und wirklichen Bedürfnissen, einschließlich dem Verlangen, entsprechend ihren Talenten und Fähigkeiten ihren Beitrag zu leisten und die Unterstützung zu bekommen, die es ihnen ermöglicht, in der Arbeit und zu Hause tüchtig zu sein.

Die Befragungen erinnern uns daran, daß wir die Gußform noch immer nicht zerbrochen haben, genauer noch: die Gußform, welche die Gußformen herstellt, der Mechanismus, der uns weiterhin komplizierte Bedürfnisse und Sehnsüchte in saubere kleine Schachteln pressen läßt. Sind wir »Karrierefrauen« oder »Heimchen am Herd«, »Traditionalistinnen« oder »Neo-Traditionalistinnen?« Das Bestreben, unserem Leben ein Etikett zu verpassen, wirft uns zurück. Immer wenn wir die Wahlmöglichkeiten von Frauen in eine »Entweder–oder«-Entscheidung fassen – gemeinhin zwischen Arbeit und Familie – leisten wir uns keinen guten Dienst. In früheren Generationen gingen uns Künstlerinnen, Ärztinnen und Ingenieurinnen verloren. Meiner Generation gingen gute Mütter und hingebungsvolle Gemeindehelferinnen unter den Frauen verloren, die keinen Weg sahen, ihr Arbeitsleben mit den häuslichen und familiären Verpflichtungen unter einen Hut zu bringen. Wir sagen gerne, daß Frauen mit ihrer Arbeit, ihrer Ehe, ihren Kindern und Myriaden weiteren Pflichten »jonglieren«. Ich habe diesen Ausdruck auch gebraucht, bis mich die Autorin und Wissenschaftlerin Mary Catherine Bateson darauf hinwies, daß beim Jonglieren schließlich immer etwas auf den Boden fällt.

Nun ziehe ich die Metapher des Komponierens vor, die Bateson in *Composing a Life* erläutert: etwas Schönes aus den von uns ausgewählten Elementen herstellen, wie etwa eine bunte Decke. Vielleicht wäre es einfacher, wenn der Stoff unseres Lebens aus einem uniformen sozialen und familiären Muster geschnitten wäre, selbst wenn er nicht das Muster hat, das wir für uns selbst entworfen hätten. Einfacher wäre es wohl, aber nicht so schön und unseren spezifischen Bedürfnissen, Wünschen und Umständen angepaßt.

Wie dumm Klischees sind, wurde mir deutlich, als ich eine junge Anwältin, aber noch nicht Mutter war. Ein Klient, eine Versicherungsgesellschaft, bat mich, ihn bei der Anhörung vor einem Jugendgericht zu vertreten, vor dem zwei Brüder im Alter von zehn und zwölf Jahren erscheinen sollten, weil sie beschuldigt wurden, das Haus eines Nachbarn verwüstet zu haben.

Ich werde nie die Mutter bei der Zeugenaussage für ihre Jungen vergessen. Mit dem Mut einer Löwin, die ihre Brut verteidigt, stritt sie angesichts einer überwältigenden Beweislage ab, daß ihre Söhne die Vandalen gewesen waren. Sie könnten es nicht gewesen sein, erklärte sie, weil sie ihre Arbeit aufgegeben habe, um sich zu Hause um ihre Erziehung zu kümmern.

Wenn wir Hausfrauen gegen berufstätige Mütter aufrechnen, verlieren alle. Es gibt keine Zauberformel für die Kindererziehung. Erfolge und Fehlschläge treffen Eltern, die sich zu Hause mit ihren Kindern beschäftigen, und diejenigen, die außer Haus ihre Beschäftigung haben. Den Unterschied machen allein die

Kompetenz und das Engagement von Eltern aus, ihren Kindern das zu geben, was sie für eine gesunde Entwicklung benötigen.

Es ist Zeit, daß wir mit der Vergangenheit unseren Frieden schließen. Wir können damit den Anfang machen, daß wir darauf achten, die Rollen von Frauen als Mütter und Haushälterinnen nicht schlecht zu machen und über die mütterlichen Fähigkeiten von Frauen, die außer Haus arbeiten, keine voreiligen Schlüsse zu ziehen. Ich schlage vor, daß wir privat wie öffentlich aufhören, Lippenbekenntnisse zur Mutterschaft abzugeben und damit anfangen, Eltern – Männern wie Frauen – die physische, finanzielle und emotionale Unterstützung zu bieten, die sie zu einer guten Kindererziehung brauchen.

In meiner Rede auf der 4. Weltfrauenkonferenz in Peking habe ich gesagt: »Wir müssen begreifen, daß es keine feste Formel dafür gibt, wie Frauen ihr Leben führen sollen. Deshalb müssen wir die Wahl respektieren, die jede Frau für sich und ihre Familie trifft. Jede Frau verdient die Chance, ihr gottgegebenes Potential verwirklichen zu können.«

Ich habe meine eigenen Erfahrungen mit der Macht von Klischees gemacht, am merklichsten bei der Antwort auf die Frage eines Reporters während der Präsidentschaftskampagne 1992, die unnötig viel Staub aufgewirbelt hat. Ich hatte die Frage so verstanden, als würde sie sich auf die zeremonielle Rolle der Ehefrau eines politischen Würdenträgers beziehen, und erwiderte, ich hätte mich dafür entschieden, lieber weiter in meiner Anwaltskanzlei zu arbeiten, während mein Mann Gouverneur war, als zu Hause die offizielle Gastgeberin zu spielen und Gästen Plätzchen und Tee zu servieren.

Tatsache ist jedoch, daß ich mein gerüttelt Maß an Plätzchen gebacken und Hunderte Tassen Tee serviert habe. Aber ich dachte nie daran, daß diese Tätigkeiten mich zu einer guten, schlechten oder mittelmäßigen Mutter oder einer guten oder schlechten Person machten. Und so kam es mir gar nicht in den Sinn, daß meine Bemerkung als Verunglimpfung von Müttern verstanden werden könnte (ich schätze, einschließlich meiner eigenen!), die sich dafür entscheiden, die ganze Zeit zu Hause bei ihren Kindern zu bleiben. Mir fiel auch nicht ein, daß die Schlagzeilen am nächsten Tag *mich* als plätzchenfeindliche – und daher offensichtlich familienfeindliche – »Karrierefrau« abstempeln würden. Viele Menschen urteilten voreilig über mich, sowohl negativ wie positiv, je nachdem, wie sie meine Worte auslegten. Wenige hörten meinen vollständigen Kommentar oder wußten genügend über mich, bevor sie mich in die eine oder andere Schublade sortierten.

Ich habe aus der ganzen Episode enorm viel gelernt. Nun weiß ich zum Beispiel, daß meine Antwort, wenn ich eine persönliche Frage gestellt bekommen, wohl jeweils daran gemessen werden wird, wie andere Menschen die Entscheidungen in ihrem Leben bewerten. Doch der Vorfall führte mir auch die ungeheure Energie vor Augen, die in öffentlichen und privaten Attacken gegen die Entscheidungen von Frauen und Männern verpulvert wird. Dabei werden ihre Werte, Fähigkeiten und Vorlieben in vorgefertigte Schubladen gesteckt. Egal, wie groß die Meinungsunterschiede auf diesem Gebiet sind, sie sollten vor den Bedürfnissen von Kindern zurücktreten, die alle unsere unterschiedlichen Einsatzkräfte verlangen.

Kindererziehung gleicht keinem anderen Beruf für Männer wie für Frauen. Es gibt keine Prüfungen zu absolvieren, kein Zertifikat, das er oder sie sich an die Wand hängen kann. Es gibt auch keine Ferien, Freistellungen oder Urlaubstage. Sie mögen eine »Vollzeit«-Anwältin oder -Sekretärin oder ein »Vollzeit«-Lehrer oder -Bauarbeiter sein, als Mutter oder Vater sind Sie jedoch rund um die Uhr beschäftigt. Zusätzlich zu ihrem Brotberuf sind viele Frauen häufig die häuptsächlichen Betreuerinnen nicht nur für Kinder, sondern auch für gebrechliche Eltern, womit sie unter einer strapaziösen Dreifachbelastung stehen.

Es mag sein, daß Frauen ökonomische und soziale Gleichstellung mit Männern nur erreichen, wenn Mütter und Väter sich die Verantwortung für die Erziehung ihrer Kinder und andere

Haushaltsobliegenheiten voll und ganz teilen. Dieser Tag scheint jedoch noch nicht so bald heraufzudämmern. Inzwischen können wir zwei Dinge tun, die mit der Zeit die Sachlage ändern werden. Wir können sowohl Müttern wie Vätern die Zeit und den Ansporn geben, ihre Elternrolle aktiv auszufüllen, und wir können unseren Söhnen und Töchtern dabei helfen, die durch voreilige Abstempelung erzeugten Einschränkungen zu vermeiden.

Als ich 1979 schwanger wurde, gab es in meiner Kanzlei keine Regelung zum Mutterschaftsurlaub. Als ich versuchte, das Thema anzuschneiden, schlug mir verlegenes Schweigen entgegen. Im Lauf der Monate fiel mir auf, daß meine männlichen Kollegen ihren Blick von meinem anschwellenden Bauch abwandten. Wenn ich im Gericht war, fragten die Richter besorgter als üblich, ob jemand eine Unterbrechung bräuchte. Ich erreichte schließlich einen viermonatigen Mutterschaftsurlaub, der es mir ermöglichte, die dringend benötigte Zeit mit Chelsea zu verbringen, um mich an meine neue Rolle als Mutter zu gewöhnen. Aber die meisten Eltern haben diese Annehmlichkeiten gar nicht zu erwarten.

Wie bereits erwähnt, garantiert der Family and Medical Leave Act Angestellten in Firmen mit mehr als fünfzig Beschäftigten unbezahlten Urlaub. Das ist ein guter Anfang. Viele Eltern können es sich jedoch nicht leisten, auch nur ein paar Wochen auf das Gehalt zu verzichten, und sehr wenige Arbeitgeber in den USA bieten bezahlten Mutterschafts- und Vaterschaftsurlaub an. Nur etwa die Hälfte aller weiblichen Arbeitnehmer im gebärfähigen Alter können in den Genuß einer staatlichen Beihilfe für einen kurzfristigen Arbeitsausfall kommen, die für die Zeit der Schwangerschaft und der Geburt gewährt wird.

Andere Länder haben herausgefunden, daß eine Anerkennung der Familie durch die Gewährung entsprechender Zeiten für die Kinderbetreuung nicht nur richtig für die Familie und wohlbedacht für die Gesellschaft ist, sondern auch gut für Arbeitgeber, die in den Genuß einer gesteigerten Loyalität und größerer Zufriedenheit am Arbeitsplatz kommen. In Deutschland wird berufstätigen Müttern beispielsweise ein vierzehnwöchiger Mutterschaftsurlaub (sechs Wochen vor und acht Wochen nach der Geburt) bei Lohnfortzahlung gewährt. Mütter und Väter haben nach der Geburt eines Kindes auch Anspruch auf einen bis zu dreijährigen Erziehungsurlaub bei vollem Kündigungsschutz. In den ersten beiden Jahren erhalten sie ein Erziehungsgeld, das etwa einem Fünftel des durchschnittlichen Einkommens einer deutschen Frau entspricht. Auch wenn dieses Geld nicht ausreicht, um die meisten Familien zu ernähren, so ist es doch eine nützliche Ergänzung des Familieneinkommens.

Andere europäische Länder bieten ähnlich großzügigen Urlaub an. Auch in Schweden erhalten Ehepaare einen fünfzehnmonatigen, bezahlten Urlaub bei gesichertem Arbeitsplatz, den sie unter sich aufteilen können. Die Bezahlung entspricht während der ersten zwölf Monate ungefähr 90 % des Gehalts und reduziert sich in den letzten drei Monaten weiter.

Es nützen jedoch nur wenige schwedische Väter diese Regelung aus. Nach einer Studie der University of Winconsin spielen Einschätzungen und Überzeugungen, aber auch praktische Überlegungen bei der Entscheidung eine Rolle. Viele schwedische Männer glauben wie ihre amerikanischen Geschlechtsgenossen, daß Männer hauptsächlich für den Familienunterhalt sorgen sollten und keine Rollenvorbilder in der Kinderpflege haben. Nicht zuletzt sind sie der Auffassung, daß der »Vaterschaftsurlaub« in der Gesellschaft wenig anerkannt und gefördert wird.

In unserem Land nehmen ebenfalls nur wenige Männer Vaterschaftsurlaub, selbst wenn er bezahlt wird. Eine Ausnahme bildet da die Lotus Development Corporation, die frischgebackenen Vätern und Adoptiveltern vier Wochen bezahlten Urlaub bietet. Von den 305 Angestellten bei Lotus, die 1994 einen Familienurlaub nahmen, waren mehr als ein Drittel Männer, laut der Zeitschrift *Working Mother* »ein ungewöhnlich hoher Prozentsatz im amerikanischen Geschäftswesen«. Dort heißt es weiter, daß die »avancierten gesellschaftlichen Wertvorstellungen bei Lotus ... Männern ein sicheres Gefühl geben, wenn sie Urlaub nehmen, um sich um ihre Kinder zu kümmern.«

Viele Arbeitgeber sind nicht sehr entgegenkommend, selbst wenn sie gesetzlich zur Gewährung eines Urlaubs verpflichtet sind. Kevin Knussman, seit beinahe zwei Jahrzehnten bei der Nationalgarde in Maryland im Dienst, beantragte einen erweiterten Vaterschaftsurlaub, um sein Neugeborenes zu versorgen, während sich seine Frau von ihrer schwierigen Schwangerschaft erholte. Das Personalbüro der Nationalgarde gab ihm den Bescheid, er gelte nicht als »hauptsächlicher Pflegeberechtigter«, außer seine Frau wäre »im Koma oder tot«. Nach zehn Tagen wurde er wieder in den Dienst beordert. Knussman verklagte den Staat Maryland wegen Verletzung des Family and Medical Leave Act.

Trotz des institutionellen Widerstandes fangen mehr Väter an, die Zeit mit ihrer Familie bei Berufsentscheidungen ganz oben auf ihre Prioritätenliste zu setzen. Eine vor kurzem durchgeführte Untersuchung unter mehr als sechstausend Angestellten und Handwerkern ergab, daß beinahe genauso viele Männer wie Frauen in ihrem Arbeitsleben Anpassungen vornehmen wie die Ablehnung von Beförderungen, Versetzungen, ausgiebigen Reisen oder Überstunden. Die Firmen werden wohl bald aufmerken und darauf reagieren. Eine andere Studie zeigte, daß berufstätige Männer und Frauen, welche die Familie über die Arbeit stellten, auf lange Sicht mehr verdienten als diejenigen, die es nicht taten.

Wie es so schön heißt, wünscht sich niemand auf seinem Totenbett, er hätte mehr Zeit im Büro verbracht. Viele geschiedene Männer, die eine zweite Familie gründen, geloben, von nun an ihre Kinder nicht mehr zu vernachlässigen. Doch Kinder aus erster Ehe sind keine Übungsobjekte, und sie erhalten keine zweite Chance mehr für ihre Kindheit.

Mehr Männer erkennen allmählich die schwerwiegenden Entscheidungen, die Elternschaft manchmal mit sich bringt. Bill

Galston aus dem innenpolitischen Beraterstab meines Mannes entschied, er könne seine Tätigkeit im Weißen Haus nicht mit der Zeit in Einklang bringen, die er mit seinem Sohn verbringen wollte. Galston trieb die Bemühungen der Regierung voran, Familien zu stärken und Kinder zu fördern, und er nimmt die Verpflichtungen seinem Kind gegenüber ernst. Er sagt, »die Vaterschaft ist für mich die Erfahrung gewesen, die mein Leben am stärksten verwandelt hat. Dahinter kommt erst lange nichts. Sie ist ein Prisma, durch das ich die Welt sehe.« Er bemühte sich schwer darum, die Zeit mit seinem Sohn in die Arbeitsanforderungen zu integrieren, brachte ihn nach der Schule ins Weiße Haus, damit er seine Hausaufgaben machte oder mit ihm aß. Doch als sein Sohn ihm einen Brief schrieb, in dem er sagte: »Baseball macht keinen Spaß, wenn einen niemand anfeuert«, entschied sich Galston, seine geliebte Stellung aufzugeben, um wieder in den Lehrberuf zurückzukehren. Meinem Mann sagte er: »Für Sie bin ich ersetzbar, für meinen Sohn nicht.«

Die meisten Männer werden sich jedoch nicht eher aus vollem Herzen an der Betreuung ihrer Kinder beteiligen, bevor unsere Kultur sie allgemein nicht bloß als aktive Bezugspersonen akzeptiert, sondern diese Rolle auch von ihnen erwartet. Geschlechterrollen verändern sich langsam, und dazu bedarf es mehr als Gesetzesänderungen oder fortschrittlicher Beschäftigungspolitik. Es ist ein generationenaltes Problem und keineswegs ein spezifisch amerikanisches.

In einem Armenviertel von Santiago de Chile besuchte ich das Gemeindezentrum La Pintana, das verschiedene Programme zur Stärkung und Erhaltung von Familien anbietet. Zwei Arbeiterehepaare erzählten mir von ihren Erfahrungen mit einem Programm, das die Anteilnahme der Väter an ihrer Familie stärken soll. Die Männer berichteten mir, daß sie sich in ihrer arbeitsfreien Zeit mit ihren Freunden vergnügten und ihre Frauen daheim ließen, damit sie die Kinder betreuten. Das Beratungsprogramm hatte ihnen aber geholfen, zu entdecken, wie lohnend die mit der Familie verbrachte Zeit sein konnte.

Wenn eine lateinamerikanische Kultur mit ihren festgefügten Auffassungen der Geschlechterrollen sich mit der Idee anfreundet, daß die Vaterschaft so herausfordernd und lohnend wie sonst etwas in der sogenannten wirklichen Welt ist, dann können wir das auch. Der wohl wirkungsvollste Weg, Männer in die Kinderbetreuung einzubinden ist schlicht der, ihn zu beschreiten.

Ich erinnere mich, wie zaghaft mein Vater zunächst meine Brüder in den Arm nahm, als sie noch Babys waren. Im Gegensatz dazu kümmert sich mein Bruder Tony tatkräftig um seinen Sohn, und mein Mann beteiligte sich eifrig an der Betreuung Chelseas. Stundenlang hielt er sie, sang und sprach zu ihr. Er hatte noch nie zuvor ein Baby gepflegt, und ich mußte mich zurückhalten, um ihm genug Raum zu geben, damit er herausfinden konnte, wie er mit Chelsea vertraut werden konnte. Ich mußte mich dazu zwingen, nicht dauernd um sie herum zu sein, damit er selbst lernte, ein »feuchtes« von einem »hungrigen« Weinen zu unterscheiden oder ohne Bedenken die Windeln zu wechseln.

Ich mußte auch akzeptieren, daß er sich nicht immer auf meine Art um Chelsea kümmerte. Als sie gerade lernte, sich umzudrehen, hatte Bill sie eines Tages auf unser Bett gelegt und sah verwundert zu, wie sie sich erst auf die eine, dann auf die andere Seite drehte. Er rief mich aufgeregt her, damit ich es auch sah, und sagte mir, als ich da war, allen Ernstes, er sei sicher, sie verstünde die Schwerkraft. Ein paar Minuten später rollte sie vom Bett und fiel auf den Teppich. So viel zu ihrem Verständnis der Physik!

Ein Vater, der sein Kind umsorgt, muß als verantwortlicher Versorger anerkannt und nicht in die Rolle eines »Babysitters« oder schlechtausgebildeten Assistenten abgedrängt werden. Unerfahrenheit kann zu gelegentlichen Mißgeschicken führen – eine nicht richtig befestigte Windel fällt herunter oder es passiert eine andere geringfügige Unannehmlichkeit. Meine Freundinnen und ich schütteln oft die Köpfe darüber, was unsere Ehemänner Kinder tun lassen, wenn wir nicht da sind. Bettgehzeiten werden auf später verschoben, und zum Essen kommen minderwertige Nahrungsmittel auf den Tisch. Doch die Zeit, die Kinder mit ihren Vätern verbringen, schafft eine besondere Bindung, die länger Bestand hat als die gelegentlichen Nachwirkungen in Form von Quengeln, Müdigkeit oder Bauchweh.

Niemand kann genau bestimmen, wie die Arbeiten in einem Haushalt verteilt werden sollen. Das hängt von den ganz spezifischen Bedürfnissen und Fähigkeiten jedes Familienmitglieds ab und davon, was für die Familie insgesamt als richtig erscheint. Zwei meiner engsten Freundinnen geben ein Beispiel für zwei verschiedene Vorgehensweisen ab.

Die eine, mit der ich seit der Grundschule befreundet bin, gab ihren Lehrberuf auf, als das erste ihrer drei Kinder geboren wurde. Viele Jahre lang führte sie ein Leben ganz so wie meine Mutter und widmete ihre ganze Zeit ihren Kindern und ihrem Heim. Jetzt, da ihr jüngstes Kind in der Junior High School ist, hat sie wieder einen bezahlten Job angenommen. Ihr Mann hat die ganze Zeit die Brötchen verdient, sich aber täglich an der Kinderbetreuung beteiligt. Zusätzlich zur Beteiligung an häuslichen Arbeiten hat er nach seinen Worten »Vaterpflichten« wie das Training ihrer Sportmannschaften erledigt.

Meine andere Freundin heiratete mit vierzig und bekam mit fünfundvierzig ein Kind. Ihr Mann, der einen Beruf hat, der es ihm ermöglicht, daheim zu arbeiten, hat die Hauptlast des Kochens und der täglichen Versorgung ihres Sohnes übernommen, während sie eine hektische Berufslaufbahn weiterverfolgt hat, die häufige Reisen einschloß. Die beiden kommen mit dieser Arbeitsteilung gut zurecht, und ihr Sohn gedeiht. Sie erinnern mich an das, was die angesehene Richterin Shirley Abrahamson sagte, als sie eine Auszeichnung der amerikanischen Anwaltsvereinigung verliehen bekam. Als sie ihrem Mann Dank sagte für seine Unterstützung, bemerkte sie, daß er es geschafft hatte, Ehe und Karriere zu verbinden – daß ihn aber nie jemand fragte, wie er das macht!

Kinder lernen aus dem, was sie sehen. Wenn sie ihre Väter beim Essenkochen oder Windelwechseln sehen, werden sie mit dem Wissen aufwachsen, daß Kinderpflege ein menschlicher Zug ist und kein weiblicher. Wenn sie ihre Mütter beim Reifenwechseln oder Auswechseln von Sicherungen sehen, werden sie das Beheben von Pannen als menschliche Eigenschaft und nicht bloß als männliche ansehen. Wir sollten auf die Botschaften achten, die wir ihnen vermitteln, sowie auch auf das Verhalten, das wir ihnen vorführen.

Unterschiede in der Behandlung von Mädchen und Jungen fangen schon vor Vollendung des ersten Lebensjahrs an. Das haben Studien bewiesen, bei denen Kleinkinder in Windeln oder einteiligen Anzügen der Pflege von Erwachsenen überlassen wurden, die dachten, sie wüßten das Geschlecht des Kindes aufgrund der ihnen mitgeteilten Namen. Dasselbe Baby wird unterschiedlich behandelt, je nachdem, ob der Erwachsene es für einen Jungen oder ein Mädchen hält. Zum Beispiel kann ein Erwachsener dasselbe Schreien eines Kleinkinds bei einem »Jungen« als Wut und bei einem »Mädchen« als Furcht ansehen und darauf reagieren.

Diese frühen Signale setzen sich in der Schule fort. Wenn ein Mädchen schlechte Noten nach Hause bringt, sagen Erwachsene eher: »Macht nichts, du hast dich redlich bemüht.« Jungen bekommen eher zu hören: »Streng dich mehr an. Du kannst es besser.« Kinder hören – und verinnerlichen – dabei die Botschaft, daß sich bei Jungen Anstrengungen mehr auszahlen als bei Mädchen. Sie lernen auch, daß Jungen mehr wagen, aktiv sind und Dinge selbst erledigen, während Mädchen Hilfe von Erwachsenen brauchen, wenn sie mit etwas nicht zurechtkommen.

Solche Klischees wirken sich allmählich in der Vorschulzeit aus, wenn die Kinder Unterschiede im Verhalten zwischen Jungen und Mädchen bemerken und sich damit beschäftigen, Geschlechterrollen zu definieren. Erwachsene haben bei Kindern dieses Alters die Autorität, viel zu unternehmen, um gegen die Botschaften anzugehen, die sie aus den Medien und von Gleichaltrigen erhalten. Wir können Mädchen dazu ermuntern, aktiv zu sein, und sie in bequeme, feste Kleidung stecken, die ihnen Bewegungsfreiheit läßt. Wir können Geschenke aussuchen, die geschlechtliche Festlegungen überschreiten – etwa Bauklötze für Mädchen wie Jungen. Wir können die Hausarbeiten gleich verteilen, Mädchen im Garten und Jungen im Haus beschäftigen. Wir können auch darauf achten, mit Kindern auf eine Art zu sprechen, die Klischees ausgleicht, die von den Medien kommen. Wir können uns angewöhnen, Mädchen nach ihren Aktivitäten zu fragen und nicht ihr Aussehen zu kommentieren, und wir können Jungen dazu ermuntern, ihre Gefühle zu beschreiben. Wir können sie auch mit den verschiedenen Möglichkeiten vertraut machen, die es für Frauen und Männer in der Außenwelt wie auch daheim gibt. Schon als Chelsea noch klein war, nahm Bill sie regelmäßig mit ins Gouverneursbüro, wo er für sie einen Miniaturschreibtisch mit Papier und Buntstiften hingestellt hatte, damit sie ihre »Arbeit« tun konnte, während er seine erledigte. Wir müssen uns bemühen, Jungen wie Mädchen gleichermaßen eine klare Vorstellung davon zu geben, was ihre Eltern und andere Erwachsene tun, wenn sie das Haus verlassen.

Es ist von Bedeutung, daß wir unsere Kinder mit soliden, vernünftigen Modellen für die Rollen von Männern und Frauen sowohl als Betreuer wie als Leistungsträger versorgen, denn wenn sie in die Welt hinaustreten, werden sie entdecken, was Männer und Frauen, die Kinder an die erste Stelle setzen, bereits wissen: Die Dorfgemeinschaft hat noch einen weiten Weg vor sich, um die unterschiedlichen und sich wandelnden Rollen sowohl in der Arbeitswelt wie daheim miteinander zu vereinbaren.

Der Wandel fängt bei jedem von uns an. Auch wenn es Belastungen und Frustrationen mit sich bringt: Je mehr Zeit und Energie Mütter und Väter in ihre Erziehungsaufgaben stecken, desto mehr Freude werden sie daran haben. Und um so vielfältiger werden die Vorbilder sein, die sie ihren Kindern geben – jetzt und wenn diese ihr eigenes Erwachsenenleben »komponieren«.

Kinder brauchen Betreuung

Bei der Arbeit denkst du an die daheim gelassenen Kinder. Daheim denkst du an die nicht zu Ende gebrachte Arbeit. In dir entsteht ein Widerstreit; du wirst innerlich zerrissen.

Golda Meir

Stellen Sie sich ein Land vor, in dem fast alle Kinder zwischen drei und fünf die Vorschule in blitzenden Klassenzimmern besuchen und von Lehrkräften unterrichtet werden, die Spezialisten in der Kinderbetreuung sind. Stellen Sie sich ein Land vor, das Kinderbetreuung als Aufgabe betrachtet, um Kinder in der erweiterten Lebensgemeinschaft willkommen zu heißen und ihr Potential zum Lernen und Reifen zu »erwecken«.

Das mag zu schön klingen, um wahr zu sein, ist es aber gar nicht. Als ich 1989 mit einer Gruppe in Frankreich war, die das französische Kinderbetreuungssystem untersuchte, sah ich, was passiert, wenn ein Land die Versorgung seiner Kinder zur obersten Priorität erhebt. Mehr als 90 Prozent der französischen Kinder zwischen drei und fünf besuchen kostenlose oder preisgünstige Vorschulen, die *écoles maternelles* heißen. Viele werden sogar schon vor ihrem dritten Jahr ganztägig betreut. In ganz Frankreich besteht Einigkeit darin, daß die Kleinen in der Kinderbetreuung nicht bloß abgestellt, sondern für die Schule und das Leben vorbereitet werden sollen. Das Lehrpersonal für Vorschulen hat eine dem Magistergrad entsprechende Ausbildung in Kindergarten- und Grundschulpädagogik. Kleinkinderpädagogen haben einen Abschluß, der in etwa einem zweijährigen Collegebesuch in den Vereinigten Staaten entspricht, sowie eine zweijährige Berufsausbildung in frühkindlicher Erziehung und Entwicklung. Und die Gebäude, in denen sich diese Vorschulen befinden, sind modern und einladend, von angesehenen Architekten entworfen, die an die Kinder gedacht haben. Die Wände sind so konstruiert, daß sie Schall absorbieren. Die Inneneinrichtung ist hell und bunt. Es gibt Räume zum Spielen, Schlafen, Essen und sogar für das Abschiednehmen und die Begrüßungsumarmung. Kein Wunder, daß viele französische Eltern – sogar Mütter, die nicht außer Haus arbeiten – ihre Kinder gerne in diese von der Regierung subventionierten Einrichtungen schicken.

Auch bei dem kleinen Prozentsatz französischer Kinder, die in häuslicher Pflege versorgt werden, funktioniert das System gut. Drei von vier Tagesmüttern sind staatlich geprüft, und die Zahl der von ihnen betreuten Kinder ist gesetzlich auf drei pro Wohnung begrenzt. Die Anreize zur staatlichen Anerkennung sind beträchtlich: Sozialleistungen, regelmäßige Zusendung aktueller Informationen von der Regierung und periodische Besuche durch eine besonders ausgebildete Kindergärtnerin.

Bedeutet das, daß die Franzosen ihre Kinder mehr lieben als wir? Natürlich nicht. Und ich glaube auch nicht, daß ihr System bei uns voll und ganz übertragen werden kann oder sollte. Frankreich ist ein viel kleineres und homogeneres Land als unseres. Und der Preis für solche großzügigen Sozialprogramme macht sich durch die Bank in höheren Steuern bemerkbar. Ich glaube aber, daß die Franzosen einen Weg gefunden haben, ihrer Liebe und Sorge durch eine Politik Ausdruck zu verleihen, die sich auf die Bedürfnisse von Kindern im frühesten Lebensstadium konzentriert. Während meines Frankreichbesuches führte ich Gespräche mit etlichen Politikern, Sozialisten wie Konservativen. Ich fragte einen jeden: »Wie können Sie Ihre politischen Differenzen überwinden und in der staatlich unterstützten Kinderbetreuung zu einer Einigung kommen?« Einer nach dem anderen sah mich erstaunt an. »Wie kann jemand nicht in Kinder investieren, wenn er in einem intakten Land leben möchte?« lautete die immer wieder gehörte Antwort.

Wenn Sie irgendwo in Amerika Schuldgefühlen und Meinungsverschiedenheiten Tür und Tor öffnen wollen, dann fangen Sie an, über Kinderbetreuung zu sprechen. Dieses Thema bringt alle unsere widerstreitenden Gefühle darüber zum Vorschein, was Eltern tun sollten und wer auf die Kinder aufpassen sollte, wenn die Eltern berufstätig oder anderweitig nicht dazu in der Lage sind.

Obwohl ich mich in günstigeren Verhältnissen als die meisten Mütter befand, sorgte ich mich beständig um die Kinderbetreuung, als Chelsea noch klein war. Als sie geboren wurde, wohnten wir in der Gouverneursvilla und waren von einer bereits bestehenden Dorfgemeinschaft aus Erwachsenen umgeben, die bereit waren, sofort einzuspringen, wenn ich zusätzliche Hilfe benötigte. Doch in den zwei Jahren, in denen Bill nicht Gouverneur war (und Chelsea noch sehr klein), war unsere einzige Hilfe eine Frau, die während der Arbeitszeit an den Werktagen ins Haus kam. Und wie alle Systeme der Kinderbetreuung brach auch unseres hin und wieder zusammen.

Ich erlebte meine Version des schlimmsten Alptraums jeder Mutter an einem Morgen, als ich um 9 Uhr 30 zu einem Prozeß im Gericht erscheinen mußte. Es war bereits halb acht, und die zweijährige Chelsea hatte nach einer für uns beide schlaflosen Nacht Fieber und mußte sich erbrechen. Mein Mann war auf Reisen. Die Frau, die sich normalerweise um Chelsea kümmerte, sagte mir telefonisch ab, weil sie die gleichen Krankheitssymptome hatte. Keine Verwandten wohnten in der Nähe. Meine Nachbarn waren nicht zu Hause. In meiner Verzweiflung rief ich eine verläßliche Freundin an, die mir dann zu Hilfe eilte.

Dennoch empfand ich es als schlimm, mein krankes Kind verlassen zu müssen. Ich rief in jeder Pause an und sauste nach Hause, sobald das Gericht sich vertagte. Als ich die Tür aufmachte und meine Freundin sah, die der eindeutig erholten Chelsea vorlas, ließen zum erstenmal an diesem Tag meine Kopf- und Bauchschmerzen nach.

Ich denke oft daran, wie ich mich wohl um die Kinderbetreuung gekümmert hätte, wenn ich nicht das Geld und die Zeit gehabt hätte, eine sorgsame Entscheidung zu treffen. Hätte ich meine Tochter in der Wohnung einer Fremden den ganzen Tag vor dem Fernseher oder in einem Riesenraum mit Dutzenden von Wiegen an der Wand lassen können? Hätte ich ruhigen Gewissens einen Kindergarten für Chelsea ausgewählt, wenn ich mir zu Anfang nicht etliche Male hätte freinehmen können, um sie dorthin zu begleiten und nachzusehen, wie sie und die anderen Kinder behandelt wurden? Viele Mütter haben aus finanziellen und organisatorischen Gründen gar keine Wahl in diesen Dingen.

Wir alle kennen Horrorgeschichten davon, wie schwierig es ist, eine anständige Betreuung für unsere Kinder zu finden – und sie auch längerfristig zu halten. Der niedere Rang, den wir als Nation der Kinderbetreuung zumessen, hat zu einem System geführt, das im Gegensatz zu dem in Frankreich eher wie ein Flickenteppich als ein Sicherheitsnetz aussieht. Zehn Millionen Kinder unter fünf Jahren sind auf behelfsmäßige Betreuung angewiesen, und viele der annähernd 22 Millionen Kinder zwischen fünf und vierzehn, deren Mütter berufstätig sind, brauchen während der schulfreien Zeit eine Betreuung. Während vor dreißig Jahren nur eines von fünf Kleinkindern unter einem Jahr ganztägig betreut wurde, sind es heute mehr als die Hälfte. Und viele von ihnen sind dreißig Stunden in der Woche oder mehr in fremder Obhut.

Die Bandbreite der Regelungen, die für diese Kinder getroffen werden, ist schwindelerregend: Nachbarn handeln Kinderbetreuungszeiten untereinander aus. Verwandte werden zu Hilfe gerufen. Eltern, denen diese Möglichkeiten nicht offenstehen, müssen sich an einen Markt wenden, der komplex, verwirrend, teuer und von extrem unterschiedlicher Qualität ist. Zur Auswahl stehen private Ganztagsbetreuung, wo eine erwachsene Person mehrere Kinder aus der Nachbarschaft beaufsichtigt, Kindergärten in der ganzen Skala von sehr gut bis sehr schlecht, an religiöse Einrichtungen und an Universitäten angeschlossene

Vorschulen; Kindermädchen, Au-pair-Mädchen, Verwandte sowie Ganztags- und Halbtagsbabysitter.

Bei der Wahl einer Unterbringung spielen für viele Familien die Kosten eine Hauptrolle. Wer sich große Ausgaben nicht leisten kann, wird wohl seine Kinder schließlich in nicht offiziell anerkannten, personell unterbesetzten und oft unsicheren Verhältnissen lassen. Nach einer staatlichen Erhebung zur Kinderbetreuung von 1990 gaben beispielsweise Familien mit einem jährlichen Einkommen unter 18.000 Dollar durchschnittlich 54 Dollar pro Woche für Kinderbetreuung aus. Diese Summe, obwohl sie oft keine qualifizierte Betreuung ermöglichte, stellte einen beträchtlichen Teil des Haushaltseinkommens dar – durchschnittlich um die 25 Prozent. Im Gegensatz dazu gaben Familien mit Einkommen von 54.000 Dollar und mehr nur etwa 6 Prozent ihres Haushaltseinkommens für Kinderbetreuung aus.

Heißt das, daß Kinder aus ärmeren Familien nie eine liebevolle, nachsichtige und aufmerksame Betreuung erhalten? Das nicht gerade, aber laut Aussage von Experten besteht eine Verbindung zwischen den Kosten und der Qualität der Betreuung. Viele Eltern mit geringem Einkommen sind in einer doppelten Zwangslage wegen ihrer Arbeitszeiten, die oft mit der verfügbaren Kinderbetreuung nicht zusammenpassen. Die staatliche Erhebung zeigte, daß ein Drittel der Mütter mit Einkommen unterhalb der Armutsgrenze und mehr als ein Viertel derjenigen mit einem Einkommen unter 25.000 Dollar an Wochenenden arbeiteten. Doch nur 10 Prozent der Tagesstätten und ein noch geringerer Prozentsatz der Tagesmütter sind an Wochenenden verfügbar. Beinahe die Hälfte der armen berufstätigen Eltern haben wechselnde Arbeitszeiten, was die Regelung der Kinderbetreuung noch komplizierter macht.

Für Eltern, insbesondere diejenigen, die lange Arbeitszeiten bei niedriger Bezahlung haben, kann das Organisieren einer Kinderbetreuung zu einem ernsten Dilemma führen. Wie Immigrantenmütter um die Jahrhundertwende, die ihre Kinder allein in Mietskasernen ließen, während sie in Ausbeuterbetrieben arbeiteten, spüren viele Eltern auch heute, daß sie in bezug auf Kinderbetreuung keine Wahlmöglichkeiten haben.

1990 sperrte eine Frau in New Jersey ihre fünfjährige Tochter in ihr Auto, während sie samstags einer Halbtagsbeschäftigung nachging. Als dies herauskam, wurde der Mutter zeitweilig das Sorgerecht entzogen. Es stellte sich heraus, daß die Frau alleinerziehend war und sich abrackerte, um ihre Tochter zu versorgen. Sie konnte sie während der Arbeitszeit nirgendwo anders lassen. Unter den ihr zur Verfügung stehenden schlechten Möglichkeiten erschien ihr das Auto als die sicherste.

Das mag ein Extrembeispiel sein, aber ich wette, eine Menge Eltern können die Verzweiflung dieser Mutter nachempfinden. Fragen Sie Eltern, die am Küchentisch sitzen und über Kinderbetreuung reden, und viele werden sagen, daß die Lage ziemlich aussichtslos ist. Die mehr als zweihundertfünfzigtausend Frauen, die sich an der staatlichen Untersuchung »Working Women Count!« beteiligten, waren hinsichtlich der Kinderbetreuung einhelliger Meinung. Eine Frau in Oregon, die zu Hause zwei erwachsene Kinder, zwei Jugendliche in Pflege und ein Enkelkind hat, drückte die Empfindungen der meisten Befragten aus, als sie schrieb: »Es ist ein Jammer mit der Kinderbetreuung in diesem Land. Auf der einen Seite ist sie für viele Frauen aufgrund ihres Einkommens zu teuer, auf der anderen Seite bringt sie der Betreuungsperson kein anständiges Gehalt. Eine Kinderbetreuuung zu finden ist ein Alptraum.«

Eine alleinerziehende Mutter in Illinois, die Büroangestellte ist, sagte: »Berufstätige Mütter haben ohnehin nur beschränkte Zeit zur Verfügung, aber ... ihnen kommt es so vor, als würden sie nach der Nadel im Heuhaufen suchen, wenn es um Kinderbetreuung geht.« Sie beschrieb, daß sie in die »Unterwelt« der Kinderbetreuung geraten ist, weil sie zuviel verdient, um staatliche Unterstützung zu erhalten, aber feststellen muß, daß der Preis für private Betreuung »ganz außer Reichweite ist«.

Während viele Eltern sagen, daß ihnen die Organisation einer erschwinglichen Kinderbetreuung erheblichen Kummer bereitet, behauptet paradoxerweise die überwiegende Mehrheit, sie sei glücklich mit den vereinbarten Regelungen. Oft sind sie zufrieden, weil der Ort günstig liegt, der Preis erschwinglich ist oder die betreuende Person ihnen nett vorkommt. In einigen Fällen sind Eltern, die tagelang überall nach einer Betreuung gesucht haben, schon erleichtert, überhaupt eine Lösung gefunden zu haben, die ihren Bedürfnissen entspricht.

Doch zwei kürzliche Studien verweisen auf eine alarmierende Tatsache: Angesichts von Optionen, die von wunderbar bis fürchterlich reichen, wissen viele Eltern nicht, auf was sie bei der Auswahl der Kinderbetreuung schauen sollen. Oft übersehen sie wichtige Qualitätskriterien wie grundlegende Sicherheitsvorkehrungen, die Erfahrung und Ausbildung der Betreuungspersonen und die dem Entwicklungsstand ihres Kindes entsprechende Umgebung.

In einer anderen Studie wurden kürzlich Einrichtungen für Kleinkinder klassifiziert und allgemein als qualitativ unzureichend bewertet. Nur eine von sieben wurde als dem Entwicklungsstand der betreuten Kinder angemessen eingestuft. 225 Räume für Kleinkinder wurden evaluiert und als besonders ungeeignet befunden. In vielen gab es Sicherheitsmängel, unzureichende hygienische Verhältnisse, teilnahmslose Betreuer und zuwenig Spielsachen und andere notwendige Dinge für Kinder. Eine Untersuchung einer gleichen Anzahl von privaten Kinderbetreuern in drei Gemeinden ergab ähnlich schwerwiegende Qualitätsmängel. Wie nicht anders zu erwarten, überwogen diese Mängel in Gebieten, wo Kinder aus einkommensschwachen Familien betreut wurden.

Wie uns Geraldine Youcha in ihrer Geschichte der Kinderbetreuung in Amerika erinnert, ist das Wichtigste für ein Kind die Qualität der Betreuung, die es erhält, nicht notwendigerweise die Umgebung, in der es versorgt wird. »Jedes System hat Kindern geholfen und geschadet, seien es nun Waisenhäuser, Pflegeeltern, Kindermädchen in feinen Häusern oder mütterliche Versorgung. Das Beste war gut; das Schlimmste war schlecht.«

Warum ist die Kinderbetreuung in Amerika nicht so gut, wie sie sein sollte? Die betrübliche Tatsache ist die, daß wir Amerikaner anders als die Franzosen die Kinderbetreuung nie genügend geschätzt haben. Erst in jüngster Zeit haben wir allmählich die Leistung von Müttern, die zu Hause bleiben, anerkannt – und daß die mütterliche Betreuung tatsächlich eine Form frühkindlicher Erziehung ist. Historisch gesehen haben wir auch die Außenstehenden unterbewertet, denen wir unsere Kinder anvertrauen. Schon in den fernen Kolonialzeiten oblag die Kinderaufzucht häufig angestellten Mädchen oder vertraglich verpflichteten Bediensteten. Kinder wurden betreut von Sklavenfrauen, die als Ammen, Zofen und Kindermädchen dienten. In zu vielen Fällen kann eigentlich jede Person, die sich um die Stelle bewirbt, in der Kinderbetreuung tätig sein. Und was für ein Licht wirft das auf unsere Einstellung zur Kinderbetreuung, wenn wir dem Garagenwart, der unseren Wagen einparkt, mehr zahlen als der Person, die den ganzen Tag für unsere Kinder verantwortlich ist?

Diese Geringschätzung der Betreuungspersonen geht zum Teil auf die langjährige Unentschiedenheit in unserem Land zurück, ob stellvertretende Kinderbetreuung ein annehmbarer Bestandteil der amerikanischen Lebensweise ist. Die außergewöhnlichen Wohnsiedlungen, die Jane Addams und andere Sozialreformer im späten 19. Jahrhundert schufen, um die Kinder von berufstätigen Immigrantenmüttern zu unterstützen, sind schon seit Jahren aus der Mode gekommen. Die bahnbrechenden Bemühungen von Experten in frühkindlicher Erziehung wie Dr. Bettye Caldwell, Schulen in Familienzentren umzuwandeln, die auch Kinderbetreuung anboten, kamen nie wirklich zum Durchbruch, zum Teil, weil dies eine neue Vorstellung von Schulen als kommunalen Dienstleistungseinrichtungen darstellte. Die Amerikaner sind weiterhin noch geteilter Meinung über die Rolle, welche die Bundesregierung, wenn überhaupt, spielen sollte, um berufstätige Eltern bei den Kosten für die Kinderbetreuung zu unterstützen.

Tatsächlich hat die Bundesregierung in unserer Geschichte die Kinderbetreuung schon mehrfach subventioniert. Während des Bürgerkriegs gab es staatlich unterhaltene Kindergärten für die Kinder, deren Mütter in Krankenhäusern arbeiteten. Während des Zweiten Weltkriegs, als Mütter zur Unterstützung der Kriegsanstrengungen in Fabriken arbeiteten, sind Tagesstätten in erheblichem Umfang staatlich finanziert worden. 1945 befanden sich schätzungsweise 1,6 Millionen Kinder in Tagesstätten, die meisten von ihnen sechs Tage in der Woche und zwölf Stunden am Tag. Da Fabriken rund um die Uhr arbeiteten, war die Kinderbetreuung eine patriotische Notwendigkeit, die finanziert werden mußte.

Doch so sehr die Nation von der Arbeit von Millionen »fleißiger Lieschen« abhängig war, wurden Mütter dennoch kritisiert, wenn sie zur Arbeit gingen und ihre Kinder in Tagesstätten unterbrachten. Es gab eine ausgiebige öffentliche Debatte, und viele warnten vor der zu erwartenden Schädigung von Kindern durch institutionalisierte Betreuung. Selbst als anschließende Studien bei Eltern und Kindern keinen Beweis für die vorhergesagten nachteiligen Auswirkungen erbrachten, ließen sich die Kritiker nicht zum Schweigen bringen. Sobald der Krieg vorbei war, wurde die staatliche Unterstützung der Kinderbetreuung gestrichen, und viele Frauen blieben wieder zu Hause.

Nach dem Ende des Zweiten Weltkriegs konnten aufgrund der aufblühenden Wirtschaft viele Familien ihre Kinder auf der Grundlage eines Einkommens, typischerweise dem des Vaters, durchbringen. Wenn Mütter arbeiteten, sei es aus Notwendigkeit oder eigenem Verlangen, wurde die Kinderbetreuung meist Geschwistern oder Verwandten überlassen oder älteren Frauen wie Mrs. Walters, die Bills Mutter mit der Betreuung ihrer Söhne beauftragte.

Mit der Zeit jedoch wurde die Kinderbetreuung zu einem Politikum. Frauen, die sich auf den wirtschaftlichen Wandel einstellten und ihr schwer errungenes Recht auf bezahlte Arbeit geltend machten, drängten auf den Arbeitsmarkt. 1971 legte Präsident Nixon sein Veto gegen ein Gesetz zur staatlichen Finanzierung der Kinderbetreuung ein, indem er erklärte, daß es »die erhebliche moralische Autorität der Bundesregierung auf eine kommunale Perspektive der Kindererziehung im Gegensatz zu einer familienzentrierten festlegen würde«. Im Rückblick sind aber seine Aussagen darüber interessanter, was er für förderungswürdig hielt: erhöhte Finanzierung von Tagesstätten für Sozialhilfeempfänger und arme Arbeitnehmer; Steuersenkungen zur Unterstützung von Tagesbetreuung bei Familien, in denen beide Elternteile arbeiten; mehr Geld für den Bau von Kindertagesstätten; erweiterte Ernährungs- und Gesundheitsversorgungseinrichtungen für arme Kinder; eine bessere Ausrichtung der Gesundheitsversorgung für Mutter und Kind auf Mütter mit geringem Einkommen; erweiterte Finanzierung für Head Start. Heute sind selbst diese Maßnahmen in einigen Bereichen umstritten.

Die Nachfrage nach Kinderbetreuung ist in der Zwischenzeit weiter gestiegen. Globale wirtschaftliche Veränderungen seit den frühen siebziger Jahren haben dazu geführt, daß die Löhne stagnieren und viele Menschen auf soziale Unterstützung angewiesen sind. Viele Familien können mit nur einem Einkommen nicht das genießen, was als amerikanischer Lebensstandard gilt. Die meisten Alleinerziehenden stehen vor einer schweren Wahl: Entweder sie arbeiten oder sie sind auf Sozialhilfe angewiesen. Aber sie können ohne einen sicheren Ort, wo sie ihre Kinder lassen können, nicht zur Arbeit gehen.

Ende der achtziger Jahre hat die Bundesregierung einen Konsens beider Parteien erwirkt, der die Finanzierung der Kinderbetreuung bei einkommensschwachen Familien beträchtlich erhöht hat. Auch die einzelnen Staaten erhöhten ihre Beiträge. Doch selbst auf ihrem höchsten Stand haben die aufgewendeten Unterstützungen nicht annähernd den Bedarf gedeckt.

Weil wir eben zum Teil so wenig getan haben, um eine bessere Ausbildung und Entschädigung für Betreuungspersonen zu fördern, hat sich eine Kultur herausgebildet, in der Kinderbetreuung größtenteils als »Babysitting« und nicht als Maßnahme zur Förderung der emotionalen und geistigen Entwicklung von Kindern betrachtet wird. Wir sollten dem Beispiel der Franzosen folgen und eine Betreuung unserer Kinder in freundlicher, lernfördernder Umgebung gewährleisten, damit sie besser auf die Schule vorbereitet sind.

Es sollte Eltern ein Anliegen sein, eine hochwertige Kinderbetreuung zu finden. Obwohl Studien zeigen, daß Kinder nicht darunter leiden, wenn beide Elternteile zur Arbeit gehen, gibt es Beweise, daß schlechte Betreuung sich schädigend auswirkt. Private Betreuung entspricht häufiger nicht den offiziell anerkannten Normen als Unterbringung in Tagesstätten. Eine Betreuung durch die Familie ist generell billiger und bequemer als eine in Kindergärten, weswegen sie bei Alleinerziehenden besonders beliebt ist. Doch im Gegensatz zum französischen System sind private Betreuungspersonen in Amerika oft keinen Bestimmungen unterworfen. 1993 gab es in beinahe der Hälfte der Bundesstaaten keine zahlenmäßige Obergrenze für die in einem Haushalt betreuten Kinder. Und grob die Hälfte aller Staaten verlangte nicht in vollem Umfang einen grundlegenden Gesundheitsschutz und Sicherheitsvorkehrungen. Leider herrscht auch bei Kindertagesstätten ein Wirrwarr an Bestimmungen, die von Staat zu Staat unterschiedlich sind.

Eltern nehmen oft an, daß die Kosten das größte Hindernis für eine gute Betreuung darstellen, aber andererseits mag sich auch das Problem ergeben, daß sie gute Qualität nicht erkennen und für ihre Kinder fordern können. Eltern sollten wachsame, engagierte und informierte Verbraucher sein, und in gleichem Maße sollten sie sich ihrer eigenen Elternverantwortung bewußt sein. Ich habe Einrichtungen zur Kinderbetreuung im ganzen Land besucht und kann bezeugen, daß an einigen Orten hervorragende Bedingungen herrschen, an anderen allerdings hochgradig unzureichende. Während einige Einrichtungen ein helles, erfreuliches Umfeld und eine Vielfalt an Spielsachen bieten, sind andere düster und spartanisch, ohne Spielflächen im Freien. In manchen Einrichtungen scheinen die Betreuer gelangweilt, zerstreut und nicht an den Kindern interessiert zu sein. Doch in den besten Örtlichkeiten sind die Bezugspersonen kreativ, energiegeladen und auf die Kinder eingestellt. Und es ist sofort zu sehen, daß sie ihre Arbeit auch ernst nehmen.

Zero to Three, eine Organisation, die sich darum bemüht, die Öffentlichkeit über die Bedürfnisse von Kleinkindern zu informieren, teilt uns mit, daß Betreuer »gut ausgebildet sein müssen in Erster Hilfe für Kinder, Mund-zu-Mund-Beatmung, Hygienestandards und Vorbeugung und Erkennung erster Anzeichen von ansteckenden Krankheiten« und daß die Räumlichkeiten die lokalen und bundesstaatlichen Gesundheitsbestimmungen mindestens erfüllen oder besser übertreffen und die Eltern mit Gesundheitsinformationen versorgt sein sollten.

Wenn staatliche Zulassungsbestimmungen für Kinderbetreuung gelten, hilft das auch, den Versorgungsstand zu verbessern. In Florida wurden Kindertagesstätten hinsichtlich ihrer Qualität vor und nach Inkrafttreten gesetzlicher Bestimmungen untersucht. Die Regelungen senken die Zahl der von einer Einzelperson zu betreuenden Kinder und verlangen, daß an jeder lizensierten Einrichtung auf je zwanzig Kinder ein Mitglied des Personals mit einer beglaubigten Fachausbildung in Kinderpflege kommen muß. Die Studie ergab, daß die Betreuungspersonen nach Inkrafttreten der Regelungen im Umgang mit den Kindern aufmerksamer und sicherer waren. Die Kinder selbst zeigten eine größere sprachliche und soziale Entwicklung, und die Zahl der Verhaltensprobleme sank.

Selbst wenn die Betreuer den gesetzlichen Bestimmungen entsprechen, ist das noch keine Garantie, daß die Betreuungsqualität dem entspricht, was Kindern zusteht. Eltern können eine Menge über Kinderbetreuung lernen, wenn sie der Einrichtung vor *und nach* der Anmeldung ihrer Kinder unangemeldete Besuche abstatten. Alle Eltern sollten das Zahlenverhältnis von Erwachsenen zu Kindern an den Einrichtungen ausfindig machen. Fachleute stimmen darin überein, daß eine erwachsene Person beispielsweise nicht mehr als drei bis vier Kleinkinder beaufsichtigen sollte.

Eltern sollten Fragen stellen über die Ausbildung der Betreuer, die von ein paar Stunden in der Woche als Babysitter in der Nachbarschaft bis zu einem Magistergrad in Kleinkinderpflege reichen kann. Und Eltern sollten sich auch das Recht herausnehmen, nach den Gehältern zu fragen. Ein Betreuer, der nur ein Mindestgehalt bezieht, könnte auf dem Sprung sein, einen neuen und besser bezahlten Job zu finden. Kontinuität ist aber wichtig. Bei schlechtbezahltem Personal ist ein häufiger Stellenwechsel an der Tagesordnung, und das kann problematisch werden, wenn Kinder Bindungen mit Menschen eingehen, die dann plötzlich aus ihrem Leben verschwinden.

Beim Ausfindigmachen von Kindertagesstätten können wir schon aus Beobachtungen eine Menge erfahren. Das Spielzimmer sollte nicht opulent sein, aber es muß Sauberkeit herrschen. Es muß nicht mit jedem im Fernsehen beworbenen Spielzeug bestückt sein, aber es sollte eine Auswahl an Spielsachen, Büchern und Stofftieren haben und dem Entwicklungsstand der Kinder entsprechend künstlerisch ausgestattet sein. In den USA gibt es einen gemeinnützigen Zusammenschluß von Einzelpersonen, Organisationen und Geschäften, die sich zur Aufgabe gestellt haben, Eltern beim Einschätzen und Finden einer hochwertigen Kinderbetreuung zu helfen. Diese Child Care Action Campaign rät, daß »Puzzles und Buntstifte gut für Vorschulkinder sein mögen, aber für Kleinkinder ungeeignet sind«. Das mag alles offensichtlich erscheinen, aber wenn Eltern bei der Suche nach einem Platz für ihr Kind sich unter Druck fühlen, werden diese Faktoren manchmal übersehen.

Zero to Three macht auf einfache Weise verständlich, wie Betreuungsqualität sich auf kleine Kinder auswirkt und wie Eltern sich dafür einsetzen können. Nehmen wir einmal an, Tim ist zweieinhalb Jahre alt, und seine Mutter läßt ihn zum erstenmal in einer Tagesstätte. Sie hat sicherlich die Einrichtung zuvor besucht, aber sich nicht darum gekümmert herauszufinden, wer hauptsächlich für ihren Sohn verantwortlich ist. Es stellt sich heraus, daß diese Aufgabe niemand zugeteilt bekommen hat und daß Tim sich alleine durchschlagen muß. Er wird drangsaliert, und weil niemand ihm beisteht, als er zu weinen anfängt, wehrt er sich auf eigene Faust. Innerhalb weniger Wochen wird auch er ein Drangsalierer geworden sein, der von den Betreuern regelmäßig angeschrien und ausgeschlossen wird. Er hat seine Lektion gut gelernt. Seine Gefühle zählen nicht, und in dieser Tagesstätte muß jedes Kleinkind sich alleine durchschlagen.

In einem anderen Planspiel schließen Tim und seine Mutter mit seiner hauptsächlichen Betreuerin Bekanntschaft, eine Frau namens Mindy. Sie stellt ihm und seiner Mutter Fragen und erfährt von der Mutter etwas über Tims Temperament und seine besonderen Bedürfnisse. Als ein anderes Kind Tim absichtlich wegschubst, nimmt Mindy es beiseite, um mit ihm zu reden, und macht die beiden Buben miteinander bekannt. Wenn Tims Mutter ihn verläßt, widmet Mindy ihm besondere Aufmerksamkeit und Zuwendung. Innerhalb weniger Wochen spielt Tim glücklich mit den anderen Kindern und ängstigt sich nicht länger, daß seine Mutter nicht mehr zurückkommen möchte. Mit Mindys Hilfe hat er ein Gefühl der Sicherheit und Wertschätzung aufgebaut.

Diese Schritte können wir als einzelne unternehmen, damit unsere Kinder auch sicher die benötigte Zuwendung bekommen. Was aber können wir als Gesellschaft tun, um zu gewährleisten, daß alle Kinder so versorgt sind, wie wir es uns wünschen?

Zunächst können wir darauf bestehen, daß die Bundesregierung die Kinder nicht links liegen läßt, indem sie einkommensschwachen und berufstätigen Familien die Unterstützung entzieht, die sie für eine hochwertige Kinderbetreuung brauchen. 1995 besuchte ich in Cedar Rapids/Iowa eine Kindertagesstätte, in der aufgrund der Unterstützung durch staatliche, bundesstaatliche und kommunale Finanzmittel nahezu siebzig Kinder aus einkommensschwachen Familien einen Platz gefunden haben. Mich beeindruckte die Vielfalt der Aktivitäten in diesem Hort. In einem Raum fütterten Kinder fröhlich ihre Meerschweinchen, in einem anderen waren sie ganz damit beschäftigt, mit Papier und Leim bunte Briefchen zum Valentinstag zu basteln. In jedem Zimmer und bei jeder Beschäftigung in diesem Hort wurde mir vor Augen geführt, mit welchem Nachdruck die Entfaltung der sprachlichen und sozialen Fähigkeiten eines jeden Kindes betrieben wurde.

Es wurde auch deutlich, daß in der Tagesstätte der Gedanke umgesetzt wurde, daß sich eine hochwertige Kinderbetreuung nicht ohne starke Familie durchführen läßt. Ich begegnete keinem einzigen Elternteil, der nicht entweder arbeitete, aktiv an einer Fortbildung teilnahm, am College studierte oder ein dem High-School-Abschluß gleichwertiges Diplom anstrebte. Da sie sich auf die gute Betreuung ihrer Kinder verlassen konnten, waren sie in der Lage, Ziele zu verfolgen, die ihnen selbst wie der Gesellschaft zugute kommen würden.

Viele Bundesstaaten haben sich bemüht, dem Flickwerk der Unterstützung abzuhelfen, indem sie integrierte Förder- und Inspektionsprogramme für Kinderbetreuung einführten. North Carolina hat ab August 1993 die staatlichen und kommunalen Fonds in einen Topf geworfen, um die Initiative Smart Start zur Verbesserung der Gesundheit und des Wohlergehens der kleinen Kinder einzurichten. Das geschah zum Teil durch die Verbesserung der Ausbildung des Betreuungspersonals und durch die Schaffung hochwertiger Programme zur Vorbereitung der Kinder auf den Schulunterricht. In Ohio wurde selbst in einer Zeit, in der die gesamten Staatsausgaben seit vierzig Jahren am geringsten gestiegen sind, durch gesetzliche Bestimmungen die Finanzierung ausgewählter Programme für Kinder und Familien durch die Initiative Ohio Family and Children First (Prioritätsprogramm für Familien und Kinder) seit 1991 um ein Drittel erhöht. Damit soll eine bessere Gesundheit der Kinder, ein breiterer Zugang zu hochwertigen Vorschul- und Kinderbetreuungsprogrammen und eine Verbesserung des Wirkungsgrades der Förderung familiärer Stabilität erzielt werden. Diese Programme sind zum Teil deswegen erfolgreich, weil sie auf der Grundlage einer über die Bundesstaaten vermittelten Unterstützung aus dem Staatshaushalt aufbauen.

Eines der hoffnungsvollsten Zeichen, die ich gesehen habe, ist die wachsende Bereitschaft der Geschäftswelt zu einer Unterstützung ihrer Angestellten bei der Kinderbetreuung. Immer mehr Firmen erkennen, daß auch der Geschäftsgang darunter leidet, wenn Angestellte der Arbeit fernbleiben, weil sie bei kranken Kindern zu Hause bleiben müssen oder von Problemen mit der Kinderbetreuung abgelenkt werden.

Zu den ersten großen Gesellschaften, die Programme für werktätige Familien wie etwa Job-sharing und Subventionierung von Kinderbetreuung im Notfall einrichteten, gehörte die Du Pont Company. Eine Studie unter Angestellten von Du Pont bekräftigte die Ansicht, daß eine familienfreundliche Politik eine gute Geschäftspraxis ist, weil sie die Arbeiterschaft zu mehr Einsatzkraft und Engagement motiviert. »Wer etwas unternimmt, um die Bedürfnisse der Angestellten zu befriedigen, dem vergelten diese die Gefälligkeit«, sagte Charles Rodgers, dessen Firma die Studie durchführte.

Eastman Kodak hat einen zusätzlichen Kinderbetreuungsdienst eingerichtet, bei dem eine Krankenschwester oder eine Person mit gleichwertiger Ausbildung in die Wohnung eines Angestellten kommt, wenn die üblichen Kinderbetreuungsregelungen fehlschlagen. IBM gewährt einigen Angestellten die Möglichkeit, zu Hause zu arbeiten, und unterstützt Tagesstätten finanziell, die Kindern eine breite Palette von Betätigungsmöglichkeiten bieten. Die Zeitung *Fort Worth Star-Telegram* in Texas erlaubt Angestellten die Heimarbeit via Computer und hat einen Raum in ihrer Zentrale eingerichtet, wo Mütter ihre Säuglinge versorgen können. Auch Kommunalverwaltungen und gemeinnützige Organisationen entdecken den Nutzen familienfreundlicher Politik. In Kansas City/Missouri zum Beispiel erhalten die städtischen Angestellten jährlich vier Stunden bezahlten Urlaub, um sich an den schulischen Aktivitäten ihrer Kinder beteiligen zu können. Und der Christliche Verein junger Frauen (YWCA) in New York bietet Angestellten eine ermäßigte Gebühr für Kindersommerlager.

Am 31. Oktober 1995 nahm ich an einer Ehrung im Weißen Haus für einundzwanzig Firmen teil, die sich verpflichtet haben, 100 Millionen Dollar für Kinderbetreuung in sechsundfünfzig Städten zu stiften. James Schiro, einer der Gastredner, sagte: »Alle Firmen, die sich beteiligt haben, glauben an unser Motto: Gemeinsam tun, was niemand von uns alleine schafft.«

Hunderte weiterer Firmen im ganzen Land sind ebenfalls in die »Ehrenrolle« des Arbeitsministeriums aufgenommen worden, in der Arbeitgeber aufgeführt werden, die sich verpflichten, eine familienfreundliche Arbeitsplatzpolitik zu betreiben, wozu flexible Arbeitszeitregelungen, bezahlter Urlaub zur Teilnahme an schulischen Aktivitäten der Kinder und ein von der Steuer absetzbarer Gehaltsanteil gehören, der für die Bezahlung der Kinderbetreuung verwendet werden kann.

Susan O'Neil, eine Angestellte, die auch auf dieser Veranstaltung im Weißen Haus sprach, beschrieb ihren hektischen Lebenslauf als vollzeitbeschäftige Mutter. Sie sprach ihrem Arbeitgeber Dank dafür aus, daß er ihr über einen firmeneigenen Vermittlungsdienst bei der Suche nach einem Kindergartenplatz geholfen und ihr eine flexible Arbeitszeit ermöglicht hatte, damit sie ihren Familienpflichten nachkommen konnte.

»So funktioniert es, Amerika«, sagte sie. »Wir bitten Sie, die Regierung, und Sie, die Arbeitgeber, uns berufstätigen Menschen dabei zu helfen, daß die Sache läuft. Wir allein schaffen es nicht.«

Sie hat recht. Wir müssen als Nation die Kinderbetreuung zur Priorität erheben und der wichtigen Aufgabe, starke, gesunde und glückliche Kinder großzuziehen, den ihr gebührenden Wert beimessen.

Erziehen heißt Erwartungen haben

Kinder neigen dazu, im Leben so zu werden, wie wir sie einschätzen.
Lady Bird Johnson

Ich bin noch nie einem dummen Kind begegnet, obwohl ich eine Menge Kinder getroffen habe, die von Erwachsenen »dumm« genannt werden, wenn sie sich nicht gemäß ihren Erwartungen verhalten.

Ich erinnere mich an ein sechsjähriges Mädchen, dem ich an einer Grundschule in Little Rock Nachhilfeunterricht in Lesen gab. Ich nenne sie mal Mary. Sie wohnte zusammen mit sechs Geschwistern, ihren Eltern und etlichen weiteren Verwandten, die ganz unvorhersehbar aufkreuzten, in einem winzigen Haus. An den Abenden herrschte so viel Unruhe, daß sie selten länger als ein paar Stunden Schlaf fand, und so sah sie stets müde aus. Das Sprechen schien sie nicht besonders zu mögen, aber sie wollte auch nicht lesen. Manchmal fielen ihr die Augen zu, und sie ließ den Kopf auf den Schreibtisch sinken.

Eines Tages, als ich verzweifelt nach einem Weg suchte, ihre Aufmerksamkeit zu fesseln, fragte ich Mary, ob sie gerne malte. Ihre braunen Augen leuchteten auf, und sie nickte eifrig. Ihre Buntstiftbilder von Menschen und Tieren zeigten eine Detailfülle und ausgereifte Technik. Da sie im Sprechen unbeholfen war, teilte sich Mary lebhaft über ihre Kunst mit. Ihre Bilder von einem kleinen, von vielen Leuten erfüllten Haus ohne Platz zum Malen oder Spielen boten uns einen Anlaß, über ihr Leben zu reden. Als ich aber ihre Bilder lobte, wiederholte sie, was andere

Erwachsene ihr gesagt haben müssen. Die Bilder seien bloß »Babyzeug« und nicht gut.

Als die Lehrerin unser Tun bemerkte, wies sie mich darauf hin, daß ich Mary doch beim Lesenlernen helfen und nicht mit ihr spielen sollte. Ich entgegnete, daß ich Mary, wenn ich sie ermunterte, sich selbst in ihren Bildern auszudrücken, und ihr dann half, Geschichten über deren Inhalt niederzuschreiben, darüber zum Lesen hinführen könnte. Doch die Lehrerin vermochte nur zu sehen, daß Mary und ich die uns gestellte Aufgabe nicht erfüllt hatten, Geschichten im Lesebuch der Klasse zu lesen.

Mary war offensichtlich intelligent, nur drückte sich ihre Intelligenz in ihren Bildern aus und nicht darin, von einem bedruckten Blatt Papier abzulesen. Ihr künstlerisches Talent wurde jedoch daheim und in der Schule nicht gewürdigt. Es überraschte daher nicht, daß sie oft geistig abwesend oder unglücklich erschien. Sie mußte ja bemerken, daß ihre Talente ignoriert, ja sogar bestraft wurden. Ein Kind wie Mary, dessen Intelligenz sich auf eine Art ausdrückt, die gewöhnlich nicht erkannt oder geschätzt wird, braucht nicht lange, bis es das Gefühl für den Wert seiner Begabung und damit auch sein Vertrauen und Selbstgefühl verliert. Wenn dies eintritt, stempeln Lehrer, Eltern und andere Erwachsenen die betreffenden Kinder oft als »langsam« oder »unmotiviert« ab und erwarten von ihnen deshalb geringere schulische Leistungen. Bedauerlicherweise wird den Kindern auf diese Weise die Gelegenheit vorenthalten, die grundlegenden Fähigkeiten zu erlernen, die sie zur Verwirklichung ihrer besonderen Begabung brauchen. Dies ist ein Verlust nicht nur für sie, sondern für die ganze Dorfgemeinschaft, der alle unsere Talente nützen könnten.

In seinem Buch aus dem Jahre 1983, *Frames of Mind* (Geistesgaben), beschrieb Howard Gardner die Theorien zur multiplen Intelligenz, die er formuliert hatte, als er mit begabten Kindern und solchen, die unter einer Hirnschädigung litten, arbeitete. Er entdeckte, daß der Verlust gewisser geistiger Fähigkeiten wie die Sprachgewandheit von einer Verstärkung anderer Fähigkeiten begleitet war wie etwa visuelles oder musikalisches Geschick. Diese Entdeckungen veranlaßten Gardner zur Erforschung der anscheinend in verschiedenen Bereichen des Gehirns untergebrachten Fähigkeiten. Dabei entdeckte er, wie er es nannte, die geistigen Anlagen von Menschen, sich durch verschiedene Formen der Intelligenz auszudrücken.

Selbst innerhalb derselben Familie können wir leicht erkennen, daß verschiedene Kinder in unterschiedlichen Bereichen gut sind. Von ganz früh an scheinen einige zu Wörtern und zum Lernen aus Büchern hingezogen, wohingegen ihnen das abstrakte, logische Überlegen in der Mathematik schwerer fällt. Andere Kinder brillieren in Mathe, weil ihr Verstand sich überaus leicht in der Welt der Zahlen und Symbole bewegen kann, während sie sich unter Umständen schwer in Worten verständlich machen können.

Verbale und mathematische Fähigkeiten kommen Kindern in den meisten Klassenzimmern gut zustatten. Andere Arten von Intelligenz werden manchmal nicht erkannt. Kinder, die in Bildern denken, kommen nicht voran, wenn sie sich auf Wörter und Symbole beschränken müssen. Ein früher Hang zur Musik – wie bei meinem Mann – könnte übersehen werden, wenn er nicht von gewöhnlicheren Fähigkeiten begleitet wird. Das kann auch mit den stark intuitiven Fähigkeiten geschehen, womit Menschen die Stimmungen und das Temperament anderer zu lesen vermögen. Wir haben alle schon Kinder kennengelernt, die mit ihrem Körper zu denken schienen – die beispielsweise rasch eine neue Sportart erlernen können –, aber unruhig und unbehaglich erscheinen, wenn sie gezwungen sind, still am Tisch zu sitzen. Die brillante Choreographin Martha Graham sagte einmal: »Wenn ich es sagen könnte, bräuchte ich es nicht zu tanzen.« Doch anstatt die multiplen Intelligenzformen bei unseren Kindern zu feiern, erheben wir eine Form über die andere oder verpassen Kindern entsprechend herabsetzende Bezeichnungen wie »Trantüte« oder »Einfaltspinsel«.

Howard Gardner listet verbale, mathematische, visuelle, physische und musikalische Intelligenzen auf sowie auch psychische Fähigkeiten wie die, für andere Verständnis aufzubringen und gut mit ihnen umzugehen. Diese Intelligenzformen schließen sich nicht gegenseitig aus. Jeder von uns hat sie in einem bestimmten Maße. Ihre besondere Zusammenstellung dürfte nicht nur bestimmen, worin wir gut sind, sondern auch, wie wir lernen – wenn wir die Förderung und die Möglichkeit erhalten, sie zu entwickeln.

Was auch immer die Bandbreite der Intelligenzen umfaßt, es wird zunehmend deutlicher, daß die üblichen Intelligenztests nur einen Bruchteil davon erfassen. Die Tests wurden ursprünglich entworfen, um nur die Fähigkeiten zu messen, die in den Bereich von Gardners ersten beiden Intelligenztypen fallen: die verbalen und mathematischen. Aber auch ein Großteil schulischer Aufgabenstellungen beschäftigt nur diesen Teil des Potentials eines Kindes. Schulen ordnen die Intelligenz von Kindern oft nach ihren Leistungen in Intelligenztests und anderen eng umrissenen Prüfverfahren ein und stellen ihre Anregungen und Erwartungen entsprechend darauf ein. Selbst »langsame« Kinder erfassen rasch die Kategorien, in die Schulen sie einteilen, und lernen eine simple Gleichung: Wenn die Erwachsenen nicht meinen, daß ich es schaffen kann, dann kann und werde ich es auch nicht.

Der Philosoph Nelson Goodman meint, wir wären gut beraten, wenn wir lernen könnten, eher zu fragen, *wie* als *ob* jemand schlau ist. Die Frage würde den Nachdruck darauf legen, dem einzelnen dabei zu helfen, eher sein Potential zu verwirklichen, als festzustellen, ob er überhaupt Anlagen hat. Was ich hier deutlich machen möchte, ist dies: Praktisch alle Kinder können mehr lernen und entwickeln, als ihre Eltern, Lehrer oder der Rest der Dorfgemeinschaft meist glauben. Das wirkt sich sehr stark darauf aus, wie wir die Erziehung unserer Kinder anpacken.

Einer der auffallendsten Unterschiede zwischen amerikanischen Eltern und Schülern und denen in anderen Ländern, vor allem in Asien, den internationale Studien wiederholt herausgestellt haben, ist der größere Nachdruck, den unsere Kultur beim Bildungserfolg derzeit auf angeborene Fähigkeiten im Gegensatz zu gezielten Anstrengungen legt. Ich weiß nicht alle Gründe für diese Vorliebe, die mit einer Versessenheit auf Intelligenztests und andere Mittel, Menschen zu klassifizieren, einherzugehen scheint, aber einige mögliche Erklärungen sind nicht besonders schmeichelhaft für uns.

Der Glaube an angeborene Fähigkeiten ist eine handliche Entschuldigung für uns. Zu müde, um einem Kind vorzulesen, Regeln zum Umgang mit dem Fernseher oder dem Telefon durchzusetzen? Zu beschäftigt, um nach zusätzlicher Hilfe für ein Kind zu schauen, das etwas mehr Übung in Mathe oder in einer Fremdsprache braucht? Warum sich die Mühe machen, wenn nichts davon wirklich etwas bewirkt? Mehr besorgt um das Aussehen einer Tochter als darum, ob sie in der Klasse beim Lesen mithält? Mehr am Korbwurf eines Sohnes interessiert als daran, wie er seine Verben konjugiert? Wenn Sie darauf Ihr Augenmerk richten, dann werden die Kinder das garantiert auch für wichtig halten. Aber wie können wir Eltern die Verbindung zwischen Anstrengung und äußerer Erscheinung oder zwischen Anstrengung und sportlichem Erfolg sehen, aber nicht die zwischen Anstrengung und schulischem Vorankommen?

Der Glaube an eine festgelegte Intelligenzverteilungskurve entlastet uns auch. Was hat es für einen Sinn, Schulen zu reformieren, besonders wenn es Geld kostet? Was liegt daran, herauszufinden, wie wir das Lehrangebot genau auf die einzigartigen Lernweisen von Kindern abstimmen können? Warum sich den Kopf darüber zerbrechen, was sie lernen sollten, und wozu die Mühe, es ihnen deutlich zu machen? Die Besten werden ihren Aufstieg machen, egal, was wir unternehmen, also lassen wir der Natur ihren Lauf und vergessen die anderen, die langsamer sind oder andere Fähigkeiten haben.

Wenn wir uns erlauben, ganze Gruppen von Kindern wegen

ihrer rassischen oder ökonomischen Herkunft links liegen zu lassen, dann wird der gelegentliche akademische Überflieger als Glücksfall angesehen werden. Und wenn ganze Gruppen von Kindern trotz widriger Umstände Erfolg haben – wie etwa die hispanischen Hochschulstudenten aus armen Verhältnissen, die Jaime Escalante bei einer schweren Mathematikprüfung zu Höchstleistungen brachte –, kann ihr Erfolg einer einmaligen Mischung aus charismatischer Lehre und Motivation zugeschrieben werden, die sich nirgendwo sonst reproduzieren lassen.

1983 bat mein Mann mich, bei einem Komitee den Vorsitz zu führen, das Empfehlungen zur Verbesserung des Bildungssystems in Arkansas machen sollte. Das war auch das Jahr, in dem »A Nation at Risk« (Eine Nation in Gefahr), der aufschlußreiche Report über unsere Schulen, herauskam. Ich könnte in einem einzigen Kapitel gar nicht alle Bemühungen aufzählen, die seit damals gemacht worden sind, um Vorschul- und Kindergartenprogramme zu fördern, Bildungsstandards zu heben, eine Rechenschaftspflicht einzuführen, die Lehrbedingungen zu professionalisieren, die berufliche und technische Bildung zu verbessern und viele andere Veränderungen herbeizuführen. Doch nach einem Dutzend Jahren Arbeit an der Bildungsreform bin ich überzeugt, daß die größten Hindernisse für Schüler beim Lernen die geringen Erwartungen sind, die wir an sie und ihre Schulen haben.

Ich habe schon die Wirkung erwähnt, die Präsident Eisenhowers Ruf nach höheren mathematischen und naturwissenschaftlichen Leistungen auf meine Generation gehabt hat, als der erste Sputnik gestartet war. Die Leistungsansprüche wurden angehoben, neues Unterrichtsmaterial wurde angeschafft. Unsere Eltern und Lehrer verlangten mehr von uns. Beinahe vierzig Jahre später ist jedoch Bildung für den Erfolg im globalen Dorf immer noch wichtiger denn je. Derzeit haben wir keinen klaren und unmittelbaren Feind, dessen Existenz uns zur Verbesserung der Erziehung unserer Kinder antreibt; wir müssen das aus eigenem Antrieb erledigen. Aber der Ansatzpunkt ist derselbe: Hohe Erwartungen müssen zu Hause ansetzen.

Meine Eltern machten das Lernen zu einem Bestandteil des Tagesablaufs, vom Geschichtenerzählen und laut Vorlesen bis zur Besprechung aktueller Ereignisse am Abendtisch und dem Ausrechnen von Erfolgsbilanzen einzelner Spieler der Baseball-Schülerliga. Sie brachten mir und meinen Brüdern auf allen möglichen informellen Wegen viel bei, schon bevor wir die Schule besuchten, und setzten die Unterweisung gemeinsam mit unseren Lehrern fort.

Als ich in der vierten Klasse war, hatte ich Schwierigkeiten im Rechnen. Mein Vater sagte, er würde mir helfen, wenn ich jeden Morgen so früh aufstand wie er. Das Haus war kalt, weil die Heizung vor dem Schlafengehen ausgeschaltet wurde. Da saßen wir dann fröstelnd am Küchentisch, während das Haus langsam warm wurde, und mein Vater paukte mit mir Multiplikationstabellen und Bruchrechnen.

Manchen Eltern fällt die Lehrerrolle nicht leicht. Ihnen mag das Zutrauen fehlen, der Wille, Zeit dafür zu erübrigen, oder sie mögen einfach nicht wissen, daß lautes Lesen vor Babys und Kleinkindern die wichtigste Aktivität überhaupt ist, die wir mit Kindern machen können, um sicherzustellen, daß sie in der Schule gut lesen werden. Aber die Dorfgemeinschaft hat Mittel und Wege gefunden, um Eltern in der Unterweisung ihrer Kinder zu helfen, wenn es am meisten zählt, nämlich in den Vorschuljahren.

In Arkansas habe ich ein Hilfsprogramm für die Unterweisung kleiner Kinder eingeführt, das in Israel entwickelt worden ist. Es nennt sich HIPPY – Home Instruction Program for Preschool Youngsters – und funktioniert folgendermaßen: Ein von der Gemeinde eingestellter Mitarbeiter kommt einmal die Woche in die Wohnung und macht mit dem Elternteil (gewöhnlich der Mutter) ein Rollenspiel, worin er ihr vorführt, wie sie mit ihrem Kind arbeiten kann, um die kognitive Entwicklung zu fördern. Neben besonderen Unterlagen werden in dem Programm gewöhnliche Haushaltsgegenstände verwendet, um Lernstoffe zu veranschaulichen. Zum Beispiel können ein Löffel und eine Gabel genommen werden, um Unterschiede in Form und Schärfe zu demonstrieren, oder der Lautstärkeregler am Fernseher kann auf- und zugedreht werden, um einen Begriff von laut und leise zu geben. Die Unterlagen für Eltern, die selbst nicht gut lesen können, sind in einfachen Plänen mit fünfzehnminütigen Tageslektionen ausgearbeitet, die eine Schulungseinheit beinhalten. Das Anfangsalter ist gewöhnlich vier Jahre, und die meisten Kinder nehmen zwei Jahre daran teil. Einige Programme haben ein zusätzliches drittes Jahr, so daß Kinder schon mit drei Jahren das Programm beginnen können.

Als wir mit HIPPY in ländliche Gegenden und Sozialbausiedlungen in Arkansas gingen, glaubten etliche Erzieher und andere nicht, daß Eltern, die nicht die High School abgeschlossen hatten, die Unterweisung ihrer Kinder bewältigen würden. Auch viele Eltern zweifelten an ihrer eigenen Befähigung. Eine Mutter, die ich besuchte, sagte mir, sie hätte schon immer gewußt, daß sie Essen auf den Tisch stellen und ihren Kindern ein Dach über dem Kopf bieten müsse, aber noch niemand hätte ihr bisher gesagt, sie solle die erste Lehrerin ihres Sohnes sein.

Das Programm verhalf Kindern nicht nur zu einem Blitzstart in die richtige Richtung, es gab auch den Eltern einen neuen Schub an Selbstvertrauen. Bei vielen wurde die Neugier aufs Lernen für sich selbst und für ihre Kinder geweckt, sie besuchten wieder die Schule, um einen Abschluß zu machen oder sogar das College zu absolvieren. Das ist eine besonders wichtige Entwicklung, weil Forscher den Bildungsgrad einer Mutter als einen der Schlüsselfaktoren für die Bestimmung des schulischen Erfolgs ihrer Kinder ansehen. Es versteht sich von selbst, daß sich eine Mutter, wenn sie ihr Wissen bereichert, auch für die Bildung ihres Kindes einsetzt.

Die Wichtigkeit frühen Lernens ist auch eine der treibenden Ideen hinter Head Start, dem seit dreißig Jahren bestehenden, von der Bundesregierung finanzierten Vorschulerziehungsprogramm, das nachhaltig geholfen hat, benachteiligte Kinder auf die Schule vorzubereiten. Aber Head Start ist erst für Kinder ab vier Jahren. Aus der Forschung wissen wir jedoch, daß viele von ihnen da bereits hinter ihren Altersgenossen zurück sind. Als der Kongreß 1994 die weitere Finanzierung von Head Start beschloß, richtete er auf Empfehlung des Präsidenten Early Head Start ein, dessen Zielgruppe einkommensschwache Familien mit Säuglingen und Kleinkindern sind.

Bislang erreicht Head Start jedoch nur etwa siebenhundertfünfzigtausend der geschätzten zwei Millionen Kinder, die das Programm dringend brauchen, und Early Head Start kommt gerade erst in Gang. Trotz des erwiesenen Erfolgs von Investitionen wie Head Start ist es wie andere Vorbeugungsprogramme bei dem Kampf um Prioritäten beim Bundeshaushalt in die Schußlinie geraten. Unsere Nation kann es sich leisten, in die frühkindliche Erziehung zu investieren und trotzdem einen ausgeglichenen Haushalt zu haben. Es gibt kaum wichtigere Investitionen auf nationaler, bundesstaatlicher oder lokaler Ebene als Programme, die Eltern helfen, das Vertrauen und die Fähigkeiten zu entwickeln, um kleinen Kindern etwas beizubringen.

Wir geben uns zu Hause Mühe, um unsere Kinder aufs Lernen vorzubereiten, weil wir wissen, daß ihnen im Schulalter viel abverlangt werden wird. Zu oft werden die Erwartungen jedoch durch Stückwerk in der Bildungsreform torpediert. Fast jedes Problem im Bildungswesen, einschließlich des Unwesens zu geringer Erwartungen, ist irgendwo schon erfolgreich bewältigt worden. Führende Bildungsreformer wie James Corner, Theodore Sizer, Ernest L. Boyer und Deborah Meier haben die Fehler diagnostiziert, Lösungen erarbeitet und angewandt. Im allgemeinen lassen sie sich auf wenige entscheidende Bestandteile reduzieren: die eindeutige Erwartung, daß alle Kinder lernen können und sollen; arbeitsfähige Schul- und Klassengrößen; ein ordentlicher Klassenzimmerbereich; die enge persönliche Anteilnahme wenigstens eines Pädagogen an jedem Kind; die Verpflichtung, den Unterricht auf die unterschiedliche Lernweise von Kindern abzustimmen; aktive Elternbeteiligung. Das Aufzählen dieser Wunschliste fällt leicht. Aber es steht auf einem ganz anderen Blatt, wie sie praktisch umgesetzt werden kann angesichts bürokratischer Opposition, elterlicher Vorbehalte, eines Widerstands seitens einiger Lehrer und der Vielzahl anderer Hindernisse, die der Reform im Weg stehen.

Ich sprach einmal vor einer Gruppe von Schulbezirksleitern über Modellprogramme, die leistungsschwache Schüler wirkungsvoll motiviert hatten. Ich fragte, ob irgend jemand unter meinen Zuhörern sich eines der von mir erwähnten Programme angesehen hätte. Lange herrschte Schweigen im Raum. Schließlich gestand ein Schulleiter, daß er nicht wisse, wie er seinen Schulräten erklären sollte, daß eine nahe gelegene Schule ein Problem gelöst hatte, mit dem er nicht zu Rande gekommen sei. Es gebe doch sowieso nichts Neues in der Bildung, fügte er hinzu, also sähe er keinen Sinn darin, sich wegen irgendwelcher »Experimente« ins Zeug zu legen.

Dieser Mann würde zweifellos auch Reading Recovery als »experimentell« abtun. Dieses Programm aus Neuseeland, das als eines der gebildetsten Länder der Welt angesehen wird, hat sich als nachhaltig erfolgreich darin erwiesen, etwa neun von zehn leseschwachen Erstkläßlern in wenigen Monaten auf das für die Klasse geforderte Niveau zu bringen. 1984 startete eine Gruppe von Pädagogen am Ohio State University College of Education ein Reading Recovery Pilotprojekt in ausgewählten Grundschulen. Das Programm war erstaunlich erfolgreich und erhielt nach und nach breite Unterstützung. Inzwischen werden nun in Schulbezirken von 47 Bundesstaaten Lehrer für Reading Recovery ausgebildet. Doch viele Schulen verfolgen weiterhin Methoden, die nicht annähernd so erfolgreich sind. Warum?

Das erste Problem stellt das Geld dar, besonders in großstädtischen Schulbezirken, die generell schon einmal weniger Geld und mehr hilfsbedürftige Schüler haben. Auch wenn Kinder das Reading Recovery Programm rasch absolvieren und normalerweise danach keine zusätzliche Hilfe benötigen, womit auf lange Sicht Geld gespart wird, ist eine Einstiegsinvestition nötig, um Lehrer in die Methode einzuweisen. Außerdem ist eine Einzelschulung mit dem Schwerpunkt auf Phonetik und Sprachfähigkeit notwendig. Wenn diese anfängliche Investition nicht gemacht wird, erzeugt das eine sich selbst erfüllende Prophezeiung: Eine große Zahl von Erstkläßlern kann am Schuljahresende immer noch nicht lesen, und das Programm wird als Fehlschlag betrachtet. Sorgen um die berufliche Laufbahn arbeiten manchmal auch gegen innovative Programme. Der Erfolg eines Programms wie Reading Recovery mag nicht ausreichen, um die Voreingenommenheit von Lehrern und Schulverwaltungen auszugleichen, die sich schon lange auf andere Ansätze eingeschworen haben oder darauf aus sind, ihr Budget, ihr Personal und ihren politischen Einfluß beizubehalten.

Solche von Erwachsenen gesetzten Prioritäten lenken unsere Bemühungen und Energien in eine falsche Richtung. Wir müssen aber darauf achten, wie Kinder lernen, und unser Bestes tun, um den Lernprozeß zu personalisieren, damit jedes Kind die hohen Anforderungen erfüllen kann.

Genau diese Sorge bewegte den Sozialpsychologen Jeff Howard dazu, in Lexington / Massachusetts das Efficacy Institute zu gründen. Das Institut hat zwanzigtausend Lehrkräfte aus Schulbezirken im ganzen Land darin geschult, ihre Auffassungen von kindlicher Intelligenz zu überdenken. In Tacoma / Washington, wo zwei Drittel der Lehrkräfte im Bezirk diese spezielle Schulung während der vergangenen drei Jahre mitgemacht haben, sind die Ergebnisse dieses neuen Ansatzes bereits sichtbar. Nach standardisierten Tests haben sich in lediglich zwei Jahren die Ergebnisse von Schülern der vierten und achten Klasse signifikant verbessert. Zum Teil ist diese Leistungssteigerung darin begründet, daß Lehrer ins Klassenzimmer gehen und ihre neuen Kenntnisse über das Lernen ihren Schülern mitteilen, ihnen etwa erklären, wie wichtig es für sie ist, sich anzustrengen, damit sie »schlau werden«. Schüler nehmen die Botschaft auf, daß Schlausein nicht etwas ist, das jemand nicht hat, sondern etwas, das jemand sich erwerben kann.

Ein weiterer Neuerer, der Pionierleistungen auf dem Gebiet effektiven Lernens erbracht hat, ist Bob Moses, der sehr geachtet ist wegen seiner Anstrengungen, schwarze Wähler im Süden während der Bürgerrechtsbewegung zu mobilisieren. Dreißig Jahre später engagiert er sich genauso leidenschaftlich für eine andere Arbeit. Bevor Moses ein Führer in der Bürgerrechtsbewegung wurde, war er Lehrer gewesen. In den frühen achtziger Jahren half er seiner Tochter dabei, mit ihren Algebra-Hausaufgaben zurechtzukommen, und setzte sich an ihrer Schule dann auch für andere Kinder ein. Er brachte Schülern bei, mit Zahlen besser umzugehen und sich mehr mit Problemlösungen zu beschäftigen. Er wußte, daß arme Kinder ohne gute mathematische Kenntnisse in der sehr wettbewerbsorientierten Welt der höheren Bildung im Nachteil wären. Seine Entschiedenheit gab den Anstoß zum sogenannten Algebra-Projekt, das die Krise im Mathematikunterricht bei Minderheitenschülern durch einen Schullehrplan behob, der die konzeptuelle Lücke zwischen Rechnen und Algebra schloß.

Moses entwickelte ein Fünfstufenmodell, das dem kindlichen Lernvorgang nachempfunden war und abstrakte Vorstellungen auf den Boden der Wirklichkeit brachte. Beispielsweise nahm er bei der Arbeit mit Schülern in Boston eine U-Bahnstrecke als Beispiel für eine Zahlenreihe und gab verschiedenen Haltestellen negative und positive Werte. Nachdem die Kinder U-Bahn gefahren waren, kehrten sie ins Klassenzimmer zurück, um ihre Vorstellungen zu überprüfen. In den frühen neunziger Jahren kehrte Moses nach Mississippi zurück, diesmal zu einem Feldzug für das Recht, frühzeitig und effektiv Algebra zu lernen.

Es scheint, als wäre es selbstverständlich, lebensnahe Beispiele für die Vermittlung mathematischer Modelle anzuwenden, wie Moses es getan hat. Doch in vielen Klassenzimmern behandeln Lehrer den Stoff noch in rein abstrakten Begriffen, in der Annahme, daß einige Schüler »von Natur aus« fähig sind, die Vorstellungen zu erfassen, während andere – etwa Mädchen oder Angehörige von Minderheiten – dazu nicht in der Lage sind. Die von Moses erstmals angewandten Methoden führen vor, daß die meisten Schüler fortgeschrittene Mathematik in den Griff bekommen können. Sie sind so erfolgreich gewesen, daß Programme wie das Algebra-Projekt nun in Schulen im ganzen Land eingesetzt werden. Und sie sind so wichtig, weil die Mathematiknoten immer noch den stärksten Ausschlag bei der Entscheidung geben, ob ein Kind eine höhere Schule besuchen darf.

Vorausdenkende Lehrer und Schulverwaltungen im ganzen Land sind dabei, eine ganze Reihe von Alternativen zu den übermäßig selektierenden Lehr- und Bewertungsmethoden zu erschaffen. So werden etwa die Arbeitsmappen von Schülern zusätzlich zu den herkömmlichen Prüfungen herangezogen, um das Vorankommen der Schüler zu bewerten. Pädagogen dieser Richtung setzen auch eine Prämie aus, um Eltern am Lernen der Kinder zu beteiligen.

Schulen jagen vielen Eltern Angst ein. Als Chelsea in den Kindergarten ging, war Bill und mir etwas bange vor unserer ersten Elternversammlung. Zum erstenmal würde ein anderer Erwachsener unser Kind beurteilen, und unsere eigene langjährige Schulzeit konnte unsere Besorgnis nicht abschwächen. Wenn die Eltern eines Kindes keine Schule abgeschlossen haben oder selbst keine guten Schüler waren, dürften sie sich in der Umgebung einer Schule noch unbehaglicher fühlen. Viele Eltern kommen gar nicht, es sei denn, ihr Kind hat irgend etwas ausgefressen. Im Wissen, wie wichtig eine Beteiligung der Eltern für den Erfolg der Schüler ist, bemühen sich jedoch mehr Schulen darum, Eltern aktiv als ihre Partner in die Schulbildung der Kinder einzubeziehen.

Dr. James Comer, ein Kinderpsychiater vom Yale Child Study Center, schuf das School Development Program als ein Mittel zum Abbau der Barrieren zwischen Wohnung und Schule. Mehr als sechshundert Schulen in einundzwanzig Bundesstaaten haben Comers Ansatz übernommen, bei dem Eltern beigebracht wird, wie sie ihren Kindern beim Lernen helfen können. Die Eltern werden ermutigt, Bildungsprogramme mitzuplanen, und Eltern, Lehrkräfte und anderes Schulpersonal werden in einer entspannten Atmosphäre zusammengeführt. In Camden/New Jersey kam Anfang der neunziger Jahre die Idee von »Familienschulen« auf. Wenn der Familienzusammenhalt durch Drogen, Gewalt und Mißhandlung bedroht ist, muß die Schule ein sicherer Hort für die Familie als Ganzes sein, wenn die Kinder gedeihen sollen. Annie Rubin, die Direktorin von Coopers Poynt, einer der Familienschulen in Camden, meint dazu: »Für jedes gefährdete Kind gibt es auch eine gefährdete Familie.« In Coopers Poynt wird Eltern und Betreuern eine Reihe von sozialen Dienstleistungen geboten. Krankenschwestern sorgen für eine vorgeburtliche Überwachung und veranstalten Kurse in elterlicher Pflege und Kindesentwicklung. Ein ganztägig offenes Familienzentrum ermuntert Eltern, sich als Klassenzimmerhilfskräfte zu melden. Coopers Poynt öffnet seine Tore jeden Morgen sehr früh – bevor der Unterricht beginnt, aber nicht bevor der Arbeitstag vieler Schülereltern beginnt – und schließt sie nicht vor dem späten Nachmittag. »Wir haben keine Zauberformel«, sagt Rubin. »Uns liegt einfach die Sache am Herzen. Ich meine, wenn [Familien] durch uns angeregt werden, werden alle ein bißchen besser vorankommen.«

Kent Salveson, ein Stadtplaner aus dem Orange County in Südkalifornien, hat ein innovatives Beispiel geboten, wie Firmen dazu beitragen können, die Einbindung einer gesamten Gemeinde zu fördern. In Zusammenarbeit mit der University of Southern California hat er ein Sozialbausiedlungsprojekt geschaffen, das Kindern mit nachteiliger Wohnsituation beim Lernen unterstützen soll. Salvesons Vorstellung war, die Bindungen zwischen Wohnung und Schule zu stärken und armen Menschen Bildung, Kinder- und Gesundheitsversorgung sowie Familienberatung leichter zugänglich zu machen. Der ursprüngliche Komplex mit sechsundvierzig Einheiten hat inzwischen weitere Gebäude in Kalifornien nach sich gezogen. In etlichen anderen

Bundesstaaten werden zusätzliche gebaut. Alle befinden sich in ärmeren Gegenden, wo es im allgemeinen nicht die benötigten Einrichtungen zur Unterstützung von Familien gibt. Jeder Komplex verfügt über Klassenzimmer, die mit Computern, Büchern und Schulgeräten ausgerüstet sind. Studenten der örtlichen Universität wird es auf ihre Prüfungen angerechnet, wenn sie den im Komplex lebenden Kindern individuelle Nachhilfe geben. Sie stehen dafür an vier Tagen der Woche je vier Stunden zur Verfügung. Nach jedem Semester veranstaltet die Siedlung ein Bankett für die Eltern, Kinder und Nachhilfelehrer, um die schulischen Leistungen der Kinder zu feiern und den Schülern mit guten Noten Geschenkgutscheine der örtlichen Buchläden zu überreichen. In den Wohnanlagen werden auch andere Aktivitäten und Dienstleistungen finanziell gefördert, die Nachbarn zusammenführen – Kurse für Stellenbewerbungen und zur beruflichen Fortbildung, Lagerfeuer für Jungen und Mädchen, Anfahrt eines Bücherbusses, gemeinsame Essen, Literatur- und Kunstkurse und Gemeindefesttage. Salveson sagt, daß eines seiner Ziele darin besteht, »die Kompaktheit der Stadt in kleinere Gemeinschaften aus Leuten aufzubrechen, die im Gebäude wohnen«.

Nirgendwo ist die Partnerschaft von Eltern und der übrigen Dorfgemeinschaft entscheidender für die Schulen als in der Erwartung, daß Disziplin und Ordnung für das Lernen notwendig sind. An einem Frühjahrsmorgen kam mein Bruder Tony zum Frühstück herunter und fand seinen Vater am üblichen Platz am Küchentisch vor, wo er den Sportteil las. Anstatt aber wie sonst immer über Sport zu reden, fragte mein Vater Tony nach seinem gestrigen Schultag aus. Tony antwortete mit nichtssagenden Schilderungen eines Schultags wie jeder andere. Erst dann zeigte ihm mein Vater das Foto im Sportteil. Dort waren auf den billigen Zuschauerrängen deutlich mein Bruder und etliche Freunde zu sehen, die die Schule geschwänzt hatten, um das Eröffnungsspiel der Chicago Cubs in Wrigley Field mitzuerleben. An jenem Tag erging es den Jungs daheim und in der Schule recht übel.

Schuleschwänzen ist eine Sache. Heute aber stehen bei Eltern und Lehrern Drogen und Gewalt ganz oben auf der Liste der Vergehen. Wie können wir die Erziehungsgewalt wieder festigen?

Zuerst müssen wir Eltern der schulischen Autorität den Rücken stärken und keine Entschuldigungen für unsere Kinder mehr vorbringen, wenn sie sich etwas zuschulden haben kommen lassen. Heißt das, Lehrer und Direktoren sind immer im Recht? Natürlich nicht, aber sie verdienen es, wieder unser Vertrauen zu bekommen.

Schulen müssen ihren Teil dazu beitragen, klare Regeln aufzustellen und Missetäter zu bestrafen. Gewohnheitsmäßig störende Schüler sollten aus dem Unterricht entfernt werden, bis sie wieder soweit sind, ihm zu folgen, ohne Mitschüler zu stören. Verhaltensnormen sollten erläutert und geltend gemacht werden, und Eltern sollten sich eher bedanken als Lehrer zu verklagen.

Schulen könnten der Verbesserung der Disziplin einen großen Schritt näher kommen, wenn sie Kindern die klare Botschaft vermitteln, daß die Schule ihr Arbeitsplatz ist und daß von ihnen erwartet wird, daß sie sich entsprechend zu benehmen und zu kleiden haben. Ich stimme denen zu, die in manchen Schulbezirken eine Kleiderordnung und sogar Uniformen fordern, weil diese offenbar Reibereien vermindern, die durch den Druck zum Tragen trendiger Kleidermarken und durch Erkennungszeichen von Banden verursacht werden. Viel eher sollten sich Schüler mit ihren Hausaufgaben für den nächsten Tag beschäftigen als damit, ob sie die richtige Kleidung haben oder wer sie angreifen könnte, wenn sie die falschen Turnschuhe tragen.

1994 hat der Long Beach Schulbezirk in Kalifornien als erster im Land Uniformen für die Grund- und Hauptschüler zur Pflicht gemacht. In diesem Jahr ging die Gewalt an den Schulen auf die Hälfte des Vorjahres zurück. Andere Bezirke haben das registriert und ziehen allmählich nach.

Long Beach überläßt die einzelnen Vorschriften für die Uniform jedem Schuldirektor, solange die Zusammensetzung der allgemeinen Kleiderordnung entspricht. Die Schulen haben nach finanzieller Unterstützung gesucht, damit einkommensschwache Eltern die Uniformen anschaffen können, aber eine Gruppe von Eltern und Schülern hat dennoch dagegen prozessiert mit der Behauptung, sie könnten sich die Ausgaben nicht leisten und die Schule hätte nicht geholfen. Es fällt mir schwer zu verstehen, wieso Energie für einen Prozeß aufgewendet wird, die dafür hätte genutzt werden können, um Geld für die Uniformen aufzubringen oder ein anderes Problem zu lösen. Andere Schulen, die das Tragen von Uniformen freistellen, wie etwa in Fulton County in Georgia, haben Schulgelder dafür verwendet, um die Anschaffung der Uniformen zu subventionieren, und ein Tauschprogramm für zu klein gewordene Uniformen eingeführt.

Die Robert E. Lee High School in Houston/Texas liefert ein gutes Beispiel für die Wirkung, die eine Einbeziehung der ganzen Gemeinde beim Eindämmen von Gewalt an Schulen haben kann. Vor einigen Jahren ging die Schule dazu über, Familien und Gemeindemitglieder zur Unterstützung bei der Bekämpfung eines ernsten Bandenproblems heranzuziehen. Die Stadtverwaltung von Houston setzte eine Strafe für Abwesenheit vom Unterricht aus. Eltern, deren Kinder zur Unterrichtszeit auf der Straße angetroffen wurden, mußten zweihundert Dollar Strafe zahlen. Gleichzeitig setzte die High School eine »Nulltoleranz gegenüber Banden an der Schule« in Kraft. Zweisprachige Schulangestellte durchkämmten den Einzugsbereich der Schule, sprachen mit Eltern und versicherten sich ihrer Hilfe bei der Durchsetzung dieser Maßnahme. Eine Kerngruppe von Lehrern, Schulangestellten, Polizisten und Sicherheitskräften des Schulbezirks arbeitete zusammen, um Bandenmitglieder zu identifizieren und Schritte zu unternehmen, um sie von der Schule zu entfernen, wenn sie gewalttätig wurden. Seitdem hat sich das Klima an der Schule dramatisch verändert, und die Leistungen der Schüler bei den staatlichen Abschlußprüfungen haben sich kontinuierlich verbessert. Der Direktor meinte dazu: »Jetzt gilt unser Hauptaugenmerk den pädagogischen und nicht mehr den soziologischen Problemen.«

Was Schulen letztendlich von der Dorfgemeinschaft am dringendsten brauchen, sind hohe Anforderungen, die sie zu erfüllen haben. Einige Menschen sind da anderer Meinung und behaupten, daß selbst freiwillige Anforderungen sich nicht mit der lokalen Bildungshoheit vertragen, da sie Außenstehenden erlaubten, über den Lehrstoff von Kindern zu entscheiden. Dieses Argument kann ich nicht gelten lassen, da es den Sinn solcher Anforderungen nicht richtig erfaßt. Sie setzen fest, was Kinder wissen sollten, nicht, wie sie unterrichtet oder beurteilt werden sollen. Algebra ist Algebra, von Little Rock bis Atlanta, von Seattle / Washington bis Washington, D. C. Schon bevor ich Leistungsanforderungen in Arkansas ausarbeitete, kannte ich viele Schulen vor allem in ärmeren Gegenden, die bei der Erstellung von angemessenen Lehrplänen Hilfe brauchten.

Erziehung ist von entscheidender Bedeutung für die Zukunft unseres Landes und unserer Kinder, die darauf vorbereitet sein müssen, in der nationalen und globalen Wirtschaft wettbewerbsfähig zu sein. Erst hohe Anforderungen können gewährleisten, daß alle von ihnen – ungeachtet dessen, wo sie wohnen – Zugang zu anspruchsvoller Bildung haben.

Ich denke oft an einen jungen Mann, den ich bei einem Jahresempfang für Absolventen von Hochschul-Leistungskursen und deren Eltern kennenlernte, den Bill und ich 1979 in der Gouverneursvilla gaben. Er sagte mir, er hätte schon lange davon geträumt, Arzt zu werden. Doch als er sich am örtlichen College bewarb, wurde ihm gesagt, daß seine Schule bei all seinen Verdiensten im Unterricht ihn nicht hinreichend auf die strengen Bestimmungen eines medizinischen Vorstudiums vorbereitet hatte. Was ihm als »Algebra« beigebracht worden war, war lediglich mit ein paar x versehenes Rechnen. Ihm wurde geraten, noch ein fünftes Jahr irgendwo an einer High School mit anspruchsvolleren Klassen anzuhängen oder am College Zusatzkurse zu belegen. Welche niederschmetternden Aussichten wurden ihm da geboten, nachdem er durch fleißiges Studieren und gute Leistungen seinen Teil des Vertrags eingehalten hatte!

Als ich an der Bildungsreform in Arkansas arbeitete, wurden unsere Vorschläge für einen einheitlichen Lehrplan und begleitende Empfehlungen von den Schulverwaltungen kritisiert, die in aller Aufrichtigkeit behaupteten, ihre Schüler wollten oder bräuchten keine höheren Anforderungen. Ein Schulbezirksleiter sagte mir, daß sehr wenige »seiner Kids« aufs College gingen, deshalb sehe er nicht ein, was diese Reform solle. Ein anderer Leiter bat mich in sein Büro und deutete auf ein Schild an seinem Schreibtisch, auf dem stand: »Auch das wird vorübergehen.« Er meinte dazu, dies denke er auch über die Bemühungen meines Mannes, das Bildungssystem zu reformieren. Als wir vor der neuerbauten Turnhalle standen, versicherte er mir feierlich, daß er die Kids in seinem Bezirk kenne, und von denen sei niemand interessiert an Fremdsprachen, Kunst oder höherer Naturwissenschaft.

Glücklicherweise entsprach ihre Haltung nicht der Mehrheit der Bürger oder Gesetzgeber, und so wurde 1983 in Arkansas eine weitreichende Bildungsreform verabschiedet, welche die Erwartungen und die Zukunft Tausender von Schülern verändert hat. Doch zu oft wird in zu vielen Orten der Begriff »lokale Bildungshoheit« noch herangezogen, um geringe Erwartungen an die Schüler, vor allem arme, zu rechtfertigen und sich dem zu widersetzen, daß alle Schüler und Schulen Rechenschaft über ihr Vorankommen bei der Erfüllung expliziter Vorgaben abzulegen haben.

1989 rief Präsident George Bush alle amerikanischen Gouverneure in Williamsburg/Virginia zusammen, um eine Initiative ins Rollen zu bringen, die nationale Bildungsziele festsetzen sollte. Diese Bewegung erhielt von allen versammelten Gouverneuren bis auf einen Unterstützung und breitete sich rasch im ganzen Land aus. Mein Mann vertrat die demokratischen Gouverneure bei diesem Treffen, das erst die dritte derartige Zusammenkunft in der Geschichte unserer Nation war. Als er selber Präsident wurde, setzte er zusammen mit Bildungsminister Richard Riley, der als Gouverneur von South Carolina eine wirksame Bildungsreform verfochten hatte, diese Ziele 1993 um, als sie das Amerikanische Bildungsgesetz Goals 2000 vorstellten. Das Gesetz wurde mit den Stimmen beider Parteien und der Unterstützung beinahe jeder größeren Eltern-, Bildungs- und Wirtschaftsorganisation verabschiedet.

Das Geniale an Goals 2000 ist, daß es die Vorstellungen hoher Ansprüche an das, *was* Kinder lernen sollten, die lokale Bildungshoheit über das, *wie* Kinder lernen und die Rechenschaftspflicht dafür, *ob* Kinder lernen, miteinander vereint. Das Gesetz bekräftigt den traditionellen Grundsatz lokaler Bildungshoheit und erkennt an, daß jede Gemeinde am besten beurteilen kann, was in ihren Schulen funktioniert. Aber es trägt auch dem Rechnung, daß viele Eltern und Schulen – wie ich in Arkansas erfahren habe – eine Anleitung brauchen, welche Ziele sie Kindern setzen sollen, damit sie auf die künftigen Herausforderungen vorbereitet sind, wenn das Informationszeitalter unsere Lebens- und Arbeitsweise verändert.

Diesem Gesetz zufolge wird von den Bundesstaaten erwartet, daß sie ihre eigenen Normen für Bildungsinhalte und Bewertungskriterien für schulische Leistungen setzen. Goals 2000 gewährt Schulen Hilfe bei der Festlegung, worauf sie inmitten des täglichen Wirrwarrs an Forderungen ihre Aufmerksamkeit richten sollen und welche Fähigkeiten Schüler erwerben müssen. Ein von der Bundesregierung ausgestelltes Formular zur Bewertung pädagogischer Fortschritte dient als Berichtsblatt und als Werkzeug, um die Ergebnisse der bundesstaatlichen und lokalen Reformbestrebungen festzuhalten.

Als Goals 2000 verabschiedet war, wurde es von Extremisten angegriffen, die ängstliche Eltern mit Visionen einer totalitären Kontrolle über das Denken ihrer Kinder aufschreckten. Die Befürworter wurden als »säkulare« Humanisten bezeichnet, die ihren Kindern die Seelen stehlen. Eine Lehrerin berichtete mir, daß eine örtliche Kirchengemeinde protestiert hatte, als sie die Stühle in ihrem Klassenzimmer für eine Diskussion zu einem Kreis angeordnet hatte. Unter Hinweis auf den heimtückischen Einfluß von Goals 2000 wurde darauf verwiesen, daß »doch jeder weiß, daß sich so Hexenzirkel treffen«. Der Vorfall wäre bloß lachhaft, wenn nicht die Schulleitung die Lehrerin angewiesen hätte, die Stühle wieder in sauberen Reihen aufzustellen.

Was sind die Ziele, die so leidenschaftliche Reaktionen hervorrufen?

Bis zum Jahr 2000

1. werden alle Kinder in Amerika mit Freude in die Schule gehen.
2. wird die Abschlußquote an den Hochschulen auf mindestens 90 Prozent steigen.
3. werden alle Schüler die Klassen vier, acht und zwölf mit dem Nachweis abschließen, daß sie in schwierigen Fächern sachkundig sind, wozu Englisch, Mathematik, Naturwissenschaften, Fremdsprachen, Sozialkunde, Wirtschaft, Kunst, Geschichte und Geographie gehören. Jede Schule in Amerika wird sicherstellen, daß alle Schüler gelernt haben, ihren Verstand einzusetzen, damit sie auf eine verantwortliche Bürgerrolle, weiteres Lernen und eine produktive Arbeit in der modernen Wirtschaft unseres Landes vorbereitet sind.
4. werden die Schüler der Vereinigten Staaten in naturwissenschaftlichen und mathematischen Leistungen an erster Stelle in der Welt stehen.
5. wird jeder erwachsene Amerikaner lesen und schreiben können und das Wissen und die Fähigkeiten besitzen, die für den Wettbewerb in einer globalen Wirtschaft und zur Ausübung der Rechte und Pflichten eines Staatsbürgers notwendig sind.

6. wird jede Schule in den Vereinigten Staaten frei von Drogen, Alkohol, Gewalt und Waffen sein und ein diszipliniertes, lernförderndes Umfeld bieten.
7. werden die Lehrkräfte des Landes Zugang zu beruflichen Fortbildungsprogrammen haben, die ihnen die Gelegenheit geben, die für den Unterricht und die Vorbereitung aller amerikanischen Schüler auf das nächste Jahrhundert notwendigen Kenntnisse zu erwerben.
8. wird jede Schule für Partnerschaften werben, die eine Beteiligung der Eltern erhöhen und sie mehr an der Förderung des sozialen, emotionalen und wissensmäßigen Voranskommens der Kinder teilnehmen läßt.

Diese Ziele sind keineswegs revolutionär, lassen sich aber dennoch nicht leicht erfüllen, auch nicht bis zum Jahr 2000. Wir dürfen nicht erwarten, Jahrzehnte des Werteverfalls in ein paar Jahren aufzuholen. Ein aktueller Bericht zeigte, daß das Land in einigen Bereichen Fortschritte erzielt hat, etwa bei den Leistungen in Mathematik und den Naturwissenschaften. Wenig oder kaum Verbesserungen gab es beispielsweise bei der Leseleistung. Und es hat größere Schwierigkeiten mit dem Drogenkonsum von Jugendlichen (insbesondere Marihuana) und mit Störungen des Unterrichts gegeben.

Doch das Gesetz zielt grundsätzlich darauf ab, in den Bundesstaaten, Schulbezirken und einzelnen Schulen einen Prozeß in Gang zu setzen, der Maßstäbe setzen und wirkliche Anleitung bieten wird, was unterrichtet und wie schulische Leistungen bemessen werden sollen, damit ein Näherrücken an die gesetzlichen Ziele eingeschätzt werden kann. Warum sollten wir Ziele, Normen und Leistungskriterien bei Firmen oder im Sport akzeptieren, aber nicht in unseren Schulen? Können Sie sich einen erfolgreichen Vorstandsvorsitzenden vorstellen, der den Aktieninhabern erzählt, die Firma habe von niemand etwas Neues zu lernen und ließe sich in keinem Fall weiter verbessern, »was wollen sie schließlich von diesen Angestellten und Kunden erwarten«?

Ich hatte die Ehre, den verstorbenen Sam Walton kennenzulernen, den legendären Gründer von Wal-Mart. Er besuchte regelmäßig Wal-Mart-Filialen, schneite unerwartet herein, indem er mit seinem kleinen Flugzeug, in dem er immer seine Hühnerhunde mitführte, auch auf einem nahegelegenen Feld landete, wenn es notwendig war. Dann ging er durch die Regalreihen und fragte Angestellte, was sie für Verbesserungsvorschläge hätten. Solange ihn noch niemand kannte, besuchte er auch die Geschäfte seiner Konkurrenz und stellte den Angestellten dort dieselbe Frage. Er war sich nie zu fein, um von irgendwo eine Idee aufzugreifen, wenn er meinte, sie würde den Dienst am Kunden (und dessen Wertschätzung) verbessern.

Kinder und ihre Eltern sind Kunden der öffentlichen Erziehung, aber sie werden selten nach Verbesserungsvorschlägen gefragt. Lehrkräfte sind das Lebensblut einer jeden Schule, aber sie werden oft übersehen oder übergangen, wenn Entscheidungen gefällt werden. Alle Bürger haben einen direkten Anteil daran, wie gut unsere Schulen funktionieren. Der Prozeß, Ziele zu setzen und zu erfüllen, ist eine Art sicherzustellen, daß alle Anteilseigner an der öffentlichen Erziehung beteiligt sind.

Einige Kritiker öffentlicher Schulen fordern einen größeren Wettbewerb unter Schulen und Bezirken, um auf diese Weise die Kontrolle von Bürokraten und Politikern wieder auf Eltern und Lehrkräfte zu übertragen. Ich finde ihr Argument überzeugend, und deshalb befürworte ich ausdrücklich die freie Wahl unter öffentlichen Schulen. Ich bin auch dafür, daß öffentliche Schulen selbst bestimmen, wie sie am besten zu leiten sind, einschließlich der Erlaubnis, bestimmte Dienstleistungen von privaten Firmen erledigen zu lassen.

Charter Schools sind solche öffentliche Schulen, die gemäß einer Satzung oder eines Vertrags gegründet und geführt werden. Sie können von Eltern, Lehrern oder anderen Gemeindemitgliedern organisiert werden. Dahinter steht die Vorstellung, daß sie frei von reformhemmenden Regelungen sein sollten, damit sie sich auf Zielsetzungen und das Erreichen von Ergebnissen konzentrieren können. Bis 1995 haben insgesamt neunzehn Bundesstaaten Charter Schools gesetzlich zugelassen, und etwa zweihundert Schulen sind bislang im Aufbau. Das Ausmaß der diesen Schulen gewährten Autonomie und Flexibilität ist von Staat zu Staat unterschiedlich. Einige dürfen von Anfang an unabhängig arbeiten, während andere sich an ihre örtlichen Bezirke wenden müssen, um einzelne Regelungen aufheben zu dürfen.

Die O'Farrell Community School ist eine Charter School in San Diego/Kalifornien. Sie hat eine rassisch gemischte Schülerschaft von 1400 Kindern der sechsten, siebten und achten Klasse. Die Schüler sind in »Familien« zusammengefaßt und haben einen Klassenlehrer, der die gesamten drei Jahre bei ihnen bleibt. Da sie von bürokratischen Maßregelungen befreit sind, können die Lehrkräfte freier zusammenarbeiten. Sie haben einen Verhaltenskodex eingeführt (der einen Gemeindedienst als Voraussetzung für den Abschluß beinhaltet), haben Unterrichtsanforderungen auf die Arbeitsmappen von Schülern ausgerichtet und ein Beratungszentrum eingerichtet, das Schülern bei außerschulischen Problemen hilft.

Das Gesetz zur Verbesserung von Amerikas Schulen, das im Oktober 1994 mit starker Unterstützung durch den Präsidenten verabschiedet wurde, versorgte einen breiten Bereich von Graswurzelreformen mit staatlichen Finanzmitteln. Dadurch werden auch Gründungen von Charter Schools ermöglicht. Zusätzlich verwenden einige Bundesstaaten Gelder aus dem Goals-2000-Programm, um Charter Schools wie die O'Farrell zu unterstützen. Staatliche Unterstützung und Finanzierung sind in vielen Orten notwendig, um bürokratische Einstellungen zu durchbrechen, die sich gegen einen Wandel sperren und Schüler wie Eltern frustrieren, so daß einige sich von den öffentlichen Schulen abwenden.

Unsere Weigerung, verschiedene Intelligenzformen zu berücksichtigen und Maßstäbe für alle aufrechtzuerhalten, ist höchst ungerecht gegenüber der Mehrheit der Schüler, die die Schule verlassen und keinen Collegeabschluß nach vier Jahren machen. Einer von sieben Schülern schafft bis zum 25. Lebensjahr nicht einmal den High-School-Abschluß oder ein Diplom über den zweiten Bildungsweg.

Von 1986 bis 1988 beteiligte ich mich an einer von der William T. Grant-Stiftung gesponserten Studie, die sich Youth and America's Future nannte. Der Titel ihres Reports, »The Forgotten Half«, bezog sich auf »die jungen Menschen, die unsere Häuser bauen, unsere Busse fahren, unsere Autos reparieren, unsere Fernsehgeräte wieder herrichten, in unseren Büros, Schulen und Krankenhäusern den Betrieb aufrechterhalten und die Produktion unserer Werke und Fabriken in Gang halten. In großem Ausmaß bestimmen sie, wie gut die amerikanische Familie, Wirtschaft und Demokratie funktionieren.« Der Titel meint aber auch »die Tausende junger Männer und Frauen, die nach einer produktiven Arbeit streben, aber es nie ganz zu einer entsprechenden Anstellung schaffen.«

Offen gesprochen tun wir nicht viel für diese jungen Leute, und die Folgen für sie und uns alle sind gravierend. Die Volkszählung 1990 zeigte, daß junge Menschen ohne College-Abschluß im Durchschnitt bedeutend weniger verdienen als diejenigen mit. Diejenigen, die sich mit einem High-School-Abschluß oder geringerem auf den Arbeitsmarkt begeben, sind in einem viel größeren Nachteil als noch vor fünfzehn Jahren. Selbst wenn sie gute schulische Leistungen vorweisen können, werden wenige Arbeitgeber überhaupt nach ihren Zeugnissen fragen.

1994 unterzeichnete der Präsident – wiederum mit Unterstützung beider Parteien – den School-to-Work Opportunities Act, ein Gesetz zur Besserstellung dieser »vergessenen« Jugendlichen. Es bietet Anreize zur Verbesserung der beruflichen Bildung an High Schools und kommunalen Colleges, und es ermöglicht Bundesstaaten, Städten, Schulen und Arbeitgebern, Ausbildungsprogramme einzurichten, die zu guten beruflichen Anstellungen führen.

Der Schlüssel dazu, Schüler, die in der Gefahr eines Schulabbruchs schweben, wieder in den Unterricht zu bringen, besteht darin, das Lernen in ihrem Leben wichtig zu machen, indem ihre Ausbildung mit Erfahrungen aus der »wirklichen Welt« verknüpft wird. Die Oakland Health and Bioscience Academy in Oakland / Kalifornien ist ein Beispiel, wie dies zustande gebracht werden kann. Mit der Hilfe und Unterstützung einer interessierten Gemeinde bereitet die Akademie Schüler auf eine breite Auswahl an medizinischen und biowissenschaftlichen Laufbahnen vor. Die Lehrkräfte der Akademie arbeiten eng mit dem Personal örtlicher Colleges und Bezirkskrankenhäuser zusammen, um praxisnahe Lehrpläne zu entwerfen. Ein College entwickelt gerade ein Programm, damit die belegten Anatomie- und Physiologiekurse auf das Studium angerechnet werden können. Zudem sollten klinische Ausbildungsplätze an Krankenhäusern in der Umgebung eingerichtet werden.

Solche Programme für den Übergang von der Schule zum Arbeitsplatz bieten Schülern, die sich im herkömmlichen Unterricht oft nicht zur Geltung bringen können, die Chance, spezifische Fertigkeiten zu erwerben. Das hebt auch ihr Leistungsniveau. Ein aktueller Bericht vermerkt, daß die Studenten der Oakland Academy in Lesen, Sprachen und Mathematik bessere Ergebnisse erzielten als Schüler aus vergleichbaren Verhältnissen. Derartige Programme sind eine Chance für die ganze Gemeinde, sich in die Ausbildung unserer Jugend einzuschalten, indem sie in ihrem Bereich Möglichkeiten eröffnet.

Als Nation stehen wir am Scheideweg bei der Entscheidung, was nicht nur wir von der Bildung erwarten, sondern auch, was das Bildungssystem von uns individuell und kollektiv erwarten kann. Das Maß unseres Einsatzes wird darüber bestimmen, ob wir zu einer neuen Ära des Fortschritts und Wohlstands voranschreiten oder unsere Kinder und uns im Stich lassen. Wie die

Bildung im allgemeinen geht unsere Entscheidung über das Pragmatische hinaus. Sie ist auch ein Prüfstein für unsere Werte.

Glauben wir, daß alle Kinder lernen können, wenn sie auf eine Weise unterrichtet werden, die ihren besonderen Talenten Rechnung trägt und sie an hohen und deutlichen Erwartungen mißt? Glauben wir, daß alle Kinder ein ordentliches Lernumfeld verdienen? Sind wir willens, nationale Ziele für die Erziehung zu setzen und Anreize für Lehrer, Schüler und Schulen zu bieten, diese zu erfüllen? Sind Eltern bereit, wieder Partner der Schule zu werden, zum Wohl ihrer und anderer Kinder? Und wie steht es dabei mit den anderen Mitgliedern der Dorfgemeinschaft, den kinderlosen oder denen, deren Kinder schon von der Schule abgegangen sind? Sind sie, sind wir alle bereit, uns an dieser Partnerschaft zu beteiligen?

Wenn wir diese Fragen mit ja beantworten können, dann können wir Kinder erfolgeich dazu erziehen, voller Vertrauen in die Zukunft zu blicken und die Dorfgemeinschaft mitzunehmen. Die Wurzel des Verbs »educare« heißt schließlich »hinausführen«.

Was Kinder sehen, das glauben sie auch

Das Fernsehen hat dadurch, daß es gierig unsere Aufmerksamkeit an sich riß, prägende Einrichtungen wie Kirche, Familie und Schule geschwächt und beim Individuum das Gefühl für die Einhaltung des nicht Erzwingbaren ausgehöhlt, von dem Manieren und Moral und letztendlich das Recht abhängen. Es ist offensichtlich, daß wir unsere Familien, Schulen und Kirchen neu aufbauen müssen. Aber wir können diese Reformen nicht durchsetzen, wenn wir das Fernsehen unangetastet lassen, denn sowohl in seiner Werbung wie in seiner Programmgestaltung hat es Bedürfnisse geweckt, die nicht an das Beste in unserem Wesen, sondern an das Schlechteste appellieren.

John Silber

Eine Freundin berichtete mir von einem Besuch bei einer Familie mit fünf Kindern. Im Kellergeschoß konnte sie die beiden halbwüchsigen Jungen und ihre Kumpel zur letzten »Gangsta«-Rap-CD mitsingen hören. Im Erdgeschoß lümmelten die beiden Jüngsten an je einem Ende der Couch bewegungslos vor dem Bildschirm und »zappten« durch die Kanäle. *Klick.* Ein futuristisches Schlachtgetümmel. *Klick.* Anschauliche Darstellungen eines kürzlich in der Stadt verübten Mordes. *Klick.* Zwei kämpfende Männer. *Klick.* Augenscheinlich ein dokumentarischer Spielfilm über Vergewaltigung. Im Schlafzimmer oben schaute die zwölfjährige Schwester mit einer Freundin ein erst ab 16 zugelassenes Video an. Ein klarer Fall von Medienansturm.

Als meine Freundin behutsam auf das Gift zu sprechen kam, das dem Verstand dieser Kinder eingeflößt wurde, konnte ihre geplagte Gastgeberin nur sagen: »Glaub mir, ich tue mein Bestes.« Diese Mutter hätte wie fast jeder Elternteil, mit dem ich ins Gespräch komme, eindeutig etwas Hilfe von der Dorfgemeinschaft brauchen können.

Einige Unterstützung hat Tipper Gore geleistet, deren Buch aus dem Jahre 1987, *Raising PG Kids in an X-Rated-Society* (Die Erziehung von unmündigen Kindern in einer Erwachsenen vorbehaltenen Gesellschaft), die Herausforderungen zusammenfaßt, denen sich Eltern gegenübersehen. Lange bevor ich sie kennenlernte, bewunderte ich Tipper für ihren Mut, das auszusprechen, was Millionen anderer Väter und Mütter dachten: daß einige Medien, zu denen unsere Kinder Zugang haben, ihnen Schaden zufügen.

Tipper und ihre Gruppe waren die treibende Kraft hinter den Bestrebungen, Plattenfirmen dazu zu bringen, ihre Veröffentlichungen mit gewaltverherrlichendem, entwürdigendem und ausdrücklich sexuellem Inhalt, der nicht für Kinder geeignet ist, mit warnenden Aufklebern zu versehen. Doch Tipper wurde für ihre Unverblümtheit attackiert und lächerlich gemacht und sogar beschuldigt, sie würde für eine Zensur eintreten, nur weil sie freiwillige Warnaufkleber forderte.

Schließlich sind andere Personen des öffentlichen Lebens ihrem Aufruf zum Handeln gefolgt. Sie stellten den Mediengiganten Time Warner zur Rede, der seitdem beschlossen hat, seinen Anteil an Interscope Records zu verkaufen, der Firma, die einen Teil der Musik mit den anstößigsten Texten produziert hat. Auch wenn es lange gedauert hat, scheint die öffentliche Meinung mittlerweile wach geworden zu sein und zwingt die Unterhaltungs- und Nachrichtenindustrie sowie auch die Regierung, die Sorgen über Auswirkungen der Medien auf unsere Kinder und unsere Gesellschaft ernst zu nehmen.

Die Aufmerksamkeit, mit der in letzter Zeit der Inhalt von Filmen bedacht wird, ist auch überfällig angesichts ihres machtvollen Einflusses auf die Kultur. Zumindest haben wir für Filme ein Klassifizierungssystem nach Altersstufen, obwohl wir noch viel tun können, um es zu verfeinern und vor allem die Qualität der Filme zu steigern. Wir können uns ein Beispiel an Großbritannien und Australien nehmen, Länder, die beide strengere Regelungen für Gewaltdarstellungen haben. Doch in diesem Kapitel richte ich mein Augenmerk hauptsächlich auf das, was sich alltäglich auf unseren Fernsehschirmen abspielt, weil dort die meisten Leute die Filme aus Hollywood sehen und weil auch ihre Präsenz und ihr Einfluß in unserer Gesellschaft so verbreitet sind.

Der frühere Vorsitzende der Bundeskommission für das Kommunikationswesen, Newton N. Minow, hat schon vor langer Zeit Alarm geschlagen. 1961 verdammte Minow das Fernsehen als »ungeheure Wildnis« und drang darauf, daß die Fernsehanstalten an einem hohen Standard des öffentlichen Interesses gemessen werden sollten. Seitdem widmet sich Minow diesem lebenswichtigen Thema in einer Vielzahl von Verlautbarungen und Stellungnahmen. Erst vor kurzem haben er und Craig L. LaMay in *Abandoned in the Wasteland: Children, Television and the First Amendment* (Der Wildnis ausgesetzt: Kinder, Fernsehen und das First Amendment) die überwältigenden Beweise für die negativen Wirkungen des Fernsehens während der vergangenen drei Jahrzehnte aufgelistet und die Sendeanstalten ins Gebet genommen, weil sie sich weigern, dieser Erkenntnis Rechnung zu tragen, indem sie sich hinter den Verfassungsgrundsätzen des First Amendment verschanzen.

Minows Darstellung, wie tief Gewalt aus dem Fernseher sich in unserer nationalen Psyche verankert hat, ist so schockierend wie die Gewalt selbst:

> Amerikaner nehmen die Fernsehversion ihres Lebens als so gegeben hin, daß am 18. Januar 1993, als der siebzehnjährige Gary Scott Pennington in die Englischstunde seiner High

> School in Grayston/Kentucky kam und seiner Lehrerin eine tödliche Kugel in die Stirn feuerte, einer der Schüler, die den Mord mitansehen mußten, sich erinnerte, gedacht zu haben: »Das kann doch nicht wahr sein. Das muß MTV sein.« Muß sein. In Garys Klasse hatte jeder Schüler durchschnittlich bereits 18.000 Morde im Fernsehen gesehen und durchschnittlich zwischen 15.000 und 20.000 Stunden vor dem Fernseher verbracht, verglichen mit 11.000 in der Schule. Jedes Jahr sieht ein amerikanisches Kind im Durchschnitt mehr als eintausend stilisierte und explizite Vergewaltigungen, Morde, bewaffnete Raubüberfälle und Schießereien im Fernsehen.

Seit den fünfziger Jahren hat ein ständiger Strom von Artikeln, Büchern und Studien den Schaden dokumentiert, den das Fernsehen Kindern zufügt. Die American Psychological Association's Commission weist auf drei größere Reports hin – jeweils von verschiedenen Komitees 1972, 1982 und 1992 veröffentlicht –, in denen Hunderte von Studien ausgewertet wurden, die alle zu demselben unerschütterlichen Schluß kamen, daß »das Anschauen von Gewalt die Gewalt steigert« und daß »längeres Betrachten von Gewalt in Medien zu emotionaler Desensibilisierung gegenüber Gewalt führen kann«.

Achtundneunzig Prozent der amerikanischen Haushalte haben zumindest ein Fernsehgerät. Davor sitzen jede Woche Kinder zwischen zwei und elf Jahren im Durchschnitt achtundzwanzig Stunden und Teenager im Durchschnitt dreiundzwanzig Stunden. Kinder, die in einkommensschwachen Familien aufwachsen, wo es für sie weniger organisierte Aktivitäten oder Spielmöglichkeiten gibt, schauen sogar noch mehr Fernsehen als ihre Altersgenossen aus wohlhabenderen Familien.

Kinder berichten selbst, daß gewisse Fernsehsendungen sie dazu ermuntern, sich sexuell zu betätigen, bevor sie dafür reif sind, sich aggressiv zu verhalten und ihren Eltern gegenüber ungehorsam zu sein. Achtzig Prozent der Amerikaner, die sich 1993 an einer Zeitschriftenumfrage beteiligten, sagten, daß sie glauben, Fernsehen sei schädlich für die Gesellschaft und besonders für Kinder. Und wir wissen, daß die Übersättigung mit zunehmend anschaulicheren und sensationelleren Darstellungen von Gewalt Kinder daran hindert, die emotionalen und psychischen Werkzeuge zu entwickeln, um mit der Bedrohung und der Realität von Gewalt umzugehen. Schießereien, Schlägereien, sogar Morde erscheinen allmählich normal und auf absurde Weise schmerzlos. Kinder werden taub – »desensibilisiert« – gegenüber Gewalt.

Ob und unter welchen Umständen die Gewalt, die Menschen am Fernsehgerät und in Kinos sehen, tatsächlich zu Gewalthandlungen verleitet, ist eine Frage, die Forscher seit Jahren debattieren, schon seit dem Bericht aus dem Jahr 1972. Wie bei Rauchen und Lungenkrebs wissen wir, daß eine Verbindung besteht. Doch genauso, wie jedesmal, wenn eine neue Untersuchung den Zusammenhang zwischen Rauchen und Lungenkrebs erhärtet, garantiert jemand aufsteht – zumeist gut bezahlt von der Tabakindustrie – und schreit, »Das ist nicht eindeutig bewiesen«, so versucht jedesmal, wenn ein neuer Report eine Verbindung zieht zwischen Gewalt auf unseren Bildschirmen und Gewalt auf unseren Straßen, jemand aus der Unterhaltungsindustrie die Behauptung zu widerlegen oder zumindest zu verwässern.

Es bedarf gar keiner nobelpreiswürdigen Forschung, damit wir kapieren, daß das, was die meisten Kinder im Fernsehen anschauen, nicht gut für sie sein kann. Schalten Sie nur an irgendeinem Tag zu irgendeiner beliebigen Zeit das Gerät ein und sehen Sie sich an, mit was um ihre Aufmerksamkeit gebuhlt wird. Ich wette, wenn ein Fremder in Ihre Wohnung käme und Ihren Kindern Geschichten von den gleichen Gestalten und Ereignissen mit den gleichen Worten und Bildern erzählte, dann würden Sie ihn hinauswerfen. Sie bräuchten nicht auf das Untersuchungsergebnis eines renommierten Spezialisten zu warten, um das bestätigt zu bekommen, was Ihr Elterninstinkt Ihnen als Risiko für die geistige und emotionale Gesundheit Ihres Kindes erscheinen läßt.

Verteidiger des Fernsehens argumentieren, daß Kinder in allen denkbaren Medien mit Bildern von Gewalt überhäuft werden – einschließlich in Märchen und anderen literarischen Klassikern. Sie wenden ein, daß es nicht fair sei, an das Fernsehen einen höheren Maßstab anzulegen. Doch wie Minow hervorhebt:

> Die Tradition der mündlichen und schriftlichen Erzählung sowohl in Märchen wie in moderner Kinderliteratur hat sich im Dienst der moralischen Erziehung von Kindern herausgebildet, und ihre Lektionen haben dazu beigetragen, die Grenzen zwischen Kindheit und Erwachsenenalter zu definieren. In diesem traditionellen Rahmen war Gewalt nur *eine* mögliche Konfliktbewältigung, nicht die einzige oder gar die vorrangige. Darüber hinaus waren Geschichten mit Gewalt von Aussagen umgeben, die von Erwachsenen zur Unterweisung von Kindern geschaffen waren, nicht von Erwachsenen zur Unterhaltung Erwachsener.

Vertreter von Fernsehanstalten sind rasch mit der Aussage bei der Hand, daß sie neben der Unterhaltung auch sehr viel Information verbreiten. Sie betonen, daß es die journalistische Sorgfaltspflicht erfordere, über das, was in der Welt vorgeht, zu berichten. Es stimmt, daß Kinder heutzutage die meisten Nachrichten von Ereignissen in ihrer Umgebung und in der ganzen Welt direkt aus den Medien erhalten und nicht durch den Filter von Eltern, Lehrern oder anderen Erwachsenen. Und es stimmt auch, daß wir auf Verbrechen und Gewalt aufmerksam gemacht werden sollten, damit wir etwas zu unserem Schutz unternehmen können, wie etwa die Unterstützung von Maßnahmen zur Einführung einer vernünftigen Kontrolle des Waffenbesitzes. Doch warum werden wir, wenn wir heutzutage die Abendnachrichten einschalten, überschüttet mit Abbildungen sensationsmäßig dargestellter Gewalt, die zunehmend schwerer von dem Schund der neuesten Actionserien zu unterscheiden sind?

1992 zählte das Center for Media und Public Affairs die Gewaltakte in zehn Fernsehkanälen im Verlauf eines einzigen achtzehnstündigen Sendetages. Als die Studie nach nur zwei Jahren wiederholt wurde, wurde festgestellt, daß die Gewaltdarstellungen im Fernsehen um 41 Prozent gestiegen waren, wobei die größte Zunahme in Nachrichtensendungen zu verzeichnen war. Eine weitere aktuelle Studie fand heraus, daß die lokale Berichterstattung von Morden sich im letzten Jahr verdreifacht hat, obwohl es keinen entsprechenden Anstieg in der Mordstatistik gegeben hat. Die Erklärung liegt auf der Hand. Nachrichtenredakteure handeln einhellig aus demselben Motiv heraus, das ihre Kollegen im Unterhaltungsgeschäft antreibt: Gewalt verkauft sich. Die Kommunikationswissenschaftlerin Ellen Hume macht deutlich: »Nachrichten über Verbrechen und Gewalt sind billig und leicht zu erstellen.«

Die erschöpfende Berichterstattung über Gewalt und schlechte Nachrichten trägt allgemein dazu bei, daß sich junge Leute zunehmend entfremdet fühlen und damit einhergehend ein gestörtes, asoziales Verhalten entwickeln. Viele Kinder werden depressiv oder haben Alpträume wegen der Flut vergossenen Blutes, die sie im Fernsehen geboten bekommen. Es macht sie taub für den Schmerz und die Destruktivität tatsächlicher Gewalt und führt bei ihnen zu einer Haltung ironischer Distanziertheit. Im schlimmsten Falle kommt es zu dem, was der Sozialwissenschaftler George Gerbner das »Böse-Welt-Syndrom« genannt hat, wenn Kinder die negativen Attribute der Welt, so wie sie sie in den Medien präsentiert bekommen, verinnerlichen.

Kinder lernen aus dem Fernsehen auch, daß wir Berühmtheit über alles schätzen, ungeachtet dessen, wie sie erlangt wird. Gleichzeitig vermittelt das Fernsehen ihnen womöglich den Eindruck, daß Menschen kaum je etwas gut oder richtig machen und daß wenige Erwachsene, wenn überhaupt welche, Respekt verdienen. Wir werden übersättigt mit Berichten von Priestern, die Kinder belästigen, von Banden junger Draufgänger, die wahllos auf alles einschlagen, was ihnen in die Quere kommt, und von Familien, in denen Mißhandlung und Vernachlässigung alptraumhafte Dimensionen angenommen haben. Die grell aufgemachten Berichte verdrängen positive Geschichten von Priestern und anderen Geistlichen, die Menschen dabei helfen, mit einem Verlust fertig zu werden und wieder einen Sinn in ihrem Leben zu finden, von Jugendlichen, die Obdachlose mit Essen versorgen, und von Familien, die in Zeiten der Bedrängnis zusammenhalten.

Es verwundert daher kaum, daß viele Kinder immer skeptischer werden, ob die institutionalisierte Religion Hilfe und Halt bieten kann, ob sie oder ihre Altersgenossen Gutes bewirken und ob Familien eine dauerhafte Quelle der Stärke und Stabilität sein können. Die gnadenlose, bis ins Detail gehende Berichterstattung über Verbrechen und Opfer betont und steigert die Machtlosigkeit von Individuen, insbesondere im Denken von Kindern, deren nicht vorhandene Macht in der Welt ihnen nur zu klar ist. Und – was noch heimtückischer ist – es unterminiert ihr Vertrauen in Institutionen, ihren Glauben, daß einzelne im Guten wie im Schlechten zusammenhalten können.

Leonard Eron, ein Psychologieprofessor an der University of Michigan und ein führender Spezialist für Auswirkungen des Fernsehens, warnt: »Auf die gleiche Art, wie das Fernsehen Gewalt lehrt, bringt es nun Jugendlichen bei, daß ... gestörte Familienverhältnisse an der Tagesordnung sind.« Die Professorin Froma Walsh von der University of Chicago ist der gleichen Meinung. Wenn die Menschen ständig sehen, daß nur Familien mit Sensationswert in den meisten Talkshows und vielen Abendsendungen dargestellt werden, ermuntert es sie, »ihre eigenen Familien durch eine dunkle Brille zu betrachten und nach Pathologien zu suchen«, selbst wenn Familien »bloß versuchen, so gut wie möglich zurechtzukommen«. Diese Untersuchungen legen die Vermutung nahe, daß all das, was als ständiges Tagesmenü im Fernsehen angeboten wird, in den Köpfen der Zuschauer zur Realität wird.

Und dieses Angebot wird ständig erweitert. Videospiele haben Millionen von Fernsehgeräten mit blutigen Gemetzeln überschwemmt, bei denen Kinder nicht nur zuschauen, sondern selbst beteiligt sind. Flinke Finger flitzen bei Bestsellern wie »Mortal Kombat« und »Killer Instinct« über die Tastatur und bringen die Figuren auf dem Bildschirm dazu, ihr höchstes Ziel zu erreichen – einen brutalen Mord. »Mortal Kombat« ist nur eines unter vielen Spielen, aber hier feuert zusätzlich eine computergenerierte Stimme die Kinder an: »Mach ihn fertig!«, während laufend Blut spritzt.

Dem Journalisten David Finkel vom *Washington Post Magazine* beschrieb kürzlich ein vierzehnjähriger Junge aus einer Vorstadt in Maryland, wo tatsächliche Gewalt selten vorkommt, seine Faszination an der elektronischen Gewalt: »Ich mag Gewalt«, bekannte er. »Ich schau' mir gern Szenen mit Gewalt an, das ist einfach so.« Die Eltern dieses Jungen nehmen Anteil am Leben ihres Sohnes – sie gehen mit ihm ins Kino und versuchen, ihn für das Lesen zu begeistern –, aber sie glauben auch, daß er alt genug ist, um das anzuschauen, was er sehen mag, dem zu lauschen, was er hören will, und die Spiele zu spielen, die ihm Spaß machen. Dieser Junge versicherte Finkel, daß sein Leben ohne diesen Kontakt mit Gewalt ganz anders wäre. »Ich hätte Angst, wenn ich bei jemand wäre«, erklärt er. »Ich könnte mit anderen nichts anfangen, weil *die* alles gesehen haben.«

Es ist noch zu früh, die Wirkung von Videospielen voll einzuschätzen. Doch einige Psychologen haben bereits darauf hingewiesen, daß die direkte Kontrolle über Gewalt in Videospielen für Kinder schädlicher sein könnte als das, was sie nur passiv betrachten. Dr. Carole Lieberman, Psychiaterin und frühere Vorsitzende der National Coalition on Television Violence, bezeichnet Videospiele als eine neue Droge. »Ich glaube, sie sind schlimmer als die Gewalt im Fernsehen, weil die Kinder selbst die Tasten drücken«, sagt Dr. Lieberman. »Sie werden dafür belohnt, Menschen in einem Spiel zu vernichten.«

Wir wissen bereits, daß das Fernsehen nicht nur Einfluß auf

das hat, was wir denken, es beeinflußt auch, *wie* wir denken. Das Medium ist die Botschaft, hat Marshall McLuhan formuliert. Das episodenhafte, reaktive, beinahe hektische Tempo dessen, was gesendet wird, läßt Kinder hektisch empfinden und agieren und verkürzt ihre Aufmerksamkeitsspanne und ihre Geduld bei Beschäftigungen, die Zeit brauchen, und bei Problemen, die sich nicht auf die Schnelle lösen lassen.

Kinder – und Jugendliche – brauchen Reize, aber das Ausmaß und die Art dessen, was sie brauchen, ist begrenzt. Bedenken Sie einen Augenblick, was es bedeutet, die Fernbedienung in die Hände einer Vorschülerin zu legen. Sie muß sich nicht anstrengen, um unterhalten zu werden, um ihre Vorstellungskraft einzusetzen, wie sie es beim Zuhören einer Geschichte tun müßte oder wenn sie sich selbst etwas ausdenkt. Sie hat nicht die Fähigkeit, das Gesehene und Gehörte auszublenden, geschweige denn, es zu bewerten. Und am wenigsten ist sie bei den tanzenden Bildern, bunten Farben und aufregenden Klangeffekten imstande wegzugehen.

Der Sog des Fernsehens ist für Kinder unwiderstehlich, fesselt ihre Aufmerksamkeit so, wie Verkehrsunfälle Schaulustige anziehen. Die Wohnungen in Amerika, wo Fernsehgeräte Tag und Nacht an sind, gleichen mit Unfällen übersäten Highways. Nur sind in diesem Fall die Kinder, die gedankenlos, überstimuliert und unterfordert glotzen, die Opfer.

Meine Eltern sorgten sich nicht so sehr um das, was meine Brüder und ich im Fernsehen anschauten, als um die Zeit, die wir vor dem Gerät verbrachten, wenn sie es überhaupt erlaubten. Sie wollten, daß wir lasen, Hausarbeiten erledigten oder draußen spielten, deshalb wurden unsere Fernsehstunden strikt eingeschränkt. Bill und ich grenzten die Zeit und die Art der Programme ein, die Chelsea als Kind sehen durfte. Selbst heute noch prüfen wir von Zeit zu Zeit, was sie sich an Fernsehsendungen und Filmen ansieht. Eltern entdecken allmählich andere Möglichkeiten, sich und ihre Kinder vor dem übermäßigen Einfluß des Fernsehens zu schützen. Demnächst dürften sie auch Hilfe von der Technologie erhalten, etwa durch den V-Chip, der im Gesetzentwurf zur Telekommunikation vorgesehen ist. Der V-Chip ist ein Computerchip, mit dem Eltern Fernsehsendungen blockieren könnten, die für Kinder ungeeignet sind. Die entsprechende Technologie zur Verfügung zu stellen, ist nur die halbe Schlacht; ihre sinnvolle Anwendung wird ein strenges, eindeutiges Klassifizierungssystem erfordern, ähnlich dem, das wir derzeit für Filme haben.

In der Zwischenzeit müssen Eltern auf eigene Faust sicherstellen, daß Kinder keine ungeeigneten Sendungen oder zuviel Fernsehen schauen. Sie können ihre eigenen Klassifizierungen einsetzen. Sie können die Zeitungen und Zeitschriften, die allmählich ihre Besprechungen von Filmen und Musik auf Kindertauglichkeit abstimmen, dazu aufrufen, auch Fernsehprogramme in dieser Weise zu behandeln. Sie können ihren Kindern auch beibringen, *wie* sie Fernsehen schauen sollen, so wie sie ihnen auch beibringen, die Straße zu überqueren, nämlich vorsichtig.

Ein Ratgeber zum verantwortlichen Umgang mit dem Fernsehen ist von einer durch den nationalen Eltern-Lehrer-Verband und der Kabelindustrie gesponserten Initiative erhältlich, die Eltern, Lehrern und Kindern einen aufgeklärten Umgang mit dem Fernsehen vermitteln will. Darin wird vorgeschlagen, wie Eltern mit den Kindern darüber reden können, was sie sich ansehen. Das macht das Fernsehen nicht nur zu einem weniger passiven Zeitvertreib, sondern wandelt es zu einem Lernmittel um. Wir können Kinder fragen, warum Figuren so und nicht anders handeln, und ihnen helfen, zwischen verantwortlichen und unverantwortlichen Handlungen zu unterscheiden. Wir können sie dazu bringen, darüber zu reden, wie sich die Familien im Fernsehen von ihrer eigenen und anderen ihnen bekannten Familien unterscheiden. Wir können das Fernsehen auf Situationen im wirklichen Leben beziehen. Wenn in einer beliebten Familienserie ein Ehepaar sich über Rechnungen streitet, weil beispielsweise das

Geschäft des Mannes von der Schließung bedroht ist, können wir unseren Kindern erklären, daß Eltern sich manchmal über den sichersten Weg auseinandersetzen müssen, wie sie alle ihre Verpflichtungen erfüllen können.

Sinnvoll eingesetzt, kann das Fernsehen Kindern helfen, zwischen Phantasie und Realität zu unterscheiden – gerade weil die ins Haus flimmernde Phantasie so real auf sie wirkt. Machen Sie Ihrem Kind typische Eigenschaften des »TV-Lands« deutlich, die einem Erwachsenen offensichtlich erscheinen mögen, aber nicht notwendigerweise einem Kind. Weisen Sie zum Beispiel darauf hin, wenn Sie einen dreißigminütigen Fernsehfilm oder eine Sitcom ansehen, daß es nicht der Wirklichkeit entspricht, ein Problem in der Spanne einer halben Stunde zu lösen. Erklären Sie, daß die Drehbuchschreiber und Regisseure sich auf diese Art an die Sendezeiten anpassen, und reden Sie darüber, wie sich die Szene im wirklichen Leben abgespielt hätte.

Es gibt noch eine andere Möglichkeit, die Eltern sich überlegen könnten. Schalten Sie einfach die Fernseher, Videospiele und Videorecorder für einen Abend, für eine Woche, für einen bestimmten Tag in der Woche ab. Als ich diesen Vorschlag in einem Interview mit der Zeitschrift *Woman's Day* machte, gingen die Leserinnen begeistert darauf ein. Einige Eltern, die nicht nur die Abbildung von Gewalt, sondern auch den übermäßigen Einfluß des Fernsehens allgemein satt hatten, schrieben, sie hätten diesen Vorschlag bereits umgesetzt.

Stellen Sie sich vor, was geschehen könnte, wenn wir alle unsere Fernsehgeräte eine ganze Woche lang abschalten würden. Die Stille – und die dadurch möglichen anderen Aktivitäten – könnten eine feste Einrichtung werden.

Hier und dort schließen sich Eltern zusammen und entdecken ihre kollektive Stärke. Der Eltern-Lehrer-Verband von Südflorida überwacht die Kindersendungen in den Fernsehsendern von Miami, wobei Mitglieder sich freiwillig melden, um in Blöcken von ein oder zwei Wochen zu bestimmen, ob die Sender die gesetzlichen Bestimmungen einhalten.

Ein Gesetz aus dem Jahre 1990 begrenzt die Werbezeiten bei Kindersendungen. Es weist die Bundeskommission für Kommunikationsmedien (FCC) auch an, als Teil der Lizenzgebung in größerem Umfang darauf zu sehen, ob die Sender auch Programme ausstrahlen, die »den Bildungs- und Informationsbedürfnissen von Kindern entsprechen«. In drei Jahren, stellte der Verband in Florida fest, erfüllten die Sender die gesetzlichen Bestimmungen nicht. 1995 reservierten die kommerziellen Fernsehsender in Miami nur 1 Prozent ihres Gesamtprogramms für pädagogische Kindersendungen.

Die Gruppe aus Miami gehört zu den vielen Eltern- und Konsumentengruppen, die bei der FCC darauf drängen, daß sie ihre Bestimmungen durchsetzt und von den Sendeanstalten verlangt, mehr pädagogische Programme zu senden. 1951 wurden siebenundzwanzig Stunden mit anspruchsvollen Kindersendungen pro Woche ausgestrahlt. Der Präsident und der Vorsitzende der FCC, Reed Hundt, sähen es gern, wenn die FCC von jeder Sendeanstalt verlangen würde, mindestens drei Stunden pro Woche zu senden. Während ich dieses Buch schreibe, hat die FCC auf diesen Vorschlag hin noch nichts unternommen. Als Reaktion auf öffentliche Petitionen ist jedoch der Westinghouse-Konzern, der kürzlich den Sender CBS erworben hat, freiwillig eine solche Verpflichtung eingegangen.

Die Entscheidungen der FCC werden nicht für die Kabelsender gelten. Sie sind von den Bestimmungen der Regierung ausgenommen, weil sie nicht die öffentlichen Luftfrequenzen benutzen. Das Aufkommen des Kabelfernsehens hat das für Kinder verfügbare Angebot dramatisch erweitert, zum Besseren wie zum Schlechteren. Kanäle wie Disney, Discovery, Nickelodeon und A&E sind die bevorzugten Sender nicht nur im Clinton-Haushalt. Doch nur 65 Prozent der amerikanischen Haushalte haben bislang Kabelanschluß, und laut Statistik gehört zu den verbleibenden 35 Prozent ein unverhältnismäßig hoher Anteil der Kinder unseres Landes. Wie bei vielen sozialen Veränderungen in den vergangenen fünfzig Jahren sind von den negativen

Einflüssen der Medien, insbesondere des Fernsehens, wiederum Kinder aus einkommensschwachen Familien am härtesten betroffen.

Deshalb verdient das öffentlich-rechtliche Fernsehen, das schon immer pädagogische Programme für Kinder anbietet, unsere Steuerdollars und Spenden. Serien wie *Sesamstraße* unterhalten und lehren dabei gleichzeitig Mathematik und Lesen. Andere Sendungen vermitteln mit Musikvideos und Spezialeffekten Geographiekenntnisse und naturwissenschaftliche Stoffe auf unterhaltsame und aufregende Weise nicht im Klassenzimmer, sondern daheim. Viele pädagogische Sendungen, die beim Publikum eingeschlagen haben, sind Schöpfungen des Children's Television Workshop, der 1968 gegründet wurde, um die Möglichkeiten des Fernsehens als erzieherisches Medium zu erkunden.

Im Mai 1995 haben John Wright und Aletha Houston, beide Professoren der Humanwissenschaften an der University of Kansas, die Ergebnisse einer vierjährigen Studie veröffentlicht, wie Fernsehen die geistigen Fähigkeiten, die Schulreife und die Unterrichtsgewöhnung von Kindern aus einkommensschwachen Familien beeinflußt. Sie fanden heraus, daß Vorschüler, die bloß 25 Minuten am Tag erzieherische Sendungen wie *Sesamstraße* ansahen, bei standardisierten Sprach- und Mathematiktests zum Schuleintritt bedeutend besser abschnitten und durchgehend mehr Zeit mit Lesen und anderen erzieherischen Aktivitäten verbrachten als Kinder, die hauptsächlich Trickfilme und Erwachsenenprogramme anschauten.

Pädagogen, Gemeindevorsteher, kirchliche Gruppen und andere können sich gemeinsam darum bemühen, Unterstützung für das öffentlich-rechtliche Fernsehen und bessere Werbesendungen zu fordern. Sie können auch Boykotts unbegründet gewaltbetonter, ausgesprochen sexueller oder anderweitig anstößiger Programme organisieren. Ein Haushalt allein bewirkt kaum etwas, aber ein oder zwei Dorfgemeinschaften können die Einschaltquoten um einen Punkt nach oben oder nach unten verändern. Und die Einschaltquoten sind das kritischste Barometer für Programmentscheidungen im Fernsehen. Auch Lehrer können sich beteiligen, sowohl direkt wie indirekt. An erster und wichtigster Stelle steht, daß sie sich nach besten Kräften bemühen sollten, Spaß am Lesen zu vermitteln. Sie können auch Eltern bei der Aufklärung ihrer Kinder darüber beistehen, wie das Fernsehen sie manipuliert und Werte wie Mitgefühl und Güte untergräbt, die sie zu Hause, an religiösen Einrichtungen und in der Schule lernen.

Journalisten und Nachrichtenredakteure haben ebenfalls eine Verpflichtung. Wenn Gewalt eine Nachricht wert ist, sollten sie darüber berichten, aber sie sollten dies mit Meldungen ausgleichen, die Kinder und Erwachsene mit positiven Bildern von sich selbst und ihren Mitmenschen versehen, und sorgfältig darauf achten, keine negativen Klischees zu verfestigen. Wer die Wahrheit in wohldurchdachter Weise und eingedenk der Macht des geschriebenen Wortes und des ausgestrahlten Bildes berichtet, ist nicht nur ein guter Journalist, sondern ein verantwortlicher Bürger.

Kommerzielles Fernsehen muß Profit erwirtschaften, aber das spricht Redakteure und Programmgestalter auch nicht frei. Newton Minow sagte 1995 in einer programmatischen Rede vor einer Konferenz von Children Now, einer führenden parteilosen und gemeinnützigen Organisation für Kinder: »In einer idealen Welt würden die Menschen, die beim Fernsehen arbeiten, so etwas wie einen hippokratischen Eid ablegen müssen: ›Wir wollen keinen Schaden zufügen‹.« Wie könnten sie ihn einhalten? Sie könnten damit anfangen, daß sie sich selbst fragen, ob sie ihren eigenen Kindern, Enkeln, Nichten, Neffen und Nachbarn erlauben würden, die Sendungen anzusehen, für die sie verantwortlich sind. Sie könnten ihre eigenen Beraterstäbe bilden – vorzugsweise aus Eltern –, bei denen darauf Verlaß wäre, daß sie die Interessen der Kinder über die kommerziellen stellen würden.

Journalisten und Fernsehmacher erzählen mir, daß sie untereinander schon über diese Themen gesprochen und nach Wegen gesucht hätten, sowohl ihre beruflichen wie ihre öffentlichen Verpflichtungen zu erfüllen. Al und Tipper Gore brachten auf ihrer jährlichen Familienkonferenz Beschäftigte der Sendeanstalten, Kinderanwälte, Werbefachleute, Forscher und Eltern zusammen, um den Einfluß der Medien auf Kinder und Familien zu diskutieren. Oprah Winfrey hat beschlossen, ihre Show in eine positivere Richtung zu lenken. Ein Fernsehsender übernimmt nicht länger schlüpfrige Talkshows und ein weiterer überlegt sich, sie aus dem Programm zu nehmen. Ein paar lokale Fernsehsender haben beschlossen, ihre reißerische Darstellungsweise aufzugeben und sich wieder der seriösen Nachrichtenübermittlung zuzuwenden.

Für solche Entscheidungen kann es finanzielle wie moralische Belohnungen geben. Als John Lansing Chef der Nachrichtenredaktion beim Sender WCCO in Mineapolis war, erkannte er, daß die Verbindung des Senders zur Gemeinde immer schwächer wurde, je mehr die lokale Berichterstattung einem Unterhaltungsprogramm glich. Er beschloß, Versammlungen in der Stadt einzuberufen, damit der Sender sich wieder mit den Erwartungen der Zuschauer vertraut machen konnte. Als Ergebnis davon gab die Nachrichtenredaktion ihre boulevardblattmäßige Berichterstattung auf, und WCCO wurde ein Pionier »familiensensiblen Zuschauens« und reduzierte oder eliminierte Berichte und Bilder von Gewalt im Vorabendprogramm. Dennoch hat es WCCO geschafft, den ersten Platz auf dem Markt beizubehalten.

Zahlreiche Journalistenverbände und Sender fördern ausgewogene und aufgeschlossene Reportagen. Eine solche Organisation ist das Casey Journalism Center an der University of Maryland, das Stipendien an Reporter, Redakteure, Produzenten und Nachrichtenprogrammchefs vergibt. Die Empfänger erhalten die Chance, an Konferenzen teilzunehmen und sich mit Experten auf ihrem Gebiet zu treffen. Damit soll eine Förderung durchdachter, gehaltvoller und gut dokumentierter Reportagen erreicht werden.

Das Fernsehen könnte sich ein Beispiel an etlichen Zeitungen nehmen, die Kinderseiten und langfristige Rubriken eingerichtet haben, wo hauptsächlich über Familienthemen berichtet wird. Der *Plain Dealer* aus Cleveland hat beispielsweise eine neue »Familienseite« eingeführt, die jeden Samstag erscheint. Bislang sind dort Geschichten über die Fernsehgewohnheiten von Kindern (mit Tips, wie sich aus dem Fernsehschauen eine konstruktive Betätigung machen läßt), über Möglichkeiten, wie Großeltern ihre Zeit mit Enkelkindern verbringen können, und über die Schaffung eines stärkeren Familienzusammenhalts (von persönlichen Geschichten über Leute aus der Region begleitet) abgedruckt worden. Die Seite enthält auch eine regelmäßige Kolumne über Familienfinanzen mit umfassenden Informationen über die Kosten beim Kauf eines Haustiers bis zur Gestaltung eines Familienurlaubs, ohne die Bank ausrauben zu müssen.

Fernsehen, Filme, Videospiele und Musik lassen sich nicht mehr aus unserem Leben wegdenken. Sie werden weiterhin ihren Einfluß geltend machen und auch in künftigen Jahren Meinungen sowie Verhaltensweisen prägen. Als Eltern müssen wir bereit sein, wieder die Autorität zurückzuerlangen über das, was die Schwelle unseres Hauses überschreiten darf. Als Gestalter und Konsumenten der Medien – und als Bürger der Dorfgemeinschaft – müssen wir bereit sein, uns zusammenzuschließen und Druck auszuüben, damit das, was unsere Kinder sehen und hören, verbessert wird. Eine einzelne Tat hat so gut wie keine Wirkung, aber Millionen von Entscheidungen – die Fernsehgeräte abzuschalten oder bestimmte Filme, CDs oder Videospiele abzulehnen – geben uns die nötige Energie, um Werbeagenturen und Programmgestaltern eine Botschaft zu senden, die sie laut und deutlich empfangen werden.

Jede Firma muß die ganze Familie berücksichtigen

Die Goldene Regel heißt nicht,
daß sich mit Gold alles regeln läßt.
Barbara Reynolds

Mein Vater mißtraute großen Firmen und starken Regierungen. Als ich heranwuchs, wurde er nie müde, Präsident Eisenhowers Warnung vor dem militärisch-industriellen Komplex und den Gefahren geballter, unberechenbarer Macht in den Händen einzelner zu zitieren. Ich mußte bei einer Reise nach Südamerika im Oktober 1995 an ihn denken, als ich die Worte eines früheren Präsidenten, Theodore Roosevelt, zu hören bekam. Ich sollte vor Studenten und Lehrern der Universität von Santiago de Chile eine Rede halten. Als der Rektor der Universität mich vorstellte, bezog er sich auf Äußerungen von Roosevelt im selben Saal vor zweiundachtzig Jahren. Der frühere Präsident, sagte er, hätte vor einem Übermaß unkontrollierter Firmenmacht gewarnt.

Neugierig geworden, suchte ich mir eine Ausgabe der Rede Roosevelts heraus. Ich war von der heute noch zutreffenden Aussage betroffen:

> Dadurch, daß wir ohne Kontrollgewalt diese Konzentration riesiger Unternehmen in den Händen weniger zuließen ... sind viele Übel entstanden ... Wir müssen erkennen, daß die großen Konzerne sich etabliert haben und daß wir sie kontrollieren und regulieren müssen, so daß große Firmen keine

> Vorteile auf Kosten der kleineren erlangen. Darüber hinaus müssen wir auf den Grundlagen der Kooperation und auf den gegenseitigen Ausgleich zwischen Arbeitgebern und Arbeitnehmern bei den erwirtschafteten Gewinnen bestehen, so daß der künftige Wohlstand der großen Gesellschaften auf gerechteste Weise unter all denen verteilt wird, die an seiner Schaffung Anteil haben.

Roosevelts Worte drücken die allgemeine Meinung aus, die während des größten Teil unseres Jahrhunderts vorherrschte. Als der private Sektor wuchs, meinten die Menschen, daß ein Übermaß an ungebremstem Wettbewerb durch die Regierung gezügelt werden müßte. Als Ergebnis davon werden Verbraucher durch Antitrust-Gesetze, Bestimmungen zur Reinheit von Nahrung und Arzneimitteln, Warenkennzeichnungspflicht und andere Verbraucherschutzmaßnahmen geschützt. Investoren sind durch gesetzliche Sicherheitsgarantien geschützt, Arbeiter durch Gesetze, die Kinderarbeit, Löhne, Arbeitszeiten, Renten, Entschädigungen und die Sicherheit und Gesundheit am Arbeitsplatz regeln, und die Dorfgemeinschaft im ganzen genießt den Schutz durch Standards für saubere Luft und reines Wasser, Kennzeichnung von Chemikalien und andere Umweltschutzbestimmungen.

Zweifellos sind bei der Ausarbeitung einiger Gesetze und bei der Festlegung und Anwendung der Bestimmungen Fehler gemacht worden. Doch insgesamt lassen sich die Ergebnisse kaum anfechten. Im Lauf des Jahrhunderts ist unsere Umwelt sauberer geworden, leben wir gesünder, sind unsere Arbeitsplätze sicherer, unsere Finanzmärkte stärker. Heute ist unsere Wirtschaft, immer noch die stärkste und produktivste der Welt, wieder ins Rollen gekommen, kleine Unternehmen entstehen, die Exporte und der Aktienmarkt befinden sich auf Rekordhöhe, mehr als siebeneinhalb Millionen neue Stellen sind in weniger als drei Jahren geschaffen worden und sowohl die Arbeitslosenquote als auch die Inflationsrate befinden sich auf dem tiefsten Stand seit siebenundzwanzig Jahren.

In einem Zeitalter, in dem es schick geworden ist, viele der Übel unserer Nation der Regierung anzulasten, wendet sich unsere öffentliche Debatte jedoch selten den Auswirkungen der ökonomischen Kräfte auf amerikanische Familien und Kinder zu. Wer diese Frage aufwirft, wird leicht beschuldigt, sich nicht genügend für die freie Marktwirtschaft einzusetzen. Doch wenn uns Familienwerte am Herzen liegen, müssen wir uns darum sorgen, was mit diesen Werten auf dem freien Markt geschieht.

Wie mein Vater bin ich für Kapitalismus und freie Marktwirtschaft. Aber ich weiß auch, daß jede menschliche Unternehmung anfällig ist für Irrtümer, Inkompetenz, Korruption und Machtmißbrauch. Der Kapitalismus, um Winston Churchills berühmten Aphorismus über die Demokratie abzuwandeln, ist die schlechteste Form der Wirtschaft – bis auf sämtliche Alternativen.

Eine freie Marktwirtschaft wie die unsere muß mit Spannungen leben, weil dieselben Kräfte, die eine Wirtschaft stark machen – der Drang, den Bedarf der Verbraucher durch Maximierung der Produktivität und Rentabilität zu befriedigen –, sich umgekehrt auf die Arbeiter und Familien auswirken, die schließlich ebendiese Verbraucher sind. Wenn wir Wettbewerb und Innovation – Kennzeichen des amerikanischen Kapitalismus – fördern wollen, müssen wir uns der individuellen und sozialen Kosten von geschäftlichen Entscheidungen bewußt sein. In jedem Zeitalter muß die Gesellschaft die richtige Balance finden zwischen der Freiheit, die Unternehmen brauchen, damit sie um Marktanteile kämpfen und Gewinne machen können, und dem Erhalt der Familien- und Gemeinschaftswerte. Wenn einer der beiden Aspekte unterminiert wird, werden wir als Folge davon auf lange Sicht schließlich materiell und auf andere Weise mehr zahlen, als wir auf kurze Sicht möglicherweise gewinnen können.

In diesem Buch habe ich von der Verantwortung einzelner und der Institutionen für die Zukunft unserer Kinder und der Dorfgemeinschaft gesprochen, die sie erben werden. Kein Teil der Gesellschaft hat einen bedeutenderen Einfluß auf den Gehalt dieser Erbschaft als die Wirtschaft. Wir leben in einem Zeitalter des »Turbo«-Kapitalismus, wie es der Politikwissenschaftler Edward Luttwak nennt. Dieser ist charakterisiert durch intensiven Wettbewerb, atemberaubende technologische Veränderungen, einen globalen Finanz-, Informations- und Unterhaltungsmarkt, ständige Firmenumstrukturierungen und relativ wenig öffentliche Kontrolle und Einfluß auf die Privatwirtschaft. Dieses Konglomerat veränderter Umstände stellt Familien und Gemeinden und die Kinder, die darin aufwachsen, vor neue Probleme. Die Wirtschaft wirkt sich machtvoll auf uns aus, als Verbraucher, Arbeiter, Investoren und allgemeiner gesprochen als Bürger der Gesellschaft, die sie zu schaffen hilft, und als Bewohner der Umwelt, die sie sehr stark mitformt. Unsere Verhältnisse erfordern deshalb eine neue und durchdachte Reaktion aus jedem Bereich der Gesellschaft, insbesondere der Geschäftswelt.

Unsere Wirtschaft wächst dadurch, daß sie Verbrauchern die Wahl zwischen zahlreichen und besseren Produkten zu wettbewerbsfähigen Preisen läßt. Insgesamt gesehen ist dieses System für uns ein Segen gewesen. Es hat uns nicht nur erlaubt, komfortabel zu leben, sondern es hat Amerikanern auch mehr Arbeitsplätze verschafft. Doch eine der Bedingungen der Konsumkultur beruht auf menschlichen Unsicherheiten, die Wünsche schaffen, die nur durch den Erwerb eines Produkts oder einer Dienstleistung befriedigt werden können. Wenn wir alle heute sagen würden: »Okay, ich habe genug. Von nun an werde ich nur das Allernotwendigste kaufen«, wäre das eine Katastrophe für unsere Wirtschaft. Wenn wir uns aber weiter von kulturellen Botschaften antreiben lassen, die Unzufriedenheit mit unserem vorhandenen Besitz schüren und Erfolg mit Konsum gleichsetzen, laufen wir viel eher Gefahr, daß Gier die Oberhand behält über Mäßigung, Zurückhaltung und die Stabilität, die vom Sparen und eher von Investitionen in die Zukunft kommt als von der Befriedigung kurzlebiger Begierden.

Am meisten sind davon unsere Kinder bedroht, die diese Zukunft und ihre Werte erben werden. »Als Gesellschaft«, schreibt David Walsh in *Selling Out America's Children,* »opfern wir Amerikaner des späten 20. Jahrhunderts unsere Kinder auf dem Altar des Profits« und – in Walshs Worten – der Verlockung durch »adver-teasing« (Wortspiel mit *advertising*, dem englischen Wort für Werbung, und *to tease*, necken, A.d.Ü.). Diejenigen unter uns, die an die freie Marktwirtschaft glauben, sollten sich Sorgen machen um die drohende Gefahr, eine Wegwerfgesellschaft zu werden, die sich von unerfüllbaren Phantasien ernährt. Die Menschen in dieser Gesellschaft – vor allem die Kinder – werden den Selbstwert nach dem bestimmen, was sie heute haben und was sie morgen kaufen können.

Walsh dokumentiert das sorgfältige Kalkül – und die Hunderte Millionen von Dollars –, die in Werbekampagnen gesteckt werden, die sich direkt an Kinder richten, deren Verlangen nach sofortiger Befriedigung und deren Mangel an geistigem Überblick sie zu leichten Zielen machen. Kinder, die stundenlang vor dem Fernseher abgesetzt werden, sind besonders empfänglich, und Werbeleute wissen das. Nachdem die FCC 1984 Bestimmungen aufgehoben hat, welche die Zeit begrenzten, die während Kindersendungen im Fernsehen für Werbung verwendet werden darf, ist die Zahl von Werbeeinblendungen wieder gestiegen, die der Werbesendungen – regelrechte Shows um einzelne Spielwaren – sogar explosionsartig.

Das vom Kongreß 1990 verabschiedete Gesetz zum Kinderfernsehen setzte den Werbezeiten in Kindersendungen wiederum Grenzen, doch die Befolgung ist nicht immer strikt durchgesetzt worden, auch wenn die FCC sich bemüht. Reed Hundt, der Vorsitzende der FCC, meint: »Die Kinder von heute kennen mehr Cornflakesmarken als Präsidenten.« Die Werbetrommel zum Kaufen, Kaufen, Kaufen wird auch nicht nur in den Medien gerührt; die Werbung durchdringt das ganze Leben der Kinder. Selbst ihre Sporthelden sind zu wandelnden Werbeflächen für alles von Nikes über Pepsis bis zu Big Macs geworden.

Massenkonsum und »adver-teasing« machen es für Eltern notwendig, nicht nur um die Werte und Überzeugungen ihrer Kinder zu kämpfen, sondern auch um ihre Gesundheit. Einer Studie zufolge ist Joe Camel, das Comicmaskottchen der Camel-Zigaretten, heute bei Sechsjährigen so bekannt wie Mickey Maus. Zigarettenmarken sind mit praktisch jeder professionellen Sportart verbunden, vom Fußball über Skilauf bis zum Segeln. Wenn Sie Zweifel daran haben, daß Tabakfirmen Kinder als künftige Konsumenten aufs Korn nehmen, dann fragen Sie sich einmal, was dreitausend amerikanische Kinder an jedem Tag dazu bringt, mit dem Rauchen anzufangen. Oder sprechen Sie mit Dave Goerlitz, dem Schauspieler, der sieben Jahre lang für Winston-Zigaretten Reklame machte, bis er von den unverhohlenen Versuchen der Firma, Kinder zu verlocken, so angewidert war,

© 1995 by Herblock in *The Washington Post*.

daß er seinen Job hinschmiß und sich an einer Anti-Raucher-Kampagne beteiligte. Oder werfen Sie einen Blick in die bis vor kurzem noch geheimen Dokumente von Philip Morris, die zwei Drittel aller von amerikanischen Kindern gerauchten Zigaretten herstellt. Die geheimen Unterlagen ließ Henry Waxman, ein Abgeordneter aus Kalifornien, im Juli 1995 im *Congressional Record* veröffentlichen. Dabei wurde unter anderem auch enthüllt, daß die Firma, nach Waxmans Aussage, »Studien unter Drittkläßlern durchführt, um festzustellen, ob hyperaktive Kinder eine potentielle Käufergruppe für Zigaretten darstellen«.

In Fällen, wo Kinder direkt und ernsthaft durch Produkte gefährdet sind, kann und sollte die Regierung eingreifen, so wie es der Präsident mit seinem Vorschlag getan hat, die Ernährungsbehörde solle den Zugang von Kindern zu Zigaretten und anderen Tabakprodukten einschränken, Zigarettenwerbung, die an sie appelliert, eindämmen und von Tabakfirmen verlangen, daß sie eine Aufklärungskampagne finanziell unterstützen, die sich gegen die Aussage richtet, Rauchen sei »cool«. (Wie leicht vorherzusehen ist, geben die Tabakkonzerne Millionen von Dollars für Prozesse und Werbekampagnen gegen »Regierungsbürokraten« aus, um sich gegen diesen Vorschlag zur Wehr zu setzen.)

Die Regierung ist jedoch kein Ersatz für die elterliche Führungsrolle und guten Bürgersinn, sondern allenfalls eine Mitstreiterin. Eltern müssen sich entschiedener gegen den Konsumzwang der Werbung wehren, aber auch gegen die Forderungen ihrer Sprößlinge. Sie sollten nicht dem Impuls nachgeben, ihre Liebe dadurch zu »beweisen«, daß sie Kinder mit unnützen Dingen überhäufen, sondern ihnen statt dessen wertvolle Zeit und Aufmerksamkeit widmen. Sie können gegenüber ihren Kindern und den Produzenten einen moralischen Standpunkt vertreten, indem sie keine Produkte mehr kaufen, die für unsinnige Gewalt, sexuelle Entwürdigung oder einfach schlechten Geschmack stehen. Daß dadurch etwas zu erreichen ist, zeigt das

Beispiel der Bekleidungsfirma Calvin Klein: Nach Verbraucherbeschwerden zog sie eine Werbekampagne zurück, die sich an Teenager richtete und junge Models in sexuell anzüglichen Posen zeigte.

Wenn Eltern sich nicht wehren, wie können wir dann erwarten, daß Kinder der Botschaft der Konsumkultur widerstehen, daß Stil wichtiger ist als Substanz? Wir können das Zerstörungspotential bereits an den jungen Leben messen, die bloß wegen einer Skijacke oder einem Satz modischer neuer Radkappen einem Mord zum Opfer fielen. Eltern brauchen Hilfe von der Dorfgemeinschaft, um die Macht dieser Botschaft zu bekämpfen und einzudämmen. Die Programmgestalter und Verleger, die Werbekunden Zeit und Platz zur Verfügung stellen, müssen größere Einschränkungen und ein besseres Urteilsvermögen geltend machen. Die Geschäftswelt muß mit der Regierung und mit Familien zusammenarbeiten, um die Interessen der Industrie mit denen der Kinder zu vereinbaren.

Der Angriff der Konsumkultur auf unsere Werte verstärkt den Druck, unter dem Familien in der heutigen, sich schnell verändernden Wirtschaft stehen. Die meisten von uns können sich noch an die Zeit erinnern, da die Geschäftswelt ein Anker für unsere Gemeinden war. Nach dem Zweiten Weltkrieg, als Amerika etwa über 40 Prozent des Wohlstands und nur 6 Prozent der Bevölkerung auf der Welt verfügte, genoß unsere Nation einen Wirtschaftsboom, weil Betriebe Güter und Dienstleistungen von hoher Qualität zur Verfügung stellten, nicht nur zu dem Zweck, Profite für die Aktionäre zu erwirtschaften, sondern auch, um die Stellen und die höheren Einkommen zu schaffen, welche die Mittelschicht begründeten. Wer hätte sich schließlich, wenn niemand Job oder Verdienst hätte, die angebotenen Güter und Dienste leisten können?

In den letzten Jahren haben jedoch seit langem bestehende Usancen im Geschäftsgebaren dem Druck der modernen Wirtschaftsweise nachgegeben. Zu viele Unternehmen, insbesondere große, werden durch den Druck, den Investoren gute Quartalsergebnisse zu liefern und die hohen Gehälter der Geschäftsleitung zu rechtfertigen, immer mehr in die Enge getrieben. Zu oft heißt das, daß sie die meisten Angestellten nur als Kostenfaktor, nicht als Investition sehen. Deswegen kümmern sie sich immer weniger um Berufsausbildung, Arbeitnehmergewinnbeteiligung, familienfreundliche Politik, gemeinsame Entscheidungsfindungen oder gar gerechte Lohnerhöhungen, die auch den Werktätigen – gar nicht zu reden von ihren Familien und Gemeinden – die Einnahmen aus Produktivität und Profit zukommen lassen. Selbst Arbeitsplätze werden unter Umständen geopfert, wenn die Geschäftsleitung sich auf kurzfristige Gewinne durch »Verschlankung«, »Auslagerung« (wenn vorher im Betrieb erledigte Arbeit an selbständige Vertragspartner vergeben wird) oder die Verlegung der Produktion in Länder mit niedrigeren Löhnen und weniger strikten Umweltbestimmungen orientiert. Statt »Wir sitzen alle in einem Boot« hören wir von oben häufig: »Ihr müßt selbst schauen, wie ihr zurechtkommt.«

Trotz der Rekordgewinne vieler Firmen hat sich die Schere zwischen den Einkommen leitender Angestellter und durchschnittlicher Arbeitnehmer dramatisch geöffnet. 1974 bezog ein Angehöriger der Geschäftsleitung eines großen Konzerns etwa das Fünfunddreißigfache des Lohns eines einfachen Fabrikarbeiters. 1993 verdiente er *einhundertfünfzigmal* soviel wie ein durchschnittlicher Fabrikarbeiter – wenn er oder sie überhaupt noch das Glück hatte, einen Arbeitsplatz zu haben. »Zwischen 1991 und 1992 sind beinahe 2,5 Millionen Arbeiter Opfer von Konzernumstrukturierungen geworden – ein noch nie dagewesener Aderlaß für die amerikanische Wirtschaft während eines wirtschaftlichen Aufschwungs«, schreibt Stephen Roach, ein führender Wirtschaftsfachmann bei Morgan Stanley, in einem kürzlich veröffentlichten Bericht. Amerikanische Arbeiter, bemerkte er, sind »tief verunsichert worden in bezug auf ihre Stellen- und Verdienstaussichten«.

Veränderungen in der Wirtschaft wie etwa technologische Innovationen und die Globalisierung des Handels haben zusammen während der letzten zwanzig Jahre eine »Mentalität des Abkassierens« in der Gesellschaft geschaffen, wie es Robert H. Frank und Philip J. Cook nennen. Die Mittelschicht, das Rückgrat unserer Nation, spaltet sich, wobei immer mehr in die Schicht der »Sorgengeplagten«, in die der ehrlichen, schwer arbeitenden Amerikaner absteigen, die jedesmal Schulden machen müssen, wenn ein Kind krank wird oder das Auto repariert werden muß. Manager der mittleren Ebene und Angestellte mit weißem Kragen geraten immer mehr in Gefahr, »Arbeiter mit abgewetzten Kragen in goldfarbigen Zeiten« zu werden, wie es Arbeitsminister Robert Reich nennt. Das ist kaum der Stoff, aus dem der amerikanische Traum ist.

Diese wachsende Ungleichheit der Einkommen hat schwerwiegende Auswirkungen auf unsere Kinder. Amerikas Turbo-Wirtschaft hat billigere und bessere Güter und Dienstleistungen, größere Effizienz und Wettbewerbsfähigkeit hervorgebracht, aber sie hat auch zu gravierenden sozialen Entwurzelungen geführt, die Familien- und Gemeinschaftswerte aus den Angeln gehoben haben. Alan Ehrenhalt, der Autor von *The Lost City*, worin er den Niedergang des Gemeinschaftslebens seit den fünfziger Jahren beschreibt, meint dazu:

> Der schrankenlose freie Markt ist die am radikalsten zerstörerische Kraft im amerikanischen Leben in der letzten Generation gewesen; er hat ganze Viertel und Gemeinden in den Niedergang gerissen und die traditionellen Normen des sozialen Lebens und des persönlichen Verhaltens ausgehöhlt ... Die Tyrannei des Marktes hat die Loyalität von Konzernen gegenüber ihren Gemeinden, von Kunden gegenüber den Ladenbesitzern im Viertel, von Sportlern gegenüber ihren Heimatvereinen, von Vereinen gegenüber ihren Städten zerstört ... Es ist das gute Recht von Politikern, für solche Veränderungen einzutreten. Aber für sie einzutreten und im

nächsten Atemzug sich hinzustellen und die Werte der Nachbarschaft und Familie zu preisen, ist ein Hohn auf den gesunden Menschenverstand.

Die Entscheidung einer profitablen Firma, im Namen der Effizienz Arbeiter zu entlassen, wirkt sich nicht nur auf diese Arbeiten, sondern auf ihre Kinder, Familien und Gemeinden aus. Genauso tut das ihre Entscheidung, Kurzarbeit einzulegen, um den Beschäftigten keine Zulagen zahlen zu müssen. Und wer leidet am meisten, wenn eine Firma beschließt, mit weniger Angestellten auszukommen, und Eltern dazu zwingt, zusätzliche Schichten in der Nacht und an Wochenenden einzulegen – den Zeiten, da es praktisch keine Kinderbetreuung gibt?

Gerechterweise müssen wir zugeben, daß die Wirtschaft, auch wenn durch Umstrukturierungen viele Stellen verloren gehen, auch Millionen neuer Arbeitsplätze schafft und gerade kleinere Unternehmensgründungen eine Rekordhöhe erreicht haben. Kurz, wir haben eine großartige Wirtschaft für erfolgreiche Unternehmen und diensteifrige Arbeitnehmer in starken Betrieben, die arbeits- und familienfreundlich sind. Dennoch hat sich bis vor kurzem die Zahl der Arbeitsplätze, die unsere Wachstumsrate normalerweise geschaffen hätte, verringert, und von den neuen Stellen verfügen weniger über einen Kranken- und Rentenversicherungsschutz.

Für diejenigen, die in städtischen Ballungsgebieten mit wenigen Betrieben jedweder Art leben, sind die Auswirkungen des Wandels auf dem privaten Sektor am direktesten und vernichtendsten: hohe Raten von Arbeitslosigkeit, Verbrechen, Drogenmißbrauch, Sozialhilfeabhängigkeit und Schulversagen. Mittlerweile wissen wir aber, daß Probleme andernorts sich auf uns alle auswirken. Die Regierung trägt eine große Verantwortung, helfend einzugreifen. Aber ihre Mittel sind begrenzt, zum Teil, weil sie im Bemühen, das Wachstum zu fördern, weniger Einkommensteuern einbehält als fast jede andere hochentwickelte Wirtschaft.

Andere entwickelte Länder, darunter einige unserer härtesten industriellen Konkurrenten, achten mehr auf soziale Stabilität als wir und richten ihre Wirtschaftspolitik danach aus. Obwohl Japans Wirtschaft beispielsweise in den letzten vier Jahren nur im Schneckentempo gewachsen ist und gegenwärtig seine längste Absatzkrise seit dem Krieg durchmacht, fahren Regierung und Konzerne dort fort, ein System aufrechtzuerhalten, in dem viele Arbeitnehmer eine weitaus größere Arbeitsplatzsicherheit genießen. Für sie ist es die Mühe wert.

Auch in Deutschland besteht eine allgemeine Übereinkunft, daß Regierung und Betriebe dazu beitragen müssen, die Unebenheiten der freien Marktwirtschaft auszugleichen und den Wohlstand für alle Bürger zu ermöglichen. Die Deutschen geben im Vergleich zu den Amerikanern Geld aus für höhere Grundlöhne, für ein Gesundheitssystem, das alle einschließt, aber weniger kostet als unseres, und für das wohl beste System, um jungen Arbeitnehmern, die keine höhere Bildung anstreben, Ausbildungsplätze zu bieten, die sie brauchen, um auf dem Stellenmarkt wettbewerbsfähig zu sein. Als Ergebnis solcher Investitionen verfügen deutsche Arbeiter über höhere Löhne als ihre amerikanischen Kollegen, und die Schere bei der Einkommensverteilung klafft nicht so weit auseinander.

Wir haben einen anderen Weg gewählt und mehr Mittel in der Hand des privaten Sektors gelassen. Wir bringen es auf ein größeres Stellenwachstum und mehr Existenzgründungen als unsere Konkurrenten, aber wir haben auch die härteren Konsequenzen eines offenen Wirtschaftssystems zu tragen. Wir als Gesellschaft haben eine Entscheidung zu treffen. Wir können zulassen, daß der Markt weithin die Werte und das Wohlergehen der Dorfgemeinschaft bestimmt, oder wir können wie in der Vergangenheit fortfahren, von Betrieben zu erwarten, daß sie neben der wirtschaftlichen auch eine soziale Rolle spielen. Das bedeutet, daß wir realistisch einschätzen müssen, welche Schritte die Regierung von den Firmen verlangen muß, vorrangig auf dem Gebiet der Gesundheit, Sicherheit, Umwelt, des

Wettbewerbs und des fairen Geschäftsverhaltens; zu welcher Art von Aktivitäten die Regierung Betriebe durch Partnerschaften und andere Anreize überreden muß; was Verbraucher und Werktätige für sich selbst tun müssen; was Firmenchefs von sich aus für ihre Kunden, Arbeitnehmer, Investoren und die größere Gemeinschaft, von der sie ein Teil sind, tun müssen. Die letzten beiden Kriterien dürften die wichtigsten sein. Wir brauchen für das Wohl unserer Kinder dringend eine nationale und globale Wirtschaft, in der Menschen nicht nur als Konsumenten, sondern als mündige Bürger agieren, in der Arbeiter wieder Verantwortung für sich und den Erfolg ihrer Betriebe übernehmen, und in der unsere Geschäftswelt Gutes leisten *und* Gutes tun kann.

In der Vergangenheit hat unsere Regierung von sich aus Schritte unternommen, um durch Gesetz und über die Finanzierung von Programmen für Familien und Kinder die Lebensbedingungen der werktätigen Amerikaner und ihrer Familien zu verbessern. Von diesen Regelungen, etwa dem Lohnsteuerfreibetrag, ist in anderen Kapiteln die Rede. Der Gesetzgeber hat zudem mit dem Family and Medical Leave Act die Betriebe ebenfalls zu bestimmten Schritten verpflichtet.

Wir können über die Regierung aber noch mehr unternehmen, um die Verheißung unseres Landes auf Chancen für alle aufrechtzuerhalten. Wir können das Mindesteinkommen erhöhen, das sich dem tiefsten Stand seit vierzig Jahren nähert. Zwei von fünf Mindestverdienern sind die einzigen Haushaltsversorger, und viele neue Studien zeigen, daß eine bescheidene Erhöhung keine Arbeitsplätze kostet. Wir können Familien aus der Mittelschicht einen Steuerabschlag für die Kosten ihrer eigenen Weiterbildung oder die ihrer Kinder gewähren. Der Kongreß kann ein Gesetz verabschieden, das arbeitslosen oder unterbeschäftigten Arbeitern Gutscheine ausgibt, die sie dazu verwenden könnten, um die Kosten von einer bis zu zweijährigen Ausbildung an ihren örtlichen kommunalen Colleges zu bestreiten. Wir können breiteren Schichten eine erschwingliche Gesundheitsversorgung zugänglich machen und die Versicherungsgesetze so reformieren, daß Werktätigen eine Versicherung bei einem Krankheitsfall in ihrer Familie nicht verweigert werden kann oder sie diese bei einem Arbeitsplatzwechsel nicht verlieren. Wir können kleinen Betrieben die Bereitstellung von Altersversorgungsplänen für ihre Arbeitnehmer einfacher und billiger machen, indem wir den Verwaltungsaufwand und die Kosten für die Einrichtung und Aufrechterhaltung solcher Pläne verringern.

Wir können Betrieben auch Anreize zu größerem Bürgersinn bieten, indem wir sich entwickelnde wettbewerbsfähige Märkte unterstützen. Ein Beispiel dafür sind die städtischen und ländlichen Erschließungszonen, die in der Amtszeit meines Mannes geschaffen worden sind, um private Investitionen in notleidenden Gebieten zu fördern. Die Regierung kann ebenso ihre Glaubwürdigkeit stärken, indem sie leistungsstärker wird und den Geschäftsablauf weniger belastet, wie an der Entfernung von sechzehntausend Seiten unnötiger Bundesbestimmungen zu sehen ist, die Vizepräsident Gores Stab zur Neuorientierung der Regierung durchgeführt hat.

Auch Partnerschaften der öffentlichen Hand mit Betrieben haben sich bewährt. So sind Fahrzeughersteller eine Partnerschaft mit der Regierung eingegangen, um ein umweltfreundliches Auto zu bauen, das sehr viel weniger Benzin verbraucht. Das Projekt XL der Umweltschutzbehörde hat die Zustimmung von Firmen aus vielen verschiedenen Industriebereichen gefunden, höhere Umweltschutzbestimmungen einzuhalten, indem sie im Gegenzug Regelungen über Bord geworfen hat, die ihnen vorschreiben, wie sie die Bestimmungen erfüllen sollen. Eine Anzahl unserer mächtigsten Telekommunikations- und Computerfirmen haben sich mit der Regierung zu einem Projekt zusammengeschlossen, um jede Schule in Amerika ans Internet anzuschließen und dafür zu sorgen, daß jedes Klassenzimmer über entsprechende Computer, gute Software und gut ausgebildete

Lehrkräfte verfügt. Rüstungsbetriebe sind Partnerschaften eingegangen, um zivile Produkte zu entwickeln, womit Arbeitsplätze gerettet werden können, die durch den nach dem Kalten Krieg kleiner gewordenen Verteidigungshaushalt ohne diese Bemühung gefährdet wären.

Gemeinschaftsorientierte Firmen unternehmen bereits einiges, das bei den Bürgern Anklang findet und das die Regierung mit Gesetzesänderungen, wo es möglich ist, attraktiver machen sollte. Einige Firmen knüpfen die Löhne ihrer Angestellten an die Betriebsleistung und die Entschädigungen der Geschäftsleitung und befolgen eine Nichtentlassungspolitik, was bei flauem Geschäftsgang Arbeitern wie Managern lediglich anteilige Gehaltsreduzierungen beschert. Andere bieten Arbeitnehmern eine Aktienbeteiligung, Krankenversicherungs- und Rentenbeiträge, Fortbildungs- und Schulungsmöglichkeiten und Nachhilfeprämien oder Vergütungen für ihre Kinder. Weitere wiederum bieten eine Kinderbetreuung an oder gewähren Eltern zumindest Freistellungen von der Arbeit, damit sie sich am Schulgeschehen beteiligen können.

Der Fernsehproduzent Norman Lear und der frühere Vorstandsvorsitzende von Johnson & Johnson, James Burke, haben 1989 zusammen mit einer Anzahl weiterer prominenter Firmenbosse, Unternehmer und Pädagogen eine nationale gemeinnützige Organisation ins Leben gerufen, den Business Enterprise Trust. Die Idee dahinter war, einen neuen Unternehmergeist bei gegenwärtigen und zukünftigen Firmenleitern zu schaffen, der »gesundes Management mit sozialem Gewissen verbindet«. Jedes Jahr vergibt der Trust Auszeichnungen an Geschäftsleute und Firmen, deren Geschäftsgebaren von Mut, Integrität und sozialem Weitblick zeugt. Zu den Gewinnern in den letzten Jahren zählten Einzelpersonen und Gesellschaften, die Betrieben aller Größen in jeder amerikanischen Gemeinde als Vorbild dienen könnten.

- Finast, eine Supermarktkette, die in der Innenstadt Clevelands Läden gebaut und renoviert hat, ist ein Beweis dafür, daß Geschäfte auch in notleidenden Vierteln florieren können. Die Firma hat nicht nur ihre Effektivität verbessert, sondern auch die ökonomische Entwicklung in einem Gebiet vorangetrieben, das von anderen Geschäften gemieden wurde.
- Fel-Pro, ein Automatenhersteller aus Skokie/Illinois hat ein großes Stück Land für Erholungszwecke der Angestellten erworben und auf dem Gelände ein Ferienlager geschaffen, das jedes Jahr Hunderte von Angestelltenkindern aufnimmt. Fel-Pro hat viele weitere familienfreundliche Praktiken eingeführt, darunter eine Tagesstätte in Nähe der Fabrik, eine häusliche Versorgung für Angehörige der Arbeitnehmer in Notfällen, eine Schulgeldvergütung für Arbeitnehmer, College-Stipendien, Zulassungsberatung und finanzielle Unterstützung für den Nachhilfeunterricht ihrer Kinder.
- Howard Schultz, der Vorstandsvorsitzende der Starbucks Coffee Company, hat sich bemüht, seinen Arbeitnehmern einen Anteil am Erfolg seiner Firma zukommen zu lassen. Alle Arbeiter von Starbuck, die zwanzig Stunden pro Woche oder mehr arbeiten, erhalten eine Krankenversicherung und Aktienvorkaufsrechte. Die Firma versichert, daß der Anstieg der Versicherungsprämien kompensiert wurde durch eine niedrigere Fluktuationsrate und eine damit einhergehende Verringerung der Einarbeitungsausgaben für neue Mitarbeiter.
- Rachel Hubka, die Gründerin von Rachel's Bus Company in der Innenstadt von Chicago, stellte ab 1989 viele Leute ein, die vorher als nicht vermittelbar angesehen wurden. Sie flößte ihnen in hohem Maße Stolz und Unternehmergeist ein und machte fähige Busfahrer aus ihnen, die der Firma zum Erfolg verhalfen.

Die Beispiele für weitblickende Geschäftspraktiken sind viel zu zahlreich, als daß ich hier mehr als eine Handvoll aufzählen könnte, aber sie reichen immer noch nicht aus.

Sozial eingestellte Geschäftsphilosophien sind der Weg zu künftigem Wohlstand und sozialer Stabilität. Rosabeth Moss Kanter und Michael Porter, die beide an der Harvard Business School lehren, argumentieren, daß die ökonomische Zukunft den Betrieben gehört, die in ihre Arbeiter und Gemeinden investieren. In ihrem Buch *World Class* untersucht Kanter die Beziehung zwischen Globalisierung und der Stärke lokaler Gemeinden. Sie glaubt, daß »Firmen die Notwendigkeit einsehen werden, ihre Unternehmen neu aufzubauen und wieder einen Gemeinsinn zu erzeugen. Wer dies tut, wird auf der nächsten Wettbewerbsstufe zu den Gewinnern gehören.« Das hoffe ich sehr. Wir werden die Mitwirkung unserer Betriebe in Anspruch nehmen müssen, um Amerikas Kindern die Zukunft zu geben, die ihnen zusteht, sowohl, um ihren Lebensunterhalt zu verdienen, als auch, um eine dauerhafte Dorfgemeinschaft aufzubauen.

Auch Kinder sind Staatsbürger

Wir können nur im Einvernehmen erfolgreich sein. Fragen wir nicht »Kann irgendwer von uns es sich besser vorstellen?«, sondern »Können wir alle es besser machen?«

Abraham Lincoln

Im Frühjahr 1995 reisten Chelsea und ich durch Südasien. Als Mutter einer Jugendlichen war ich außerordentlich glücklich, daß meine fünfzehnjährige Tochter eingewilligt hatte, zehn Tage mit mir zu verbringen. Wir ließen uns durch Mutter Theresas Waisenhaus in Neu-Delhi führen und sprachen mit jungen Frauen, die in Lahore in Pakistan Betriebswirtschaft studierten. Wir besuchten eine Sparkasse in Ahmedabad, die von armen Frauen gegründet und geführt wurde, und erfuhren etwas über den Ort, wo Mahatma Ghandi lebte, als er die indische Freiheitsbewegung ins Leben rief. Wir statteten Graswurzelbewegungen in Bangladesch und Sri Lanka einen Besuch ab, die für eine gesundheitliche Grundversorgung für schwangere Frauen und ihre Babys sorgen und Frauen und Armen mehr wirtschaftliche und politische Betätigungsmöglichkeiten bieten. Wohin wir auch gingen, waren wir beeindruckt von den Fortschritten, die Menschen trotz überwältigender Armut und interner politischer Streitigkeiten machten. In jedem Land trafen wir auf demokratisch gewählte Herrscher, die schreckliche Bedrängnis – Gefangenschaft, Folter, Exil, die Ermordung von Ehegatten, Vätern, Söhnen, Müttern und Töchern – unter früheren Regimen ertragen hatten.

Es war eine unvergeßliche Zeit für uns, und wir erhielten häufig Gelegenheit, darüber nachzudenken, was es heißt, die amerikanische Staatsbürgerschaft zu besitzen. Viele der Leute, die wir kennenlernten, sagten uns, wie sehr sie unser Land bewunderten. Einige zitierten Leitfiguren wie Thomas Jefferson, Abraham Lincoln und Franklin Delano Roosevelt; andere äußerten sich voll Anerkennung über die Ausbildung, die sie an unseren Universitäten erhalten hatten, über die Partnerschaften mit unseren Firmen und über den mannigfaltigen Beistand, den unsere Regierung, unsere Kirche und private Stiftungen geleistet hatten.

Die Aussage, die mir am stärksten in Erinnerung blieb, kam jedoch von einer Mitarbeiterin des Peace Corps, die ich in Katmandu in Nepal traf. Um den Bus zu erreichen, der sie zu der Begegnung mit mir brachte, hatte sie zehn Stunden Fußmarsch von dem abgelegenen Dorf zurücklegen müssen, wo sie in einem Haus ohne fließendes Wasser und Strom wohnte. Sie beschrieb ihre Arbeit an einer Schule, wo fast alle Schüler Jungen waren, da den meisten Mädchen eine Schulausbildung immer noch verwehrt wurde und sie oft mit zwölf oder dreizehn schon verheiratet wurden.

Die Entwicklungshelferin schätzte die Erfahrungen, die sie in Nepal machen durfte, vermißte aber ihre Familie und alle Segnungen des Alltagslebens, die sie in Amerika für selbstverständlich gehalten hatte. Sie sehnte sich nach sauberem Trinkwasser aus der Leitung, nach Fleisch und Gemüse, das sie ohne Sorge verzehren konnte, davon krank zu werden, nach ausreichendem Essen das ganze Jahr über, nach kostenlosen öffentlichen Schulen, die Jungen und Mädchen unterrichteten, nach einem warmen Bad und rund um die Uhr vorhandenem Strom, nach asphaltierten Straßen und Autos, um darauf zu fahren.

Chelsea hörte sehr aufmerksam zu, und ich wünschte mir, jeder amerikanische Jugendliche hätte dort mit uns sein können. Wir Amerikaner genießen so viele Segnungen, weil Generationen vor uns den Preis für die Errichtung und Aufrechterhaltung einer stabilen demokratischen Regierung bezahlt haben, die unsere individuellen Rechte schützt und uns die öffentlichen Dienstleistungen bietet, von denen wir alle profitieren. Die meisten unserer Söhne und Töchter haben zum Glück niemals eine Zeit erleben müssen, als Millionen von Amerikanern ohne Strom oder gute Straßen auskommen mußten. Außer einer gelegentlichen Angst vor Verunreinigungen haben sie keinen Anlaß, das Wasser, das sie trinken, oder die Nahrung, die sie essen, zu fürchten. Sie waren noch nicht am Leben, um die Einführung der vielen Verbesserungen mitzuerleben, welche die Regierung den Amerikanern brachte – Verbesserungen, die weder einzelne noch der private Sektor entsprechend hätten herbeiführen können. Sie erinnern sich nicht daran, daß viele der wichtigsten Fortschritte aus Kontroversen entstanden und nur nach großen Anstrengungen erzielt wurden.

Unsere Kinder mögen sich nicht daran erinnern, um so mehr werden es ältere Afroamerikaner tun, die nicht in Restaurants essen, in Hotels schlafen oder an Wahlen teilnehmen durften. Oder Frauen, die zu bestimmten Berufen nicht zugelassen wurden, ebenso diejenigen, deren Drang nach körperlicher Bewegung eingeschränkt wurde, bevor die Bundesregierung ihren Töchtern und jüngeren Schwestern die Teilnahme am Sportunterricht an den Schulen per Gesetz eröffnete. Amerikaner asiatischer Herkunft, denen gesagt wurde, sie bräuchten sich um bestimmte Stellen gar nicht erst bzu ewerben, und Amerikaner jüdischen Glaubens, denen der Erwerb von Häusern in bestimmten Vierteln verboten war, sie alle wissen, wovon ich spreche. Hispanische Amerikaner erinnern sich, die keine rechtliche Handhabe gegen ausbeuterische Arbeitgeber hatten. Und amerikanische Ureinwohner erinnern sich, für die es lange keine Gesundheitsversorgung gab.

Männer, die im Zweiten Weltkrieg kämpften und von einer dankbaren Nation daheim empfangen wurden, erinnern sich. Sie gingen aufs College, gründeten Geschäfte, kauften Häuser, wurden in Veteranenkrankenhäusern medizinisch versorgt und schufen die größte, wohlhabendste Mittelklasse der Weltgeschichte. Es ist kein Amerikaner mehr am Leben, der vor der

Einrichtung der Rentenversorgung aus dem Berufsleben ausschied, heute sind Millionen älterer Mitbürger vollkommen von diesen Schecks abhängig und erinnern sich, wie ihr Leben aussah, bevor es Medicare gab.

Unsere Kinder mögen keine dieser Veränderungen mitbekommen haben, aber jeden Mittag füllen Millionen von ihnen die Schulkantinen und bekommen ihr Essen für wenig oder gar kein Geld dank des Schulspeisungsprogramms, das die Bundesregierung 1946 ins Leben rief, nachdem sie im Zweiten Weltkrieg unter den Rekruten weitverbreitete Ernährungsmängel festgestellt hatte. Kinder atmen aufgrund des Luftreinhaltungsgesetzes in Städten wie Los Angeles, Pittsburgh und Detroit sauberere Luft. Sie angeln, rudern und schwimmen aufgrund des Wasserreinhaltungsgesetzes in einstmals gefährlichen Gewässern wie dem Eriesee und dem Cuyahoga River. Eines von vier Kindern verläßt sich bei der Gesundheitsversorgung auf Medicaid.

Wenn wir an die Wohltaten und den Schutz erinnert werden, die wir genießen, sind viele von uns so wie die Entwicklungshelferin dankbar. Unsere Dankbarkeit richtet sich an eine Regierung, die bis auf die Pilgerväter und die folgenden Wellen von Einwanderern zurückgeht, die auf der Suche nach religiöser und politischer Freiheit und besseren wirtschaftlichen Bedingungen in dieses Land kamen. Aus dieser Sicht ist die Regierung ein Instrument, um sowohl das Allgemeinwohl zu fördern, als auch die individuellen Rechte auf Leben, Freiheit und das Streben nach Glück zu schützen.

Die Einstellungen von Amerikanern, wie das Instrument der Regierung verwendet werden sollte, um diese Ziele zu erreichen, haben sich mit der Nation weiterentwickelt. Als wir von einer ländlichen, bäuerlichen Gesellschaft zur einer urbanisierten, industriellen wurden, erwarteten die Bürger allmählich von der Regierung, sie vor ökonomischen Flauten außerhalb ihrer Kontrolle und vor der Skrupellosigkeit und Gier von Konzernen zu schützen. Sie erwarteten von der Regierung, ihr Möglichstes zu tun, um das Wirtschaftswachstum zu fördern und Arbeitsplätze zu schaffen, damit ein durchschnittlicher Lebensstandard für jeden erreichbar war, der den Willen hatte, hart zu arbeiten. In den sechziger Jahren unterstützte eine Mehrheit der Bürger Schritte der Regierung, um allen Amerikanern ungeachtet ihrer Rasse, ihres Geschlechts, ihrer Religion oder ihrer Volkszugehörigkeit die Bürgerrechte zu garantieren, um schärfere Maßnahmen zur Linderung des Armutsproblems einzuleiten und um älteren Mitbürgern eine anspruchsvolle Gesundheitsversorgung zu gewähren. In den siebziger Jahren unterstützten die meisten Amerikaner gesetzgeberische Maßnahmen zum Umweltschutz und zur Verbesserung der Arbeitsplatzsicherheit.

In den achtziger Jahren stellten die Amerikaner jedoch die Fähigkeit der Regierung, die wachsenden ökonomischen und sozialen Probleme zu lösen, in Frage. Viele glaubten mit der Zeit, die Regierung selbst sei das Problem. Diese Empfindungen, in Verbindung mit den durch unsere steigenden Staatsschulden auferlegten finanziellen Einschränkungen, drosselten das Tempo der Regierungsmaßnahmen. Selbst diejenigen unter uns, die den durch die Regierung erzielten Fortschritt wahrgenommen haben, erkennen, daß ihrem Tätigkeitsbereich Grenzen gesetzt sind. Wir glauben nicht mehr an die utopische Vorstellung, daß die Regierung die Bürger vor den Konsequenzen persönlicher Entscheidungen beschützen kann oder sollte. Genausowenig kann sie per Gesetz völlige Zufriedenheit, Eintracht und Brüderlichkeit herstellen.

Diese Skepsis ist ebenfalls in unserer Geschichte verwurzelt. Zum Teil ist sie uns von den Siedlern hinterlassen worden, die insbesondere nach Amerika kamen, um der willkürlichen und absolutistischen Autorität der britischen Regierung zu entfliehen. Ihnen verdanken wir die Kontroll- und Ausgleichsmechanismen der Verfassung und ihrer Zusatzklauseln (Bill of Rights), die beide den Handlungsspielraum der Regierung einschränken. Doch der Argwohn der Amerikaner gegen die Regierung ist auch die Erbschaft der frühen Abenteurer, Händler und

Unternehmer, die Amerika als ein Land reicher Naturschätze sahen, die nur darauf warteten, vom Tüchtigsten und Würdigsten ausgebeutet zu werden.

Im Extremfall stellt diese Anschauung die Privatinitiative über alles und gesteht ihr das Recht zu, praktisch unbehindert durch irgendeine Verfügung aktiv zu werden, den Reichtum zu teilen, für die Lösung unserer gemeinsamen Probleme zu verwenden oder Möglichkeiten für alle zu schaffen. Die Rolle der Regierung ist dieser Ansicht nach auf Funktionen wie die Landesverteidigung und die Durchsetzung des Rechts beschränkt. Einzelne, Familien und Gemeinden müssen ihre eigenen Initiativen ergreifen und ihre eigenen Mittel bilden, um sowohl das private wie das öffentliche Wohl zu mehren. Alle außer den unabdingbaren Regelungen zum Schutz der persönlichen Rechte, der privaten Geschäftsführung und des kleinstmöglichen sozialen Sicherheitsnetzes werden als Belastung angesehen, die uns unnötige Steuern und eine Bürokratie aufbürdet, die Talent und Unternehmergeist der Bürger schmälert und die Ideale der Arbeit und der Familie untergräbt.

Variationen der miteinander wettstreitenden Ansichten über die Rolle der Regierung und die Rechte des einzelnen sind im gesamten politischen Spektrum zu finden. Die meisten von uns vertreten einen Standpunkt, der sich irgendwo zwischen den Extremen hält, selbst wenn wir es nicht bewußt so aussprechen. Wir mögen über die Steuern murren, aber wir unterstützen im allgemeinen Programme wie Veteranenrenten, Sozialfürsorge und Medicare sowie auch öffentliche Erziehung, Umweltschutz und ein gewisses soziales Netz für die Armen, insbesondere Kinder. Wir sind argwöhnisch gegenüber der Einmischung der Regierung in die Privatinitiative oder die persönlichen Weltanschauungen, aber auch gegen den übermäßigen Einfluß von Lobbyisten auf das politische System. Die meisten von uns würden sich als »gesundes Mittelmaß« beschreiben – in einigen Bereichen liberal, in anderen konservativ, in den meisten moderat, weder übermäßig für oder gegen die Regierung. Wir respektieren die alleinige Macht der Regierung, bestimmte soziale Bedürfnisse zu befriedigen, und erkennen die Notwendigkeit an, ihre Machtbefugnisse zu beschränken.

In Zeiten tiefgreifender und weitreichender sozialer Umwälzungen wie heute bestechen jedoch extremistische Ansichten durch ihre Schlichtheit. Indem sie die Komplexität der Kräfte außer acht lassen, die unsere persönlichen wie kollektiven Verhältnisse formen, bieten sie uns Sündenböcke an. Doch sie sind unfähig, uns einen gangbaren Weg vom Kalten Krieg zum globalen Dorf zu zeigen.

Gegenwärtig ist die extrem regierungsfeindliche Haltung am lautesten – zumindest wird ihr von den Medien am meisten Beachtung geschenkt. Daneben verschwinden die Stimmen, die sich für mehr Regierung einsetzen. Statt dessen wird die öffentliche Auseinandersetzung hauptsächlich zwischen denen ausgetragen, die für sehr viel weniger Regierungsbefugnisse eintreten, und denen, die eine kleinere, weniger bürokratische, aber dennoch aktive Regierung verfechten, um die Bedürfnisse des Informationszeitalters abzudecken. Die Regierungsgegner offerieren scheinbar eine Vision größerer Leistungsfähigkeit und persönlicher Freiheit und höheren Selbstvertrauens. (Aus offensichtlichen Gründen erfreuen sie sich auch höherer Finanzmittel und einer besser organisierten Unterstützung.) Leider ignorieren sie das, was historisch gewachsen ist – den Nachdruck, den die Regierung auf die persönliche Verantwortung aller Bürger legt. Da wird gegen die Auswüchse der Regierung gewettert, aber nicht gegen die des Marktes, der über weit mehr Macht verfügt, das Leben von Arbeitern, Familien und Gemeinschaften empfindlich zu stören. Da wird selbst gegen die grundlegenden Schutzmaßnahmen der Regierung argumentiert, die sie für das Wohlergehen von einzelnen, Familien und Gemeinschaften ergreift, ohne daß eine Alternative angeboten wird, wie sie sonst gewährleistet werden sollen. In Wahrheit steht bei dieser extremen Haltung gegen die Regierung, die oft heftige persönliche Angriffe auf Regierungsbeamte und Politiker einschließt, nicht die Absicht dahinter, die Regierungsbefugnisse einzuschränken, sondern kleinkarierte religiöse, politische und wirtschaftliche Zielsetzungen durchzusetzen.

Wir müssen uns fragen: Wer profitiert von der Aufhebung staatlicher Regulierungen, die uns vor verunreinigtem Trinkwasser oder verdorbenem Fleisch schützen? Wem kommt eine Herabsetzung staatlich festgelegter Höchstgrenzen für die Luftverschmutzung oder einschneidender Deregulierungen zugute, die Firmen erlauben würden, Giftstoffe in unsere Meere, Flüsse und Seen zu leiten? Sicherlich nicht unseren Familien oder unseren Kindern.

Trotz des Wiederauflebens eines regierungsfeindlichen Extremismus wird immer deutlicher, daß die meisten Amerikaner einen radikalen Abbau der Regierung nicht befürworten, daß sie aber wohl für eine grundlegende Reform eintreten. Und wenn es um wichtige Vorhaben geht, haben sie durch ihre Unterstützung gesetzgeberischer Maßnahmen in den letzten Jahren bewiesen, daß sie immer noch für ein Einschreiten der Regierung eintreten.

Darüber hinaus beweist unsere ganze Geschichte, daß eine Debatte, die auf extremen Positionen geführt wird, wenig dazu beiträgt, die Regierung zu reformieren oder die alltäglichen Probleme der Menschen lösen zu helfen. Das beste Beispiel dafür gibt die öffentliche Diskussion über die Unterstützung, welche die Regierung Kindern und Familien zukommen lassen sollte oder nicht. Die amerikanische Katholikenkonferenz warnte 1991 in einem Hirtenbrief: »Es ist in letzter Zeit zu einer unglücklichen, unnötigen und unrealistischen Polarisierung in der Diskussion um den besten Weg gekommen, wie Familien zu helfen sei.« Diese Polarisierung hat zu mehr Medienaufmerksamkeit als Fortschritten geführt, da sie ein unvollständiges und gelegentlich unzutreffendes Bild lieferte, wie Familien und Kinder durch Regierungsmaßnahmen beeinträchtigt werden. Zum Beispiel ist viel mehr über die Sozialhilfe berichtet worden, die neun Millionen amerikanischer Kinder betrifft, als über die drastische Erhöhung des Einkommensteuerfreibetrags, der die Steuern einkommensschwacher berufstätiger Eltern senkt, so daß sie und die von ihnen erzogenen mehr als fünfundzwanzig Millionen Kinder nicht in Armut leben müssen.

Dies ist nur ein Beispiel dafür, wie verschlungen die letztendliche Wahrheit über die Verantwortung für das Wohl von Familien und Kindern sein kann. Es geht dabei gar nicht ausschließlich um eine regierungsfreundliche oder regierungsfeindliche Haltung. Die Katholikenkonferenz stellte fest:

> Die wichtigste Arbeit zur Förderung unserer Kinder wird im stillen erledigt – in unseren Häusern und Wohnvierteln, unseren Kirchengemeinden und kommunalen Organisationen. Keine Regierung kann einem Kind Liebe geben, und keine Politik kann elterliche Fürsorge ersetzen, aber Familien kann in ihrer unersetzbaren Funktion eindeutig geholfen oder geschadet werden. Die Regierung kann Familien entweder aufbauen oder unterminieren im Hinblick auf die moralischen, sozialen und ökonomischen Belastungen bei der Kinderbetreuung ... Einige betonen die vorrangige Rolle moralischer Werte und persönlicher Verantwortung, die zu erbringenden Opfer und die zu vermeidenden persönlichen Verhaltensweisen, aber sie übersehen oder vernachlässigen oft die übergeordneten Kräfte, die Familien Schaden zufügen, u. a. die Auswirkungen der Wirtschaft, der Diskriminierung und familienfeindlicher Politik. Andere betonen die sozialen und wirtschaftlichen Kräfte, die Familien untergraben, und die Verantwortung der Regierung, die Bedürfnisse der Menschen zu befriedigen, aber sie vernachlässigen oft die Bedeutung grundlegender Werte und persönlicher Verantwortung ... Es bleibt die unleugbare Tatsache, daß die Zukunft unserer Kinder von den Werten ihrer Eltern und der Politik unserer Nation geformt wird.

Um unserer Kinder willen sollten wir falschen Debatten über Werte und Politik ein Ende bereiten. Wichtig sind sowohl persönliche wie gegenseitige Verantwortung, und wir sollten daran arbeiten, sie auf allen Ebenen der Gesellschaft zu stärken. Wir sollten zugeben, daß einige Regierungsmaßnahmen und Behörden effizient und effektiv sind, andere wiederum nicht. Wir sollten auch anerkennen, daß im Verhalten Kindern gegenüber einige einzelne böse, vernachlässigend oder inkompetent sind, während andere angesichts entmutigender Widrigkeiten ihr Bestes zu tun versuchen und nicht unsere Verachtung, sondern die Hilfe verdienen, die nur wir – durch unsere Regierung – bieten können. Hören wir damit auf, die Regierung und einzelne als absolute Schurken oder absolute Heilsbringer abzustempeln, und erkennen wir, daß alle zur Lösung beitragen müssen. Wir sollten die Regierung wie in der Vergangenheit dazu anhalten, das Allgemeinwohl zu fördern.

Unsere Demokratie hat mehr als zweihundert Jahre überlebt, weil in Krisenzeiten eine Mehrheit der Bevölkerung und deren Vertreter sich der Verlockung des Extremismus widersetzten. Die Gründerväter haben unsere Verfassung tatsächlich so ausgearbeitet, daß wir gleichzeitig pragmatisch und getreu unseren Prinzipien den Herausforderungen eines jeden neuen Zeitalters begegnen können. Die Bereitschaft, Kompromisse im Interesse der Aufrechterhaltung der Stabilität zu schließen, hat es unserer Nation ermöglicht, nicht nur eine Weltmacht zu werden, sondern auch eine pluralistische Gesellschaft, die eine beispiellose Toleranz gegenüber individuellen Rechten und Freiheiten propagiert.

Unsere Stärke lag mit anderen Worten schon immer in unserer Entschiedenheit, grobe Verallgemeinerungen abzulehnen und eine produktive mittlere Ebene neu zu bestimmen und wiederzubeleben, indem altmodische Lösungen aufgegeben und neue Ansätze angenommen wurden. Seinerzeit sagte Präsident Lincoln: »Die Dogmen der ruhigen Vergangenheit passen nicht für die stürmische Gegenwart. Wir stehen vor einem Berg von Schwierigkeiten, und wir müssen uns ihnen gewachsen zeigen. Da wir uns in einer neuen Lage befinden, müssen wir neu denken und handeln.«

In unserer Zeit können wir dieser mittleren Ebene wieder neues Leben einhauchen, wenn wir uns darauf besinnen, die Regierung zu verkleinern und bürokratisch zu entschlacken, und in ihr eher einen Partner als einen Ersatz für Eigeninitiative bei der Bewältigung vieler unserer schwersten Probleme zu sehen. Es geht darum, die Regierung nicht bis zur Wirkungslosigkeit zu schwächen, sondern sie schlanker und flexibler bei der Erfüllung ihrer Grundverpflichtungen zu machen: (1) eine starke, global konkurrenzfähige Wirtschaft aufzubauen, bei der die Mittelschicht wächst und die Unterschicht schrumpft; (2) das amerikanische Volk um die gemeinsamen Werte der Möglichkeiten und Verantwortung für alle zu scharen, Familien bei der Arbeit und daheim zu unterstützen und Gemeinschaften aufzubauen, die ihre Verpflichtungen Familien, der Umwelt und den Bedürftigen gegenüber erfüllen; (3) Amerika als die stärkste Macht auf der Welt für Frieden, Freiheit, Demokratie und Wohlstand zu erhalten. Der Erfolg dieser Sichtweise läßt sich erkennen an den jüngsten Fortschritten an der Wirtschaftsfront und an der Abnahme von Verbrechen, Sozialhilfezahlungen, Armut und Schwangerschaften Minderjähriger, und auch daran, daß die Regierung auf ihren kleinsten Umfang seit dreißig Jahren reduziert worden ist.

Die Wahrheit, die allen erfolgreichen Bemühungen zur Neuorientierung der Regierung den Weg weist, ist die Erkenntnis, daß die Regierung nicht etwas außerhalb von uns ist – etwas Unbedeutendes oder sogar Fremdes –, sondern daß *wir* sie sind. Wenn wir uns dies einprägen, anerkennen wir, daß die Regierung eine Verantwortung dafür trägt, nicht nur grundlegende Dienste zu bieten, sondern Individuen und Gemeinschaften zusammenzuführen. In einer Demokratie heißt Regierung nicht »die da oben«, sondern »wir«, eine Unternehmung, die sich verbindet mit dem Einsatz von Freiwilligen und den Bemühungen des privaten Sektors, unsere gegenseitigen Verpflichtungen für unsere Kinder, Familien und Gemeinschaften zu erfüllen.

Bedeutet dies, daß wir Mängel und Fehler bei der Regierung

übersehen sollten? Beileibe nicht. Kritik und öffentliche Debatte sind für eine Demokratie lebenswichtig. Sie helfen uns, die Kosten bestehender Regierungsdienstleistungen gegen den Nutzen dieser Dienste abzuwägen und die praktischen Konsequenzen von Haushaltseinsparungen oder Reformen für die Leistung dieser Dienste zu erwägen. Konstruktive Kritik erkennt auch die Beziehung einer Entscheidung zu einer anderen an und wirft sie nicht alle gemeinsam in einen Topf oder betrachtet jede für sich. Aber Äußerungen, die Individuen oder Institutionen dämonisieren oder entmenschlichen – manchmal ganz offen, manchmal unter dem Deckmäntelchen eines Beitrags zur öffentlichen Debatte –, lassen diese Einstellung vermissen.

Wenn Ihnen der Unterschied nicht klar ist, dann versuchen Sie einmal, die Schmähungen, die Sie ganz allgemein gegen »Regierungsmaßnahmen« hören, einmal direkt auf die Kinder zu beziehen, die zu ihren wichtigsten Nutznießern gehören. Sind die Kinder, die in einer staatlich finanzierten Tagesstätte versorgt oder von staatlich subventionierten Schulmahlzeiten ernährt werden, eine »Bedrohung unserer wirtschaftlichen Freiheit« oder schuld an »Verschwendung, Betrug und Mißbrauch«? Schwächen Programme zur Impfung oder zur Erziehung »ihren Unternehmungsgeist«?

Die wirklichen Probleme für Familien heute sind die vielen Herausforderungen, denen sie sich bei der Erziehung ihrer Kinder gemäß den von ihnen vertretenen Werten gegenübersehen. Um diese Probleme geht es zum Teil in diesem Buch: Wie können wir gemeinsam als Dorfgemeinschaft handeln, um Familien zu stärken und es ihnen zu ermöglichen, von außenstehenden Institutionen die Unterstützung zu erhalten, die sie benötigen, um starke Kinder großzuziehen und sich vor Einflüssen zu schützen, die die elterliche Autorität zu untergraben drohen? Doch viele von denen, welche die Fahne der Familienwerte hochhalten, scheinen mehr darauf aus zu sein, ein regierungsfeindliches politisches Programm zu propagieren, als die Rollen in Betracht zu ziehen, die alle unsere Institutionen spielen, einschließlich der Regierung, der Geschäftswelt, der Kinderbetreuungsstätten und Schulen, der Wohltätigkeitsverbände, der Medien und der Kirchen.

Zu Anfang dieses Buches erwähnte ich, daß Fachleute in Kinderentwicklung heute viel mehr wissen als noch vor dreißig Jahren, was die Bedürfnisse von Kindern anbelangt, um sich gut zu entwickeln, daß aber ihre Forschungen in der allgemeinen Öffentlichkeit nicht genügend bekannt sind. Die Forschung verzeichnet auch eine ständige Verschlechterung der für die gesunde Entwicklung aller unserer Kinder – nicht nur der armen und zu einer Minderheit gehörigen – notwendigen Bedingungen. Auch darüber bedarf es einer besseren Information der Öffentlichkeit.

Der Psychologe Urie Bronfenbrenner von der Cornell University bemißt das Wohlergehen von Kindern, indem er alle Aktivitäten in ihrem Leben einbezieht – daheim und in der Schule, in ihren Familien und unter Gleichaltrigen, in ihren Gemeinschaften und auch unter dem übergeordneten Einfluß etwa des Gesundheitssystems, der Medien und der Wirtschaft. Dieser ökologische Ansatz bringt die Forschung aus dem Labor hinaus in die Welt, indem er das Leben von Kindern mit den Kontexten verknüpft, an die sie herangeführt werden. Dieser Ansatz ließe sich auch als das menschliche Entwicklungsmodell »Kind in der Dorfgemeinschaft« beschreiben.

Bronfenbrenner prophezeit mit Bezug auf dieses Modell schon seit Jahren, daß Probleme, von denen wir bisher dachten, sie würden nur »benachteiligte« Kinder treffen, über kurz oder lang uns allen ins Haus stehen. Wirtschaftliche und familiäre Instabilität, zusammen mit dem hektischen Tempo und vielen anderen Aspekten der gegenwärtigen amerikanischen Gesellschaft führten ihn wie auch andere Experten zu dem Schluß, daß wir uns einer schleichenden Krise gegenübersehen: »Die gegenwärtige Verfassung von Kindern und Familien in den Vereinigten Staaten stellt das größte innere Problem dar, das sich unserer Nation seit Gründung der Republik stellt. Es nagt direkt an unseren Wurzeln.«

Mittlerweile ist die Krise uns allen schmerzhaft bewußt. Doch die Lösungen, die ihr abhelfen würden, werden zu oft ignoriert, und die Mittel zu ihrer Anwendung werden zu oft vorenthalten. Zu einer Zeit, in der das Wohlergehen von Kindern in noch nie gekanntem Maße bedroht ist, wirkt sich das gegenwärtige politische Patt in unserem Lande schwerwiegend gegen sie aus.

Die Regierung muß ihren Teil dazu beitragen, daß diese Krise unsere Kinder nicht voll trifft, und dabei kann sie sich ihrer historischen Verpflichtungen den Armen und Verletzlichen gegenüber nicht entziehen. Natürlich müssen wir uns bemühen, den Staatshaushalt auszugleichen, aber wir können diesen Ausgleich langfristig – selbst kurzfristig nicht mehr lange – nicht auf dem Rücken der Kinder herstellen. Sie sollten nicht unsere Schulden erben, aber sie sollten genausowenig um eine faire Chance auf einen Lebensstandard gebracht werden, der Gesundheitsversorgung, gute Erziehung, eine geschützte Umwelt, sichere Straßen und wirtschaftliche Möglichkeiten einschließt. Kinder sind schließlich auch Bürger.

Schaffen wir eine Dorfgemeinschaft, die unserer Kinder würdig ist

Eine Kultur blüht, wenn Menschen Bäume pflanzen, in deren Schatten sie niemals sitzen werden.

Griechisches Sprichwort

Als ich dieses Buch beendete, waren mein Mann und ich gerade von einer Reise nach Nordirland zurück, wo nach fünfundzwanzig Jahren gewaltsamer konfessioneller Konflikte wieder Frieden eingekehrt war. Zum erstenmal in ihrer noch kurzen Erinnerung können Kinder ihr Alltagsleben in relativer Sicherheit und Bequemlichkeit verbringen. Die neunjährige Catherine Hamil wurde meinem Mann in einer Fabrik in Belfast vorgestellt, wo katholische und protestantische Arbeiter immer noch durch separate Eingänge gehen, aber Seite an Seite arbeiten. »Mein erster Daddy ist in den Troubles (den Auseinandersetzungen im Bürgerkrieg) gestorben«, sagte sie. »Es war der traurigste Tag in meinem Leben. Ich werde immer an ihn denken. Jetzt ist es schön friedlich. Ich mag Ruhe und Frieden lieber, als wenn die Leute schießen und töten. Mein ... Wunsch ist, daß Frieden und Liebe für immer in Irland bleiben.«

Während unseres kurzen Aufenthalts trafen wir auch Eltern – Katholiken und Protestanten –, deren Kindern durch Bomben und Schießereien getötet worden waren. Dennoch hatten sie ihren persönlichen Schmerz bewältigt, um alten Groll zu begraben und am Aufbau der größeren Gemeinschaft mitzuwirken. Sie waren entschlossen, der nächsten Generation eher ein Erbe des Friedens als der Furcht, des Hasses und des Mißtrauens zu hinterlassen.

Was die Unschuld, die Verheißung und das Leben amerikanischer Kinder bedroht, ist nicht weniger schwerwiegend, und die Schwierigkeiten bei uns sind nicht weniger einschüchternd. Sylvia Ann Hewlett, die Begründerin unseres nationalen Elternverbands, hat dazu festgestellt: »In der heutigen Welt ist es ein harter, einsamer Kampf – diese Aufgabe, Kinder an die erste Stelle zu setzen.«

Ich meine, wir können gar nicht anders, als es zu versuchen. Kinder sind wie die winzigen Figuren im Inneren der berühmten folkloristischen Schachtelpuppen aus Rußland. Die Kinder haben ihre Wiege in der Familie, die zuerst dafür verantwortlich ist, daß sie von Kindern zu Erwachsenen heranreifen. Aber um die Familie herum sind die weiteren Bereiche der Nachbarschaft, der Schule, der Kirche, des Arbeitsplatzes, der Gemeinde, der Kultur, der Wirtschaft, der Gesellschaft, der Nation und der Welt, die alle direkt oder durch das Wohlergehen ihrer Eltern Kinder beeinflussen.

Ein jeder von uns ist in etliche dieser sich überlagernden Schichten der Dorfgemeinschaft eingebunden. Daher hat jeder von uns die Möglichkeit und Verantwortung, Kinder zu beschützen und zu fördern. Wir sind es ihnen schuldig, alles in unserer Macht stehende zu tun, um ihr Leben jeden Tag besser zu machen – als Eltern, Arbeiter, Verbraucher, Freiwillige und Bürger. Wir schulden es ihnen, uns selbst höhere Erwartungen zu setzen. Wir müssen damit aufhören, Entschuldigungen dafür zu finden, warum wir unseren Kindern nicht das geben können, was sie daheim und darüber hinaus brauchen, um gesunde, wohlerzogene, mitfühlende und produktive Erwachsene zu werden.

Ich werde oft nach meinem Wunsch gefragt, was vorrangig in unserem Land und in unserer Welt geschehen sollte. Es gibt so vieles, wofür sich zu beten, und so vieles, wofür sich zu arbeiten lohnt. Aber sicherlich würde meine Antwort lauten: eine Welt, in der alle Kinder geliebt und umsorgt werden – zuerst von den Familien, in die sie hineingeboren werden, und dann von uns allen, die mit ihnen und miteinander verbunden sind.

Nichts ist wichtiger für unsere gemeinsame Zukunft als das Wohlergehen von Kindern. Denn Kinder sind unserem Herzen am nächsten – nicht nur als verletzliche Wesen, die der Liebe und Betreuung bedürfen, sondern auch als moralischer Prüfstein in all der Komplexität und Konfliktgeladenheit unseres modernen Lebens. Genauso wie eine ganze Dorfgemeinschaft nötig ist, um ein Kind großzuziehen, sind Kinder notwendig, um eine Dorfgemeinschaft zu all dem zu machen, was sie sein sollte. Die Welt, die wir mit ihnen im Sinn errichten, wird ein lebenswerter Ort für uns alle sein.

Danksagung

Es ist eine ganze Dorfgemeinschaft nötig, um ein Buch auf die Welt zu bringen. Das weiß jeder, der schon eines geschrieben hat. Viele Menschen haben mir geholfen, dieses Werk zu vollenden, manchmal, ohne es selbst zu wissen. Sie sind so zahlreich, daß ich gar nicht erst den Versuch mache, ihnen im einzelnen zu danken, aus Angst, eine Person auszulassen. Statt dessen möchte ich denen Dank sagen, die mir Mut machten und Ratschläge gaben, die lasen und reagierten; denen, die abtippten und neu tippten, herausgaben, redigierten, korrigierten, lektorierten, umbrachen, setzten und druckten; und denjenigen, welche die Motoren des täglichen Lebens die ganze Zeit über am Laufen hielten. Alles in diesem Buch Geäußerte gibt meine persönliche Meinung wider, und so trage ich auch die Verantwortung für jegliche Irrtümer, die darin enthalten sein mögen. Doch für diese Ideen – und für jeden Beitrag, den sie in öffentlichen und privaten Debatten und bei Erörterungen leisten mögen – bin ich einer langen Reihe von Verwandten und Freunden, Lehrern und Mitschülern, Kollegen und Mentoren beiderlei Geschlechts zu Dank verpflichtet; ebenso den vielen unermüdlichen Experten und Fürsprechern, deren Arbeiten ich kennenlernen durfte; und am meisten von allen den Millionen von Familien und Kindern, welche die Dorfgemeinschaft von morgen aufbauen.